《红楼梦》及其戏剧研究

王慧　著

北京时代华文书局

图书在版编目（CIP）数据

《红楼梦》及其戏剧研究 / 王慧著. -- 北京 : 北京时代华文书局, 2018.11
（中国艺术研究院学术文库 / 王文章主编）
ISBN 978-7-5699-2718-4

Ⅰ. ①红… Ⅱ. ①王… Ⅲ. ①《红楼梦》研究－文集 Ⅳ. ①I207.411-53

中国版本图书馆CIP数据核字（2018）第246559号

中国艺术研究院学术文库
Zhongguo Yishu Yanjiuyuan Xueshu Wenku

《红楼梦》及其戏剧研究
Hongloumeng Ji QI Xiju Yanjiu

著　　者 | 王　慧

出 版 人 | 王训海
项目统筹 | 余　玲
责任编辑 | 周海燕　陈冬梅
装帧设计 | 程　慧　段文辉
责任印制 | 刘　银

出版发行 | 北京时代华文书局 http://www.bjsdsj.com.cn
北京市东城区安定门外大街 138 号皇城国际大厦 A 座 8 楼
邮编：100011　电话：010－64267955　64267677
印　　刷 | 北京盛通印刷股份有限公司　010－52249888
（如发现印装质量问题，请与印刷厂联系调换）
开　　本 | 710mm×1000mm　1/16　　印　张 | 23.25　　字　数 | 332 千字
版　　次 | 2018 年 12 月第 1 版　　印　次 | 2018 年 12 月第 1 次印刷
书　　号 | ISBN 978-7-5699-2718-4
定　　价 | 75.00 元

总　序

王文章

以宏阔的视野和多元的思考方式，通过学术探求，超越当代社会功利，承续传统人文精神，努力寻求新时代的文化价值和精神理想，是文化学者义不容辞的责任。多年以来，中国艺术研究院的学者们，正是以“推陈出新”学术使命的担当为己任，关注文化艺术发展实践，求真求实，尽可能地从揭示不同艺术门类的本体规律出发做深入的研究。正因此，中国艺术研究院学者们的学术成果，才具有了独特的价值。

中国艺术研究院在曲折的发展历程中，经历聚散沉浮，但秉持学术自省、求真求实和理论创新的纯粹学术精神，是其一以贯之的主体性追求。一代又一代的学者扎根中国艺术研究院这片学术沃土，以学术为立身之本，奉献出了《中国戏曲通史》、《中国戏曲通论》、《中国古代音乐史稿》、《中国美术史》、《中国舞蹈发展史》、《中国话剧通史》、《中国电影发展史》、《中国建筑艺术史》、《美学概论》等新中国奠基性的艺术史论著作。及至近年来的《中国民间美术全集》、《中国当代电影发展史》、《中国近代戏曲史》、《中国少数民族戏曲剧种发展史》、《中国音乐文物大系》、《中华艺术通史》、《中国先进文化论》、《非物质文化遗产概论》、《西部人文资源研究丛书》等一大批学术专著，都在学界产生了重要影响。近十多年来，中国艺术研究院的学者出版学术专著至少在千种以上，并发表了大量的学术论文。处于大变革时代的中国艺术研究院的学者们以自己的创造智慧，在时代的发展中，为我国当代的文化建设和学术发展作出了当之无愧的贡献。

为检阅、展示中国艺术研究院学者们研究成果的概貌，我院特编选出版“中国艺术研究院学术文库”丛书。入选作者均为我院在职的副研究员、研究员。虽然他（她）们只是我院包括离退休学者和青年学者在内众多的研究人员中的一部分，也只是每人一本专著或自选集入编，但从整体上看，丛书基本可以从学术精神上体现中国艺术研究院作为一个学术群体的自觉人文追求和学术探索的锐气，也体现了不同学者的独立研究个性和理论品格。他们的研究内容包括戏曲、音乐、美术、舞蹈、话剧、影视、摄影、建筑艺术、红学、艺术设计、非物质文化遗产和文学等，几乎涵盖了文化艺术的所有门类，学者们或以新的观念与方法，对各门类艺术史论作了新的揭示与概括，或着眼现实，从不同的角度表达了对当前文化艺术发展趋向的敏锐观察与深刻洞见。丛书通过对我院近年来学术成果的检阅性、集中性展示，可以强烈感受到我院新时期以来的学术创新和学术探索，并看到我国艺术学理论前沿的许多重要成果，同时也可以代表性地勾勒出新世纪以来我国文化艺术发展及其理论研究的时代轨迹。

中国艺术研究院作为我国唯一的一所集艺术研究、艺术创作、艺术教育为一体的国家级综合性艺术学术机构，始终以学术精进为己任，以推动我国文化艺术和学术繁荣为职责。进入新世纪以来，中国艺术研究院改变了单一的艺术研究体制，逐步形成了艺术研究、艺术创作、艺术教育三足鼎立的发展格局，全院同志共同努力，力求把中国艺术研究院办成国内一流、世界知名的艺术研究中心、艺术教育中心和国际艺术交流中心。在这样的发展格局中，我院的学术研究始终保持着生机勃勃的活力，基础性的艺术史论研究和对策性、实用性研究并行不悖。我们看到，在一大批个人的优秀研究成果不断涌现的同时，我院正陆续出版的“中国艺术学大系”、“中国艺术学博导文库·中国艺术研究院卷”，正在编撰中的“中华文化观念通诠”、“昆曲艺术大典”、“中国京剧大典”等一系列集体研究成果，不仅展现出我院作为国家级艺术研究机构的学术自觉，也充分体现出我院领军国内艺术学地位的应有学术贡献。这套“中国艺术研究院学术文库”和拟编选的本套文库离退休著名学者著述部分，正是我院多年艺术学科建设和学术积累的一个集中性展示。

多年来，中国艺术研究院的几代学者积淀起一种自身的学术传统，那就是勇于理论创新，秉持学术自省和理论联系实际的一以贯之的纯粹学术精神。对此，我们既可以从我院老一辈著名学者如张庚、王朝闻、郭汉城、杨荫浏、冯其庸等先生的学术生涯中深切感受，也可以从我院更多的中青年学者中看到这一点。令人十分欣喜的一个现象是我院的学者们从不固步自封，不断着眼于当代文化艺术发展的新问题，不断及时把握相关艺术领域发现的新史料、新文献，不断吸收借鉴学术演进的新观念、新方法，从而不断推出既带有学术群体共性，又体现学者在不同学术领域和不同研究方向上深度理论开掘的独特性。

在构建艺术研究、艺术创作和艺术教育三足鼎立的发展格局基础上，中国艺术研究院的艺术家们，在中国画、油画、书法、篆刻、雕塑、陶艺、版画及当代艺术的创作和文学创作各个方面，都以体现深厚传统和时代创新的创造性，在广阔的题材领域取得了丰硕的成果，这些成果在反映社会生活的深度和广度及艺术探索的独创性等方面，都站在时代前沿的位置而起到对当代文学艺术创作的引领作用。无疑，我院在文学艺术创作领域的活跃，以及近十多年来在非物质文化遗产保护实践方面的开创性，都为我院的学术研究提供了更鲜活的对象和更开阔的视域。而在我院的艺术教育方面，作为被国务院学位委员会批准的全国首家艺术学一级学科单位，十多年来艺术教育长足发展，各专业在校学生已达近千人。教学不仅注重传授知识，注重培养学生认识问题和解决问题的能力，同时更注重治学境界的养成及人文和思想道德的涵养。研究生院教学相长的良好气氛，也进一步促进了我院学术研究思想的活跃。艺术创作、艺术教育与学术研究并行，三者在交融中互为促进，不断向新的高度登攀。

在新的发展时期，中国艺术研究院将不断完善发展的思路和目标，继续培养和汇聚中国一流的学者、艺术家队伍，不断深化改革，实施无漏洞管理和效益管理，努力做到全面协调可持续发展，坚持以人为本，坚持知识创新、学术创新和理论创新，尊重学者、艺术家的学术创新、艺术创新精神，充分调动、发挥他们的聪明才智，在艺术研究领域拿出更多科学的、具有独创性的、充满鲜活生命力和深刻概括力的研究成果；在艺术创作领域推出更多具有思想震撼力和艺术感染力、具有时代标志性和代表性的精品力作；同时，培养更多德才兼备的优秀青年人才，真正把中国艺术研究院办成全国一流、世界知名的艺术研究中心、艺术教育中心和国际艺术交流中心，为中华民族伟大复兴的中国梦的实现和促进我国艺术与学术的发展作出新的贡献。

2014年8月26日

目　录

上编　"此时此地":《红楼梦》戏剧研究

下编　"死活读不下去":《红楼梦》文本与现象研究

附录

| 上编 |

“此时此地”：《红楼梦》戏剧研究

舞榭歌台曲未终

——谈“黛玉葬花”在传奇、杂剧及京剧中的演变

“黛玉葬花”是小说《红楼梦》中最脍炙人口的片段之一，也是历来文人墨客最爱表现、刻画的场景，不惜究其源、绘其形、摹其神、表其情、演其态……种种手段，都是为了让自己心中的“这一个”林妹妹成为公众认可的形象。

《红楼梦》文本中葬花的不止一人，出现这件韵事的也不止一处，但一提起“葬花”，人们头脑中出现的都是第二十七回中“黛玉泣残红”[①]一节，黛玉荷花锄，锄上悬花囊，手拿花帚，袅袅婷婷，弱不禁风，尤其是“侬今葬花人笑痴，他年葬侬知是谁？一朝春尽红颜老，花落人亡两不知”，这缠绵幽咽的《葬花辞》更萦绕于耳。优美的画面感动了无数的读者，包括许多剧作家，纷纷想将自己对“黛玉葬花”的理解在舞台上表演出来。

据载，早在程乙本《红楼梦》问世的1792年，仲振奎就写出了《葬花》一折，大约嘉庆二年（1797）底或三年（1798）初，仲振奎又花了40天时间完成了长达56出的《红楼梦传奇》。而孔昭虔也于嘉庆元年（1796）改编了《葬花》一折。

剧作家首选“黛玉葬花”事件入戏并非偶然。《红楼梦》篇帙浩繁，事

① （清）曹雪芹、高鹗：《红楼梦》，中国艺术研究院红楼梦研究所校注，人民文学出版社1982年版。本文所有《红楼梦》引文如不另注，皆出自此，以下不再注明。

多人众，“倘欲枝枝节节而为之，正恐舞榭歌台，曲未终而夕阳已下。红裙翠袖，剧方半而曙色忽升”①。而之所以集中选择“黛玉葬花”，与其在小说中所占的分量、对读者的影响，以及是否具有戏剧性、演出效果，甚至剧作家本人的需要有关。“葬花”一节几乎成为后世黛玉忧郁、诗意形象的最佳诠释，它最大程度地感染了读者，引起他们的共鸣，也最能打动他们的心弦。而昆曲的细腻、优美、缠绵也正好契合黛玉的气质，表现宝、黛欲语还羞的纯情。

“黛玉葬花”的搬演主要是在清代的传奇、杂剧以及民国时期的京剧中，本文将以《红楼梦》文本中的“黛玉葬花”为基础，探讨这一情节在这些剧种中的叙事元素、舞台演出以及形象接受等方面的演变情况。限于篇幅，本文对其他剧种暂不涉及，容后再论。

一 改编与演出：昆曲中的“黛玉葬花”

清代有记载的根据《红楼梦》小说改编的戏曲大约有二十多种，我们现今所能见到的剧本主要有十多种，大都收在阿英所编《红楼梦戏曲集》中，包括孔昭虔的《葬花》、仲振奎的《红楼梦传奇》、万荣恩的《潇湘怨传奇》、陈锺麟的《红楼梦传奇》、吴兰徵的《绛蘅秋》、吴镐的《红楼梦散套》、朱凤森的《十二钗传奇》、许鸿磐的《三钗梦北曲》、石韫玉的《红楼梦》、周宜的

① 万荣恩：《〈红楼梦传奇〉序》，阿英编：《红楼梦戏曲集》上册，中华书局1978年版，第225页。本文中对孔昭虔的《葬花》、仲振奎的《红楼梦传奇》、万荣恩的《潇湘怨传奇》、陈锺麟的《红楼梦传奇》、吴兰徵的《绛蘅秋》、吴镐的《红楼梦散套》、朱凤森的《十二钗传奇》、石韫玉的《红楼梦》、周宜的《红楼佳话》以及许鸿磐的《三钗梦北曲》等十部著作中有关曲文、序言的引用，如不另注，皆出自此集，以下不再注明。

《红楼佳话》。另有无名氏的《扫红》[①]、褚龙祥的《红楼梦传奇》[②]。这些戏多为传奇，也有杂剧，除去《三钗梦北曲》，它们在内容上的一个共同点是都有对“黛玉葬花”的搬演，这正是本文论述的核心，故本节将以上面提到的除去《三钗梦北曲》后的十一部剧本为主进行论述。

（一）清代戏曲中“黛玉葬花”的改编

历史上第一个“红楼戏”就是单折的《葬花》，由仲振奎所编。尽管五十六出《红楼梦传奇》的最后完成时间要往后，但其中的《葬花》一折则是在乾隆五十七年（1792）单独完成。仲氏曾在《红楼梦传奇·自序》中这样说：“壬子秋末，卧疾都门，得《红楼梦》于枕上读之，哀宝玉之痴心，伤黛玉、晴雯之薄命，恶宝钗、袭人之阴险，而喜其书之缠绵悱恻，有手挥目送之妙也。同社刘君请为歌词，乃成《葬花》一折。”[③]壬子，即乾隆五十七年（1792），比孔昭虔创作于嘉庆丙辰（即嘉庆元年，1796）的《葬花》早四年。

仲振奎的《葬花》主要故事情节为：贾宝玉携书上场，看书时怜惜满身的落花，将其送入沁芳桥下。黛玉上场，与宝玉同看《会真记》。宝玉引用其词惹怒黛玉、道歉，二人重归于好，一起葬花，黛玉垂泪。晴雯叫走宝玉后，黛玉吟诵《葬花辞》，听如花美眷一曲。紫鹃来寻，二人下场。

仲著《葬花》将两件事（即宝黛共读西厢、黛玉葬花）合在了一起写，与《红楼梦》第二十三回“西厢记妙词通戏语　牡丹亭艳曲警芳心”、第二十七回“滴翠亭杨妃戏彩蝶　埋香冢飞燕泣残红”都有关联，开后来许多剧本的先河，

① 见《增辑六也曲谱》元集，张怡庵编校，石印本，1922年上海朝记书庄原版，校经山房成记书局印行（第二版）。吴梅曾在1936年3月18日《吴梅日记》中谈到谱中《扫红》《乞梅》两出是清代咸丰、同治年间胡孟路编的，没有说明根据，也没有说胡孟路写了全本还是只编了两出，亦不知其人生平。故此处还是说无名氏。

② 此书据说藏于天津图书馆，但笔者于网上并未查到。胡文彬先生曾于20世纪70年代在天津图书馆复印书中自序、题辞等，并于90年代抄写其中几出。胡先生在《红楼梦叙录》一书中对《红楼梦传奇》有较为详细的介绍。此次胡先生慷慨借阅，笔者不胜感激，无以言表，谨此谢之。

③ 嘉庆己未夏镌，绿云红雨山房藏板，1函5册，首即是红豆村樵自序。

即从这两个方面来写葬花故事。但与原著相比，还是有不少差异。首先是时间上的差异，原著中宝黛读西厢、黛玉听曲是紧连发生的，在三月中浣的某一天，而黛玉葬花的时间则在芒种节四月二十六，中间相差一个多月。而仲著让二事都发生在暮春的某一天，这也是大部分剧作家为了集中矛盾冲突、符合戏曲时空有限原则而采取的共同措施。而这种时间上的差异也导致了原著与改编中黛玉葬花装扮上的最大差异，即原著在“宝黛读西厢”一节中黛玉是“肩上担着花锄，锄上挂着花囊，手内拿着花帚”出场的，饯花之日的黛玉则是空身前往花冢哭泣的。而改编的剧作中的黛玉无论读曲还是葬花，至少手中会拿着花帚，向来不会空身。说到底，这都是为了提高戏剧演出的可看性，增强戏剧效果。

其次，人物安排也不同。仲著《葬花》中出场的有四位：生贾宝玉、旦林黛玉、贴晴雯、杂旦紫鹃。主角是宝、黛，这是不能改变的。但原著中找宝玉说老太太叫打发去给大老爷请安的是袭人而非晴雯，喊黛玉回潇湘馆的是香菱而非紫鹃，这种对过场人物的安排还是能看出作者的取舍的。一则可以减少头绪，不必为了另出香菱而增加内容，潇湘馆的丫头找潇湘妃子顺理成章；二则也和仲振奎的情感取向有关，“伤黛玉、晴雯之薄命，恶宝钗、袭人之阴险”，其喜晴雯而恶袭人是肯定的，自然时时想着晴雯。

再次，仲著中省略了原著中引起黛玉葬花的两个主要事由：一是宝玉在潇湘馆再次惹怒了黛玉；二是黛玉在怡红院叫门不开。没有了这两件事，黛玉的葬花就缺少了充分的感情酝酿。但作者用了另外的交代来呼应黛玉的情绪波动，那就是宝玉刚上场时的一段话：“与林妹妹两小无猜，同心已久，自谓今生得一知己，可以无憾。不料他搬进园来，性格忽然一变，若远若近，若喜若嗔，倒教小生无从揣度。”尽管这种呼应与原著比起来过于寡淡，但也不至于让人诟病剧情的发展只有高潮，没有铺垫。仲氏在“读曲”部分中也穿插了《牡丹亭》中的昆曲来营造氛围，这也是大部分剧本的通行做法，所不同的不过是采用的数目不一样而已。

仲振奎尽管是合《红楼梦》与《后红楼梦》在一起创作了《红楼梦传

奇》，改变了《红楼梦》的悲剧结局，并因此而常为后人批评，但他在《葬花》一折中对《红楼梦》文本还是很忠实的。比如宝黛读西厢时的小儿女情趣就颇有原著神韵；而黛玉也吟诵了《葬花辞》中最著名也是最能引起共鸣的两句："侬今葬花人笑痴，他年葬侬知是谁？一朝春尽红颜老，花落人亡两不知！"这种对文本的引用，不仅可以更好地传达原著的精神，也能够契合台下非常熟悉《红楼梦》的观众的心理期待。

仲著对后来的《葬花》还有一个贡献，即对黛玉葬花装扮的确定，他最大程度地忠实于原著林黛玉"肩上担着花锄，锄上挂着花囊，手内拿着花帚"的描述，确定了黛玉葬花的定妆照：珠笠、云肩、荷花锄，锄上悬纱囊，手持帚。此后，葬花的黛玉装扮无出其右者。清代舞台上黛玉的装扮也是如此。

另外，仲振奎对人物的动作也有很好的把握。原著中宝黛葬花的描述非常简单，只用"二人便收拾落花，正才掩埋妥协"交代，仲氏则把宝黛要去葬花时的一连串动作安排得有条不紊："生应，拾书藏介，荷锄携囊介。旦持帚扫介。生装花入囊介。"再如，黛玉听曲时的神态、动作是"痴听出神介，锄帚堕地介，软瘫坐地介，泪介"，把原著中黛玉由"点头自叹""心动神摇"到"如醉如痴，站立不住，便一蹲身坐在一块山子石上""心通神痴，眼中落泪"这种由表及里、心旌摇摇刻画得出神入化，引人入胜。

虽然仲振奎的《红楼梦传奇》颇受后人诟病，但其《葬花》的开创之功还是值得肯定，为后来的"红楼戏"尤其是"黛玉葬花"的改编打下了良好的基础。

单折《葬花》由孔昭虔完成于嘉庆丙辰(1796)，大概算得上是情节最简单的一折了。出场人物只有小旦林黛玉一人，其装扮也比较简单，"持花篮、花帚"。自报："萱椿早背，桑梓无依……举目无亲，触景尽成感慨！咳！这也是红颜薄命，自古如斯。今当暮春时节，天气困人，况值绿叶成荫，落红如绮，愈觉恼人情绪！不免到阶前一看去。看见落花，觉得其茵溷飘零，煞是可惜！"因此葬花。人物的情绪没有事件的前后关联，只是因为前日的姹紫嫣红、十分繁盛变为今日的花落枝枯而感慨红颜薄命，如【折桂令】中所唱："春色年年春恨绵，花老枯枝，人老红颜。"这是十分普遍的古代仕女伤春情结，只是借助了《红楼梦》中的黛玉之名而已。剧中《葬花辞》并未出现，只有改写的几句唱词："【碧玉箫】只道今番花落侬埋掩，未卜他年侬死更谁怜？薄命俺下场头也这般。红粉春残，青灯夜闪，黄沙便是吴娃馆。"全剧缺少戏剧冲突，几乎就是一幅静态的葬花素描。难怪孔昭熏短短的五句批语中就先提到"若太长"可以删除【锦上花】【么篇】二曲，又提到"似冗长"可删去【碧玉箫】【鸳鸯煞】二曲。[①]

孔昭虔号称精通音韵，《葬花》的语言也确实较为优美，但他描述的黛玉的动作实在是让人不敢恭维。黛玉的拾花动作是几次"作撩袖系裙介""卷袖介""坐地拾花介""坐地掘土埋花介"，过于写实的动作让黛玉葬花的美感荡然无存，完全填充了人们的想象空间，反而无助于扩展人物的舞台表现。此本未能奏之场上也就不足为奇了。

分析完《红楼梦》后改编的第一出"红楼戏"《葬花》与单折《葬花》，让我们再来比较一下其他九本的异同。《红楼梦》文本有关"黛玉葬花"的情节中最重要也是清代剧作家们着重描述的是读曲、葬花两件事情。所谓"读曲"包括宝黛西厢通戏语以及黛玉听曲，"葬花"则专指黛玉饯花之期葬花。通过综合分析《红楼梦》文本第二十三、二十四回与第二十六、二十七、二十八回有关"黛玉葬花"的前奏余波，我们可以分别将这两件重要事情进行切分。其中"读曲"可分为六个部分：1.茗烟送书；2.宝玉读西厢时将落花送入水中；3.宝黛共读西厢；4.宝黛葬花；5.黛玉听曲；6.香菱来找黛玉。"葬花"则可分为：1.宝玉在潇湘馆再次说错话，惹怒黛玉；2.黛玉在怡红院叫门不应；3.黛玉饯花之日葬花；4.宝玉恸倒山坡；5.二人重归于好。

两件事分开来看包含的内容非常丰富，而如何取舍以便在短暂的时空之

① 孔昭虔：《葬花》，抄本，藏于首都图书馆。

中处理好事件的节奏与关联，就要看剧作家的驾驭能力了。在这九本剧作中，只有朱凤森的《十二钗传奇》中的《葬花》与仲著一样，将两件事合写在一起。许鸿磐《三钗梦北曲小序》中说朱凤森因为不满仲振奎的《红楼梦传奇》，“思有以胜之”才创作了《十二钗传奇》，不过许鸿磐当时就表明“未见其能胜也”。确实，尽管朱凤森力求超过仲振奎，但事实却并非如此。仅以《葬花》一折而论，朱凤森就做了很大改变，不仅删去了黛玉听曲，对宝黛读西厢、葬花的顺序也做了调整，先是黛玉葬花，然后是《西厢记》妙词通戏语。词曲并未有过人之处。

剧中出场人物有二，即小旦林黛玉、生贾宝玉。林黛玉的装扮与仲著一样，即“珠笠云肩荷花锄，锄上悬纱囊，手持花帚”。朱凤森用的原著中的文句较多，《葬花辞》中的诗句、宝黛外貌的描述，都被照搬过来。

一折戏容量毕竟有限，我们可以明显地感觉到仲、朱二人的《葬花》中“葬花”写得不如“读曲”精彩，前者有被冲淡的嫌疑。而将两件事分开写，则让作者有了更充裕的敷衍空间，可以更好地展开矛盾，使场子不至于过冷。

将“读曲”“葬花”两事分开写的剧作有：万荣恩的《潇湘怨》、吴兰徵的《绛蘅秋》、吴镐的《红楼梦散套》、陈锺麟的《红楼梦传奇》。分开写的各本首先是剧目名称的不同。万荣恩与吴兰徵都将“黛玉葬花”称为《埋香》，而对“读曲”一折，万著称为《警曲》，吴著称为《词警》。吴镐写了《葬花》和《警曲》，陈锺麟的则称为《读曲》《饯春》。尽管名称各异，但在情节处理方面还是有相通之处。

万荣恩与吴兰徵有亲戚关系，后者是前者内兄俞用济之夫人，他们二人的处理方式也很相似，无论是《警曲》《词警》还是《埋香》，都与原著差别不大，可以说是最大程度地容纳了《红楼梦》文本中的主要信息，这也恰恰造成了剧情的分散。二人剧中都囊括了“读曲”中的第二、三、五部分，“葬花”中的第二、三、四、五部分，而且各自增添了新的内容，万氏在《警曲》开篇增加了黛玉的独自葬花，吴兰徵在《词警》开篇宝玉的自报家门中加入了诸人搬入大观园的信息，在《埋香》中增加了宝玉将袭人当作黛玉、抱住袭人诉衷情的情节（这在原著中是第三十二回的事件，作者挪用在此），这是诸本皆无的。值得一提的是二人安排的场上的砌末都很丰富：吴兰徵在“场上设假山”；万氏的《警曲》也是“设假山石、亭、桥、花卉”，而且“内放桃片，从桥下出”，《埋香》中也是“场上设假山花冢，小生立山中椅上”。当然比起后来舞台的效果是差远了，但在当时也就算不错了。

吴镐的《红楼梦散套》比起来则可以算作是情节最集中了，所谓“借片语单词已足歌成奏雅”[①]，不必面面俱到。《葬花》就写黛玉葬花，《警曲》只写宝黛读西厢、黛玉听曲，因此感情最为充沛，遣词造句也相当优美，颇得后人好评。听涛居士序云：“此制选辞造语，悉从清远道人四梦打勘出来，益复谐音协律，窈眇铿锵，故得案头俊俏，场上当行。”吴梅也说此作“远胜仲、陈两家。世赏其《葬花》，余独爱其《警曲》【金盏儿】二支，可云压卷”[②]。且引《葬花》中一支欣赏一番：

> 【商调集曲·八宝妆】【金梧桐】消磨却三生绮陌天，领受了半晌阳和境，一霎风光，做一霎凄凉景。【四块金】可怜他谪下蓬山，移来绣岭。【五更转】本来是孤苗悴业恹恹损，禁他雨雨风风，酿就了红颜薄命。【琥珀猫儿坠】空留这护花幡拂护花铃。【三台令】尚兀是送丁丁隔院声。【山坡羊】虽则是一抔瘠壤胭脂冷，较胜了落溷飘藩逐浪萍。【绿襕衫】这不是惺惺从古惜惺惺。【骏甲马】要晓得我异乡孤另影，说不尽那罗绮丛中凄楚情。

陈锺麟的《红楼梦传奇》共八十出，几乎与原著节节对应，但《读曲》

---

① 吴克岐辑：《忏玉楼丛书提要》，北京图书馆出版社2002年版，第317—318页。

② 吴梅撰，江巨荣导读：《顾曲麈谈·中国戏曲概论》，上海古籍出版社2000年版，第184页。

《饯春》两出相比较来说则较为简略，改编也较大。其《读曲》只有“读曲”中的第二、三部分，且将黛玉独自听曲改为二人共同听曲并加以评价；《饯春》则将主要视角放在了宝玉身上，先是写宝玉与众丫鬟饯春，又将黛玉葬花虚化，完全通过宝玉的听觉写出黛玉吟诵的《葬花辞》。

剩余四本，各有特色。周宜的《红楼佳话》只有六出，第二出《情谑》只写了“读曲”一事，且重点在“谑”上，侧重的是“痴公子出口没遮拦”而引发的儿女情趣。褚龙祥的《红楼梦传奇》八出的第二出即《葬花》，也是重点写“读曲”一事，与其他剧本差别不大，但对他本中只简单提及甚至一句话带过的宝玉辗转烦漶以及茗烟买书做了详细叙述，且对其中的几部野史都有介绍，语言较为大胆。石韫玉的《红楼梦传奇》、无名氏的《扫红》则对《红楼梦》文本改编较大。无名氏的《扫红》以前很少提到，偶有涉及也不过说其演“黛玉葬花”事，语焉不详，很容易让人误以为是演第二十七回黛玉葬花事。事实上，此本是以第二十三回为基础改编，将文本中“二人便收拾落花，正才掩埋妥协”短短的一句话加以敷衍而成。全剧主要写春尽将回，黛玉感慨花事将残，故到沁芳桥边收拾落花，恰遇宝玉在此看《会真记》，二人共同扫红，收拾落花。这是全剧重点，二人借落红、鹃啼等感叹春光易老，唱念俱全，曲词较为优美。后宝玉被丫鬟找去换衣服看望大老爷，将书遗忘在石上。黛玉独自看《会真记》，感叹红颜薄命，以落红为双文小影，凭吊尽心。宝、黛共同葬花在其他剧本中一般都是很简单的一句话带过，而黛玉独看《会真记》也是很有创意，在清代改编“黛玉葬花”的剧本中视角独特，非常新颖。

石韫玉的《红楼梦传奇》改编也很大。别本时间即使没明确写是饯花之期，也都标明是暮春时节，只有此本说今天是二月十二，是花诞之辰。只因夜有风雨，花落不少，因此黛玉交代紫鹃“携了花锄花帚，我们葬花去者”。此本只写葬花，虽也有黛玉生气、宝玉赔罪，却是因为宝玉说“趁今朝我和你同向花神祷”，与《西厢记》没有任何关系。剧中有大段宾白，唱词较少，很多本应为黛玉的独白，因作者安排紫鹃同行，并让二人问答完成，削弱了黛玉葬花的悲情色彩。比如二人葬花完毕，“（旦）紫鹃，我今日葬花，有人知道，必定笑我痴心，将来我死之后，却是何人葬我？”语句干瘪，感情萎缩，有无病呻吟之感。再如宝玉突现时二人的对话，毫无舞台情趣，场子非常瘟。

（生突出介）林妹妹，什么说话？

（旦惊介。唱）谁相叫？

（生）是我。

（旦）你从那里来？不提防猛然间来到。

（生）众姊妹都在园中，与百花庆寿，我那一答不曾寻你，你却躲在这厢。

（旦）你寻我做什么？

（生）请你到百花台同庆生朝。

（旦）这等，我不耐烦，你们自去。

（生）你一个人在此何事？

（旦）我么，看见这园中花事阑珊，红香满地，可惜他狼藉泥沙，被人践踏，靠这太湖石边，筑成小坟一座，收拾这些花片，埋葬其中，也算我爱花一场。

（生拍手笑介）妙哉！你做的好韵事也。只是我怪你为何不告诉我，让我也好同做这场功德。

笔者之所以不惮其烦引用如此长的一段对白，是为了让我们充分感受语言的乏味，原本动人凄楚的葬花在这里是怎样无趣的问答。

清代剧作家们对“红楼戏”的改编在某些方面还是很大的，甚至改变了人物的基本性格，而且剧作本身的基调也有很大差别。这些都与作者的思想、经历、道德观念、创作感情等有关，也和他们对《红楼梦》原著的接受甚至误读有关。我们知道，黛玉的饯花之日是四月二十六芒种节这一天，而陈锺麟却将其安排在四月二十八，这种时间上的差异或许只是一处笔误。而另外一处差异则引人深思。无论原著还是许多剧本中对宝黛因《西厢记》戏语口角的描述一般都离不开黛玉先怒后笑，或冷笑，或恼，甚至不生气，无论怎样，宝玉都是急忙用言语赔罪，唯有朱凤森的《葬花》中宝玉是“无言长跪”，并说“妹妹饶了我罢，吓死我了”。也许舞台上的动作确实需要夸张渲染，但这确实不符合宝玉的性格，实在是作者的一种误读。

再如上述剧作家中唯一的女作家吴兰徵在《绛蘅秋》中对宝玉的做派、行为的描述也让人不能赞同。原著中的贾宝玉尽管也有许多封建时代大家公子哥的缺点，但他绝对不是贾琏、贾珍那样的下流人。但吴著中贾宝玉的行为却很是不堪。《护玉》一折写宝玉的爱红症候，将小说中的虚笔进行写实：吃袭人嘴上的胭脂时“旦羞不肯介，生搂抢吃介”；吃晴雯嘴上的胭脂是“生搂抢吃介。生得意熟视介”。《词警》宝玉自报家门中诉说众人搬入大观园，老爷叫去训话时犹“还恨我那金钏的胭脂，未曾吃得”。这种写实固然有《红楼梦》文本作为基础，夸张的渲染亦可以增添舞台的戏谑，却歪曲了宝玉的性格。

综上所述，清代根据《红楼梦》文本有关情节改编的“黛玉葬花”大都以原著为基础，或强调“葬花”的凄楚诗意，或侧重“读曲”的儿女情怀，都没有超越原著本身。杂剧固然早已远离舞台，而昆曲在清末也几乎无人问津。在通俗文化流行的今天，它们如何重新进入大众的视野，确实是一个难题。

（二）“葬花”的舞台演出情况

清代《红楼梦》戏曲有不少是案头本，并未奏之场上。在舞台上比较流行的是仲振奎的《红楼梦传奇》、吴镐的《红楼梦散套》以及陈锺麟的《红楼梦传奇》。但即使能演的作品，也因曲文典雅而难以普及至下层观众，且篇幅冗长、旦角过多，一般只可选演单折，故成就了《葬花》等折子戏。加上自嘉庆、道光以后，雅、花争胜，昆曲日衰，“红楼戏”可谓生不逢时，难保长期的演出热度。

当时最受欢迎的是仲振奎的《红楼梦传奇》，其中《葬花》更是翘楚。“当时贵族豪门，每于灯红酒绿之余，令二八女郎歌舞于红氍毹上，以娱宾客，而《葬花》一出，尤为人所倾倒。”①不仅贵族豪门宅中多演此剧，当时梨园中亦极盛行。杨掌生完成于道光年间的《长安看花记》多记载京城梨园掌故，其中提到：“故歌楼惟仲云涧本传习最多。”②仲振奎极富才情，能文工诗，尤其精通音律，熟谙曲牌，写传奇达十六种之多。其《红楼梦传奇》颇具艺术感染力，该剧本很早就为优伶粉墨登场。许兆桂《绛蘅秋》序言中就说：“吾友仲云涧于衙斋暇日曾谱之，传其奇。壬戌春，则淮阴使者已命小部按拍于红氍上矣。”壬戌春，指嘉庆七年（1802）春，足见其演出之早，《集成曲谱》选载其《葬花》《扇笑》《听雨》《补裘》四出。

杨掌生还记载了不少有关“葬花”演出的情况，为我们了解那个时代的戏曲演出提供了宝贵的资料。比如，提到范秀兰所演《葬花》《折梅》等皆有可观，并详细记载了伶人演唱《葬花》时的场景：

凤翎，陈姓，字鸾仙，菊部中推弦索好手，演花大汉别妻，弹四条弦子，唱五更转曲，歌喉与琵琶声相答。……仲云涧填《红楼梦传奇》，《葬花》合《警曲》为一曲，南曲抑扬抗坠，取贵谐婉，非鸾仙所宜。然听其【越调·斗鹌鹑】一出，哀感顽艳，凄恻酸楚。虽少缠绵之致，殊有悲凉之慨。闻者自尔惊心动魄，使当日竟填北曲，鸾仙歌之必更有大过人者。

双寿，钱姓，字眉仙，吴人。……尝演《红楼梦·葬花》，为潇湘

① 吴克岐辑：《忏玉楼丛书提要》，北京图书馆出版社2002年版，第341—342页。

② 张次溪编纂：《清代燕都梨园史料》，中国戏剧出版社1988年版，第311页。文中另外几条杨掌生的记载皆出于此书，不再注明。

妃子。珠笠云肩，荷花锄，亭亭而出，曼声应节，幽咽缠绵，至“这些时，拾翠精神都变做了伤春症候”（笔者按：亦出于仲振奎《红楼梦传奇》之《葬花》中【北越调·斗鹌鹑】）句，如听春鹃，如闻秋猿，不数一声“河满”矣。余目之曰幽艳。

而对于演出黛玉的诸伶，杨氏给了眉仙最高分：“然琐琐余子，无堪称作潇湘馆主人者。虽有佳品，非过于秾，即失之劲。盖冷艳幽香，固自与夭桃郁李不同。惟眉仙差能近似耳。”要想成功出演戏剧舞台上的林黛玉、获得观众的认同，不仅要有唱腔，还要有神韵，不论哪个时代都是一项艰难的任务。

陈锺麟的《红楼梦传奇》也是“近日梨园多演之者”[①]。尽管其最大缺点“即不协于‘曲律’”[②]，陈氏自己也在“凡例”中说：“余素不谙协律，此本皆用四梦声调，有《纳书楹》可查。检对引子以下，大约相仿，惟工尺颇有不谐，度曲时再行斟酌。”陈氏对自己的短处非常清醒，但作品“对于小说中事迹之剪裁，脚色之分配，均称得法。结构尚为紧凑，词章亦颇工稳”[③]，姚燮也谓其“构局森严，运词绵丽，而不能袭三家一字，亦足树帜词场”[④]（此处三家是指仲振奎、吴镐、万荣恩）。因此其得到梨园青睐亦属当然。

吴镐的《红楼梦散套》也很受欢迎。杨掌生的《长安看花记》中较为公允地记载了当时这三家的演出情况：“尝论红豆村樵《红楼梦传奇》盛传于

① 杨恩寿：《词余丛话》卷三《原事》，《中国古典戏曲论著集成》第九册，中国戏剧出版社1959年版，第271页。

② 傅惜华：《关于红楼梦之戏曲》，吕启祥、林东海主编：《红楼梦研究稀见资料汇编》，人民文学出版社2001年版，第307页。

③ 同上。

④ （清）姚燮：《今乐考证·著录十·国朝院本》，《中国古典戏曲论著集成》第十册，中国戏剧出版社1959年版，第304页。

世，而余独心折荆石山民所撰《红楼梦散套》为当行作者。后来陈厚甫在珠江按谱填词，命题皆佳（余最爱《画蔷》一出，《绣鸳》一出情景亦妙），而词曲徒砌金粉，绝少性灵。与不知谁何所撰袖珍本四册者，同为无足轻重。故歌楼惟仲云涧本传习最多。散套则有自谱工尺，故旗亭间亦歌之。”

值得一提的是1963年俞平伯还曾对《红楼梦散套》的《葬花》《警曲》等折进行了修订整编，由许宝驯整理曲谱。同年，由北京昆曲研习社演出。[①]这足以见其流传之久，魅力之无穷。

（三）今本昆曲折子戏《黛玉葬花》

随着花部的兴起，昆曲越来越没有市场，“及光绪中叶，昆曲极衰，无人过问”[②]。黛玉的“葬花”也几成绝响，很少有剧本出现。就笔者所见，有南京大学中文系吴新雷先生发表于《红楼梦学刊》2006年第4辑的《昆曲折子戏〈黛玉葬花〉的改订本》。[③]作者在整理改订的思路中说：“朱凤森《十二钗传奇》着眼于‘金陵十二钗’，以江南的自然风貌作为大观园黛玉葬花的背景。另一方面，《十二钗传奇》第6出《葬花》的曲律参用了《牡丹亭·游园惊梦》的联套方式，这也有利于谱曲和捏戏，便于发挥昆剧传统艺术的优势。”因此，其“以清代中叶朱凤森《十二钗传奇·葬花》的套曲为基础，再参考陈锺麟《红楼梦传奇》等其他曲本，综合整理为现今这个折子戏剧本”。

剧中出场角色较多，至少有十一位。有小旦林黛玉、小生贾宝玉、贴旦紫鹃、小花脸茗烟、大花脸大花神、花旦众花神（六、八或十二之数）。林黛玉的装扮为“肩荷花锄，锄上悬纱囊，手持花帚”。剧情亦是将“葬花”“读曲”合写，与清代“葬花”以及原著的最大不同是加入了“掌管荣府大观园”的

① 吴新雷主编：《中国昆剧大辞典》，南京大学出版社2002年版，第899页。

② 罗瘿公：《鞠部丛谈》，《清代燕都梨园史料》，中国戏剧出版社1988年版，第950页。

③ 此外还有陈小翠所做杂剧《南双角调·黛玉葬花》等，载于其父天虚我生所编《文苑导游录》第六册，即第五种第六卷中，大约作于戊午（1918）四月。笔者也曾写过一系列文章，有兴趣者可以参看，借此机会，在此一并说明。相信不断会有新的“黛玉葬花”剧作补充进来。

大花神“因感黛玉惜花美意，欲成全她和宝玉的‘木石前盟’，只是碍于管家婆王熙凤‘金玉良缘’之言，宝、黛的前盟难圆。吾神留意众芳，怜香惜玉，赶在春归退位之际，使她俩精魂入梦，倾诉肺腑，互吐真情。以称快于一时也”。由此描述了一大段宝、黛梦中借助《牡丹亭》互诉衷情的宾白，颇有杜丽娘、柳梦梅风致。作者之所以将原著中花神写实，“挑明突出”，是为了起到“惊破红楼梦里心”的艺术效果。剧中宾白较多，也引用了一些原著及清代“红楼戏”中的词句，文辞优美，感情充沛，为昆曲的发扬光大做出了贡献。

二 革新与流行：京剧中的“黛玉葬花”

时至民国，随着昆曲的无人问津，“红楼戏”从昆曲扩展到地方剧种，葬花的黛玉也从楼阁厅堂的红氍毹走向下层民间的陋草台。由于花部的许多小剧种的民间性、通俗化，致使其无力改编皇皇巨著《红楼梦》，也无法搬演其中的公子小姐的诗意生活，只有北京、上海等大城市里的一些名伶才有可能胜任这项工作，京剧“红楼戏”便成了民国“红楼戏”的代表，尤其是南欧北梅最为人称道。以下笔者将主要对梅兰芳、欧阳予倩二人的《黛玉葬花》在叙事、演出等方面的革新以及给人们带来的全新感受加以重点论述，以便更好地理解京剧“黛玉葬花”的魅力之所在，重温梨园盛世。

（一）梅兰芳与《黛玉葬花》

与昆曲“黛玉葬花”最早被改编一样，《红楼梦》最早被改编为京剧的也是“黛玉葬花”。名气最大的当属专为梅兰芳打造、由齐如山写提纲、李释戡编写唱词、罗瘿公参与修订完成剧本，最后经过集体讨论创作而成的《黛玉葬花》，由梅兰芳1916年1月14日首演于北京吉祥园。电影《梅兰芳》中梅兰芳与十三燕打擂台，第三天在“吉祥戏院”上演的就是《黛玉葬花》，全场爆满。尽管电影与现实并不相符，但至少说明梅兰芳的“黛玉葬花”在当时确实非常叫座，获得了巨大的成功，掀起了戏曲界的“红楼热”。

其实此前京城里也有人扮演过宝、黛，梅兰芳在《舞台生涯四十年》中曾提到：前清光绪年间北京的票友们排过“葬花”和“摔玉”，“陈子芳扮黛玉，他的扮相是梳大头穿帔，如同花园赠金一类的小姐的打扮。韩六的宝玉，也是普通小生的扮相。每逢黛玉出场，台下往往起哄，甚至于满堂来个敞笑。观众认为这不是理想的林黛玉。”[①]且不论剧本、演出的好坏，单只“每逢黛玉出场”便引起满堂敞笑，就可看出观众无法接受“花园赠金一类的小姐的打扮”的林黛玉，潇湘妃子不是普通的闺阁小姐，她的丰神气韵用老戏的扮相无法表达。

梅兰芳也认为“前人的不排红楼戏，服装的不够理想，恐怕是最大的原因”。只有大胆革新，才能让“红楼戏”重新走上舞台。此前梅兰芳已在古装戏《嫦娥奔月》中以古代仕女图的装扮作为所演人物的蓝本，成功解决了嫦娥的服饰、扮相问题，故黛玉的服饰应该不成问题。

服装问题解决了，怎样编剧本就成了最大的问题。鉴于演员支配上的问题以及小说偏重儿女情长的特点，梅兰芳放弃了编排一出连台整本《红楼梦》的设想，而是先单排了一出小戏，即《黛玉葬花》。关于编剧思路，梅兰芳曾经提到：“我的朋友都认为过去陈子芳编演的，跟昆曲本子上写的‘黛玉葬花’，大半是拿二十七回‘埋香冢黛玉泣残红’做题材的。全剧只有三个人，没有别的穿插，场子相当冷静。我们何妨另辟途径，改用二十三回‘西厢记妙词通戏语，牡丹亭艳曲警芳心’的故事来编呢？这里面可以利用梨香院听昆曲的场面，比较多一点穿插。再讲到黛玉葬花的事实，本来见于二十三回。二十七回里边，只不过是黛玉对着花冢伤感而已。”这种思路，其实已经算不上另辟蹊径了。经过前面我们对清代“红楼戏”的分析，可以看出早在第一部“红楼戏”《黛玉葬花》中就已经有了葬花、读曲等诸多内容，

① 梅兰芳：《舞台生活四十年》，中国戏剧出版社1987年版，第293页。后文中有关梅兰芳及其《黛玉葬花》的引文如不另注，皆出自此书，不再注明。

至于利用昆曲的穿插来活跃氛围，更是不少剧本都采用的方法，梅氏的《黛玉葬花》并无太大新意，只是铺叙更为细致、感情更为充沛而已。

梅兰芳的《黛玉葬花》同仲著一样，也取材于《红楼梦》第二十三、二十七回，总共六出，这在他的《舞台生活四十年》中介绍得很详细，此处只略做介绍：第一场写茗烟因宝玉无聊就买了许多传奇脚本送上。第二场写宝玉见书大喜，带进园中观看。第三场写黛玉因怜惜落花而到园中葬花。第四、五场分别是袭人、紫鹃上场找宝玉、黛玉，都可算是过场。第六场是重头戏，写宝黛共读西厢，妙词通戏语，宝玉被袭人找去，黛玉独自听曲。[①] 全剧名为六场，实际上第一、二、四、五场都是用宾白交代串联，这些内容在清代“红楼戏”中常常是几句话就滑过去了。此本也是把“葬花”放在前面，重头戏是后面的“读曲”。前者改写了《葬花辞》，充分描写了黛玉的孤傲与孤苦，有着浓郁的感伤情绪；再配上精心编排的花锄舞，真可谓歌、舞的完美结合，既充分演绎了黛玉幽怨自艾的心情，也增加了戏曲表演的可看性，创造了优美的意境。后者的听曲部分要在帘内分别唱两段四节昆曲，而且每次听完一节，黛玉都要照词重念一遍，如何在很长一段的静态时间内表现出黛玉的如醉如痴以及伤己怀抱，实在是对演员的一大考验。结尾用【反二黄慢板】演唱《红楼梦》第五回“红楼十二曲”第三曲【枉凝眉】改写的六句词，预示了宝黛爱情的悲剧结局。

尽管傅惜华认为此本《黛玉葬花》“词章香艳秾丽，曲情凄婉动人，结构亦极精密”[②]，但实际上除了剧本敷衍的更为充分外，并没有对清代“葬花”有太大的超越，重要的是梅兰芳的演出令其有了火爆的流行。傅氏的“经梅

---

① 剧本见《梅兰芳演出剧本选集》，中国戏剧出版社1961年版，第71—84页。

② 傅惜华：《关于红楼梦之戏曲》，吕启祥、林东海主编：《红楼梦研究稀见资料汇编》，人民文学出版社2001年版，第307页。

兰芳表演于歌台上，倾动中外人士，博得莫大之荣誉”[①]，一语中的。这不能不归功于梅氏在黛玉扮相上的革新，此时的观众注重听，更注重看，“舞台上的黛玉一出场，一下子就吸引住了观众的目光。她的头上是‘品’字形古装发髻，佩以珠翠鬓花，上穿浅兰色大襟短袄，下系白色绣花长裙，外加腰裙一缕薄纱。一身淡雅而清新的装束，透露出这位美丽高洁之才女的绰约风姿和诗人气质。两只充满哀怨的眼睛里时时闪烁着希望和幻想的光芒。”[②]这种与老戏里完全不同的扮相在当时确实非常新颖，艳惊四座，契合了观众对林黛玉的想象期待，引起了观众的狂热。

“一出戏的是否受观众欢迎，只要看它在每一期里面演出的次数，就可以知道台下的反映。”《黛玉葬花》是非常受欢迎的。据梅兰芳描述，他在民国五年（1916）的冬季应许少卿的邀请第三次到上海来，在天蟾舞台唱了四十几天，“奔月”演了七次，“葬花”演了五次，这两出戏演的次数占到全部戏目的四分之一，而且每次都满堂。以至有人在许少卿的大照片上面的两个太阳穴的部位画出了两条线，左边写“嫦娥奔月”，右边写“黛玉葬花”。不难想象《黛玉葬花》及《嫦娥奔月》为其带来的巨大经济利益。这是《黛玉葬花》演出当年的盛况，到了20年代，此剧依然很流行。杜春耕、吕启祥先生曾写过《二、三十年代红楼戏一瞥》，列出了《群强报》的“红楼”戏目广告，时间是从1923年9月至1924年5月，再加上1928年6月，总共10个月。其中上演了《黛玉葬花》29次，仅次于《千金一笑》（34次）。有意思的是1928年农历五月二十日（阳历7月7日），梅兰芳、姚玉芙、姜妙香等在中和戏院演《黛玉葬花》，戏院大打煽情广告：“此剧为缀玉轩红剧之一，十年来风靡全国，无论中外，聆此剧者莫不颔许其最高尚最优美之意境。缘梅君饰取黛玉实能摹写潇湘妃

① 傅惜华：《关于红楼梦之戏曲》，吕启祥、林东海主编：《红楼梦研究稀见资料汇编》，人民文学出版社2001年版，第307页。

② 刘彦君：《梅兰芳传》，河北教育出版社1996年版，第77—78页。

子之神髓，中西厢记妙词通戏语、牡丹亭艳曲警芳心，止一往情深，幽妙无匹，末段反调尤为哀怨。当此艳阳天气，诚不可不看此回肠荡气之名剧也。请早驾临，免无佳座。”[①]作为被梅兰芳先生评价为“场子冷得可以，……简直可以掉到凉水盆里去的”戏目能如此吸引观众的眼球，不能不归功于梅兰芳的高超演技。

不过梅兰芳演出的黛玉也受到了一些批评，最著名当属鲁迅先生的那段评价：“我在先只读过《红楼梦》，没有看见‘黛玉葬花’的照片的时候，是万料不到黛玉的眼睛如此之凸，嘴唇如此之厚的。我以为她该是一副瘦削的痨病脸，现在才知道她有些福相，也像一个麻姑。”[②]鲁迅先生是反对“男人扮女人”的。而哀梨也有类似的看法：“女伶清秀些的，扮演林黛玉，那还罢了（我反对男伶饰此角）。这个贾宝玉，无论男伶女伶饰，总不免现出他的呆笨、浮滑、伧俗、浅陋出来。至于年龄不合，这还是小事呢。”[③]

穆儒丐也在社会小说《梅兰芳》第十回中借红豆馆主之言进行了批评：“若论这出戏，也看得了，只是与我从前看过的黛玉葬花大是不同。只就行头而论……你看黛玉的行头，倒像古装。怎么宝玉、袭人、紫鹃还是穿普通戏衣呢？难道同是一时代的人，会有两样服制么？……一个戏台上，跑出两样服制、两样发饰的人来，我就不懂是怎样用意了。”[④]估计这也是当时不少观众的想法。确实，梅兰芳的服饰、扮相是革新了，而其他诸角还是老样子。宝玉“身上是穿褶子，外加长坎肩，下面还带穗子，头上是

---

① 杜春耕、吕启祥：《二、三十年代红楼戏一瞥》，《红楼梦学刊》1996年第4辑。

② 鲁迅：《坟·论照相之类》，《鲁迅全集》第1卷，人民文学出版社2005年版，第195页。

③ 哀梨：《红楼梦戏》，《世界日报·明珠》1927年3月23日。

④ 《梅兰芳》第十回“丑业妇误逢姚阿顺　痴姑娘思嫁梅畹华”，见《盛京时报·神皋杂俎》连载之七十一，第三千六百七十一号。同时亦见单行本《梅兰芳》第十回，奉天（即今沈阳）盛京时报社1919年版，第132页。此书由中央民族大学的张菊玲先生从日本复印带回，素不相识，当笔者忐忑不安地希望一睹此书时，张先生慨然复印相赠，感谢之情，难以言表，谨此识之，以表谢意。同时亦感谢文化艺术出版社的陶玮老师、中央民族大学的曹立波老师的引见之情。

用孩儿发加‘垛子头’。就跟《岳家庄》的岳云头上的打扮一样的”，紫鹃、袭人“都是梳大头、穿裙袄、加坎肩、系腰带，还按着老戏里的大丫鬟扮的”，如此不统一确实容易引人诟病。但梅兰芳的“黛玉”扮相却与仲振奎笔下的黛玉一样，也成为舞台演出的范本，此二“黛”相比，我们似乎更喜欢不戴珠笠的黛玉。

然而无论如何，梅兰芳的演出盛况已经无法再现了，当时的火爆似乎已经预示了后来的非流行，没有了“角儿”，怎么引起观众的狂热呢？梅大师的“黛玉”神韵，尽管曾受到鲁迅先生的嘲讽，但却是人们心中的经典，无人能再现。虽然现在还有梅派弟子演出“黛玉葬花”节本，但是否还能唤起人们的共鸣，却要见仁见智了。

（二）欧阳予倩的《黛玉葬花》

几乎就在梅兰芳于北京排演《黛玉葬花》的同时，上海也有人在排《黛玉葬花》。1915年春，刚刚下海成为正式职业演员的欧阳予倩将其作为余兴首演于上海南京路谋得利戏馆楼上的春柳剧场，这是他排演的第一出《红楼梦》京剧，与杨尘因、张冥飞共同编著。

欧阳予倩的《黛玉葬花》取材于小说第二十六、二十七、二十八回，出场人物有：贾宝玉、晴雯、薛宝钗、林黛玉、紫鹃。第一场写宝玉在潇湘馆因戏言惹恼了林妹妹，回到怡红院，宝钗来访。黛玉敲门不开，满怀幽怨。第二场写黛玉第二天因此愁闷，饯花之日葬花。第三场写宝玉潜听。第四场写黛玉葬花，宝黛重归于好。①

欧阳本与梅氏本不同，不涉及读曲，只写葬花一事，最重要的特点是注重故事情节的来龙去脉与完整性、合理性。此本曾经有过多次修改，据他对梅兰芳的讲述，他们当初排是没有第一场的，“我演的‘葬花’，外面流传的本子只是三场。其实前面还有一场，是晴雯跟袭人白天在吵嘴，宝钗与黛玉

① 剧本见《京剧汇编》第五十七集，北京出版社1959年版，第51—60页。

劝完了，晚上黛玉到怡红院拍门，没有拍开，听见里面宝钗与宝玉的笑声，黛玉忍不住就哭了，唱几句摇板，回到自己的潇湘馆。我们在初次排演的时候，就把这一场的总本丢了，所以外面始终没有见到这一场的本子。”“等我在丹桂第一台重排‘葬花’……这里面的场子、服装、唱词、念白都有部分的修改。”[①]其中就有因感觉“宝黛二人当时引起误会的事实，没有明场交代，因此末了解释误会就没有根据”[②]而在前面加了一场。第二场中黛玉在怡红院吃了闭门羹，回到潇湘馆，有一段【西皮慢板】，欧阳予倩觉得老坐着唱会显得乏味、僵硬，为了增强演出效果，就加了弹琴、看书、调鹦鹉等动作，“但是调鹦鹉那段第一次却闹了笑话：我特为去买了一只鹦鹉，养熟了拿上台去，起先还好，不想我刚一走近它，它张开翅膀就飞，飞不动，倒吊在架子上，哇哇大叫，几乎把戏搅了。幸喜我还能临机应变——我本来有几句白，不说了，望一望鹦鹉，摇摇头，叹一口气，叫起来就唱，一面唱一面走向门外的方向，这样就把观众的注意转移到表演方面，过了难关。从此我换了个假鹦鹉。后来索性把调鹦鹉一段删了”[③]。由此可见，作者在剧本结构的严谨性、情节进展的合理性等方面下了很大功夫。欧阳予倩因早先从事话剧表演，所以非常讲究舞台表现力。据当时观剧者评论，黛玉登场时念的引子“春去无痕，葬天涯怎不销魂”“字极清颖，音极柔腻，洵使聆者销魂”，当悲叹“咳，这也是寄人篱下的苦处，怎不叫人伤感也”时，“音容间，含有无限凄楚，将满腔感慨，从无形中表出”[④]，给观众留下了深刻的印象。

欧阳予倩的服装“跟老戏里不同，有点接近时装戏的模样”[⑤]，后来受

① 梅兰芳：《舞台生活四十年》，中国戏剧出版社1987年版，第301页。

② 苏关鑫编：《欧阳予倩研究资料》，中国戏剧出版社1989年版，第74页。

③ 同上，第75页。

④ 王琳：《欧阳予倩的〈红楼梦〉京剧及其戏曲改革》，《戏曲艺术》2004年第2期。

⑤ 梅兰芳：《舞台生活四十年》，中国戏剧出版社1987年版，第301页。

到梅兰芳的影响改用了古装。他还尝试运用了新式布景、灯光、道具等，如舞台上的潇湘馆非常清幽，“回廊下挂着鹦鹉，纱窗外隐隐翠竹浮青，偶一开窗，竹叶便探进屋里”[①]，精美异常。

欧阳予倩编演“红楼戏”是他从事进步戏剧活动的一部分，也是他戏剧改革生涯的开端。“每一出里的调笑和科诨，都是有限度的。可是让别人拿去演了，往往搞得面目全非。并且也不照我的原词来念，随意窜改失去了我编剧的原意，这真是不胜遗憾之至。”欧阳的“红楼”京剧（包括《黛玉葬花》）没有在舞台上保留下来。

京剧中的“黛玉葬花”主要就是这两出，据许姬传回忆郭民原先生曾经告诉过他：“林季鸿、绍琴是亲哥俩，都擅长青衣。林四爷编的新腔，内行也跟他学。……林四爷编的‘葬花’，我在北京也听他唱过四句反二黄，行腔善用高亢之音，而韵味特别淳厚。”[②]由此可知，林季鸿的“葬花”也属京剧，不过面貌如何就不得而知了。

与清代的昆曲相比，京剧“黛玉葬花”无论是在剧本还是演出方面，都有了长足进步。首先，这种分场的体制让剧本的敷衍更有条理，情节也更集中；其次，此二剧本都是编者为演员量身打造，由名角专门演出，效果自然非同凡响。时代的进步、演员文化底蕴的提升也都为剧作的成功提供了保证。然而，这种革新带来的流行却往往具有时效性，一旦新意成为旧套，再加上红星不再，戏曲的演出效果可想而知。周贻白曾这样评价古装新戏：“虽皆立意新颖，但取材皆逃避现实，词句亦务于华赡。好在当时的观众，都是些以消遣为目的之资产阶级，多半不求甚解，只要服装新奇、姿态美丽，已可满足其好奇心理了。”[③]尽管有些偏颇，但确实是一旦好奇心消失，观众自

① 曲六乙：《欧阳予倩和红楼戏》，苏关鑫编：《欧阳予倩研究资料》，中国戏剧出版社1989年版，第395页。

② 梅兰芳：《舞台生活四十年》，中国戏剧出版社1987年版，第301页。

③ 周贻白：《中国戏剧史长编》，上海书店出版社2004年版，第564—565页。

然会变得异常挑剔，严峻的市场挑战即刻到来。

此外，子弟书、大鼓、弹词、秦腔、越剧、滇戏、闽剧、粤剧、四川清音等剧种也有“黛玉葬花”的编演，那就是另外的话题了。

三 小结

从以上对“黛玉葬花”的简单梳理中不难看出，不同时代、社会思潮和文艺思潮影响下的编者对原著有着不同的理解和诠释，会创作出完全不同的作品。即使身处同一个时代，由于个性、经历、背景等的差异也会有不同的改编效果。市场更是对戏曲的演出提出了越来越高的要求。

杂剧早已远离舞台，昆曲也好，京剧也罢，在传统戏曲不景气的今天，活跃在舞台上的“黛玉”已经很少见了，除了梅派的《黛玉葬花》偶有选场演出之外，其余的几乎都已失传。在抢救传统艺术的大潮中，如何采取切实措施让京昆艺术发扬光大?

改编自《红楼梦》尤其是以宝、黛为主角的“红楼戏”，比如《黛玉葬花》，往往使场子文雅有余，却冲突不足。它们不容易具有京剧的通俗、豪放，而雅化的昆曲又往往难以进入普通大众的视野，“红楼戏”的两难境地确实很尴尬。

那么在当前市场环境下，如何保持京昆的魅力呢？改变是绝不可少的。梅派演员张晶曾记述了她重排《黛玉葬花》的体会：“1996年，我参加了北京梅兰芳京剧团‘梅华香韵’中《黛玉葬花》一剧的演出，经过梅葆玖等老师和石宏图导演以及朱绍玉老师的精心创作和指导，赋予该戏全新的理念，使这出濒临失传的红楼戏以全新的面貌重返舞台，它与最初梅兰芳先生的版本不尽相同。我在25分钟的时间里，通过层次清晰的念白和大段【反二黄】唱腔，配以适当的动作表演，再加上简单的舞台灯光布景的陪衬，以情景剧的模式演绎了新的《黛玉葬花》，受到观众的普遍认同。新《黛玉葬花》使舞台显得更加空灵，人物更加丰满；在‘情融于境、境烘托情’的意境中表现人物及其内心世界，更增强了艺术感染力。”[1]演员的自身体验可以给我们更好的反馈，全新的理念、全新的面貌、情景剧的模式，这些确实是有益的尝试。而青春版《牡丹亭》的巨大成功，黄梅戏、越剧《红楼梦》的成功编演经验，是否也可以给京昆中的“红楼戏”以思考和启示？我们也期待着能有更多的新鲜血液注入“红楼戏”的肌体，让其焕发出新的光彩，重现盛世时光。

（原载《红楼梦学刊》2009年第6辑）

① 张晶、梅玮：《浅析梅兰芳先生的三出“红楼戏”》，《戏曲艺术》2006年第4期。

陈小翠的戏曲创作与婚恋人生

2010年香港苏富比春季拍卖会上，陈小翠的《紫藤牡丹》最终以10万港元成交，5月份，她的《竹林仕女》更是拍出了人民币11.2万元的价格。尽管我们不能完全以价格的高低来判定作品的优劣，但现代女画家的行情自20世纪90年代以来一路看涨则是确定无疑的。诗书画无一不精的陈小翠就是其中非常被看好也非常有潜力的一位。很多人还不是很了解她，但要提起她的父亲，估计大家都会释然了，其父即著名鸳鸯蝴蝶派作家、“无敌牌”牙粉的制造者、实业家陈蝶仙。陈氏有一篇自己所做的《天虚我生传》：“娶于朱，有子二人，长曰蘧，字小蝶，次曰次蝶，女子子曰璻，时人誉之者，辄比为眉山苏氏云。”[①]这一门皆是文杰中的女子即是陈小翠。

陈小翠（1902—1968），名璻，小翠为其字。又字翠娜，别署翠侯、翠吟楼主，其斋名翠楼。钱塘杭县（今浙江杭州）人。1934年，陈小翠与顾青瑶等在上海创女子书画会，又组织画中诗社，兴盛一时。后受聘任上海画院画师。除画之外，陈小翠还对诗词、骈赋、散曲、杂剧、传奇无一不精，并与父兄等人合作，有《薰莸录》《自杀党》《疗妒针》《望夫楼》《海外裴航》《视听奇谈》《法兰西之魂》《情天劫》等多本译著。时人对其评价颇高，一代宿儒

① 《中国纸业》，1940年征求号。

钱名山在自己的诗话中提到陈小翠时连连发出“天使名山不死，获此奇观，岂偶然哉”“鄙人得此诗，可以死矣”[①]等感慨！而郑逸梅也说“在近数十年来，称得上才媛的，陈小翠可首屈一指了”[②]。其诗文集主要有《翠楼吟草》《翠楼文草》《翠吟楼词曲稿》等，有自印本《翠楼吟草》二十卷。这样一位才女却几至湮没无闻，直到近年才逐渐有人对其加以研究，但大多对其画作、诗词等较感兴趣，而对其早年的杂剧、传奇等很少问津。偶有提及，也语焉不详。陈小翠主要有杂剧《仙吕入双角合套 · 梦游月宫曲》《自由花》《护花幡》《南仙吕入双角 · 除夕祭诗杂剧》《南双角调 · 黛玉葬花》，传奇《焚琴记》等。本文拟主要结合陈小翠的婚恋人生对陈小翠的杂剧、传奇做一简单探讨，以期抛砖引玉。

一

陈小翠是个早慧的孩子，其父陈蝶仙在为女儿出嫁（陈小翠26岁嫁给浙江省督军汤寿潜之孙汤彦耆）时请好友中华图书馆老板涂筱巢刻印的《翠楼吟草 · 序》中曾这样写道：“清宣末年，予自平昌幕中归，挈我妻女泛舟于七里泷间，始知吾女已能属对，时年十岁。越三年，予客蛟门，吾妇来函多为吾女代笔，函尾缀以小诗，婉娈可诵。予初以为吾妇口占，而吾女笔之于书，及后挈眷来署，始知左家娇女，亦已能文。嗣予侨居海上，以译著小说为生涯，辄命分译一编，颇能称事。”[③]陈小翠幼时之聪慧可见一斑。小翠十三岁著诗《银筝

① 钱名山：《名山诗话》，张寅彭主编：《民国诗话丛编》第二册，上海书店出版社2002年版，第671页。

② 郑逸梅著，朱孔芬编选：《郑逸梅笔下的文化名人》，上海书画出版社2002年版，第250页。

③ 陈小翠：《翠楼吟草》，天虚我生：《栩园丛稿二编》第四卷，上海著易堂印书局1927年版。《翠楼吟草初编》与《栩园丛稿二编 · 栩园娇女集》中的《翠楼吟草 · 序》个别地方不一样。比如这里的“时年十岁”在《翠楼吟草初编》中为“时年九岁”。下文引用的序言中的“绝少朋俦，惟与顾青瑶时通笔札，馀皆懒慢，往往受书不报”一句在《翠楼吟草初编》中则没有“惟与顾青瑶时通笔札，馀皆懒慢”一句。特此说明，以便查备。《翠楼吟草初编》为首都图书馆藏辛巳重刊本。

集》，其诗词、小说、译作等常发表于当时的各种报刊，而在其父陈栩主编的《女子世界》上我们还可见到陈小翠的芳容。《女子世界》在刊首常常登投稿者小影，1914年12月的创刊号上即有“陈翠娜女士”小影，1915年第二期上则有“朱懒云女士及其十三龄之女翠娜”小影。照片上的陈翠娜不能算十分漂亮，但温婉可爱。如今，我们看着当年各种报刊上的照片，除了感受她们的绝代风姿之外，只能感谢幸亏有人愿意刊登，也有人愿意把自己的照片登出，否则，这么多珍贵的资料何处可寻？

“五四运动”前后，正是西学东渐、反对故旧的时期，旧的文学体式几乎没什么市场。而恰恰在这时，陈小翠这个十几岁的小姑娘却写了不少杂剧、传奇，而其中蕴含的思想也与时代潮流格格不入。这一点，其实是很耐人寻味的。联系我们要讲到的陈小翠的人生，尤其是婚姻生活，或许很多只是我们的猜测之想，当时的情境、事实究竟为何，我们无法确知，但起码可以给我们一些启示。

关于陈小翠的婚姻生活，到目前为止，只能从作者自己的诗词或是他人的回忆记载探得一鳞半爪，从中仔细感受作者委婉细腻、欲说还休的情意，没有更多的第一手资料明确记载她的婚姻生活。在陈巨来的《安持人物琐忆》中，因为陈栩的嫌贫爱富、仰攀高门，陈小翠最终嫁给了浙江省督军汤寿潜的长孙汤彦耆，而不是与之发生爱情的顾佛影。但二人婚姻并不长久，小翠生一女翠雏后，即离婚。此后陈小翠一直没有再婚，即使顾佛影后来曾向小翠提出结婚，也被小翠婉拒，认为二人还是做知交更好。更为感人的是，顾佛影生病后，小翠时时前来探视，顾氏自知不起，临死前将小翠所写诗、词、函、书，付之一炬，不愿小翠负此不好名声，为汤氏所诋。[①]《红楼梦》中林黛玉临终时带着对宝玉的爱与恨焚烧了自己的诗稿，而顾佛影也将小翠写给自己的一切文字都化为了灰烬。以陈小翠感悟《红楼梦》之深，顾

---

① 陈巨来：《安持人物琐忆——记庞左玉和陈小翠》，《万象》2001年第三卷第七期。

佛影此举留给她的当不仅仅是爱这么简单。

关于文中说到陈栩嫌贫爱富、仰攀高门这一点，我们是不能同意的。暂且不论浙江省督军的孙子是否真的是一纨绔子弟，单以陈栩自己的经历及观念而言，他是否会包办婚姻就值得商榷。在陈栩的一生中，除了与他琴瑟和谐的妻子朱懒云之外，还有两位女性曾经占据了重要地位。一位是他称为“顾仲姊”的顾影怜，另一位是筝楼，因为伦常、门第、财富等原因，有情人最终未能成为眷属。尽管与妻子美满幸福，可“到底意难平”，陈蝶仙在《泪珠缘》《黄金祟》等小说中详尽描绘了自己对顾影怜、筝楼的热爱，对门第、金钱干预婚姻的痛恨。韩南曾在《中国近代小说的兴起》一书中专辟一节“陈蝶仙的自传体爱情小说”，对此详加论述，感兴趣的读者可参看。[①]因此，我们很难想象他会因为同样的门第、贫富之见而去干预自己女儿与顾佛影的婚事，非要她去嫁给什么督军的孙子。陈蝶仙反对婚姻包办，支持恋爱自由、婚姻自主，但他同时也反对当时那种动辄离家出走的激进做法，这一点可能对陈小翠有深刻影响。他希望在婚姻问题上父母能与子女共同协商，使双方都满意。我们可以在陈蝶仙对待长子陈小蝶的婚事的书信中看得更明白一点。他在1913年5月24日的《申报 · 自由谈》上发表了《复唐法思先生书》，大概是因为之前唐法思写信给陈小蝶，愿为执柯，“辞意恳切，非类戏谑”。陈蝶仙就此回复，文中详细叙述了自己的包办婚姻，从十岁订婚至十八岁结婚，八年间与妻子从未见过一面，自己甚至因此抱厌世主义，幸亏婚后夫妇感情和谐，否则二人必早有以抱恨而死者。在批判了包办婚姻的弊端之后，陈栩提出了自由结婚的观念，但这个自由结婚后面还必须有三项条件：“一、媒妁之言；二、父母之命；三、结婚者双方之同意。此三项在礼则以一、二两件为重，而在情则以第三项为至重也。年来为小儿议婚在一、二两项固无不具，独于第三项则多不能完备，故亦只得唯唯否否。”陈蝶仙推己及

① 参见［美］韩南：《中国近代小说的兴起》，徐侠译，上海教育出版社2004年版。

人，详细论述了自己对待小蝶婚事的态度，这样一个开明的父亲怎会不念钟爱的女儿的幸福，一定要逼她嫁给一个她不喜欢的人呢？

关于陈栩对陈小翠婚姻的态度，在施蛰存的回忆中我们似乎也能感受到一点。1922年第2卷第1号的《半月》上发表了十七岁的施青萍与十九岁的陈小翠联袂而作的《〈半月〉儿女词》，这是施蛰存、陈小翠分别为第一至十五期、第十六至二十四期的《半月》封面谢之光所绘仕女图配的题词。二人虽素未谋面，却合作得相当精彩。据说当时施蛰存的表叔沈晓孙在天虚我生开办的家庭工业社执事，而陈小翠也在社中任事。其表叔因觉得二人之合作非常有趣，遂向天虚我生提亲，以期促成施蛰存和陈小翠之姻缘。而当时天虚我生提出的条件不过是要施蛰存登门拜访，其表叔乃带小翠照片回松江见过施蛰存父母，施父到杭州之江大学与施蛰存说小翠事，可惜施蛰存以“自愧寒素，何敢仰托高门”为由，婉谢了这门婚事。[1]否则，或许文坛上又添一段佳话，而世间也少了一位薄命才女。陈栩之开明亦可见一斑。

因此，我们可以推想，陈小翠并未与顾佛影结婚而最终嫁给了汤彦耆，应该不牵扯到什么贫富、门第等原因。而且，陈小翠的传统伦理道德观念较强，本身并不是一个特别新潮的、具有全新思想的女士，这一点，陈栩说得十分明白，而且在她的杂剧、传奇等创作中都有十分清楚的体现。

二

陈栩曾在《翠楼吟草·序》中这样描绘女儿的沉静性格：“居恒好静，绝少朋俦，惟与顾青瑶时通笔札，馀皆懒慢，往往受书不报，盖以寒暄语非由衷，不善为酬应辞也。然与人辩论古今得失，则又滔滔莫之能御。庭帏琐屑，不甚置意，日惟独处一室，潜心书画，用谋自立之方。其母尝曰：‘吾家

① 刘军：《儿女庚词旧有缘——施蛰存与陈小翠的一段往事》，《新文学史料》2009年第2期。

豢一书蠹，不问米盐，他日为人妇，何以奉尊嫜，殆将以丫角终耶？’璻则笑曰：‘从来妇女自侪厮养，遂使习为灶下婢。夫岂修齐之道，乃在米盐中耶？’母无以难，则惟任之。但奉母命维谨，前年予病危，母命夜起祷天，茹素三月，虽不信有鬼神事，顾亦奉行罔懈，盖其心正意诚，有足多也。”[①]一个贞洁孤傲、谋求自立而又事亲纯孝的少女形象如在目前，这种高洁品性一直伴其一生，对她的婚姻、人生都有很大影响，以至在上海画院时她曾被喻为《红楼梦》里孤傲、高洁的妙玉。

陈小翠毫不怀疑女性应该好好读书，应该自立，这是她一以贯之的思想。除了上面陈栩的描绘，再以一事为例。1934年冬天，陈小翠在上海与幼时的小伙伴残英重逢。残英姿容隽爽有丈夫气，因与前夫关系不谐而有了情人，后不顾仅有一周岁的儿子而毅然离家。谁知后来的丈夫因事进了监狱，儿女年幼，孤苦无依。此时的残英昔日的风姿已荡然无存，只有无尽的沧桑与凄苦。陈翠娜唏嘘不已，“盖女天资非劣，但未尝学问，为外境所诱，堕落至此，可怜亦可惜也”[②]。她认为残英的不幸是因为她没有读过书，以致经不起诱惑而私奔。作者因此作了散曲《南越调·残英曲》，颇有点“哀其不幸，怒其不争”的意味。

年轻的陈小翠支持女性读书、自立，但也在自己的传奇、杂剧中阐述了对当时的新思想（如自由恋爱、争取婚姻自由等）所抱的怀疑态度，以《自由花》杂剧为例。《自由花》为独幕短剧，一人主唱一个套曲，主角以外之人都只有对话、动作，无唱词，与元杂剧的体制相同。小翠描述了一个叫郑怜春的妓女的悲惨遭遇。郑怜春出身大家，辛亥革命那年，“我见同校女友一个个俱是自由婚配，想俺才貌超群，岂肯学那无知儿女，一任父母作主，去嫁个一面不识之人。因此我虽许字王郎，却又另选择一个可意郎君，订了自由婚约”。

---

① 陈小翠：《翠楼吟草》，天虚我生：《栩园丛稿二编》第四卷，上海著易堂印书局1927年版。

② 凌景埏、谢伯阳编：《全清散曲》（增补版）下册，齐鲁书社2006年版，第2239页。

谁知却为其所骗，其家中已有妻子，自己饱受凌辱，最终被其凶悍妻子卖入烟花。陈小翠在剧中描绘了当时乱世之中各种学说甚嚣尘上令人无所适从的景象："【前腔】世乱如麻，惊醒深闺井底蛙。（说什么）自由权利，爱国文明，羞也波查。口头禅语尽情夸。（倒变做了）没头蝇蚋无缰马。……【前腔】（俺本是）白璧无瑕，也只被卢骚（笔者按：即卢梭）学说误侬家。"①而可怜的郑怜春也只能幻想着何时才能像"老大嫁作商人妇"的琵琶女一样在知音面前倾诉衷肠："【前腔】（这才是）一着都缘自家差……纵教弹瘦玉琵琶，何处觅江州司马。"她所能做的只是准备受老鸨的责打。女子本要追求自由幸福，最后却落得如此下场。当年的自由恋爱、自主结婚固然造就了许多幸福的家庭，但也有不少上当受骗入火坑的不幸之人。本剧就是小翠"事见近人笔记，予哀其遇为谱短剧"。陈栩曾在《著作林》上发表《自由花传奇》，写崇尚新学、追求自由、渴望有所作为的花懊侬不满被困闺阃，尤其哥哥因自身利益要将其嫁于豪绅荡公子为室而女扮男装、离家出走，谁知却被打着自由、维新旗号的贾维新骗到了所谓的自由学校中。此剧只写了五出，未完。另外，陈栩还有《自由花弹词》十六出发表于《申报·自由谈》，有兴趣的读者可深入挖掘其间的联系与传承。

陈小翠这种对自由恋爱、婚姻自主的怀疑、不认同还表现在她的传奇《焚琴记》中。在那个火热的年代，尤其在善于创办诸多刊物支持女性的上海，小翠竟似乎生活在世外，冷眼观看着世事纷纭。《焚琴记》不知具体创作年代，但肯定是在小翠出嫁之前所作，共十出，分别为《楔子》《宫宴》《闺忆》《病讯》《妒谋》《乔拒》《惨诀》《焚琴》《碎玉》《雨梦》。作者描述了蜀帝小女小玉与乳母之子琴郎的悲惨爱情遭遇。小玉与琴郎青梅竹马，一起长大，后蜀帝以二人年龄渐长，多有不便，命乳母携子出宫。谁知琴郎因此日

① 陈小翠：《翠吟楼词曲稿》，天虚我生：《栩园丛稿二编》第四卷，上海著易堂印书局1927年版。

夜思念小玉，以致大病不起。乳母无奈，答应琴郎写信给小玉，邀她祆庙相见诀别。谁知书信被宫中丫鬟宝儿拾到，宝儿早对琴郎有好感，因妒生恨。在小玉最终不忍而去祆庙进香之时，宝儿将事情报告给了蜀帝。结果蜀帝大怒，下令火焚琴郎于祆庙，并将小玉软禁。幸亏宝儿后悔，将琴郎救出，与乳母三人一起入山而居。小玉恹恹而死，死后大悟。而琴郎也在春梦婆的引导下，与小玉相见，最终大彻大悟。

此剧情节曲折，曲辞优美，足可见小翠之才华。比如写小玉与琴郎的两小无猜、青梅竹马之情："【前腔】两小鹣鹣，道是无情却解怜。有多少浅嗔薄怒，浓欢双笑，蜜语甜言。芙蓉影里爱凭肩，梨涡笑比谁深浅。又谁道散了离筵便隔着银墙碧汉路三千。"再如小玉被蜀帝软禁所唱的心中的委屈与怨愤："【前腔】天哪！难道前世前身原则是离恨天中负谴人。便生生揉碎揉碎了芳心，掐断情根。他泉台风雨泣孤魂，我红闺哀恸成孤另，更遗累到闺箴，硬派定我柳梢人影约黄昏。"[①]曲风典雅而又明白如话，是民国剧坛少有之佳作。而其结构之精巧，尤其是第十出《雨梦》中琴郎所作梦中梦，梦醒之后还是一个大梦的写法颇值得称道。而且剧作也让我们感受到陈小翠对经典作品《红楼梦》《桃花扇》等信手拈来的借鉴与传承。这一点不仅表现在作者对《红楼梦》一书中词语的点睛化用，也表现在对人物、情节的设置上。比如小玉也是下凡历劫，其临死前的呕血、晕倒、瞪目神痴等一系列动作、语言、神态简直与黛玉之死有异曲同工之妙。而生、旦二人皆被点化的结局也让我们想起了李香君与侯朝宗。关于陈小翠所受《红楼梦》等的影响，笔者拟另撰文，此不赘述。

作者揭明本剧创作主旨为"以古鉴今，聊针末俗"，慨叹"可知情之一字，正是青年人膏肓之病。可笑近来女子，争言解放，惟恋爱之自由，岂礼

---

① 陈小翠：《翠吟楼词曲稿》，天虚我生：《栩园丛稿二编》第四卷，上海著易堂印书局1927年版。

义之足顾？试看那公主以纯洁之爱情，尚尔得此结果，况下焉者乎？”尽管不乏谨慎、保守、重礼之意，但却饱含了陈小翠对社会、国事尤其是女性命运的深沉忧虑与冷静思考。她对当时所谓自由解放的社会风气提出批判：“生无媚骨，羞为儿女之容；性本耽闲，且作樊笼之鹤。只是世界潮流，愈趋愈下，燃来犀镜，无非鬼魅之颜；听到钟声，尽熟黄粱之梦……正是：年来国事沸蜩螗，若个甘为折臂螳。举世昏昏皆入梦，赖谁只手挽颓纲。”并对当时的自由新式女子进行品评：“【前腔】兵气轩昂走将来，各个靴声先送响。自由解放，要赚人回顾眩奇装，妆做出乱头时节倾城样。英雌威焰高千丈，改尽了女儿腔，错认做兵连吴越开新仗。”这其实是对那种只在表层改头换面、只是呐喊呼吁而并没有实质性的改变做基础、做保障的自由解放的质疑，并不是真正反对女性自由解放。这种对女性恋爱、婚姻的谨慎，不随潮流而动其实包含着年纪轻轻的陈小翠对千百年来女性自身命运的理性思考。这种小心翼翼里蕴含着作者对女性如花般命运的保护、无奈与悲凉，在她另外两部杂剧《护花幡》《黛玉葬花》中有深刻的反映。

《护花幡》是一部短剧，写自称“无道韫才华、有绛珠心性”的谢惜红在花朝日梦中参加众花神欢乐聚会，但封家十八姨（风神）突然来临，且作威作福，结果引起花神的反抗，众花神请谢惜红制作彩幡以保护她们的故事。作者在结尾写道：“【南尾声】多情愿做司香令，惟愿取腻绿成围锦作城，莫与那梦里空花同一瞬。”[①]作者同情、保护女性，并希望女性团结一致反抗暴力的思想跃然纸上。

“惜红”者当然会爱护花儿，这一点在杂剧《黛玉葬花》中更为明显。因此剧并未与《自由花》《护花幡》《焚琴记》等一起收入《翠楼吟草初编》《栩园娇女集》等中，而是放在了天虚我生编辑的《文苑导游录》中，因此

① 陈小翠：《翠吟楼词曲稿》，天虚我生：《栩园丛稿二编》第四卷，上海著易堂印书局1927年版。

很少被关注。《文苑导游录》是陈蝶仙办的“栩园编辑社”函授班的弟子们的作品集，总共十集，既有弟子们的原作，也有改后作及所获得的分数、等级。陈小翠、顾佛影都有作品在其中，且分数都较高。这篇《黛玉葬花》为“甲，85分”，可见很受陈栩的肯定。

陈小翠的《黛玉葬花》杂剧大约作于1918年，与此前清代改编《红楼梦》的大部分戏曲中对“黛玉葬花”的处理不同，也与当时颇为流行的京剧梅兰芳之《黛玉葬花》、欧阳予倩之《黛玉葬花》不同。此剧既不着重于对宝黛爱情的描摹，也不牵扯共读《西厢》的任何情节。《黛玉葬花》同《自由花》一样，也是一人主唱。此剧与清代孔昭虔的单折《葬花》杂剧类似，也是以黛玉一人的感受为主，只是这种感受比孔氏之描述更深沉复杂，除了伤春，更有伤人伤己，其气质更与《红楼梦》中的黛玉相契合。《黛玉葬花》中出场人物主要有黛玉、紫鹃二人，宝玉只有“生石上掩面恸哭介”这一动作。中心情节是黛玉在暮春时候前往园中葬花，“免得伊堕溷随萍，更增薄命”[①]。作者既怜惜残花片片，又推花及人，感叹女性当年的花容玉貌、万千恩爱最终是飞花落絮无人问。曲辞云：“【沉醉东风】早则是媚春风柳明花艳，多化作困沉沉惨绿愁青。红雨暗长亭，有多少倚楼人病，任你是娇姿傲性，一例的香消玉损。当日个宝镜云屏，消瘦了恩怜万顷，到得个飞花落絮，更谁来问。……【碧玉箫】纵有日月圆风静，怕花开明岁依然薄命。泪空零，心早冷，愁似织恨难平。谁把你镜中来觑，掌中来擎。只落得葬秋坟骨蚀胭脂冷。”小小年纪的陈小翠对女性命运之悲惨有着超出年龄、阅历的深刻认识。花容月貌无法长久，镜里恩情更是依靠不得，人与花同命，甚至还不如花侥幸，因为花还有“我”帮着收拾呢！除了无奈与悲叹，更有一种冷静的审视的意味。

---

① 天虚我生编：《文苑导游录》，上海时还书局1926年版。

三

这是因为陈小翠不仅仅是一位只知慨叹女性命运的闺中少女，她的性格中还有关心国事、谋求独立自主的一面，她知道女性的命运其实离不开整个大环境的影响。她的另外两部杂剧《仙吕入双角合套·梦游月宫曲》《南仙吕入双角·除夕祭诗杂剧》则分别描绘了自己的高洁品性以及忧民伤怀、渴望为国施展抱负的宏愿。

《仙吕入双角合套·梦游月宫曲》除收入《翠楼吟草初编》《栩园娇女集》外，曾于1917年9月30日载于《申报》，署“栩园正谱、小翠倚声”，也收入了《文苑导游录》中，可将原作与改后作对看。此剧是作者自抒怀抱之作，写“生长闺门、耽情诗酒”“渠本散仙”的女子小翠，于中秋之夜，见一栏花影，想嫦娥也不免寂寞，因此对月怀想，不觉入梦。结果月中仙女寒簧前来引小翠游广寒宫，只见一派清凉仙景，并聆听霓裳仙曲。此次游历因嫦娥的突然回来而中断。醒来后，却是“改尽了虚无仙景，依旧是寂寞空庭。暗腾腾香销烛冷，夜沉沉漏深人静”①。作者的高洁恬淡、仙性才情通过月夜遣怀以及月宫仙景的描述展露无遗。

如果说《仙吕入双角合套·梦游月宫曲》还是陈小翠雅人情怀的展示，那么，《南仙吕入双角·除夕祭诗杂剧》则表现出她忧国忧民、欲待机施展抱负的爱国情怀。此剧大约作于1918年，写贾岛因皇上不解其诗而被降为长江主簿。除夕之夜，贾岛倍觉郁闷难平，遂饮酒祭诗，抒写自己的非凡志向以及等待时机施展自己擎云手段的远大抱负。其【步步娇】云：“又是天涯愁时候，岁月空辜负。深睡醒，倦凝眸，还把残年，灯边厮守。卖不了痴呆，却买到牢骚万斛诗千首。”其【尾声】云：“吟称空有诗千首，莫比做轻薄多才小魏收，只把我心坎中间热血呕。”这与她在套曲《仙吕入双角合套·题除夕祭

① 天虚我生编：《文苑导游录》，上海时还书局1926年版。

诗图》中表现的对国家前途、命运的关切以及痛苦、无奈是一致的。其词云："【南江儿水】放眼今何世，人间一杵钟。乱纷纷谁把江山送。他醉昏昏睡不醒华胥梦，俺苦依依作甚么唐衢恸。菜芽满瓮，浊酒盈钟，把酸滋味今朝享用。……【清江引】俺酒边热血和诗涌，尺纸全无缝。纵得碧纱笼，难疗心头痛。想他日呵，也不过添了埋文三尺冢。"

正是这种对自身品性的高度修持以及对国家、时事的宏大关怀，才能让陈小翠对女性命运有着犀利清醒的认识与深刻了解之同情。她没有流于当时轰轰烈烈地追求自由、科学、民主、解放的表面，而是从历史的深层旋涡中去审视这种幸福命运的最大可能性。我们可以说她是维护旧伦理，跟不上时代的步伐，却也正反映了一个知识女性在国家尚处于落后、混乱、动荡状态下所采取的最冷静的态度与最安全的措施。尽管后来陈小翠在自定的作品集中删削了早年的《自由花》《护花幡》《焚琴记》等作品，但应并非是思想已改变，之所以如此或许是形势使然。知书识礼，不盲目随波逐流，独立自主，把握自己的命运，陈小翠认为女性应该具有此种能力，这也与陈栩在《翠楼吟草序》中所言一致，看来陈小翠无论是在创作还是自己的生活中，一直秉承了这一观念。

陈小翠与汤彦耆离婚后，一直没有再婚。关于二人的婚姻为何破裂，因一直没有第一手的资料，我们只能猜测是二人志趣不投，以陈小翠性情之高洁，品格之独立，对于"庭帏琐屑，不甚置意"，日日只知"独处一室，潜心书画，用谋自立之方"，婚后琐碎的现实生活肯定会与理想发生冲突，在这种情况下，早就认清花容月貌、镜中恩情都无法依靠的陈小翠做出离婚的决定亦不难想象。二人婚姻破裂更多的应该是因为这种性格、理想的冲突，并非毫无感情。这一点陈小翠的诗词可以为我们提供佐证。抗战初期，汤彦耆似乎从军，因此小翠作有《送长孺》及《早行》，"一战本来非得已，全家何敢怨流离。太平重见知何日，铜柱珠崖有所思"，"酒最伤神宜饮少，忧能损肺莫眠迟。……强欲从君因母老，漫天烽火阻归期"；"患难与人坚定力，乱离无地寄哀吟。杜陵四海飘蓬日，一纸家书抵万金"；"破晓驱车去，还从虎口行。乱离生白发，患难见真情。生死存肝胆，乾坤付战争。天寒忧失道，风雨度危城”[①]；依依惜别、谆谆叮嘱之情溢于言表，若真无感情，焉得如此？对于陈小翠诗词中描述的与其夫之间的感情纠葛，刘梦芙在《二十世纪传统文学的玉树琪花——陈小翠作品综论》（《翠楼吟草》前言）中有较为详细的论述，有兴趣者可参看。而顾佛影与陈小翠于1946年在分别十年后相逢、相知，却仍然没有成为夫妻。她在《南仙吕·寄答佛影同学兄》、《还珠吟有谢》七绝九首、《重谢》七律二首等中委婉而又坚决地表明自己只愿与顾佛影结为知交、不想结为夫妻的态度。

陈小翠是很注重名节的，“燕雀安知鸿鹄飞，平生珍惜缕金衣”（《绝句》），“千金马骨君何取，谣诼蛾眉我却忧”（《重谢》）[②]。也许今天我们可以说她不能大胆地追求自己的幸福，有点迂腐，但这确是她执着的信念。正如《焚琴记》中的蜀帝之女小玉，深受礼教束缚，极重自己的闺名，她虽与琴郎两小无猜，但对于二人不能成婚并未反抗，只说“今生已矣料无缘，相知何必定成姻眷”。而对于琴郎写信求相见，她既担心流言，也担心自己的闺名，因此一开始是拒绝的。而出事后，她痛苦思念琴郎的同时，也哀叹“以一念之差，铸此大错，夫复何言”，自己孤苦无依不说，“更遗累到闺箴，硬派定我柳梢人影约黄昏”，日以泪洗面，最终恹恹而死。小翠身上也有这种孤傲，而顾佛影应该对此有清醒的认识与尊重，因此他才会临终焚稿，不愿别人诋毁陈小翠。

陈小翠的杂剧、传奇虽是她早年的作品，却让我们清楚地看到了一个追求自我完美而又忧国忧民、关注女性命运的才女当年的风姿，也让我们更能感性地理解她后来的生活与婚恋。当我们在唏嘘不已中想象1968年7月1日陈

① 参见刘梦芙：《二十世纪传统文学的玉树琪花——陈小翠作品综论》，此文是《翠楼吟草》前言，见刘梦芙的新浪博客：http：//blog.sina.com.cn/u/1744392323。

② 同上。

小翠在两次逃跑都被捉回后怀着怎样心灰意冷、万念俱灰的满腔悲愤，最终决定以煤气自戕时，只能万般慨叹才女风姿终不可见，更何况当年？

欣闻陈小翠自定的《翠楼吟草》三编二十卷已被列为中华诗词研究院项目《二十世纪诗词名家别集丛书》[1]，付黄山书社排版，加以点校。倘能即时出版，是陈小翠之幸，更是倾慕才女当年风采的读者们之幸！

（原载《洛阳师范学院学报》2010年第6期）

---

① 又记：陈小翠著、刘梦芙编校的《翠楼吟草》如今已作为中华诗词（BVI）研究院项目、北京复雅堂文化传播有限公司主办《二十世纪诗词名家别集丛书》一种由时代出版传媒股份有限公司、黄山书社于2010年11月出版，令人欣喜！有兴趣者不妨细细读之。

陈小翠《黛玉葬花》及其他

“黛玉葬花”是曹雪芹《红楼梦》中最脍炙人口的片段之一，也是历来文人墨客最爱表现、刻画的场景。《红楼梦》文本中“葬花”的不止一人，“葬花”韵事也不止一处，但一提起“葬花”，人们头脑中出现的都是黛玉“肩上担着花锄，锄上挂着花囊，手内拿着花帚”、袅袅婷婷、弱不禁风的样子，尤其是“侬今葬花人笑痴，他年葬侬知是谁？一朝春尽红颜老，花落人亡两不知”[①]，这缠绵幽咽的《葬花辞》更萦绕于耳。但实际上，黛玉的这副扮相与《葬花辞》并非同一回出现，前者是在第二十三回“西厢记妙词通戏语”一节，后者则是在第二十七回“埋香冢飞燕泣残红”一节，不过此时的黛玉是空身前往的。而之所以我们脑海中会不由自主出现如此画面，其实离不开许多剧作家的推波助澜。

剧作家首选“黛玉葬花”事件入戏并非偶然。《红楼梦》篇帙浩繁，事多人众，“倘欲枝枝节节而为之，正恐舞榭歌台，曲未终而夕阳已下。红裙翠袖，剧方半而曙色忽升”[②]。集中选择“黛玉葬花”，与其在小说中所占的分量、对读者的影响，以及是否具有戏剧性、演出效果，甚至剧作家本人的需

① （清）曹雪芹、高鹗：《红楼梦》，中国艺术研究院红楼梦研究所校注，人民文学出版社1982年版，第383页。

② 万荣恩：《〈红楼梦传奇〉序》，阿英编：《红楼梦戏曲集》上册，中华书局1978年版，第225页。

要有关。“葬花”一节几乎成为后世黛玉忧郁、诗意形象的最佳诠释，它最大程度地感染了读者，引起他们的共鸣，也最能打动他们的心弦。

这其中有一位年未双十的女子，以自己不同时俗的独特视角抒发了对“黛玉葬花”的感受，虽尚未引起重视，却在《红楼梦》戏剧改编史上留下了特殊的印迹。这就是民国史上著名才女陈小翠的杂剧《南双角调·黛玉葬花》。

一

陈小翠（1902—1968），名璻，小翠为其字，又字翠娜，别署翠侯、翠吟楼主，其斋名翠楼，钱塘杭县（今浙江杭州）人，是著名鸳鸯蝴蝶派作家、“无敌牌”牙粉的制造者、近代著名实业家陈蝶仙的爱女。1934年，陈小翠与顾青瑶等在上海创立女子书画会，又组织画中诗社，兴盛一时。后受聘任上海画院画师。除画之外，陈小翠还对诗词、骈赋、散曲、杂剧、传奇等无一不精。小翠十三岁著诗《银筝集》，写作小说，刊于《申报》及其父亲编辑的《女子世界》等；十六岁时即出版《薰莸录》《疗妒针》《情天劫》《法兰西之魂》《望夫楼》《自杀党》《视听奇谈》《露莳婚史》等多本译著，并与其兄陈小蝶都获得了教育部给奖优等小说褒奖状。其诗文集主要有《翠楼吟草》《翠楼文草》《翠吟楼词曲稿》等。陈小翠自幼受教，一代宿儒钱名山在自己的诗话中提到她时连连发出“天使名山不死，获此奇观，岂偶然哉”“鄙人得此诗，可以死矣”①等感慨！而郑逸梅也说“在近数十年来，称得上才媛的，陈小翠可首屈一指了”②。其父陈蝶仙创办的《女子世界》上常刊登投稿者的小影，其中1914年的创刊号上即有“陈翠娜女士”小影，1915年第二期上则

① 钱名山：《名山诗话》，张寅彭主编：《民国诗话丛编》第二册，上海书店出版社2002年版，第671页。

② 郑逸梅著，朱孔芬编选：《郑逸梅笔下的文化名人》，上海书画出版社2002年版，第250页。

有“朱懒云女士及其十三龄之女翠娜”小影。照片上的陈翠娜不能算十分漂亮，但温婉可爱。

陈小翠与冰心、林徽因等同时，以她的家境与聪慧，似乎应该是出国留洋，成为开一代新风的风云才女。可令人诧异的是，陈小翠一直对传统文化情有独钟，对“五四”时期宣扬的个性解放没什么好感，与当时的思想潮流格格不入。

这可能和陈小翠生活于具有浓厚旧家庭氛围中有关，虽然周围是西风东渐、新旧交替的动荡环境，但并不影响她本人浸淫在传统文化的滋养中。在大力提倡白话文、创作新文体的社会大环境下，陈小翠热衷的却仍然是诗词曲文一道。我们知道，陈小翠的父亲陈蝶仙一生酷爱红楼，曾自诩为“我本红楼梦里人”，其作品《泪珠影》《潇湘影弹词》等颇多红楼色彩，更以《红楼梦》第十一、十二回为基础改编了《风月宝鉴》。陈蝶仙还曾与夫人朱懒云以懒蝶为名发表过一首《红楼杂咏》，分别吟咏了黛玉、宝钗、晴雯、袭人。其中咏黛玉一首如下：“魔幻绕年年，花残月缺天。早知香梦误，嫁与自行船。”[1]而且“黛玉葬花”应该在他心中占有重要地位，陈蝶仙自己就曾写过《题林潇湘〈葬花图〉次聂同仙韵》《一剪梅·用竹山韵题〈葬花图〉》等。这些作品中所反映出来的对《红楼梦》的领悟其实都给陈小翠以深刻的影响，在她的杂剧《黛玉葬花》中我们可以很清晰地品味出来。

《黛玉葬花》创作于陈蝶仙创办的函授班中，收于天虚我生编辑的《文苑导游录》，少为人知。1917年起，陈蝶仙创办“栩园编译社”，函授创作。当时报刊小说风行，一般文人或青年多有尝试写作，仰慕天虚我生之名，经常将他们的作品请他润饰，陈蝶仙就决定在闲暇时从事函授。入社先后有二百余人，遍及国内各省市，大部分是工商业的小职员、学徒以及爱好旧文学的青年，每人每月缴社费四元，每星期通信一次，每月改文字一篇。此外，还

① 懒蝶：《红楼杂咏》，《小说新报》1915年第8期。

解答文学问题，选较好的或具有代表性的作品，刊登在他自编的不定期刊物《文苑导游录》上。总共十集，既有弟子们的原作，也有改后作及所获得的分数、等级，至1925年，共出了十期。陈小翠与其兄陈小蝶以及陈蝶仙的弟子顾佛影、张默公、晏直青等都曾从中发表作品。

二

我们知道，自《红楼梦》问世以来，就不断有其改编作品出现，历史上第一个“红楼戏”就是关于“黛玉葬花”的，仲振奎单折《葬花》的编写时间就是程乙本《红楼梦》问世的1792年。大约嘉庆二年（1797）底或三年（1798）初，仲振奎又花了40天时间完成了长达56出的《红楼梦传奇》。而孔昭虔也于嘉庆元年（1796）改编了《葬花》一折。

清代有记载的根据《红楼梦》小说改编的戏曲大约二十多种，我们现今所能见到的剧本大概有十多种，大部分都集中收在阿英编《红楼梦戏曲集》中。“黛玉葬花”故事是许多剧作的重头戏，除去上述两种外，万荣恩的《潇湘怨传奇》、陈锺麟的《红楼梦传奇》、吴兰徵的《绛蘅秋》、吴镐的《红楼梦散套》、朱凤森的《十二钗传奇》、石韫玉的《红楼梦》、无名氏的《扫红》、褚龙祥的《红楼梦传奇》等也都有“黛玉葬花”故事。

在《红楼梦》文本中，与“黛玉葬花”有关的情节主要集中在《红楼梦》的第二十三回“西厢记妙词通戏语　牡丹亭艳曲警芳心”、第二十七回“滴翠亭杨妃戏彩蝶　埋香冢飞燕泣残红”，即读曲、葬花这两件事情，至于第二十四、二十五、二十六、二十八几回则是其前情与余波。由于剧作长短、作者思想之不同，各本对这两件事的选取角度不同，对人物的安排、情节的取舍、时间的设置等也都各有所需。

其中最值得提的是仲振奎、孔昭虔各自创作的《葬花》。仲著《葬花》主要故事情节为：贾宝玉携书上场，看书时怜惜满身的落花，将其送入沁芳桥下。黛玉上场，与宝玉同看《会真记》。宝玉引用其词惹怒黛玉、道歉，二人重归于好，一起葬花，黛玉垂泪。晴雯叫走宝玉后，黛玉吟诵《葬花辞》，听“如花美眷”一曲。紫鹃来寻，二人下场。将宝黛共读西厢、黛玉葬花合在了一起写，开后来许多剧本的先河。

仲著对后来的“黛玉葬花”还有一个贡献，即对黛玉葬花装扮的确定，他最大程度地忠实于原著林黛玉“肩上担着花锄，锄上挂着花囊，手内拿着花帚”的描述，确定了黛玉葬花的定妆照：珠笠、云肩、荷花锄，锄上悬纱囊，手持帚。此后，葬花的黛玉装扮无出其右者。清代舞台上黛玉的装扮也是如此。

虽然仲振奎的《红楼梦传奇》合《红楼梦》与《后红楼梦》在一起，并改变了《红楼梦》的悲剧结局，颇受后人诟病，但他的《葬花》开创之功还是值得肯定，为后来的“红楼戏”尤其是“黛玉葬花”的改编打下了良好的基础。

孔昭虔的单折杂剧《葬花》完成于嘉庆丙辰（1796），大概算得上是情节最简单的一折了。出场人物只有小旦林黛玉一人，其装扮也比较简单，“持花篮、花帚”。自报：“萱椿早背，桑梓无依……但举目无亲，触景尽成感慨！咳！这也是红颜薄命，自古如斯。今当暮春时节，天气困人，况值绿叶成荫，落红如绮，愈觉恼人情绪。不免到阶前一看去。”[①]看见落花，黛玉觉得其茵溷飘零，煞是可惜，因此葬花。人物的情绪没有事件的前后关联，只是因为前日的姹紫嫣红、十分繁盛变为今日的花落枝枯而感慨红颜薄命，如【折桂令】中所唱：“春色年年春恨绵，花老枯枝，人老红颜。”这是十分普遍的古代仕女伤春情结，只是借助了《红楼梦》中的黛玉之名而已。剧中《葬花辞》没有出现，只有改写的几句唱词：“【碧玉箫】只道今番花落侬埋掩，未卜他年侬死更谁怜？薄命俺下场头也这般。红粉春残，青灯夜闪，黄沙便是吴娃馆。”全剧缺少戏剧冲突，几乎就是一幅静态的葬花素描。

---

① 孔昭虔：《葬花》，阿英编：《红楼梦戏曲集》上册，中华书局1978年版，第2页。

孔昭虔号称精通音韵，《葬花》的语言也确实较为优美，但他描述的黛玉的动作实在是让人不敢恭维。“作撩袖系裙介”“卷袖介”“坐地拾花介”“坐地掘土埋花介”，过于写实的动作让黛玉葬花的美感荡然无存，完全填充了人们的想象空间，反而无助于扩展人物的舞台表现。

时至民国，随着昆曲、杂剧的无人问津，宝黛的故事逐渐在京剧舞台上流行起来，尤为人称道的就是南欧北梅了，即与陈小翠的《黛玉葬花》相差没有几年的梅兰芳、欧阳予倩的《黛玉葬花》。

专为梅兰芳打造、由齐如山写提纲、李释戡编写唱词、罗瘿公参与修订完成剧本，最后经过集体讨论创作而成的《黛玉葬花》，由梅兰芳1916年1月14日首演于北京吉祥园。梅兰芳的《黛玉葬花》同仲著一样，也取材于《红楼梦》第二十三、二十七回，总共六出。几乎就在梅兰芳于北京排演《黛玉葬花》的同时，上海也有人在排《黛玉葬花》。1915年春，刚刚下海成为正式职业演员的欧阳予倩将其作为余兴首演于上海南京路谋得利戏馆楼上的春柳剧场，这是他排演的第一出《红楼梦》京剧，与杨尘因、张冥飞共同编著。欧阳予倩的《黛玉葬花》取材于小说第二十六、二十七、二十八回。欧阳本与梅氏本不同，不涉及读曲，只写葬花一事，注重故事情节的来龙去脉与完整性、合理性。

欧阳予倩的《黛玉葬花》首演于上海，而梅兰芳的《黛玉葬花》也曾在民国五年（1916）的冬季应许少卿的邀请在天蟾舞台演了五次，而且每次都满堂。可令人意外的是，同居于上海的陈小翠似乎并没有被二人折服，她的《黛玉葬花》与清代改编《红楼梦》的大部分戏曲中对“黛玉葬花”的处理不同，也与梅、欧不同。陈小翠的《黛玉葬花》既不重于对宝黛爱情的描摹，也不牵扯共读《西厢》的任何情节。也许陈小翠非常向往元杂剧的辉煌，因此她的《黛玉葬花》与孔昭虔的最为相似，她虽然处在民国东西方文化交汇的历史大潮中，但她所钟爱的却是传统氛围中的旧文化，创作出颇具古雅色彩的杂剧《黛玉葬花》。

陈小翠的这篇《南双角调·黛玉葬花》发表在《文苑导游录》第六册，

即第五种第六卷中，获得了“甲，85分”，可见很受陈蝶仙的肯定。此剧大约作于戊午（1918）四月，承袭了元杂剧的体式，一人主唱，与较早的“红楼戏”——孔昭虔的《葬花》类似，也是以黛玉一人的感受为主。主要出场人物只有黛玉、紫鹃二人，中心情节是黛玉在暮春时候前往园中葬花，“免得伊堕溷随萍，更增薄命”。开场林黛玉的装扮是“淡妆”“荷花锄”，一曲【新水令】后，自报家门，感慨：“绿叶成荫，斜阳如梦。又是暮春时候，料想园中花片，定又飘零。俺为此携着锄囊，前往替他埋葬，免得伊堕溷随萍，更增薄命也。”作者既怜惜残花片片，又推花及人，感叹女性的花容玉貌、万千恩爱最终是飞花落絮无人问。曲辞云：“【沉醉东风】早则是媚春风柳明花艳，多化作困沉沉惨绿愁青。红雨暗长亭，有多少倚楼人病，任你是娇姿傲性，一例的香消玉损。当日个宝镜云屏，消瘦了恩怜万顷，到得个飞花落絮，更谁来问。……【碧玉箫】纵有日月圆风静，怕花开明岁依然薄命。泪空零，心早冷，愁似织恨难平。谁把你镜中来觑，掌中来擎。只落得葬秋坟骨蚀胭脂冷。”小小年纪的陈小翠对女性命运之悲惨有着超出年龄的深刻的认识。花容月貌无法长久、镜里恩情更是依靠不得，人与花同命，甚至还不如花侥幸，因为花还有“我”帮着收拾呢！除了无奈与悲叹，更有一种冷静的审视的意味。

与孔昭虔的《葬花》不同的是，陈小翠的《黛玉葬花》还增加了紫鹃与黛玉的互动。剧中紫鹃是为了要请黛玉喝药而前来找寻，黛玉因“满地残红，东风犹妒”而哭，紫鹃却说：“姑娘痴也。这花是无知的，值得这般怜惜。”黛玉埋怨紫鹃：“也不知我的心里。如此说来，俺只索一个儿憔悴死也。”紫鹃因此说了一段开导之言：“俺想这花儿，今日虽是飘零，到了明年，自然有个月圆花好的时候。”并进一步解释说：“盛绝必衰，本是一定的道理。这花因前此开的忒繁盛了，所以才有零落，若要像姑娘院子里的竹一般潇洒出尘，自甘淡泊，谅也不致遭际如花了。”虽然紫鹃之言被黛玉斥为“痴丫头”的“痴话”，可这却是陈小翠借紫鹃之口说出的，既是劝慰林黛玉，也是劝慰天下曾经或者将来有可能“盛极而衰”的女子。陈小翠的这篇作品尽管被陈蝶仙评为有的地方句法有误，有的平仄不谐，但“甲，85分”足以表明对其肯定，在诸习作中也算是高分。

三

陈小翠是个早慧的孩子，陈蝶仙在为女儿出嫁（陈小翠26岁嫁给浙江省督军汤寿潜之孙汤彦耆）时请好友中华图书馆老板涂筱巢刻印的《翠楼吟草·序》中这样写道：“清宣末年，予自平昌幕中归，挈我妻女泛舟于七里泷间，始知吾女已能属对，时年十岁。越三年，予客蛟门，吾妇来函多为吾女代笔，函尾缀以小诗，婉娈可诵。予初以为吾妇口占，而吾女笔之于书，及后挈眷来署，始知左家娇女，亦已能文。嗣予侨居海上，以译著小说为生涯，辄命分译一编，颇能称事。”陈小翠幼时之聪慧可见一斑。

然而聪慧的陈小翠却并没有经营好自己的婚后生活，与浙江省督军汤寿潜的长孙汤彦耆的婚姻并不长久，小翠生一女翠雏后，即离婚。此后陈小翠一直没有再婚，直到“文革”中以煤气自戕。

陈蝶仙曾在《翠楼吟草·序》中这样描绘女儿的沉静性格：“居恒好静，绝少朋俦，惟与顾青瑶时通笔札，馀皆懒慢，往往受书不报，盖以寒暄语非由衷，不善为酬应辞也。然与人辩论古今得失，则又滔滔莫之能御。庭帏琐屑，不甚置意，日惟独处一室，潜心书画，用谋自立之方。其母尝曰：‘吾家豢一书蠹，不问米盐，他日为人妇，何以奉尊嫜，殆将以丫角终耶？’璻则笑曰：‘从来妇女自侪厮养，遂使习为灶下婢。夫岂修齐之道，乃在米盐中耶？’母无以难，则惟任之。但奉母命维谨，前年予病危，母命夜起祷天，茹素三月，虽不信有鬼神事，顾亦奉行罔懈，盖其心正意诚，有足多也。”一个贞洁孤傲、谋求自立而又事亲纯孝的少女形象如在目前，这种高洁品性一直伴其一生，对她的婚姻、人生都有很大影响，以至后来在上海画院时她曾被喻为《红楼梦》里孤傲、高洁的妙玉。

也许正是这样的陈小翠，才能在《黛玉葬花》中借紫鹃之口说出盛绝必衰有着一定的道理，要像竹那样潇洒出尘，自甘淡泊。

尽管当时正处于“五四运动”前后，是西学东渐、反对故旧的时期，但陈小翠的冷静自持让她对当时的新思想（如自由恋爱、争取婚姻自由等）抱有怀疑态度。她的杂剧《黛玉葬花》《自由花》《护花幡》、传奇《焚琴记》等大都描述了对女子的同情以及女子自由恋爱的悲剧。以独幕短剧《自由花》为例，陈小翠描述了一个叫郑怜春的妓女的悲惨遭遇。郑怜春出身大家，辛亥革命那年，追求自由恋爱，谁知却为人所骗，与自己订有婚约之人家中已有妻子，结果饱受凌辱，最终被其凶悍妻子卖入烟花。陈小翠在剧中描绘了当时乱世之中各种学说甚嚣尘上令人无所适从的景象：“【前腔】世乱如麻，惊醒深闺井底蛙。（说什么）自由权利，爱国文明，羞也波查。口头禅语尽情夸。（倒变做了）没头蝇蚋无缰马。……【前腔】（俺本是）白璧无瑕，也只被卢骚（笔者按：即卢梭）学说误侬家。”[①]女子本要追求自由幸福，最后却落得如此下场。当年的自由恋爱、自主结婚固然造就了许多幸福的家庭，但也有不少上当受骗入火坑的不幸之人。在那个火热的年代，尤其在善于创办诸多刊物支持女性的上海，陈小翠竟似乎生活在世外，冷眼观看着世事纷纭。

或许这是因为陈小翠不仅仅是一位只知慨叹女性命运的闺中少女，她的性格中还有关心国事、谋求独立自主的一面，她知道女性的命运其实离不开整个大环境的影响。她的另外两部杂剧《仙吕入双角合套 · 梦游月宫曲》《南仙吕入双角 · 除夕祭诗杂剧》则分别描绘了自己的高洁品性以及忧民伤怀、渴望为国施展抱负的宏愿。

正是这种对自身品性的高度修持以及对国家、对时事的宏大关怀，才能让陈小翠对女性命运有着犀利清醒的认识与深刻了解之同情。她没有流于当时轰轰烈烈地追求自由、科学、民主、解放的表面，而是从历史的深层旋涡中去审视这种幸福命运的最大可能性，娜拉出走之后并没有获得幸福。我们

---

① 陈小翠：《翠吟楼词曲稿》，天虚我生：《栩园丛稿二编》第四卷，上海著易堂印书局1927年版。

可以说她是维护旧伦理，跟不上时代的步伐，却也正反映了一个知识女性在国家尚处于落后、混乱、动荡状态下所采取的最冷静的态度与最安全的措施。尽管后来陈小翠在自定的作品集中删削了早年的《自由花》《护花幡》《焚琴记》等作品，但应并非是思想已改变，之所以如此或许是形势使然。知书识礼，不盲目随波逐流，独立自主，把握自己的命运，陈小翠认为女性应该具有此种能力，这也与陈蝶仙在《翠楼吟草·序》中所言一致，陈小翠无论是在创作还是自己的生活中，一直秉承了这一观念。也许正是这种生活态度，陈小翠才会在1968年7月1日两次逃跑都被捉回后怀着心灰意冷、万念俱灰的满腔悲愤，最终以煤气自戕。

联系陈小翠写给其兄的信件，尤令人唏嘘不已。1940年，陈蝶仙病逝于上海，遗愿是将自己葬于杭州桃源岭。抗战胜利后，陈小蝶将父母双柩运回杭州安葬。1959年，在台湾的陈小蝶收到妹妹陈小翠的来信："海上一别忽逾十年，梦魂时见，鱼雁鲜传。良以欲言者多，可言者少耳。兹为桃源岭先茔必须迁让，湖上一带坟墓皆已迁尽，无可求免，限期四月迁去南山或石虎公墓。人事难知，沧桑悠忽，妹亦老矣。诚恐阿兄他日归来妹已先化朝露，故特函告俾吾兄吾侄知先茔所在耳。"[①]不料一语成谶，风流总被雨打风吹去。如今陈蝶仙夫妇合葬之生圹已荒草成堆，踪迹难觅，而陈小翠也被遗忘在了历史的尘封中。

陈蝶仙在栩园编译社函授创作时，除了陈小翠创作出《南双角调·黛玉葬花》外，也指导其他弟子写过关于"黛玉葬花"的作品。《文苑导游录》第七册刊登了晏直青的【南正宫·黛玉葬花】以及张默公的【南商调·黛玉葬花用藏园空谷香怀香谱】等，也都有分数、等级，原作与修改稿同时刊出，并伴有陈蝶仙的评论。

张默公是陈蝶仙门下弟子之一，《文苑导游录》中有他的不少作品。【南

① 宋浩：《陈小翠的〈翠楼吟草〉》，《粤海风》2003年第4期。

仙吕入双调·双星会】杂剧写牛郎织女相会的片段，获得“甲，80分”的成绩，【南南吕·秋宵尘雨】得到“甲，85分”，并且有一首应同学汪瞻华新婚征诗的【贺新郎】。他所写的【南商调·黛玉葬花用藏园空谷香怀香谱】，尽管只得到“甲，75分”，却将作者对林黛玉葬花情绪的那种感同身受刻画得感人至深。领略其中几句：“【梧桐五更】空留一片情，珍重残花命。无限春愁，只有侬心领。半生幽怨三分病，紧锁眉尖痛不胜，芳魂已歇难追省。殊泪纷纷，怜煞你红颜薄命！【梧桐树】从今休说情，往事思量定。误我聪明，冤业终归尽。将花比我须回省，哭向埋香冢上行。我亦飘萍，到底花犹幸，还有我心香一瓣将花敬。”

张默公，江苏昆山人，默公为其字。谢伯阳、凌景埏合编的《全清散曲》中只有简单的生平介绍：“张墨林，字默公，江苏昆山人。光绪二十二年(1896)生。著有《双星会杂剧》。”幸好我们在《文苑导游录》第四册“尺牍四”中发现了一封《昆山张默公来函》，这封来函既表达了对天虚我生的景仰之情，也简单介绍了自己“早失怙恃，幼年失学”的情况，让我们对其有些微了解，因尚未有人提到，且信也不长，故全文录下：

栩园先生赐鉴：

昨在虞城，购得大著《小说十种》、《文学指南》一册。挑灯夜读，达旦而尽，即成句云：挑灯忘却夜如年，文字通神信有然。莫笑轻生痴女子（尝读某说部云：某姓女见某生文稿，思慕成病，临死犹诵生文不置云），我今也损一宵眠。先生之文，何感人若是之深耶。方今文学衰微，失学者遍地皆是，有志自修者，亦苦不得其师，冥行思索，终无云补，半途中止，毁弃全功。不谓茫茫人海中，尚有如先生者为之讲解，循循善诱，不厌其烦。入室窥堂，自非难事，宜乎门弟子之从游者众也。默早失怙恃，幼年失学，中文未知句读，西学不识字母。沉潜默化，无师究难自通；简拣揣摩，苦学亦须指点。先生一视同仁，无分畛域，若不以为不可教而置之弟子之列，则他日进谒有路，拜见先生亦不至倒持卷册，为师门辱也。

此外，同门弟子晏直青也写有《南正宫 · 黛玉葬花》，获得了“甲，80分”的成绩。此曲非单是感慨黛玉葬花心事，而且蕴故事于抒情中，尤其结尾【小桃红】“忽听得空阶响，恰到了心头上”，来人的足音恰也似踏到了读者的心头。“那人未见神先往，哀音足使心凄惘”，可惜“鸾俦凤侣娇模样，又谁知宿愿难偿”！至于其他，也都将黛玉百转千回的心肠、患得患失的思虑描摹得如在目前。如：“【朱奴剔银灯】一霎里轻风作飓，一霎里细雨如狂。春闺不信梦偏长。况添上许多魔障。思量，怕伤春断肠，且将他和泥共葬。”天虚我生评语为：“平仄尚协，造语欠细。”《全清散曲》中介绍晏直青的生平如下：“作者晏岘孙，字直青，江苏仪征人，生于光绪二十一年（1895）。”有兴趣者不妨细究之。

（原载《枣庄学院学报》2015年第6期）

白薇与《访雯》

《红楼梦》诞生不久，就有仲振奎创作的杂剧《葬花》一折出现，此后，有关其改编的各类文艺作品层出不穷，大都集中在宝黛爱情以及尤氏姐妹故事，这些情节不仅是《红楼梦》中的经典，也最容易引起人们情感的共鸣。而颇受人们青睐的晴雯故事则较少被改编，即使有也大多集中在补裘、撕扇等经典情节。民国初期，有一部剧作很是出人意料，关注的是晴雯被逐、宝玉探访的画面，而蕴含的深意也已经脱离了《红楼梦》原著，带有改编者强烈的感情色彩，这就是白薇的独幕话剧《访雯》。我们知道，民国期间关于《红楼梦》的话剧改编大都集中在20世纪40年代，形成了《红楼梦》话剧的“黄金期”。从1913年欧阳予倩、马绛士的《鸳鸯剑》开始，最初的《红楼梦》话剧大都为文明戏或新剧。20年代有两部《红楼梦》话剧问世，一部即陈梦韶创作于1928年的《绛洞花主》，另一部就是白薇带给我们的与《红楼梦》原著完全不一样感受的《访雯》。

一

白薇（1894—1987），中国现代史上最著名的女戏剧家之一。其主要作品集中创作于20世纪二三十年代，如戏剧《访雯》《琳丽》《打出幽灵塔》《革命神受难》《娘姨》《假洋人》、小说《炸弹与征鸟》《受难的女性们》《悲剧生涯》等。阿英曾经这样评价白薇：“白薇是个戏剧作家，也是现代的女性作家中的一位比较优秀的戏剧作者。虽然她近来也写小说，可是她的小说远不如她的戏剧有成就。她还是因着她的戏剧获得了文艺上的存在。”①

白薇1894年2月5日生于湖南资兴南乡秀流村，小名碧珠，原名黄彰、黄鹂，别名黄素如。白薇是她留学日本时给自己取的名字，意为空寂而奇穷的薇草，充满了女性无尽的悲哀。白薇的创作始于1922年的三幕剧《苏斐》，从此叩开文学殿堂之门。独幕剧《访雯》于1926年7月在《语丝》第十七卷第七号与《小说月报》第十七卷第七号同时发表。在白薇的早期剧作中，人们愿意谈论《苏斐》《琳丽》《打出幽灵塔》这些充满自传色彩的剧作，来探讨白薇的创作思想、女性主义以及恋爱悲剧，而较少谈到《访雯》。事实上，《访雯》虽然改编自《红楼梦》，但与其他剧作无论在思想还是做白薇感情的传声筒方面，都是一脉相承的。

独幕剧《访雯》故事发生于清初某年仲秋的黄昏，地点是大观园外吴贵家，出场人物有宝玉、晴雯、晴雯嫂子（吴贵媳妇）、柳妈、柳五儿。故事来源于《红楼梦》第七十七回“俏丫鬟抱屈夭风流”②。在此回中，“心比天高，身为下贱”的晴雯因为被王夫人视为勾引贾宝玉的“祸害妖精”而逐出大观园，在姑舅哥哥家含恨而终。晴雯是怡红院四大丫鬟之一，是贾宝玉“心上第一等的人”。她十岁时被赖大家买来，因贾母喜欢，被赖嬷嬷孝敬给贾母使唤，后来到了宝玉房里。晴雯是贾母挑中的将来可以给宝玉使唤的不二人选，可惜红颜薄命，最终是“风流灵巧招人怨”，只落得“多情公子空牵念”。

《红楼梦》里的晴雯被看作林黛玉的影子，她虽是个丫鬟，却“心比天高”，她伶牙俐齿不饶人，即使怡红院首席大丫鬟袭人也常被她噎得哑口无言。她看不起袭人和宝玉偷偷摸摸做的那些事儿，嘲笑碧痕给宝玉洗澡洗了足有两三个时辰，而且“地下的水淹着床腿，连席子上都汪着水”，也讽刺小红

---

① 转引自白舒荣、何由：《白薇评传》，湖南人民出版社1983年版，第103页。

② （清）曹雪芹、高鹗：《红楼梦》，中国艺术研究院红楼梦研究所校注，人民文学出版社1982年版。

常常远远地攀个高枝儿才是本事。怡红院里的风情似乎很多都是从晴雯嘴里透漏出来的，但她自己却和黛玉一样冰清玉洁，是至情至性之人。她对宝玉的爱是含蓄的，即使与宝玉的最后一面，也不过是不甘与不服："我虽生的比别人略好些，并没有私情密意勾引你怎么样，如何一口死咬定了我是个狐狸精！我太不服……只说大家横竖是在一处。不想平空里生出这一节话来，有冤无处诉。"二人虽依依不舍，最煽情的场景也不过是晴雯将左手上两根葱管一般的指甲齐根铰下，又将自己贴身穿着的一件旧红绫袄脱下，并指甲都与宝玉道："这个你收了，以后就如见我一般。快把你的袄儿脱下来我穿。我将来在棺材内独自躺着，也就像还在怡红院的一样了。"而且"晴雯知宝玉难行，遂用被蒙头，总不理他"，宝玉方离开。曹雪芹是冷静而理智的，生活在二百多年前、繁华落尽的他毫不手软地让一个个正处妙龄、本应生如夏花般绚烂的女子随风而去，让青春与美的毁灭一幕幕呈现在人们面前，不置一词。

白薇则详细描述了宝玉与晴雯之间的见面，与《红楼梦》原著完全不同。在白薇笔下，晴雯带病被逐出大观园，而且又被哥哥打了一顿，但仍然浑身洋溢着爱的热情，大胆、主动，甚至带有魅惑。她在粗木床、破草席、乌黑的磁茶壶茶碗以及尘埃厚积的如同幽灵窟一样的陋室里想象着曾经怡红院里怡红公子与自己的温情。她对宝玉满是真诚的爱恋，害怕自己"真诚真诚的一点心，比宝石还珍贵的一点心"付之东流，并喊出了"情场是没有和平的啊"。她也迷惑于自己对宝玉的感情："怎么我一离开大观园，我简直狂人一样的苦念宝玉，好像我的全心魂，都被他占住了？不可思议！这银光笼罩的秘密，真不可思议！"但晴雯的爱又是自尊的："到头我的自尊心，是要笑我轻薄吗？（咳，喘）不对，不对，我心里只有真挚，只有纯情，只有比梦还要美丽的光彩……我根本嫌忌……嫌忌贾府那逐鹿的战场。"然而，她最终意识到自己"也是……爱……爱了他了……难怪我狂我的眼泪，是为他流的！我凶险的痨病是因他得的"！晴雯终于明白了自己对宝玉的感情，当宝玉来看望她时，当宝玉痛惜她被撵出大观园的横暴和残酷并被哥哥责打时，晴雯耿耿于怀的却是自己被诬为狐狸精勾引宝玉，以至说出了"不是我说句后悔的话：早知如此……我当日……”，这欲言又止的内涵引起了二人对男女情爱中信任与否的探讨。

晴雯虽然懂得宝玉的心，但认为宝玉并不是全然信任自己，她觉得自己“顶不了解男子的心”，“因为男子总爱戴起绿色的眼镜，在幸福上做功夫。越是乖僻深秘的女子，男子越发理解不来了，况且男子的心性，只管求爱女性，并不想想要了解女性的心”。而宝玉则辩解说自己和那些猪头狗面的人并不一样，“那知道我们的心境，为得是沉醉在美的世界里，不但一切的邪念不会发生过，并且我们彼此常感觉一种不落概念的优美和纯洁”，并认为晴雯之所以受委屈，是因为“生的太美”的缘故，被“美”牵累了。

接下来白薇让晴雯与宝玉讨论美与爱的问题，这也是“五四”前后的热门主题。晴雯不知道自己美不美，笑话宝玉喜欢嫩白肥胖的曲线，被宝姑娘的一双皓腕迷住了。宝玉辩白说：“肥胖圆圆的模样，是一种可爱的典型；清雅纤细，那是美的典型”，并认为晴雯是兼了这两种的魔力。晴雯认为美比生命更重要：“不过我爱‘美’比爱‘生命’还重。宁肯不生，不愿不美。我不敬爱众生皈依的佛菩萨，我不敬爱那些流芳百世的贤人君子；我只敬爱崇高绝艳的天女和花神。我这爱美的心理，难道就是不干净的种子吗？……为得我美就奚落我到这个地步！”

美与生命似乎很多时候都处于对立地位，晴雯就是因为生得比别人都美，而被视为祸害、妖精，反不如在王夫人看来笨笨的袭人、麝月好。而爱与死亡也往往联系在一起，晴雯带着对宝玉强烈的爱孤独地死去。而在白薇另一部著名的诗剧《琳丽》中也充满对于爱与死亡的表述，女主人公以炽烈的爱面对死亡的气息：“我这回是为爱生的，不但我本身是爱，恐怕我死后，我冷冰冰的那块青石墓碑，也只是一团晶莹的爱，离开爱还有什么生命？离开爱能创造血的艺术吗？”而白薇自己也曾在给杨骚的信中说出极端的观点：“得恋是生命的临终。”[①]爱与生命同在，即使是死亡也无法阻止热烈的爱恋。

① 白薇、杨骚编：《昨夜》，上海南强书局1934年版。有关二人书信中的引文皆出于此，恕不另注。

在接下来的宝玉与晴雯互诉衷情之际，面临死亡的晴雯不惧怕说出自己对宝玉的爱，却拒绝了宝玉对自己的爱抚。当宝玉细细玩味晴雯乌云似的头发时，当宝玉痴迷于晴雯魅惑的眼睛、蔷薇般的朱唇时，晴雯虽有刹那的迷恋，投身于宝玉的怀中，但却一再决绝地避开了宝玉的亲吻。即使宝玉以“神圣的恋爱”的名义，也无法消除晴雯“人性越要爱越感觉孤独”的哀伤。晴雯惶惑于男女之间灵与肉的关系，相比较宝玉对其身体产生的欲望，晴雯更在意的是精神上的爱恋。她羡慕的是怡红院里的海棠花纵然凋谢，也还是在宝玉的院子里，而自己却已被赶出了大观园。她在意的是自己的心“是比甚么花还美丽的”，自己的身子还是干净的。因此她可以把自己的红绫衬衣与宝玉的湖色衬衣互换，却不能容忍宝玉对自己的接近，甚至冷静地强烈地对宝玉喊出了“你别把我当卖春妇看待”。

白薇在《访雯》中还进一步借贾宝玉的软弱质疑了男子爱情的专一与持久。前一刻，宝玉还在对晴雯诉说自己的爱意，赞美晴雯优美高洁的精神，使自己在这个美丽的宇宙里洗澡、净化、美化，自己的灵魂也一天比一天清洁起来。可当他因晴雯的拒绝无兴趣地离开而被吴贵媳妇纠缠不休时，宝玉除了害羞、不安与懊恼外，毫无抵抗的能力，只想着怎样立刻离开这里回到自己的怡红院。幸亏柳妈、柳五儿的到来解除了这个危机，此时的宝玉只想着爬起来乱躲，躲进了门帘后面。当晴雯孤独寂寞地在临终之际呼唤着“哎……宝玉！……宝玉呢！”时，宝玉却自嫂房慌慌张张，一直向床前跑来，问道：“呀，怎么一回事？”宝玉与晴雯始终无法处在同一思想状态。宝玉的软弱让他在晴雯被逐之际虽然心里好像着火一般的难受，却不敢向王夫人据理力争。而面对吴贵媳妇（晴雯嫂子）的强势，宝玉也无法保护自己，更早将与自己有“神圣的恋爱”的晴雯抛在了脑后。在这里，与其说贾宝玉、晴雯都是《红楼梦》里的人物，不如说他们都是白薇笔下的《红楼梦》里的人物。《访雯》与白薇的其他许多作品一样，充满了自传色彩，是白薇的代言。

二

《访雯》创作于1926年，此时的白薇还处在爱情的伤痛中，她苦恋的情人不仅弃她而去，还狠狠地伤害了她，这个人就是后来与白薇爱恨纠缠十几年的杨骚。1924年，好不容易逃婚成功去日本的白薇在异国他乡认识了因失恋而备感孤独的多情才子杨骚，白薇将所有的爱恋倾注于潇洒倜傥的他。此时的杨骚对于白薇来说就是一切。白薇曾在自传体长篇小说《悲剧生涯》的序中这样坦诚自己的心意："我以为一天有他，我的精神就是活的，我的力量会十倍地充实起来。"不料，当她抱病之际，杨骚不辞而别，回到了祖国，这对白薇是个巨大的打击，她的情感天空因此而坍塌。第二年，白薇借钱作路费，回国寻找杨骚，当她在杭州西湖葛岭山下找到曾经的爱人时，却被他横加指责，大骂一顿，并说自己要去南洋发财。杨骚不久离开杭州，回到福建老家漳州。我们无法想象白薇此时的心情，那该是怎样一种黯然神伤，漂洋过海寻找的恋人，竟是如此对待自己，估计换作谁都不死即伤，何况白薇此时贫病交加，最终是卖了自己的创作手稿《琳丽》才还清账目，形单影只，回到日本。然而，白薇的悲剧在于她并没因此忘掉杨骚，而且还抱有美好重逢的希望，她在1925年3月6日给杨骚的信中这样说："我们一定有再会的机会罢！我将静静地等待这个机会！我将一面等着一面欢欢喜喜地思念你。我一想念你便活生生的有力起来。"

《访雯》就是白薇在这样的创作心态下写成的，因此自然会流露出作者对爱情的迷茫与对男性的不信任，而晴雯与宝玉也染上了厚厚的白薇自己与杨骚的色彩。

《红楼梦》原著里的晴雯与宝玉之间并没有如此鲜明的爱恋关系，更像是一对知己。晴雯对宝玉之情我们前面已经论及，此不赘述。而宝玉对晴雯也是情真意切，不惜撕扇博千金一笑；他偷偷摸摸地躲着袭人，却毫不避讳地派晴雯给黛玉送去满含相思之意的帕子；当晴雯被撵，宝玉体贴地想到晴雯的处境："他自幼上来娇生惯养，何尝受过一日委屈。连我知道他的性格，还时常冲撞了他。他这一下去，就如同一盆才抽出嫩箭来的兰花送到猪窝里去一般。况又是一身重病，里头一肚子的闷气。他又没有亲爷热娘，只有一个醉泥鳅姑舅哥哥。他这一去，一时也不惯的，那里还等得几日。”我们可以责怪宝玉确实缺乏行动力，不敢反抗封建权威，但在当时的社会状况下，这样细心、体贴、处处从他人角度出发考虑的公子哥儿，已经是罕见的了。

但《访雯》里的宝玉与晴雯却完全带着“五四”时期青年男女恋爱的时代色彩。当晴雯对宝玉“神圣的恋爱”满是质疑的时候，当晴雯清醒地认识到“我不过是你奢华的一点装饰品。你呢……是我生涯的全身……把我最纯洁的全生涯，该送给你瞬间的装饰就牺牲么？……女子的珍贵呢？所以我只有是死”的时候，正是白薇基于自己与杨骚的恋情提出的惶惑与愤懑！事实上，这已经不是晴雯和宝玉的对话，而是白薇自己的思想呈现了。

早在1925年白薇被杨骚抛弃、含着血泪创作的诗剧《琳丽》中就已经表达了她自己的这种看法。白薇是“柏拉图式的恋爱崇拜者”，她在《琳丽》中借琳丽之口说出“人性最深妙的美好像只存在两性之间”，“不含人性美的自然美，我好像睬都不要睬它”；人生唯有“情”是靠得住的，“离开爱还有什么生命，离开爱还能创造血与泪的艺术么”。而且白薇自己也处于矛盾之中，她既希望自己和杨骚只是“做个朋友”，只有精神之爱，又似乎也渴求肉体之爱。在她与杨骚的通信中，她曾多次提到“你若还愿交我，请当作纯友交！请做一个纯友”！“重握手，做纯友！”她希望与杨骚之间只有纯友爱：“我愿和你同游同食同睡，我愿永远和你做一堆，我愿和你一同沉醉一个美。只不要恋，在恋人Kiss的唇间，要将一切的爱、美破毁，瞬间的欢乐后，便遗虚无的死灰。”然而，白薇自己似乎也明白这种精神之爱其实很难实现，“等虚无的狂潮退去后，难免我不向你热烈地接吻。如今我正任虚无的潮流漂流，却总想天天能够和你携手”。说到底，白薇其实是惧怕杨骚爱情的不专一，她的专情与杨骚的博爱有着无法调和的矛盾。

我们知道，就算在日本白薇与杨骚热恋期间，他们之间依然有着某种情感上的距离，这从杨骚对一些女性尤其是抛弃自己的“A妹”的态度上可以清楚地看出来。杨骚曾这样向白薇倾诉心曲："百分中我只爱A妹两三分，不过是很热烈很热烈的。百分中我只爱早稻田的妹子一分，不过是丧心病狂中的一时的疯情，很热烈的疯情。你呢？啊，信我！我是已经爱了你九十九分，只有一分还不爱。"杨骚从日本回国后给白薇的信中则这样说："素，我永远记着你、思慕你，但我不能再在你面前说假话了。我永远记着A妹。……A妹呦，无论你如何伤我的心，我还是爱你！无论我怎样不想爱你，你的魅力已布满了机关在我身上，一触着就发动的呵！"相信任何恋爱中全心全意付出的女子都无法容忍恋人如此直白的伤害！博爱的杨骚毫无隐晦的多情，这种爱情中两性的不平等带给白薇的除了对爱情的惶惑，就是对男子滥情的批判。

早在她1925年创作的后为清偿债务而卖掉的诗剧《琳丽》中，白薇就表明了这种两性之间不平等爱情的悲剧。琳丽把爱情看作生命，她全心全意地爱着琴澜，可琴澜却声称"任是怎样的一个女子，不能永远地占住我的心的全部，我不能叫哪一个女子爱到我死，也不能有哪一个女子叫我爱到死的"。"我真感谢你呦，琳丽！感谢你这样地爱我。……是，我恋了你！……但是爱我自己，无我以上，是不能爱谁的！"在琴澜看来，"女子最高的魅力不过是艺术品"。这种不平等的爱情注定是个悲剧。

白薇不愿意只做艺术品。在《访雯》中，她借助曹雪芹笔下"心比天高，身为下贱"的晴雯与老祖宗贾母的心头宝、尊贵的少爷宝玉之间阶级地位的差异而引起的爱情的不平等，探讨了男女之间对于灵与肉看法的巨大差异。当宝玉一味对晴雯暧昧时，晴雯却清醒地认识到这种爱欲的不平等："我不过是你奢华的一点装饰品。"她坚决不愿宝玉将自己做卖春妇一样看待。

充满强烈自尊而又无比清醒的晴雯虽然爱恋宝玉，最终在社会环境的威逼下孤独死去，这是艺术世界中在爱情方面处于弱势地位的女性的悲惨结局，不幸的是现实社会中的白薇却也没有等到浪子回头的大团圆。她对杨骚刻骨铭心的爱恋给自己之后的生活带来了无边的痛苦，直至终身未嫁，孤独终老。

1928年，想去南洋发财的杨骚一无所获，带着一身病来到上海，是白薇收留了他。白薇最初只想与杨骚再次做朋友，但最终决定与他结婚。可是，杨骚再次做出了令人无法容忍的事情，结婚当日，请帖发出，宴席订好，但新郎却始终没有到场。白薇后来才知道，他又恋上了别人，而且杨骚还把自己在南洋堕落而得的病传染给了白薇。

贫病交加的白薇痛苦地写下了："一身器官，官官害着病。入夏以来三天两天病，入秋以来十天九天病，入冬以来天天夜夜病，确是博物院里百病齐全的好标本。"①这种自嘲的口吻更是流露出白薇满腹的辛酸与痛悔。

此后，痴情女与负心汉的故事几经上演，原谅与被原谅反反复复，二人最终于1933夏分手，长达十年的苦恋就此结束。而标志着二人恋爱结束的情书《昨夜》也在同年出版。对于这段充满痛苦、欢乐稀有的爱恋，白薇曾在《序诗》中这样说："这一切，确是支配了我整个白热的青春！这一切，确是使我详细地体验了一面的人生！这一切，又确是把我整个的情热生命全断送了！"对于杨骚，白薇则说出了"爱人不给我融和的绿园，反给我死的铁链"，足可以令我们想象白薇"空寂的胸中"是怎样"葬着一颗长恨的心"。白薇在接受《大公报》记者蒋逸霄采访谈到杨骚时说："……推本就源，还是封建社会给予了男人种种为非作恶的宽容与机会，他们才敢这样藐视女子，玩弄女子，甚至把一个女子陷到死境还不肯负责！杨骚不过是封建社会中千千万万的男子恶魔中的一个罢了！"白薇彻底对爱情失去了信任，因此她才能在1941年面对杨骚几十次的恳求最终狠下心来拒绝，宁愿孤独一身，终身不嫁，也不愿再品尝这种反复无常带来的伤害，彻底结束了二人的爱恨纠缠。

三

在1926年四月号的《现代评论》上，陈西滢曾这样介绍两位女作家："一

① 白薇：《琴声泪影》，《北新》第三卷第一号，1929年。

位是几乎谁都知道的冰心女士；另一位是几乎谁都不知道的白薇女士”，他概括冰心女士的作品，“除了母亲和海，冰心女士好像表示世界就没有爱了”，而白薇的作品“却从头至尾就是说男女的爱”，并评论白薇的作品说：“一个新的呼声，在恋爱的苦痛中的心的呼声，从第一页喊到末一页，并不重复，并不疲乏，那是多么大的力量！”尽管这是陈西滢就白薇的第二部剧作《琳丽》而论的，但在《访雯》中我们同样可以感受到白薇爱的激情与痛苦以至有点歇斯底里的召唤。大段的情感独白，不断的反问、疑问、感叹句式的排比出现，无不蕴含着白薇汹涌而来的感情激流的宣泄与不满，华丽的语句、热烈的呼喊、高亢的情绪扑面而来，令人目不暇接。

经历了情感巨变的白薇不愿顶着自由恋爱的名义追求所谓的“女性解放”，“五四运动”给女性带来的所谓“恋爱自由”“女性解放”其实很多时候是男权社会中男子玩弄女子的道德借口。正如她在《悲剧生涯》的序中所说：“在这个老朽将死的社会里，男性中心色彩还很浓厚的万恶的社会中，女性是没有真相的。”

我们知道，“五四”时期常被赋予“发现女性”“解放个性”的标签，而女子的离家出走、追寻独立自由的爱情更是被交口称赞，却不在乎娜拉出走之后是否过上了幸福生活。人们所关注的只是这样一幅看似冲破束缚的美好愿景：“昏黑的天空下，瞒住家庭，瞒住朋友，孤零零地提着简单的行李去赶车搭船，向生疏的遥远的外乡走去，不知有多少机会可以被发现、阻止，弄回去受那禁闭、鞭笞、讥笑等等羞辱，走以前也许迟疑过，犹豫过；走以后也许后悔过；正走的时候，不用说，害怕，惊慌，提心吊胆，心情更是复杂。”①然而，走出去的女性在并不是坦途的茫茫前方并不一定能遇见幸福。白薇用自己的亲身经历以及血泪交织的剧作谱写了一曲曲女性的悲歌，尤其

① 周颖：《谈娜拉》，《太白》第1卷第11期，1935年2月20日。转引自宋宝珍：《在爱与死的焦灼中奔突——五四时期的女性戏剧》，《戏剧文学》2004年第7期。

是还以我们熟悉的伟大著作《红楼梦》中的人物来传达自己的情感。

像那个时代的许多女性一样，白薇对《红楼梦》非常熟悉，书中的人物随手拈来。她曾在给杨骚的信中以《红楼梦》中的人物说杨骚喜欢什么样的女子："你所爱的是娟娟娉婷的名姝；你所爱的是天真烂漫的娇女；你所爱的是姿容绝世的魔物；你所爱的是西施的雅韵，黛玉的逸影，湘云的风格，而尤三姐的全身。"而且白薇应该是接受了胡适的"自传说"，否则不会将故事发生的时间安排在清初某年仲秋。至于剧中的故事人物，我们不必以考证的眼光来苛刻地要求，不必在乎晴雯的哥哥到底是多浑虫还是吴贵，也不必问她的嫂嫂是自小父母帮他娶的"多姑娘儿"还是赖大家里的"灯姑娘儿"，只要知道晴雯的嫂子是个轻浮无比、恣情纵欲的人就行了。不必探讨白薇为什么说白海棠是贾母送给宝玉的，也不必深究那开花的应该是怡红院里的西府海棠而不是白海棠。

不过提到海棠花，我们要多说一句，白薇似乎对秋海棠（白海棠也是秋海棠的一种）情有独钟，她曾在给杨骚的信中这样写："我已经把最后的秋海棠送给你了，秋海棠是女子的魂又是女子的血。"难怪，在与杨骚断绝关系之后，白薇可能不愿也没有精力再去展开新的恋情了。

我们不由想起同在20世纪20年代前后、同样对《红楼梦》非常熟悉并曾以《红楼梦》为文本基础创作过杂剧《黛玉葬花》的陈小翠来。陈小翠是近代著名实业大王、文人陈蝶仙（天虚我生）的爱女，与白薇的经历、创作截然不同，既不会离家出走，也没有自由恋爱。年纪轻轻的陈小翠虽然生活在上海，却似乎与纷纷扰扰的俗世远远隔离。受父亲影响，她喜欢作旧体诗词，喜欢写杂剧、昆曲，并对当时的新思想，如自由恋爱、争取婚姻自由等秉持怀疑态度。她曾创作《自由花》杂剧，描述了一个出身大家的女子郑怜春，因受辛亥革命影响，学同校女友向往自由婚配，谁知却为人所骗，其家中已有妻子，自己饱受凌辱，最终被其凶悍妻子卖入烟花。而在其大约作于1918年前后的杂剧《黛玉葬花》中，陈小翠既怜惜残花片片，又推花及人，感叹女性当年的花容玉貌、万千恩爱最终是飞花落絮无人问。曲辞云："【沉醉东风】早则是媚春风柳明花艳，多化作困沉沉惨绿愁青。红雨暗长亭，有多少倚楼人病，任你是娇姿傲性，一例的香消玉损。当日个宝镜云屏，消瘦了恩怜万顷，到得个飞花落絮，更谁来问。……【碧玉箫】纵有日月圆风静，怕花开明岁依然薄命。泪空零，心早冷，愁似织恨难平。谁把你镜中来觑，掌中来擎。只落得葬秋坟骨蚀胭脂冷。”[①]小小年纪的陈小翠对女性命运之悲惨有着超出年龄的深刻的认识。花容月貌无法长久、镜里恩情更是依靠不得，人与花同命，甚至还不如花侥幸，因为花还有“我”帮着收拾呢！除了无奈与悲叹，更有一种冷静的审视的意味。

话剧与杂剧是截然不同的，一西洋，一传统；白薇与小翠也是截然不同的，一不愿意接受父母的包办逃婚东渡，一安稳听从父母的安排嫁人生女。假如出走的白薇在爱情方面也有陈小翠般的冷静与审视，或许她的爱情婚姻生活会幸福得多。但如此一来，中国现代文学史上恐怕也就很难有著名女戏剧家白薇的一席之地了。而且，陈小翠虽然清醒冷静，但她的婚姻也很不幸，与浙江督军汤寿潜的长孙汤彦耆离婚后（也有说是分居）一直没有再嫁，晚年更是凄凉，“文革”中以煤气自戕。

尽管这些都只能说是个例，但时代与大环境确实没有为女性提供良好的氛围。当“五四”时期许多新女性在创作中反复吟咏爱与美、爱与死的时候，其实已经预示了被缚了千百年的女子为爱要付出的巨大代价。

孟悦、戴锦华在《浮出历史地表》中曾这样评价白薇：“对于一个心头烙满骨肉亲情留下的创伤，爱情留下的创伤、贫困和恶性疾病留下的创伤的女性而言，对于一个被父亲、被友人、被热恋的恋人出卖的女性而言，对于一个在民族危机中欲赴疆场而无资格的女性而言，白薇的写作也许是现代女作

① 陈小翠：《黛玉葬花》，天虚我生编：《文苑导游录》，上海时还书局1926年版。

家中最具自传性的一个。”[1]确实，即使在如《访雯》这样的改编作品中，我们看到的也是白薇的影子，听到的是白薇借晴雯、宝玉之口说出的白薇自己想表达的情感。我们无法说喜不喜欢白薇笔下的晴雯与宝玉，因为说到底，那只是披着宝玉、晴雯外衣的白薇而已。

《访雯》因白薇的情感倾注而在《红楼梦》改编史上有了独具特色的一笔，而白薇也借不一样的贾宝玉、晴雯写出了自己的伤感与困惑，映照了时代大潮中追求着幸福的女性们艰难前行的身影。

（原载《纪念伟大作家曹雪芹逝世二百五十周年文集》，2014年）

---

① 孟悦、戴锦华：《浮出历史地表——现代妇女文学研究》，河南人民出版社1989年版，第159—160页。

20世纪40年代《红楼梦》话剧研究

话剧在中国是“舶来品”，其发展时间并不长，从清末话剧由学校中流传开来，至20世纪40年代，只有短短几十年的时间，但它却由于特殊的时代形势的影响，在此时进入了“成熟期”，出现了中国话剧史上的黄金期。作为中国古典小说高峰的《红楼梦》，自问世以来就成为各类文艺形式争相改编的对象，话剧自然也不例外，尤其是40年代，《红楼梦》进入了话剧“改编热”，达12部之多。这些《红楼梦》的话剧不仅被出版，有的还演出过，甚至引起了轰动。在民族危亡的紧要关头，《红楼梦》这部伟大的著作依然发挥着“全民性”的威力，时时不忘为抗战出力的剧作家们以历史烛照现实，用《红楼梦》中人物、社会的悲剧观照当时人们、国家的悲剧，号召人们奋起反抗，用热情、勇敢、有决断、有信心的灵魂冲破重重阻碍，投入抗战的洪流，挽救国家、民族于危难之中。本文愿以对20世纪40年代《红楼梦》话剧的简单梳理，抛砖引玉，希望引起人们对于距今并不遥远的那个血与火的时代里的尘封往事些微新的兴趣与共鸣。

一

20世纪40年代的12部《红楼梦》话剧分别是1941年朱雷的独幕剧《红楼二尤》，1943年端木蕻良的四幕剧《林黛玉》、独幕剧《晴雯》，1943年石华父(陈麟瑞)的《尤三姐》，1944年朱彤的四幕剧《郁雷》，1945年赵清阁的四幕剧

《冷月葬诗魂》(1946年上海名山书局出版时改为《冷月诗魂》，以下简称“沪版”）、四幕剧《鸳鸯剑》(1946年沪版中改为《雪剑鸳鸯》)，1946年吴天的五幕剧《红楼梦》，1946年孔另境的三幕剧《红楼二尤》，1946年赵清阁的四幕剧《禅林归鸟》、四幕剧《流水飞花》，1948年顾仲彝的五幕剧《还泪记》。除赵清阁的四部《红楼梦》剧本自成一个系列，旨在全面反映《红楼梦》中的各种悲剧之外，其余8部中朱彤的《郁雷》、吴天的《红楼梦》、顾仲彝的《还泪记》主要集中描述宝黛的爱情悲剧，朱雷的《红楼二尤》、石华父的《尤三姐》、孔令境的《红楼二尤》则主要写尤氏姐妹的悲剧。

下面我们就简要论述一下各个剧本的情况。

女作家赵清阁是当时也是现当代中国话剧史上改编《红楼梦》话剧最多的作家。她在1944—1945年间创作了四个剧本，即：以宝黛为主的“个人的悲剧”《诗魂冷月》，以“二尤”为主的“家庭的悲剧”《雪剑鸳鸯》，以迎、探、惜“三春”为主的“社会的悲剧”《流水飞花》，以贾母贾政为主的“政治的悲剧”《禅林归鸟》。[①]按此顺序排为四册，“这个发展程序，也正是《红楼梦》原作的发展程序”[②]。每部剧本“情节独立，调子不同，惟时代背景大致是顺序而联系的。意识也统一，为：反封建与提倡人性道德”[③]。作者希望“这种改编方式，能够给《红楼梦》的读者，在理解方面有所帮助”[④]。

赵清阁的改编尽量忠实于原著，她曾在1946年“沪版”的《诗魂冷月·自序》中说：“只要是《红楼梦》的较精彩部分，我都尽量用正面或侧面的方式，采用了。哪怕是一句好对话，我都舍不得放弃，虽然时间问题，有

① 1945年4月重庆亚洲图书社出版了《冷月葬诗魂》，5月重庆黄河书局出版了《鸳鸯剑》，在1946年上海名山书局印行这四个剧本时，作者将原先由重庆出版的两个剧本的版权收回，而且将剧本的标题和内容都做了修正，改名为《诗魂冷月》《雪剑鸳鸯》。本文对这四部剧本的简介即以此版本为准。

② 赵清阁：《雪剑鸳鸯》“沪版总序”，上海名山书局1946年版。

③ 赵清阁：《禅林归鸟·前言》，1946年8—12月上海《文潮月刊》连载。

④ 赵清阁：《雪剑鸳鸯》“沪版总序”，上海名山书局1946年版。

些很难照顾到的地方，但大致还联的起来。”并为此“煞费思考地，在题材剪裁上，在结构技巧上，用了不少工夫使之紧凑”，因此，其剧本中的情节大部分都是《红楼梦》原著中的精彩片段，并在作者诗意语言的精心结撰下成为一个有机整体。

《诗魂冷月》，四幕五场。第一幕写暮春时节黛玉“葬花”“听曲”，宝、黛因“金玉良缘”之说争吵，宝钗讽刺宝玉“负荆请罪”，薛宝钗“兰言解疑癖”、宝玉挨打、金钏跳井。第二幕写鸳鸯拒婚，袭人劝谏宝玉，宝玉向黛玉倾诉，众人开菊花社，宝、黛谈人生聚散。第三幕写黛玉、湘云联诗，宝、黛互剖心迹，晴雯、芳官被撵。第四幕写宝玉向黛玉哭诉迎春、香菱受苦之事，央求黛玉不要散，让自己安心。最终黛玉焚稿，宝黛二人隔窗互诉心迹后昏倒在地。

20世纪50年代，赵清阁在顾颉刚的建议下，将《诗魂冷月》进行了修改，并将其易名为《贾宝玉和林黛玉》。原先的四幕五场改为五幕八场，外加尾声，改动非常大。开篇即以元妃省亲为暗场描写宝、黛、钗三人对贵妃召见、作诗的不同态度，突出了宝、黛与宝钗的思想对立，尾声则以宝玉跟和尚出走、宝钗崩溃痛哭而结束。修改本已不仅仅着眼于之前的“宝黛为主，纯诗意的，静的，消极的悲剧”，而在于反对封建社会的婚姻悲剧，增加了许多外在险恶环境的描述，并几乎处处强调宝、黛与宝钗之间思想、言行的对立，有兴趣者不妨细读。

《雪剑鸳鸯》四幕七场，从柳湘莲在赖家花园怒打薛蟠写起，从第二幕至第四幕分别写贾琏偷娶尤二姐、尤三姐为表清白和自己的心意自刎以及尤二姐被赚入大观园，最终被庸医打下腹中胎儿，自己也吞金而亡。四幕五场的《流水飞花》则从刘姥姥二进大观园写起，分别写了迎、探、惜“三春”以及香菱、司棋、晴雯、芳官等的悲惨境遇。《禅林归鸟》四幕五场，取材于《红楼梦》八十回之后的故事。第一幕写林黛玉死后宝玉伤心痛苦，时时不忘林妹妹。王熙凤备感家道艰难，在大观园月夜感幽魂、被吓昏倒。贾政被参，夏金桂欲害香菱反而害死自己。第二幕写贾府被抄，贾母散余资。第三幕写贾母去世，凤姐力诎出丑。鸳鸯上吊，妙玉被抢。第四幕写凤姐病死。宝钗有孕，宝玉中举后出家。

在这四个剧本里，赵清阁描述了“当时被封建势力蹂躏的一群可怜虫，他们在怎样地受折磨；他们在怎样地挣扎着求灵魂的超脱；求自身的解放；他们更是在怎样地为了争取自由的意志，而用自己的手，一个个狠着心，含着泪，勒死了自己，或则遁入了空门”①！在抗战的洪流里，赵清阁用一群“可怜虫”的消极反抗来观照现实生活中存在的罪恶与腐败，这群人的反抗，尽管是“消极的报复与反抗”，“但他们究竟没有屈服，没有任着恶势力宰割他们——供给他们仇恨的人去玩弄，嫁给他们不爱的人去做奴隶！”20世纪40年代，人们需要这种不屈服的反抗精神，个人反抗的轨迹无论深浅，只要融合到时代的大潮里就能产生效应，我们的国家、民族才有希望。

除这四个剧本之外，20世纪60年代在阿英的鼓励下，赵清阁又根据原著晴雯的故事改编了一部话剧，这个剧本在“文革”中遭到毁灭，直到1980年，赵清阁才重新写成此剧，以《鬼蜮花殃》发表于香港《海洋文艺》第4期，为通俗起见，后更名为《晴雯赞》。1985年，四川文艺出版社结集出版了《贾宝玉与林黛玉》《晴雯赞》《雪剑鸳鸯》《流水飞花》四部，命名为《红楼梦话剧集》。在这个集子中，《雪剑鸳鸯》和《流水飞花》都做了修改，不过改动不是很大，而《禅林归鸟》因为当时没有在作者手边，不仅无法修改，更没有结入集中。好在作者后来找到，据说也做了修改，并易名《富贵浮云》，仅对剧本“作了些文字上的加工润色，内容结构未动”，但“在末尾稍有改动，亦即改动了高鹗所作贾宝玉结局的处理”②。盼望这个剧本能早日出

① 赵清阁：《诗魂冷月·自序》，上海名山书局1946年版。

② 转引自傅光明：《赵清阁与〈红楼梦〉的未了缘》，《曹雪芹研究》2011年第2期。关于《禅林归鸟》修改后的名字除《富贵浮云》外，还有另一种说法，即赵清阁1986年11月22日发表于《团结报》上的《梦醒人去——〈树倒猢狲散〉修订有感》，说《树倒猢狲散》即《禅林归鸟》，这部著作究竟面貌如何，还是期待剧作的出版吧。

版，以飨读者。

20世纪40年代和赵清阁抱有同样的将《红楼梦》整体改编想法的还有一个人，即吴天（方君逸），他是上海孤岛及沦陷时期都很有名的剧作家及导演。吴天的《红楼梦》全剧共五幕十二场，外加序幕“太虚幻境”，场面浩大，头绪繁多，情节复杂。他最初有改编《红楼梦》的想法大约是在1943年，也是分为四部，要把“《红楼梦》里的‘人’与‘事’全包罗在内”[①]，但当他刚写好一部时发觉“这工作有改变方针的必要。因为这种写法虽说颇忠实于原著，可是对于剧本不大适合，它不大‘戏剧的’，而又欠完整的独立性，颇容易流入‘连台好戏’的情境”，于是就此搁笔。他后来的想法是分别以宝黛、王熙凤、尤氏姐妹、薛蟠为中心，改编为四部话剧。不过后来机缘凑巧，吴天只改编了第一部，即我们现在看到的《红楼梦》。在他看来，称之为“《金玉缘》或《贾林哀史》比较妥帖。可是为了他除去二人的罗曼史还多少写到贾府的崛兴和没落，所以仍用其名”。因此，这一部《红楼梦》是以宝黛爱情为中心，兼写了贾府的没落与衰亡，这二者原本也是无法断然分开的。

吴天把《红楼梦》原著定位为“一部‘真情’与‘伪礼’斗争的悲剧”，他从元春省亲写起，至黛玉在宝玉赶来之前含恨焚稿而死，这五幕十二场分别为“省亲”“训子”“葬花”“撕扇”“试探”“密告”“补裘”“悲秋”“抄家”“绝粒”“辨伪”“焚稿”，并有序幕“太虚幻境”。剧中虽有一些对人物的改写，比如湘云的性格没有原著中豪爽，并因为要嫁人了而变得羞涩、娴静；鸳鸯、平儿等不再像原著中那样怜贫惜弱，而是多嘴多舌、对自己的姐妹们毫无同情心；黛玉虽然可以安慰湘云说“人生了就是苦，谁能料得定呢”，却无法开解自己。但整个剧作基本是把原著故事梗概以话剧的形式演绎

① 这四部分别是：第一部叫《金玉缘》，从黛玉进贾府写到“葬花”；第二部叫《大观园》，写到晴雯被逐；第三部叫《离恨天》，写到黛玉之死；第四部叫《风月鉴》，写以后的事。吴天：《红楼梦·序》，范泉主编：《文学新刊》，永祥印书馆1946年版。以下凡是有关吴天此剧的文字，如无特殊说明皆出于此，恕不另注。

出来，尤其是语言方面，更是大段大段地引用原著。此剧本是因为某剧团要演出《红楼梦》而创作，可剧本完成后却因演出费用的浩大而未能演出，颇为可惜！

吴天忠实于原著的改编其实是他一以贯之的创作理念。早在1940年9月，他就把巴金的《家》改编成了五幕同名话剧，虽然原作者不甚满意这次改编，曹禺也因吴天的剧本太忠实于原著而将其再次改编为同名四幕话剧。但此剧却于1941年1月24日起在辣斐花园剧场公演时连演3个多月，场场满座。尽管吴天的《家》后来没有曹禺的剧作出名，但这次创作为他后来改编完成《红楼梦》的浩大工程打下了坚实的基础。

顾仲彝的《还泪记》从名字即可看出也是以宝玉、黛玉、宝钗的恋爱婚姻纠葛为中心，从贾母祝寿，宝、黛、钗三人见面开始，至黛玉死、宝玉昏倒结束，全剧共五幕八场，比起吴天的五幕十二场外加一个序幕来说，头绪少一些，篇幅也短得多。但原著中的大部分情节还是可以看到，比如关于“金玉良缘”、成立诗社、意绵绵静日玉生香、宝黛读西厢、袭人告密、晴雯撕扇、宝玉挨打、晴雯送帕、宝黛诉肺腑、紫鹃试探宝玉、宝玉丢玉、宝玉娶亲等。剧本大部分情节都忠实于原著，最大的改变当属对于宝钗的定位。

在《红楼梦》原著中，钗、黛二人双峰对峙，各有千秋，可《还泪记》中的薛宝钗却成了一个不折不扣的小人形象，不仅偷听宝、黛二人的谈话，还与袭人结为姐妹，怂恿袭人向王夫人告密。而她安慰袭人的“你的志气，一心要宝玉好的心，我非常明白。不过你千万不要灰心，事在人为，只要有决心，只要有忍耐，铁棒尚可以磨成针，何况一个男人的心呢”正是道出了自己的心声！

不仅薛宝钗性格大变，林黛玉也不再是原著中不问世事的小姐，她亲自去扬州为父奔丧，经历了世事的锻炼，回来后对宝玉说：“你哪儿会明白我六个月来所受的折磨。父母双亡，举目无亲，在扬州只看到几个如狼似虎的亲戚，要不是琏哥儿在那里替我张罗，只怕连我的身子都要活活给他们卖了呢。”且不论黛玉这么称呼贾琏是否合适，单看黛玉的性格似乎也与原著中有所不同。剧中还有一个明显的变化是关于宝玉的亲事，贾母最初是主张娶黛玉的，可在凤姐、王夫人的步步紧逼下，不得不同意娶了宝钗。至于剧中薛姨妈一见到黛玉就说“真是位好标致好秀气的小姐，怪不得人家说跟宝二爷真是天生的……”，并主动说出宝钗有一块金锁片，让贾宝玉看一看……这其实都是受宝钗这个人物形象的改变所累。

《还泪记》载于范泉主编的《文学新刊》，1948年7月由上海永祥印书馆出版，开篇《还泪记》之后注为“红楼梦之一”，看来似乎还应该有其他的剧本。

朱彤的《郁雷》虽也描述宝黛的爱情悲剧，但严格说来，似乎不能称作是《红楼梦》的改编本。作者在《郁雷》的序言中这样说：“在我的写作原则上，内心的说明占据了较重要的位置，故事本身的忠实性倒是次要的，有时甚至于完全被漠视……我不过袭取里面一个轮廓，几段情节，十来个人物，幻想说明一种态度，一种东方古老的生活态度。”[①]《郁雷》是作者要“献给再生的祖国”的“一首民族的哀歌”。

剧本一开幕就把宝玉的亲事提了出来，此时黛玉已经来贾府十年了。小红因为误信宝钗的金蝉脱壳之计而认为是黛玉偷听了自己与坠儿的谈话，知道了自己和贾芸的事情，因此来找紫鹃向黛玉求情，并引出听说宝二爷就要定亲的事情，只知是园子里的，却不知是宝钗还是黛玉；接下来宝、黛因为一个香袋而争吵；袭人跑来说怡红院里有棵海棠忽然开花了；紫鹃劝黛玉早拿主意，并将小说中宝玉错把袭人当黛玉说的心里话通过从晴雯那里听来的转述给了黛玉；宝玉差晴雯送来旧帕。第二幕写黛玉和宝玉又因“金玉良缘”吵闹，宝玉情急摔玉。贾母认为黛玉性情外露，决定给宝玉定下宝钗，即使宝玉卧病在床也无济于事。莺儿劝宝钗拒绝婚事，宝钗却说“这是做女孩子的命”。宝玉告诉紫鹃他是装疯，是“要叫老太太明白我的心”。第三幕写

① 朱彤：《郁雷》，上海名山书局1946年版。有关引文皆出于此。

黛玉最终还是从傻大姐那里知道了宝玉娶宝钗的事，与一开始黛玉向紫鹃倾诉自己决定再也不和宝玉吵嘴形成巨大的张力，以致黛玉无法承受，甚至因认为自己白认了人想将自己的眼睛戳瞎，最终悲惨死去。新房中被蒙骗的宝玉先是沉浸在如愿以偿的巨大喜悦中，面对新娘大段大段的倾诉衷肠，却最终发现新娘是宝钗。第四幕写小红和李纨在探讨了做鬼的话题后，最终投河自尽；宝玉逃出所谓“命”，远远的寺院的钟声预示着宝玉的出家。

《郁雷》1944年4月在重庆读者出版社出版（渝版）时有四幕八场和一个尾声，而到了1946年1月在上海名山书局出版（沪版）时则改为四幕六场，去掉了尾声，即渝版中十年后贾宝玉来看自己的儿子贾桂的场景。之所以有这样的修改，是因为“‘郁雷’的初稿，曾经阳翰笙先生阅过一遍，因为他的可贵的指点，我才知道修改的途径”。

剧中一再出现“天空彤云密布，有郁郁的雷声”“天上又是一阵郁郁的雷声”“雷声仍然郁郁的响着，云更暗了。秋风吹动衰败的叶子，三片两片地从高空飘落下来，大地是凄清而且黯淡”……这样的阴霾景象，加深了全剧的悲剧氛围。朱彤还将《红楼梦》原著中一个加速黛玉死亡的角色——傻大姐进行了重新设置，让她成为一个带有预言色彩的诡异人物。她的脸“搽得红通通的，挤眉瞪眼儿，心里有什么，嘴里就说什么，从来不懂得什么叫秘密”。她总是在大家毫无防备的情况下跳出来说一些古里古怪又满含寓意的话，比如在宝玉结婚、黛玉死时，傻大姐喊出了“那些人抬了一个东西……好大的东西，不知道是棺材还是花轿来了”；而黛玉死后，傻大姐又在怡红院叫喊着“林姑娘！你漂流在何方？你漂流在何方”。

《郁雷》在重庆、上海都演出过，尤其是上海的演出，演员阵容强大，孙景路、碧云、上官云珠等都在其中，引起较大轰动，还曾译成英文，可谓是20世纪40年代编、演都很成功的作品。有进一步了解之兴趣者不妨参看吕启祥发表在2001年第2辑《红楼梦学刊》上的《彤云密布下的〈郁雷〉——一部由〈红楼梦〉改编的话剧》。

二

以上我们简要介绍了20世纪40年代《红楼梦》话剧中有关宝黛爱情的本子，让我们再来看看《红楼梦》中另一段经典——尤氏姐妹的故事。尤二姐、尤三姐是曹雪芹在《红楼梦》中集中塑造的性格差异巨大、颇有争议的两个悲剧女性。她们的故事从《红楼梦》问世以来，就以故事性之悲惨、戏剧性之强烈受到许多改编者的青睐，昆曲、京剧、评剧、越剧等的舞台上都有二尤姐妹的出现，有的还取得了巨大成功。话剧舞台上较早的《鸳鸯剑》《王熙凤大闹宁国府》等都是有关二尤故事的，与原著相差不大。

20世纪40年代有关尤氏姐妹的现存剧本在创作上更具自由性，最早的朱雷的《红楼二尤》情节大部分都是作者杜撰，尤其是关于尤三姐的部分。这是一个独幕剧，主要写了贾琏在贾蓉的帮助下，试探尤二姐是否同意嫁给自己，并描述了与尤二姐完全不同的尤三姐向宝玉倾吐心曲的情节。在原著中，尤三姐和贾宝玉并没有什么特别的深交，最多是兴儿向尤二姐谈论贾宝玉的做派时，尤三姐替他辩白了几句。而剧本中尤三姐得以和宝玉长谈，并倾吐了自己的心事，告诉他因为家庭的贫困而导致自己姐姐和贾珍的苟且之事，告诉他自己的痛苦：“……一个年轻的孩子，心里只想着攀高，就怕身为下贱，心飞天外，合上眼高手低的病根儿，这经过就惨得很，（幽暗地）惨得很！”[①]而所有这些只是因为平日听人家说宝玉怜贫惜弱，就情不自禁地和宝玉倾诉自己的痛苦。在这里，我们完全看不到《红楼梦》里泼辣刚强的尤三姐，而似乎只是一个满身文艺腔调的女青年，清楚明白自己的贫寒地位，为了生活也许终将不得不出卖自己而又不愿苟且偷生的一个弱女子。

剧中还让贾蓉详详细细地说出了父亲和二姨娘的暧昧关系：“平日借着姐夫的名义，问寒嘘暖，做好作歹的，送衣服，打首饰，娘儿们肚子饿了要吃

① 朱雷：《晚祷》，光明书局1941年版，第74页。有关引文皆出于此本。

饭，谁还顾得了贞洁廉耻？”并说贾珍已经玩腻尤二姐了，要打尤三姐的主意，还没有上手。这种过于写实的手法破坏了原著的隐约含蓄之美。《红楼梦》一个突出的特点就是很多事情并没有明明白白地写出来，从隐隐约约的言谈话语中自然可以看出事情的真相和发展，无须交代得清清楚楚，也正因此，才会有众多的留白之处满足我们的阅读期待。

难怪作者自己也在《后记》中说：“《红楼二尤》只能当作一篇文艺创作看，初稿时我想写成三幕，终以力量不加，宁缺毋滥，就放弃她最好的殉情一场。”以往各类文艺形式的改编，凡是写到尤三姐故事的，无不把其殉情一场浓墨重彩地描绘出来，尤其是尤三姐与柳湘莲定情的鸳鸯剑更是不可或缺的道具，已经具有了浓重的象征意义，而此剧则与其毫无关联。但作为40年代第一部由《红楼梦》改编的话剧，且在前面并没有多少剧本可以借鉴参考的情况下，[①]此剧也算是独出机杼，让人耳目一新。

写尤氏姐妹故事的还有石华父的《尤三姐》，可惜至今没能找到剧本。石华父是陈麟瑞在发表剧作时所用的笔名，是沦陷时期上海非常重要的改编剧作家，《尤三姐》是他根据《红楼梦》改编的尤氏姐妹的故事，看不到剧本，我们已无法确切知道其中的信息。据《沥血求真美——朱端钧戏剧艺术论》中的“朱端钧导演年表”记载，在1943年，此剧由同茂剧社在上海金都大戏院公演过。而杨绛在《石华父戏剧选》之《怀念石华父》（代序）中也提到《尤三姐》难以寻觅，并说“我记得《尤三姐》演出后颇得好评”[②]。石华父夫人柳无非也在“后记”中提到《尤三姐》剧本，说“这些剧本，大都经过李健吾先生介绍，由朱端钧先生导演演出”。

关于石华父的《尤三姐》剧本，还有一个人也有零星记述，那就是也写

① 关于民国期间《红楼梦》话剧的有关创作情况，刘欣的《“红楼”话剧考》（《艺术百家》2005年第3期）、胡淳艳的《民国〈红楼梦〉话剧改编研究》（《红楼梦学刊》2008年第3辑）都有论述，可以参看。

② 石华父：《石华父戏剧选》，海峡文艺出版社1992年版。

了尤氏姐妹故事的孔另境。[①]他本想从石华父的剧本里获得借鉴，因机缘不巧，终究没能如愿，但这并不妨碍他创作出自己的尤氏故事。孔另境的《红楼二尤》共三幕五场，剧作有继承也有创新，他认为“二尤”的性格思想截然不同，三姐“精明强干”，“见识比二姐高……懂得人情世故……懂得感情，她要为自己的心愿活着，她坚毅地要达到她的理想，不顾虑生活，也不顾虑地位，她是封建时代的反抗女性的典型”。而二姐“温柔寡断”，是“慕虚荣，贪安逸，不知感情生活的一个典型”。因此，孔另境把《红楼二尤》故事的重点放在“她们对于选择对象的分歧上”，并且安排尤二姐也曾与柳湘莲“热烈过”，尤三姐在剧本开始就是一个洁身自好的人，并没有小说中描述的戏珍、琏那种大胆与泼辣。而柳湘莲一开始答应了贾琏的提亲后来却退婚，则并非听说了尤三姐有何不洁之罪名，纯粹是因为尤三姐是尤二姐的妹妹，尤二姐的嫌贫爱富让他大受打击，他把尤三姐也看成像尤二姐一样水性杨花的人。“不，我不能再受这欺骗了！……（自语地）这不成，这万万不成！有其姐必有其妹，我不能再受她们的欺骗！……朝秦暮楚的东西！（突然态度十分决绝）。”只是因为曾经是过去恋人的妹妹就否决了尤三姐这个人，姐姐的嫌贫爱富、甘做二房毁了妹妹一生的幸福。这与尤三姐自身的品行毫无关系，无论她是好是坏，都已经被柳湘莲一棍子打死，也就导致尤三姐的殉情没有

---

① 孔另境在《红楼二尤·前记》中这样说：“当我决定了主题，决定了剧名‘二尤篇’，而且写好了一二两幕的时候，听见石华父先生也在写‘二尤’故事的剧本了，而且见到了演出的预告，我想既有人在写了……我因此就把进行中的写作暂停了起来，打算等石先生的剧本公演的时候，去看了以后再决定写或不写。但是石先生大作的演出也似乎经过相当曲折，演出的戏院是搬家了，从兰心搬到了金都，公演的日期却迟迟未有决定。正在那时，我却遭逢了一个突发的变故，我被日本的宪兵队捕去了，一住四十多天，等我被释放出来以后，我赫然看见金都正在上演‘红楼二尤’的剧目，我高兴得很，以为总可以有机会去领教一番了，不意没有两三天吧，一不经意，金都的剧目突然换了。……我终不能获得了‘他山之石’的帮助。”不过，孔另境这里的记述可能有错误，因为他被日本宪兵队捕去是在1945年5月，直到日本投降前夕才被放出，这里金都大戏院演出的《红楼二尤》（名称也不一样）似乎不应该是石华父的本子。见孔另境：《红楼二尤》，正言出版社1946年版。以下有关引文如不另注皆出于此。

了《红楼梦》原著中那种震撼人心的悲剧氛围，削弱了尤三姐为表清白羞愤自杀的意义。柳湘莲也变成一个不值得同情的糊涂人。

孔另境的《红楼二尤》里没有了泼辣、刚性的尤三姐，却塑造了一个比原著中爱管事、好打抱不平的李纨。《红楼梦》中的大奶奶是个菩萨样的人，几乎什么都不管，而剧本里的李纨则为尤二姐撑起了腰，为二姐出头："反了！反了！一个烂丫头（笔者注：指善姐儿），竟敢这样放肆，回头我去找凤丫头算账！凤丫头不知道便罢，要是回答得含糊一点，看我去找老太太！"而当尤二姐要息事宁人，要李纨"千万使不得性子"时，李纨还是不依不饶："咱们府里容不得这种泼丫头，我一定得撵她出去！"假如李纨在《红楼梦》里的性子也有这么硬，王熙凤还能否在荣国府管家真值得考虑一下。

此外，端木蕻良在桂林创作了两个关于《红楼梦》的话剧，即1943年发表于《文学创作》（第1卷第6期）上的《林黛玉》（标示独幕剧，其实有四场）和独幕剧《晴雯》（第2卷第2期），这是很少出现的直接以人物名字命名的《红楼梦》话剧。《林黛玉》基本由原著中的情节剪裁而成，第一场写了黛玉"春困发幽情"、宝黛因金锁产生口角、宝黛诉肺腑、袭人向王夫人进言、宝钗向黛玉"兰言解疑癖"。第二场则写"意绵绵静日玉生香"的场景。第三场写钗黛"金兰契互剖金兰语"，宝玉派晴雯送手帕、黛玉题诗（诗与小说中的不同）。第四场写紫鹃试探宝玉以及薛姨妈看望、安慰黛玉。

《晴雯》是个独幕剧，也是截取原著中部分章节而成，虽也写了晴雯撕扇、补裘、抄检大观园中被撵等《红楼梦》中的重头戏，但也写了许多与晴雯几乎没有关系的情景。比如宝黛二人的口角、湘云劝宝玉多与人交接谈谈仕途经济、宝钗在大观园中的改革、袭人箴宝玉等等。一个独幕剧掺杂了这么多关系不大的情节，效果可想而知。而且开篇就写了王夫人碰见傻大姐拾到了绣春囊，颇有点倒叙的意味。这两个剧本中多是把原著中的情节剪裁、连缀而成，但作者没能很好地将人物、情节适当设计、剪裁，而且剧情也不完整，显得有些凌乱。虽然这两个剧本都是以人物名字命名的，可惜这两个人物的性格并不突出，如果不是因为《红楼梦》的全民基础，甚至很多人都会看得稀里糊涂。剧本还在涉及宝黛的对话中，像小说一样夹杂了许多“宝玉又想”“黛玉又想”的心理活动，影响了剧本的舞台表现力。

端木蕻良的《林黛玉》中还有一个相对于原著的大胆创作，那就是把宝黛的爱情赋予了时代的色彩。第二场“玉生香”一节中，作者有这样的描述：“两个人（笔者按：宝玉、黛玉）的眼光汇合在一起……怜爱不能克制的互相不住的亲嘴……”这不是《红楼梦》中的贾宝玉与林黛玉，而是经过了五四时代气息洗礼的现代男女的爱情。或许正如端木蕻良自己在后来回忆这两个剧本的写作时所说的：“那时是在抗战期间，我正是初生牛犊不怕虎呀！”[①]至于剧中凤姐称呼袭人为“好嫂子”则是常识性错误了。

值得一提的是，在1943年第1卷第6期《文学创作》的第94页有人文出版社广告，即端木蕻良新作《红楼梦》（五幕剧）出书预告：“作者对于《红楼梦》小说是有特殊见解和研究的，他用了细腻委婉的笔法，选拔了小说的精华，使大观园中的人物活生生的表现于舞台，并以曹雪芹的前八十回为主干，对于后四十回的续文加以重新的发展和决定，使这故事更趋于合理化，全剧十余万言，现已付印，即将分册出书。”不过，此本在诸多关于《红楼梦》剧本的著录中并没有出现，而笔者囿于学识的浮浅也没能找到，只能暂备待考，有兴趣者不妨深入探究一下。

三

随着现代话剧观念的逐步确立，《红楼梦》的话剧改编也逐渐成熟起来，20世纪40年代的“改编热”让《红楼梦》话剧进入了至今未能打破的“黄金期”。这些话剧继承了前人的改编传统，要么关注戏剧性强、悲剧色彩浓厚的《红楼

---

① 黄伟经：《〈曹雪芹〉诞生记——访端木蕻良》，钟耀群、曹革成编：《大地诗篇——端木蕻良作品评论集》，北方文艺出版社1997年版，第420页。

梦》中次要人物的故事，如晴雯、尤氏姐妹等的片段改编，要么以宝黛爱情为主线，力图表现《红楼梦》的全貌。前者因为在原著中的情节较少，给了剧作家更大的改编自由与创作可能，而后者则以《红楼梦》全璧的诱惑一直是许多作者努力的方向。在20世纪40年代这12部剧作中，除去写二尤故事的三部剧作，赵清阁、吴天、顾仲彝、朱彤等都是试图全面改编《红楼梦》，虽然不能免俗地大都以宝黛爱情为主干，却也抓住了原著最动人、最有成就的部分。端木蕻良的《林黛玉》《晴雯》虽以人物命名，且结构、剧情也不完整，但单从作者连缀的有关情节中也可以看出这种倾向。这种力图把握全局、展现原著主题多重性以及整体性的改编，虽然可以更深厚地反映原著的内涵与思想，但话剧本身的体制以及舞台表演的局限还是让这些努力打了折扣。即使自成系列的赵清阁的四部剧作，虽然比别的剧作更能多侧面反映《红楼梦》的各种悲剧，还是留有许多空白无法满足。然而相比此前只有一部，也是目前所见最早的将《红楼梦》全面改编为话剧的剧本，即陈梦韶1928年的《绛洞花主》，无论是改编的观念还是改编的整体质量，40年代的《红楼梦》话剧已经有了长足进步。

除了这种全局的掌控，此时《红楼梦》话剧的另一特点为浓郁的时代色彩。尽管《红楼梦》是清代作品，可其中所蕴含的封建传统文化对个人的束缚与压制以及封建家长权威对个人幸福的藐视与扼杀却一直唤起人们的共鸣。尤其是在内忧外患的20世纪40年代，更引起了许多剧作家疾呼冲破传统束缚、批判国人在传统势力重压之下形成的软弱忧郁的生活态度，呼唤有灵性、有热情、敢爱敢恨的人生。朱彤在《郁雷》的序言中曾说："一千多年以来，我们不仅在两性关系上，而且在全部生活态度上，都是吞吞吐吐含含糊糊地混日子，我们没有狂欢，也没有深悲；没有大恨，也没有固执地爱，那么平平淡淡地，晦晦涩涩地，就像是大海里没有惊涛骇浪，夏夜里没有疾雷闪电……我们要求灵魂的解放！我们要求敢爱、敢恨、敢悔的性灵生活！"并在剧中借李纨之口发出了"有时候一个性灵自由的鬼，比一个不自由的人要快活"的言论！这种对自由、果断、性灵的呼唤，不是什么冠冕堂皇的遁词，而是我们亟须改变的现实状态。只有这样，我们才能建立民族精神的强劲与刚健，在民族危亡的紧要关头，才不会因为都是些“贾宝玉式”的人物而委曲求全，妥协退让。

其他的《红楼梦》剧作家虽然没有这么明确地提出剧作的精神，却也是与时代紧密相连的。无论是关于宝黛爱情的悲剧，还是尤氏姐妹的悲剧，其实都是剧作家对于造成悲剧根源的社会、时代的控诉。朱雷在《红楼二尤》中对尤氏姐妹因贫穷而陷入的窘境以及尤二姐不得不出卖自己的描述，正是当时社会现状的反映。而赵清阁则在“沪版总序”中直指整个国家：“一个国家会因为国政的不良，国民的不团结，各自争权，各自夺利，而至于崩溃。如曹雪芹所描写的当时贪污贿赂，营私舞弊之风，直到今天还弥弥可见，……我愿望我这番苦心能够促成一个时代的觉悟！”无论一个伟大抑或悲哀的时代，只有觉悟的人们才能改变自己的生活、随之改变整个历史。

在简单论述了40年代《红楼梦》剧作的特点之后，让我们再来探讨一下之所以会出现《红楼梦》“改编热”的原因。

抗日战争及解放战争的相继爆发，让沦陷区、国统区以及解放区的人们都深受战争的戕害，形势的险恶、生活的困苦时时威胁着人们最基本的生命安全的保障。尤其是在上海，相比来说更为不自由，在日本以及敌伪的控制下，人们根本无法直接创作、上演爱国抗战的作品，只能借古人之酒杯，浇自己之块垒。因此，当时出现了许多古代女性的对敌斗争故事，比如阿英的《葛嫩娘》《杨娥传》、周贻白的《花木兰》、顾仲彝的《梁红玉》等。这些以女子为中心的故事，从侧面反映了人们的爱国热情以及对敌斗争的决心与信心。而《红楼梦》虽然没有如此鲜明地反抗精神，但其封建专制对个人自由的压迫、对人性的遏制却是当时亟须打破、反抗的桎梏，没有自由与民主，也就不会有抗战的胜利。再者，《红楼梦》的“全民性”基础、悲剧色彩以及以女性为主角的基调非常契合当时的需要。而《红楼梦》话剧的改编者们几乎都是当地话剧运动的中坚分子，改编《红楼梦》符合他们的精神需求，也能满足观众需要。

除了时代的影响，话剧家们本身的心理、情感状态也会影响到剧作本身，这一点在女作家赵清阁身上最为明显。赵清阁曾这样描述自己改编《红楼梦》的缘起："一九四三年的秋天，我从北碚迁居重庆。当时身体、心情都很坏，是逃避现实又像是在迷雾里找精神出路；总之，我是在百无聊赖中开始了《红楼梦》的研究和改编。"为什么要逃避现实？只因为现实中的苦难？或许，赵清阁同时期的其他作品会给我们一些启示，尤其是她的两部带有自传色彩的作品。

一个是她1996年在重庆出版社出版的散文集《不堪回首》中的《心中的秘密》，文章原名《记校长先生》，在作者收入集中时易名，并在篇尾加注"1946年春于北碚"，篇首也加了按语"这是50年前在重庆写的一篇散文"。该文描述一个三十多岁的中学校长先生因不幸的包办婚姻而暗恋富于才华的学生"我"，校长最后终于冲破了包办婚姻的枷锁，与另一位忠厚的暗恋着他的女同学结婚了。另一篇是她的小说《落叶无限愁》[①]，写抗战胜利，滞留大后方的中年教授邵环以为能与相恋的年轻女画家灿终成眷属，但灿不愿破坏邵教授已有的家庭，最终毅然离开的故事。

这两部作品中都有赵清阁自己的影子，她在晚年的信中曾表明《落叶无限愁》中是以自己和老舍为模特的[②]，其时的赵清阁正陷于小说所描述的这种情感的纠结中。在对现实的清醒认识下，灿最终毅然决然地"就这么诗一般，梦一般结束了我们的爱情吧：天上人间，没有个不散的筵席"时，也是赵清阁自己最后的抉择。正是在这样的"逃避"与"迷雾"中，赵清阁开始了《红楼梦》话剧的创作。至于朱雷的缠绵于病榻、吴天的困苦生活、陈麟瑞的"心情不好"等等，更是现实中很多剧作家的普遍状态。

但毕竟这是一个战争的年代，类似《红楼梦》这样的改编本对抗战有什么直接意义？尤其上海的许多剧作家时时刻刻感到写作或上演至少在某些方

① 原载赵清阁主编：《无题集——现代中国女作家小说专集》，晨光出版公司1947年版。

② 参见傅光明《书信世界里的赵清阁与老舍》中赵清阁与韩秀的通信，复旦大学出版社2012年版。

面与抗战有关的剧本是他们义不容辞的责任，在那个一切为抗战服务的年代，即使不能直接赞美人们的保家卫国，至少应该和时代紧密相连吧！而重庆则直接就有人提出“《郁雷》及若干《红楼梦》之改编，不管找怎样冠冕的遁词，不都是显明地表示了从现实斗争中退却么”[①]这样的论调！

事实上，现实的束缚太多了，所有活在“现实”里的人都不能不受它的影响，无论贾宝玉、林黛玉，还是20世纪40年代的人们。因此，赵清阁在《诗魂冷月》第四幕第一场，在宝玉耳闻目睹了诸多伤心事之后，想让黛玉给自己说句安心的话时，黛玉却说：“叫我怎么说呢？我什么也不知道！只知道我的命运是操在别人的手里，他叫我怎么样，我怎么样；我没法叫你‘安心’，也没法叫我‘安心’。”而在《禅林归鸟》中当宝玉听说妙玉被强盗抢走了，不禁喟然叹息说：“唉！这混浊的世界，连一个出家的尼姑，都不叫她干净自在。”在宝、黛看来，现实让他们不能大胆的爱，也不能大胆的恨，只能听从别人的安排，满腹的无奈与凄凉，造成这种深刻的悲哀与痛苦的根源对于20世纪40年代的人来说依然存在。但是如果人人都听任命运的掌控，都默许这个混浊世界的存在，那么血与火的时代带给我们的就只能是毁灭。

正如当时的评论家做出的回答：“它虽然没有直接关涉到抗战事业，然而它却表现了封建大家庭的崩溃没落，反映了青年一代对于旧社会和老的一代的斗争和反抗，因而也同时教育了观众，要他们去同旧时代去斗争，去反对因袭、独断、礼教和迷信。如果我们不否认这些‘过时了的旧东西’还在严重地影响着我们社会的进步，而在目前则特别是阻碍着抗战的进一步发展，那么我们就没有理由否认目前在上海上演《家》的积极意义。”[②]这段话虽然并不是针对《红楼梦》剧本而言的，但何尝不是改编《红楼梦》这部伟大小说为话剧的理由？

① 田进：《抗战八年的戏剧创作》，重庆《新华日报》1946年1月16日。

② 转引自［美］耿德华：《被冷落的缪斯：中国沦陷区文学史（1937—1945）》，张泉译，新星出版社2006年版，第248页。

那么，究竟怎样的改编才能最大限度地既保留原著的精髓，又能体现改编者本身的文化、审美趣味？是像朱雷、朱彤那样只取一点，另起炉灶，还是像吴天、赵清阁那样从原著中剪裁情节尽量严丝合缝地连缀在一起？这个话题几乎是从有改编这一形式以来就存在的问题，只不过对于《红楼梦》这部伟大的“百科全书”式的作品来说，更为困难罢了。

有人主张改编“忠实于原著”“不伤害原作的主题思想和原有风格”，夏衍就曾说“我改编《祝福》时，稍加一点也是战战兢兢的。要保持原著的主题思想、人物、语言和富有地方色彩的环境描写”[①]。而与之对立的则主张“忠实于原著”重在精神：“作品的文学特性愈重要和愈有决定意义，改编时就愈会打破原有的平衡，也就愈需要创造天才以便按照新的平衡重新结构作品，新旧平衡不必完全相符，但需大致相当。”[②]实际上，对于改编作品来说，这种“忠实”与“创新”也许都是重要的指导原则，我们既不爱看对原著亦步亦趋、几乎全是原著情节连缀的作品，也不敢恭维那种完全脱离原著的改造或新编。我们青睐的是既保持原著精神，又能从中看到改编者的身影、有改编者个人特色的作品。

赵清阁曾在《漫谈〈红楼梦〉改编》中这样写道：“把《红楼梦》小说改编为其他文艺形式的戏剧或说唱，是一种再创造；这种再创造过程，实际上即是研究过程。再创造要忠实于原著，而又应适当地对原著加以整理，做到去芜存菁，不能照抄，也不能轻率地随意篡改。这就必须精读原著，吃透原著精神；并参阅一切有关资料，进行严肃认真的思考，深入细致的钻研。这样通过研究的改编成果，也可以说是研究成果。没有经过研究的改编，只能是浮光掠影的再现，甚至还可能有所歪曲原著。”[③]在我们看来，这是严谨、

① 夏衍：《对改编问题答客问》，《夏衍论创作》，上海文艺出版社1982年版，第406页。

② ［法］安德烈·巴赞：《电影是什么》，崔君衍译，文化艺术出版社2008年版，第91页。

③ 赵清阁：《行云散记》，百花文艺出版社1983年版，第146—147页。

科学的改编原则，赵清阁的《红楼梦》话剧是这样的实践，也算得上是较成功的作品，而像朱雷的《红楼二尤》、端木蕻良的《林黛玉》《晴雯》等很少为人们提及也就可想而知了。

20世纪40年代《红楼梦》剧本的创作者大都是当时活跃的剧作家，有的还是著名的导演、教育家，如吴天、顾仲彝、石华父等。然而他们的作品在后来却几乎湮没无闻，更别说演出了，只有赵清阁的《贾宝玉与林黛玉》《雪剑鸳鸯》于1990年曾在新加坡演出过。而在当代，无论是张广天的“先锋话剧”对《红楼梦》的解构，还是陈薪伊的全景话剧对《红楼梦》的尝试，尽管形式上有所创新，可总是缺少那么一份感动与共鸣，甚至歪曲了《红楼梦》这部伟大的著作。这或许就是不同文艺形式之间改编所必须面对的困难，尤其是这种着眼于全面改编的剧作。长篇小说的容量不是短短几个小时的话剧舞台可以展现的，《红楼梦》深邃的生活内涵、诗意的语言以及场景尤其无法完美呈现在观众面前，再加上头绪的繁多、人物的穿梭，很容易造成场面宏大而秩序混乱，破坏了《红楼梦》的诗意美。

然而这种相互借鉴与吸收似乎又是必要的。据说，陈薪伊的《红楼梦》话剧在首演当天唯一的一次全场掌声来自越剧演员赵志刚的“金玉良缘”唱段。而饶有兴味的是，40年代上海有一部非常卖座的话剧，从1942年12月23日一直演到第二年5月10日，连演四个多月，场场满座。这个话剧就是由秦瘦鸥同名小说改编，费穆、黄佐临、顾仲彝等编导的《秋海棠》，写的是一个京剧名伶的悲惨遭遇。悲情故事本身固然引人入胜，可是否也与演出中有京剧因素的存在有关呢？尽管中国传统戏曲在当下的娱乐、消费社会中也日益衰微，但不同艺术门类之间适当地取长补短或许不失为有效的途径。

（原载《曹雪芹研究》2012年第4辑）

赵清阁抗战时期话剧创作简论

——以《红楼梦》话剧为中心

赵清阁似乎从未真正走入大众的视线，作为中国现当代文学史上一位有着丰厚的创作与编辑生涯的著名女作家，比起丁玲、冰心，以及近些年来的张爱玲、林徽因、陆小曼、萧红等，赵清阁似乎过于默默无闻了。然而，赵清阁的才情与成就并不逊色，她16岁在《河南民报》上发表第一首新诗作品，18岁主编《新河南报·文艺周刊》和《民国日报·妇女周刊》，21岁成为上海女子书店的总编辑，据称是中国最年轻的女总编。这些只是她卓越丰富的编辑、创作生涯的开始，在她孤寂而又丰富多彩的一生中有许多耀眼的亮色，创作了众多的话剧与小说，尤其是作为迄今为止创作出最多《红楼梦》话剧的人，值得我们重新审视并重视。

一 抗战高于一切

1929年12月一个漆黑、寒冷的冬夜，15岁的赵清阁为了不成为包办婚姻的牺牲品，怀揣慈爱的祖母仅有的四块银圆逃离了河南信阳老家，开始了此后独自背井离乡、颠沛流离的生活。赵清阁先后在开封、上海等地半工半读，一边完成自己的学业，一边因为生计不断编辑、撰稿，却也因此对社会生活的苦难有了更深刻的认识。尤其是在上海结识了左明、洪深、田汉、欧阳予倩、应云卫、安娥、王莹等人，他们对赵清阁今后的创作以及生活都产生了重要的影响。

1937年“七七事变”爆发，赵清阁辗转开封、西安、郑州等地，最后到达全国的抗战中枢武汉，并在武汉编辑了“抗日战争以后第一个文学刊物”《弹花》。《弹花》创刊号于1938年3月15日问世，寓意抗战的子弹开出胜利之花。赵清阁在当时战事艰难、印刷紧张的条件下，不辞辛劳，到处奔波组稿，为的是让前线的将士们能够感受到自己不是在孤军奋战。老舍在为赵清阁《凤》写的序里也赞扬了她独自办刊的辛苦劳累以及为抗战尽力的恳切忘我。

抗战期间的赵清阁不仅编辑刊物，更创作了许多话剧，被称为“战时剧坛最活跃的一位女剧作家”[①]，先后创作了独幕剧《血债》、《把枪尖瞄准敌人》、《一起上前线》、《上了老子的当》、《汪精卫卖国求荣》（歌剧）、《报仇雪恨》、《古城记》（舞台剧）、《过年》、《桥》以及多幕剧《女杰》、《反攻胜利》、《雨打梨花》（即《活》）、《木兰从军》、《潇湘淑女》（即《忠义春秋》）、《清风明月》、《新乌龙院》（京剧）、《并肩作战》（又名《如姬盗符》，平剧，与张契渠合编）等。这些剧作只看名字就可一目了然，大多是直接宣传抗战、鼓励民众的剧作。

此时的中国岌岌可危，“抗战高于一切”成为当时所有有良知的文艺工作者的心愿，也是赵清阁自己所秉承的原则。因此尽管“应了需要而写的这种宣传作用的剧本，无异就是化妆演讲，所以在艺术的观点上来看，技巧是谈不到的”[②]。但这种“化妆演讲”却可以使“穷苦的人们被激发抗敌救国的热心”。《一起上前线》写本不愿上前线打仗的青年周富遭遇日本飞机轰炸，临死前后悔自己没有去打鬼子。面对儿子的惨死以及儿媳差点被日本兵欺辱的悲剧，周富的母亲幡然醒悟，不仅让周富的妻子去抗战，自己也去前线尽自己的责任：“我不但个人愿意跟你们去做点事，而且我还要劝一劝同胞都这样，都要热心团结起来去爱国救国，做他能够做的事。”“我们宁可作光荣的牺牲，决不作懦弱的逃亡”。有一次剧本在一个“所谓下层游艺场”演出时，

① 田禽：《中国女剧作家论》，《中国戏剧运动》，商务印书馆1946年版。

② 赵清阁：《一起上前线·附志》，《弹花》1938年第2期。

观众大喊“有种的不要逃亡，和鬼子拼才算好汉”，赵清阁“看着自己的剧本获得这样不算小的收获”，高兴极了，以至于“晚上喝了十六两酒，一夜没睡着”。这些剧作直白而简洁，锻炼了赵清阁今后在创作中重视对话通俗、关注戏剧效果的才能。

1941—1943年，赵清阁先后改编、创作出了颇有影响的五幕剧《生死恋》（《文艺月刊》1941年第11卷第6、7期）、五幕悲剧《此恨绵绵》（《文艺先锋》1943年第2卷第5—6期合刊），并与老舍合作了四幕剧《金声玉振》（《文艺先锋》1943年第3卷第4期，一名《桃李春风》）等。前二剧分别改编自雨果的《安日洛》以及艾米莉·勃朗特的《呼啸山庄》。面对当时的社会大环境以及中国的国情，赵清阁把两个故事重新进行了演绎，将个人情与民族恨巧妙绾合到一起，彻底化为中国本土的抗战剧。《生死恋》中沈雪妍两次于危难中救下张国瑛，并深深地爱上他，可张国瑛为了国家大义，不愿意把时光浪费在谈情说爱上，只答应把她当作亲妹妹，并且认为“在战斗中才算是真正伟大的生；为战斗而不幸牺牲，但仍活在人们的心里，才算是有价值的死”。《此恨绵绵》中，林白莎明知安克夫喜欢的是自己的嫂嫂，可是，英雄崇拜主义让她不顾一切要嫁给他，而且憧憬着二人到前方“可以共同为中华民族奋斗”，最终离家出走，到前方去当兵。而安苡珊临终前也这样鼓励安克夫：“我需要你，我们的国家也需要你。你不仅是我的爱人，而且是中华民族的爱人。所以，克夫，你必须好好地活下来，为你那神圣抗战的使命活下来！也只有这样，我才能瞑目地死去。”

赵清阁的改编剧不仅结合剧情宣传抗战，更重要的是解决了当时“剧本荒”的难题。戏剧作为抗战时期最有力的斗争武器，最有效、迅速地鼓励了全国民众投入抗日的洪流中，却无法避免自1941年之后因剧运的深入发展以及现实对戏剧的要求越来越高而引发的“剧本荒”问题。正如话剧刚传入中国所经历的大肆改编一样，此时剧本荒再次让改编异域文学成为当时戏剧工作的重要部分。赵清阁改编的《生死恋》《此恨绵绵》均获得了意想不到的成功，受到广泛赞誉。不仅剧本多次印刷，剧目也经常在各地上演。

四幕剧《桃李春风》是为了纪念1943年教师节而写，其主旨是：“颂扬尊师重道，提倡气节操守！”故事以“七七事变”前后为背景，刻画了一位辛勤教育十余年，热情、正直，不惜卖房办学，在国家危难之际坚决不与日军合作，为教育鞠躬尽瘁的知识分子辛永年的形象。剧本曾多次上演，与曹禺的《蜕变》、于伶的《杏花春雨江南》一起获得了国民政府教育部奖励，并得到最高奖金两万元。

在《桃李春风》的序言里赵清阁叙述了两人合作的经过：故事由两人共同商定，由老舍写出来，赵清阁从事分幕，第一、二幕老舍执笔，第三、四幕赵清阁写。文字上由老舍偏劳，赵清阁为全剧对话添加动作。赵清阁自己认为“《桃李春风》是一个比较严肃沉闷的戏……因为它没有很多的噱头，也没有热闹的场面”。然而，这部戏“能够使你发现两样可珍贵的东西：一是人类最崇高的感情——天伦的、师生的，二是良心——教育的、生活的”。赵清阁也提出了剧本的缺点“文艺气氛太浓厚，故事情节嫌单调”，并高度赞扬了导演在这出戏中的作用：“他（笔者注：导演吴永刚先生）像一位画家，用素描的工笔绘成了这幅清雅诗意的远景山水画，又像一位音乐家，他以幽扬宛转的调子，奏出了这曲哀惋沉郁，恬静凄凉的歌。因此，假如说这个戏还不算太失败的话，那么，一半功劳是应当归之于导演的。”[①]这也与赵清阁一贯注重剧本舞台演出的效果有关：“一个剧本写得以后，成败从铅字上还不大能看得出来，及至搬上舞台，就黑白分明了。”但赵清阁同时注重剧本本身，“戏剧固然离不开舞台，而尤其离不开剧本……剧本控制了戏剧的效果”[②]。二者其实是相互影响、相互倚靠的。

或许《生死恋》《此恨绵绵》《桃李春风》等有这样那样的缺点，但它们却为当时的抗战摇旗呐喊，并产生了广泛的影响，是赵清阁的一片拳拳爱国之心的体现。此外，这些剧作也为赵清阁后来改编《红楼梦》话剧以及根据

① 赵清阁：《看过〈桃李春风〉演出后》，《时事新报》1943年11月12日。

② 赵清阁：《编剧方法论·绪论》，独立出版社1942年版。

古代民间传说和古典戏曲改写《梁山伯与祝英台》《白蛇传》《杜丽娘》等奠定了良好的基础。

二 在百无聊赖中开始了《红楼梦》的研究和改编

20世纪40年代是中国话剧的"黄金期"。尽管话剧传入中国的历史还很短，可由于当时的独特形势，话剧获得了空前的繁盛。仅以《红楼梦》话剧而言，就有吴天、顾仲彝、端木蕻良、石华父、孔另境、朱彤等人创作的12部，其中最受人瞩目的就是赵清阁。她在1943—1945年间先后改编了四个《红楼梦》话剧：即《冷月葬诗魂》《鸳鸯剑》《流水飞花》《禅林归鸟》。1946年上海名山书局印行这四个剧本时，赵清阁将原先由重庆出版的两个剧本《冷月葬诗魂》《鸳鸯剑》的版权收回，而且将剧本的标题和内容都做了修正，分别改名为《诗魂冷月》《雪剑鸳鸯》。这四个剧本各自独立，时间背景大致相连，赵清阁希望能通过这种改编方式让读者更好地理解《红楼梦》。

与之前改编外来剧《生死恋》《此恨绵绵》时的大换血不同，赵清阁对《红楼梦》的改编基本忠实于原著。她在1946年上海名山书局出版（以下简称"沪版"，本文对这四部剧本的简介即以此版本为准）的《诗魂冷月 · 自序》中说对《红楼梦》中精彩的部分"哪怕是一句好对话，我都舍不得放弃"。

《诗魂冷月》共四幕五场。从一个暮春的早晨、贾府大观园潇湘馆中黛玉吟诵《桃花诗》并"葬花"拉开序幕，故事主要在大观园中的潇湘馆、怡红院、芦雪亭中相继展开，将原著中宝玉和黛玉的情感纠葛裁剪连缀起来，宝、黛因"金玉良缘"而争吵，宝钗讽刺宝玉"负荆请罪"，众人开菊花社，黛玉、湘云联诗等都是重要情节。最终黛玉焚稿，宝、黛二人隔窗互诉心迹后昏倒在地。作者将原著中宝玉挨打、晴雯被撵等重要情节以暗场处理，集中矛盾冲突，并尽量凸显曹雪芹赋予大观园及其生活于其中的少男少女们的诗意情景与氛围。

20世纪50年代，由于顾颉刚的建议，赵清阁将《诗魂冷月》进行了大规模的修改，由上海新文艺出版社在1957年出版，并改名为《贾宝玉和林黛玉》。全剧共五幕八场，加一尾声。1962年沈阳话剧团曾演出两个月之久。剧本开篇即突出了在元妃省亲的繁华背景中，宝玉、黛玉、宝钗三人对待省亲以及应召作诗的不同反应，并随着剧情的展开，宝、黛二人与宝钗在思想情怀、为人处世方面的尖锐对立也越来越成为难以跨越的鸿沟。尾声中以宝玉随和尚离家出走、宝钗失声痛哭而徐徐拉下帷幕。此次改编，赵清阁明显受到当时在全国轰轰烈烈展开的《红楼梦》研究大批判运动的影响，剧本中增添了许多恶劣社会环境的钳制与影响，描述了封建制度与封建势力压制、包办青年男女爱情婚姻的罪恶。

《雪剑鸳鸯》四幕七场，由《红楼梦》中尤二姐、尤三姐的故事改编而来。剧本从赖大家花园里柳湘莲与宝玉的相见写起，由这一幕最后的贾敬之死引出尤氏姐妹。从第二幕开始，尤家二姐、三姐的悲剧相继展开。与原著相比，尤三姐的言行变化较大，她没有《红楼梦》文本中的淫行，对于贾府中贾蓉、贾珍、贾琏等的调笑、欺辱，一直是处于被压迫的地位。赵清阁用尤二姐的懦弱自怜，突出了尤三姐的刚正不阿、清白自持，强烈控诉了封建意识对弱小者的侵蚀与残害。

四幕五场的《流水飞花》用雅俗共赏、闹静参半的笔调，描述了无论是侯门娇女还是丫鬟侍妾都无法逃脱悲剧命运，即使精明能干如探春、牙尖嘴利如晴雯，封建家长的一句话，就可以让她们陷入万劫不复的深渊。这一个个青春、美好女性的毁灭其实是《红楼梦》最大的悲剧。

《禅林归鸟》四幕七场，以《红楼梦》后四十回为基础改编。从一个初秋的月明之夕、宝玉在潇湘馆外怀念黛玉开始，经历了王熙凤感慨家道艰难、贾政被参、贾府被抄、贾母去世、凤姐病死等事件后，宝玉终于勘破世事，知晓了自己的出路。剧本最后没有写宝玉出家，只以宝玉“就——要——走——了”这言有尽而意无穷的一句话给我们留下了巨大的想象空间。

赵清阁用这四个时间上大致相连的剧本，描绘了封建社会上至公子小姐、下至丫鬟优伶这一群处于被封建势力压迫的“可怜虫”，或许自杀、或许遁世等“消极的报复与反抗”，“但他们究竟没有屈服，没有任着恶势力宰割他们”①。而这消极微弱的反抗，即使如蝴蝶翅膀的扇动一般，也可以在时代的潮流中引起积极的效应。

此外，在阿英的鼓励下，赵清阁在60年代又改编了晴雯的故事，但不幸在“文革”中遭到毁灭，直到1980年才以《鬼蜮花殃》在香港《海洋文艺》第九期上发表，后改为《晴雯赞》。这是赵清阁《红楼梦》话剧中唯一一部以小人物即丫鬟为主角的剧本，共四幕五场，前有序幕，基本以《红楼梦》中晴雯撕扇、补裘为主要故事情节，穿插了红玉、芳官等人的悲剧故事，并处处以晴雯、袭人对事情的不同反映来衬托二人思想的不同，反映了宝玉与晴雯之间真挚的知己之情。

1985年，四川文艺出版社出版了赵清阁的《红楼梦话剧集》，收入《贾宝玉与林黛玉》《晴雯赞》《雪剑鸳鸯》《流水飞花》四个剧本，其中后两个剧本做了些微变动。赵清阁后来还对未收入的《禅林归鸟》“作了些文字上的加工润色，内容结构未动”，但“在末尾稍有改动，亦即改动了高鹗所作贾宝玉结局的处理”②，并改名《富贵浮云》。不过，《禅林归鸟》似乎还有《树倒猢狲散》这个名字。1986年11月22日，赵清阁在《梦醒人去——〈树倒猢狲散〉修订有感》中说：“四十年前的今天，祖国河山破碎，疮痍满目。虽然日本已投降，国民党反动派又发动了内战，因此硝烟弥漫不绝，人民灾难重重。而反动派自身也陷于穷途末路，不得不匆匆锣鼓收场，狼狈逃到台湾。就在这一时代背景下，我取材《红楼梦》后四十回（为高鹗续作）的情节，改编了一个四幕话剧本《树倒猢狲散》，恰恰写照了当时的现实——贾

① 赵清阁：《诗魂冷月·自序》，上海名山书局1946年版。

② 傅光明：《赵清阁与〈红楼梦〉的未了缘》，《曹雪芹研究》2011年第2期。

府的崩溃，犹如蒋王朝的覆灭。”赵清阁的《红楼梦》话剧中，取材后四十回的似乎只有《禅林归鸟》。

我们都知道，赵清阁是在冰心的鼓励下开始了对《红楼梦》的改编，而赵清阁自己在写“于一九八二年上元节后四日”的《红楼梦话剧集》“自序”中说：“一九四三年的秋天，我从北碚迁居重庆。当时身体、心情都很坏，是逃避现实又像是在迷雾里找精神出路；总之，我是在百无聊赖中开始了《红楼梦》的研究和改编。”

要逃避怎样的现实？又是在怎样的“迷雾”里？孤身漂泊、为抗战呐喊的赵清阁处于怎样的一种风雨飘摇之中？战争中朝不保夕的生活固然令人心酸，而心灵的孤寂也是无法排遣的痛苦。战火纷飞中不甘当亡国奴的人们抛家别业，投入抗战的大潮中，人与人之间也更容易在苦难中产生心灵的偎依。此时的赵清阁与老舍正处于一种非常微妙的情感状态，这从她当时的一些作品中不难看出。

20世纪90年代在赵清阁出版的散文集《不堪回首》中有一篇《心中的秘密》，即作者1946年春写于重庆北碚的《记校长先生》，收入集中时易名。文章讲述了一位校长先生不愿沦为包办婚姻的牺牲品，暗恋颇有才华的“我”，一直对“我”照顾有加，而“我”却懵懵懂懂，甚至在生病时把在旁边照顾自己的校长先生当成了爸爸，彻底打碎了校长先生的憧憬。校长先生最后终于走出了家庭的羁绊，与一直暗恋自己、不介意自己没法离婚、能够委曲求全的另一位女学生结婚了。所幸日子过得还算幸福。

还有一篇是赵清阁比较有名的小说《落叶无限愁》，收入她主编的由上海晨光出版公司于1947年10月出版的《无题集——现代中国女作家小说专集》。有妻子以及两个孩子的中年教授邵环本以为在抗战胜利后可以与相恋的女画家“灿”结成眷属，可面对找上门的邵环的妻子，“灿”最终还是自己离开，成全了邵环的家庭。

假如说赵清阁最初像《心中的秘密》中的“我”一样对爱情没有多少感觉的话，到了《落叶无限愁》中的“灿”，她已经清醒地有了许多顾忌，意识到周围环境的制约，也明白自己内心的抗拒。邵环只想和“灿”逃到一个清静、不受人打扰、只与清风明月做伴的地方享受爱情，可清醒的“灿”却不愿面对这种逃避，天涯海角，只要邵环的妻子需要，总是能够找到他们。因此“灿”宁愿孑然一身，落叶静静地埋葬了曾经的爱情。尽管那个时代有许多像校长先生与女学生那样略带点无奈的美满生活，可那不是“灿”的幸福，也不是赵清阁的幸福。女画家决定把一生都献给艺术，这也是赵清阁的愿望，是她此后生活的真实写照，一生孤独的赵清阁确实把自己的一切都献给了文学艺术。

在赵清阁同时期的话剧创作中似乎也有隐约的影子。田禽在《中国戏剧运动·中国女剧作家论》中评论《此恨绵绵》时曾说“女主人公安苡珊小姐似乎是作者的化身”，联系老舍与赵清阁在信件中曾相互称呼“克”与“珊”，或许这样的说法有一定道理。《生死恋》中沈雪妍为了成全张国瑛和江芸而牺牲了自己。《生死绵绵》中安苡珊与安克夫互相热爱着对方，但却不能相守。

赵清阁后来在给韩秀的信中曾说《落叶无限愁》是以自己与老舍为模特的。[①]她无法从现实里挣脱，孤寂一生，终身不嫁，所有的一切只是一段不愿为人所知的珍藏永留心间。时间并不能抹去一切伤痛，记得孔海珠在《我和赵清阁先生的交往》中记载了这样一件事，当她向赵清阁请教当年和老舍合写剧本获奖的有关事情时，她“不但不回答，翻了我一眼，和别人说了几句，理也不理地走路了。搞得我目瞪口呆，心想涉及老舍大约不能问，我太冒失”，并讲述赵清阁在生命中最后的日子里依然说出“害怕流言蜚语”“文人爱惜自己的羽毛”的言论。我们无法想象在赵清阁孤独寂寞的一生中，究竟经历了怎样的飞短流长才会有如此的切肤之痛。

任何人都不可能无视现实的束缚。宝、黛不能离开贾府大观园去自由恋

① 傅光明：《书信世界里的赵清阁与老舍》，复旦大学出版社2012年版。

爱，邵环与“灿”也不可能无视另外一个可怜的女子和两个孩子。当赵清阁为了摆脱迷茫而改编《红楼梦》时，已经把自己的感情投射到剧中的人物身上。《诗魂冷月》第二幕宝玉惆怅地抒发着对黛玉的感情：“到如今，我们两个人，越来越离得远；越来越生疏；仿佛有一堵墙隔在我们中间！可这‘墙’是谁给打起来的？用什么法儿把这墙拆了去？”《禅林归鸟》中妙玉被强盗抢走，宝玉发出了“这混浊的世界，连一个出家的尼姑，都不叫她干净自在”的控诉！

当我们了解了赵清阁当时的感情、心理状态，再来看这些话语中所包含的韵味，可能会更好地共鸣于那种在封建家长制度的桎梏下，宝、黛、钗们只能被动地承受着自己人生的悲剧。而这种悲剧“我敢说至今还层出不穷地在演出着”[①]！因此，赵清阁才在《嘉陵江畔》中说“会有些幸灾乐祸的‘君子’，在一旁像猫头鹰似的狞笑着”。这些心灵深处难以忘却的伤痕对赵清阁的一生都产生了巨大的影响。

三 我愿促成一个时代的觉悟

赵清阁不仅仅是一位创作者，大量的创作还让她对戏剧的创作思想、编剧方法有了深刻的认识与总结，40年代先后写了《抗战戏剧概论》《编剧方法论》《抗战文艺概论》等，不断充实抗战戏剧的最大功能——宣传与教育。她认为，在“积极向上”的唯一条件下，剧作家应负起四种任务，即复兴民族、改良社会、赞助革命、暴露黑暗。[②]

1946年5月1日，赵清阁在自己担任编委之一的《文潮月刊》创刊号第一卷第一期的打头稿位置发表了一篇总结性的理论文章《今日文艺新思潮》，

---

① 赵清阁：《雪剑鸳鸯·自序》，上海名山书局1946年版。

② 赵清阁：《编剧方法论·绪论》，独立出版社1942年版。

认为“国防文艺的生命为最坚韧，收获为最大”。因为“在国防文艺的大旗帜下面，奠定了国家至上、民族至上的最高信仰，引导文艺思潮向这个主流行进……使大家放弃了偏见；冲淡了立场；只为着一个目标；一个概念；握手，合作。这是历史上最光彩的一页，也是最伟大不朽的一页”。

在赵清阁的观念里，国家是高于一切的最高原则。正如刘以鬯所说：“赵清阁的国家观念特别强烈，有良知，愿意负起匹夫的责任。”[①]1936年第四卷第一期《女子月刊》上，赵清阁发表了一篇《爱国救国匹妇有责》，在她的意识里，人人都对国家负有责任，无分男女。“国家”常常以“家”的姿态出现在她的剧作中。赵清阁曾在《生死恋》中写道：“献给亲爱的莹　这是用你送给我的笔，第一次所耕耘出来的产物。用她代表你和我，以及祖国和我的情谊——生死恋——。”

这可能与赵清阁少小离家，独自艰辛求学谋生并很早就接触进步人士有关。早在1934年，赵清阁就读于上海美专的时候，就曾在学校演出过田汉的《咖啡店之一夜》，并请田汉来做过指导。1934年春天，赵清阁把自己写的诗文寄给鲁迅先生求教，并受到了先生的亲切关怀。1935年，在开封艺术高中教学时，因在报上发表针砭时弊的文章，被国民党反动政府抄家，搜出了田汉的一封信件以及《资本论》等书籍，以“共嫌”被捕入狱半年之久，后经师友保释出狱。

这些经历对她的性格产生了很大影响，赵清阁给人的感觉可能较为冷硬，刘以鬯说“认识她的人都说她‘冷’”。但实际上赵清阁很有侠气，烟与酒是她的生活之一，吃饭时她可能会来一杯酒，也可能一个人孤独地吸一支烟，也会因为剧本演出的成功喝点小酒，兴奋得睡不着。郭沫若为她写过“豪气千盅酒，锦心一《弹花》”。田汉赞扬她“从来燕赵多奇女，清阁翩翩似健男。侧帽更无脂粉气，倾杯能作甲兵谈”。赵景深的《文坛忆旧》则说：

① 刘以鬯：《记赵清阁》，《明报月刊》1975年第116期。

“她的性格带有北方的豪爽……兼又糅合了南方的温馨。”

除了国家至上，赵清阁还很讲究话剧的创作艺术，甚至老舍先生还向她学习过。当初因为“剧本荒”改编外来剧时，许多作品被严厉批评，赵清阁的改编却获得了高度认可，此后改编的《红楼梦》话剧更是至今还曾演出（《贾宝玉与林黛玉》《雪剑鸳鸯》1990年在新加坡演出过），具有很强的生命力。

这与赵清阁对待改编的态度有很大关系。早在1946年《雪剑鸳鸯》“沪版总序”中她就说过“本着研究态度从事改编”。在《诗魂冷月》“自序”中也说“我仅能凭着一点研究心得，尽我的力”进行改编，并希望读者看起来就像看原著一样。这当然是赵清阁的美好愿望，但她确实是在非常严谨认真地研究之后再进行改编的，而不是随随便便地把《红楼梦》故事情节剪贴拼接。在赵清阁看来，改编“是一种再创造……实际上即是研究过程。再创造要忠实于原著，而又应适当地对原著加以整理，做到去芜存菁，不能照抄，也不能轻率地随意篡改”[①]。这是赵清阁《红楼梦》剧作获得成功的主要原因。

然而，在抗战如火如荼之际，不少评论家质疑类似《红楼梦》这样的改编本对抗战有什么直接意义。而赵清阁也曾在《不堪回首 · 旧作沧桑记》中说自己“一头钻进《红楼梦》的研究与改编工作里”，是“逃避现实的态度，是没有出息的。我曾经为之羞愧过”。或许我们也会有如此的疑问，在那个似乎人人都应该投笔从戎、保家卫国的年代，这种反映封建社会人生悲剧的剧本究竟有什么意义呢？我以为用赵清阁在《雪剑鸳鸯》“沪版总序”中的一段话足以解释：“《红楼梦》里面贾府之崩溃，不正是一个国家崩溃的缩影吗？……一个国家会因为国政的不良，国民的不团结，各自争权，各自夺利，而至于崩溃。如曹雪芹所描写的当时贪污贿赂，营私舞弊之风，直到今天还弥弥可见，……我愿望我这番苦心能够促成一个时代的觉悟！”只有不断觉悟的人们才能冲破现实里的各种束缚，勇敢抛弃身上的烦琐桎梏，才

① 赵清阁：《漫谈〈红楼梦〉改编》，《行云散记》，百花文艺出版社1983年版，第146页。

能承担起救亡图存的重任，才会有众多可歌可泣的人们为了国家、民族而献出宝贵的生命。

许多年后，当《红楼梦话剧集》出版时，赵清阁在“序言”中这样为自己的剧作定位：“回溯我从事戏剧创作四十余年，出版了剧本二十个，我愿一概弃如草芥；只有对《红楼梦话剧》，还有些锲而不舍，虽然也是拙劣之作；但我想《红楼梦》原著是卓越不朽的，研究和改编工作势必要继续下去；今后一定会有优秀的《红楼梦》剧本出现，那时我改编的剧本就让读者去淘汰吧！”赵清阁的《红楼梦》话剧改编作为历史长河中的深刻印迹不会轻易被抹杀。我们期待着，赵清阁的名字能与她的剧作一起重新获得我们更好的尊重与诠释。

（原载《学术交流》2015年第11期）

论吴天的话剧成就

——从《家》到《红楼梦》

话剧在中国是“舶来品”，其发展时间并不长，从清末话剧由学校中流传开来，至20世纪40年代，只有短短几十年的时间。但它却由于特殊的时代形势的影响，在此时进入了“成熟期”，出现了中国话剧史上的黄金期，不仅有脍炙人口的作品，还有许多杰出的导演、演员、剧作家。然而随着岁月的流逝，曾经为话剧舞台做出过巨大贡献的人们也逐渐湮没在泛黄的历史中，比如吴天。

今天，我们提起吴天来，很多人可能会想起他导演的《国庆十点钟》《换了人间》等电影，却很少想到在那个话剧的黄金时期，他作为身兼导演、演员、剧作家数职于一身的全能型人才，为那个苦闷时期的苦难人民奉献的一部又一部精神盛宴。本文即以吴天在20世纪40年代改编的两个话剧《家》《红楼梦》为中心，简要探讨吴天的话剧创作，抛砖引玉，以期点燃人们对于过往血与火的时代里的尘封往事些微的热情与了解。

一

1941年1月24日，吴天改编的《家》由上海剧艺社在上海孤岛的辣斐剧场演出，每天两场，日场二时半，夜场七时半，查阅当时的《申报》广告可知，从1941年1月24日—4月4日连续上演，并在4月17日—5月8日又再次上演。演出盛况空前，是上海抗战时期最卖座的四大话剧之一。

吴天改编的《家》全剧共五幕七场，由洪谟导演。在当时的《申报》广告上号称“唯一反封建大悲剧”，并用煽情的话语简要介绍了剧本的内容：“朱楼深处、时闻凄绝的哭泣；梅瓣丛中、埋葬了少女的幽魂；有凄凉的故事，有革命的热情；泪痕斑斑，血迹殷殷。”

吴天的《家》以即将崩溃的封建大家庭为背景，表现了这个家族中新旧势力的冲突、不可避免的没落以及高家三兄弟不同的婚姻、爱情命运。第一幕以除夕的喜庆气氛开场，穿插了高家长辈的腐化堕落与不学无术。第二幕发生在高家花园中的朱楼花厅，时间是元宵节前的某天晚上，写众小辈放花炮的欢乐。第三幕写鸣凤之死。第四幕写觉民逃婚，高老太爷之死。第五幕写瑞珏难产而死，觉慧出走。整部戏在大家族的阴冷背景下，写出了年轻人的不同性格与追求，那些无论是被动的软弱还是勇敢的反抗，年轻人对幸福的渴望与对现实的悲哀在舞台上一览无余。

吴天注重营造戏剧冲突，将众多事件集中在一起，在有限的时空中突出表现各种矛盾，塑造人物性格。仅以高公馆堂屋、高家花园花厅、觉慧和觉民书房、高老太爷卧室、城郊小屋这几个场景，集中表现了大家族的崩溃以及年轻人爱情、婚姻的悲剧，让我们突出感受到觉新的软弱、觉民的抗争以及觉慧的勇敢。尽管作者过于忠实于原著，但我们还是能感受到属于编剧者的激情。

剧中有这样一处改编很有意思：觉慧是在鸣凤被高老太爷送给冯乐山做姨太太的头一天知道了这件事情，是觉民告诉他的。其实在阅读巴金原著的时候，我们可能就会想假如觉慧早知道了鸣凤被送给冯乐山，这个悲剧会避免吗？觉慧会带着鸣凤逃出大家庭的牢笼吗？本以为吴天会在话剧中有不一样的处理，可惜的是，我们依然没能看到觉慧在知道这件事之后会如何处理，因为鸣凤在觉慧找到自己之前跳湖自尽，她失去了任何希望，也不知道觉慧会知道这件事。想来，在那个时代下，吴天与巴金一样难以为觉慧做出选择，这也不是一个少爷和丫鬟为了爱情冲破封建桎梏的故事。毕竟此时的觉慧还没有强大到具有处理此事的能力，在我们看来，他无法义无反顾地带着鸣凤出走，一方面他对鸣凤的感情还没有达到这种程度，另一方面他自身对大家庭的反抗也还没有到这种程度。所以避过这件事的正面冲突也许是最好的处理方法。

吴天善于渲染悲剧气氛，他甚至以观众的流眼泪为剧本成功的证明。他的作品中充满了对女性的同情，比如对鸣凤自杀前的绝望与不甘的渲染，让我们有身临其境的痛苦。吴天用大段独白细致描述了鸣凤的语言、动作、心态，感人至深："天啊！完了，明天，我真的要做老头子的姨太太么？不，我不干，可是谁来救我，谁又能帮助我？……不，他已经睡了，灯已经熄了，一点光也没有，一切都完了。对谁说呢？……我再也见不到他来了，可是我……我就要死了（啜泣）。这是命啊，命！明天这儿还是一样，可是却没有我了。到了明年今日，恐怕我的骨头都烂了吧！（走上桥去，仰天）春天到了。（战栗）怎么还是这样冷？（箫声）这么冷……"①

吴天的《家》中还有一幕感动人心，即第三幕第一场，这些曾经或正在经历着爱情的苦涩或甜蜜的年轻人的聚会深深打动了观众。觉新和梅、觉民和琴，以及暗恋着琴的剑云，在聆听了觉慧深情地朗读《幸福是什么》的文章后，每个人的心灵中都产生了巨大的冲击，尤其是觉新和梅，相恋而终无果的痛苦往事让他们此刻心中波涛汹涌。在"幸福是什么"面前，觉新终于释放了自己几年以来心中承受的苦痛——父亲的去世、妹妹的死亡、母亲的悲惨遭遇、自己的婚姻，以及曾经深爱过的梅。觉新控制不住自己的感情，含泪离开。而留下来的几个人，也反复叩问着自己的内心："什么才是自己想要的幸福？"其后觉新与梅在梅花绽放的月夜相逢，多年的痛苦与深情喷薄而出，那相依相偎的身影固然令观众感受到爱情的美好，可更多的却是即将面对生离死别的悲哀。

尽管吴天的《家》有过于忠实原著之讥，原著者巴金也不是非常满

---

① 吴天：《家》，光明书局1942年版，第154—156页。

意——这直接导致了后来曹禺《家》的诞生，但吴天的《家》在当时还是获得了巨大的成功。虽然当时有不少人认为《家》的成功主要是导演、演员的舞台呈现好，但没有剧本，无论如何也谈不上表演、导演的功力。

我们也不能否认，吴天的《家》的成功也确实和大家对巴金原著的熟悉有着巨大的关系。导演洪谟也曾介绍说《家》的演出主要是靠巴金的小说深入人心，而且里面的戏剧人物故事跟我们每个人的生活都很接近，其中的生活每一个人都很熟悉，所以观众就多起来了。①

《家》的演出，除了观众对剧本的熟悉，它演出的时机也是很好的选择。吴天的《家》第一幕就是红红火火的除夕夜，而演出也正是除夕前后，大幕一拉开，“高公馆”灯火辉煌，鞭炮声、笑语声不绝于耳，剧中的除夕与现实的除夕似乎重合在一起，原本就熟悉《家》、熟悉《家》中生活的观众好像身临其境，感同身受。

同时伴随着《家》的上演，还有报纸上广告的不断造势。在《家》的演出过程中，《申报》上的广告接连不断，而且随着演出进程的推进，广告词也迎合观众心理，不断攫取大众眼球，扩张剧本的影响效应，比如不同阶段的广告中出现的“后至一步，立即向隅”“全市疯狂”“已看小说，不能不看，未看小说，更应一看”等字样吸引着更多的人来观看。

这个特殊的时代也为演出成功提供了保证。在当时孤岛状态下的上海人民，内心的苦闷可想而知，数年的孤岛生活让人们在“抗战”的大主题下更需要情感的释放，《家》中那个即将全面崩溃的大家庭，那些在大家庭中挣扎、反抗、追求的青年们，那种悲凉、无奈、不甘、反叛又何尝不是当时整个孤岛的心态？《家》不仅是觉新、觉民、觉慧的家，也是孤岛中千千万万人的“家”。在这个《家》里，有他们熟悉的故事，有他们自己的身影，有他们共同的眼泪与欢笑。正如《申报》上的广告语“是每个人的悲剧，所以看了

---

① 邵迎建：《抗战时期的上海话剧（二）——访洪谟》，《新文学史料》2007年第2期。

落泪。是每个人的要求，所以看了愉快”。

然而吴天的《家》毕竟只是在历史长河中昙花一现，虽然占据了“天时地利人和”，却依然没能屹立至今，如今的人们只记得曹禺改编的巴金的《家》了。曹禺的《家》比吴天的晚了两年，由中国艺术剧社于1943年4月8日在重庆首演，也获得了骄人票房。

曹禺的《家》，以觉新和瑞珏的新婚之夜作为开幕，而吴天的《家》开场时已是觉新婚后五年高公馆的除夕之夜了。虽然同样具有热闹、喜庆的气氛，却都隐含着悲哀的色彩。前者在觉新与瑞珏的婚姻下，掩藏了觉新与梅表姐爱情的痛苦，后者则从欢乐祥和的表面透漏了大家庭里腐化衰败的颓势。由此也不难看出二人的关注视角之不同。

曹禺曾谈到自己改编与吴天之区别：“吴天那个本子不怎么好，一点也不改，完全按照原小说的样子。我反复读小说，都读得烂熟了。我写时，发现并不懂得觉慧，巴金也曾告诉我该怎么改，很想把觉慧这个形象写好。最后，觉慧反倒不重要了，瑞珏、觉新成为主要的了……更重要的，是我得写我感受最深的东西，而我读小说《家》给我感受最深的是对封建婚姻的反抗，不幸的婚姻给青年带来的痛苦。所以，我写觉新、瑞珏、梅表姐这三个人在婚姻上的不幸和痛苦，但是，我写剧本总不愿意写得那么现实，写痛苦不幸就只写痛苦不幸，总得写出对美好希望的憧憬和追求。改编《家》时也是这样一种心情。”①

说到这里，我们简要提一个有趣的小插曲。吴天、曹禺，不仅都把眼光对准了《家》，而且二人还有一个渊源，即正是吴天等人于1935年4月27日至29日在东京首次将曹禺的《雷雨》搬上舞台并引起国内轰动。而二人在创作思想、创作原则方面的歧义在当时已经可窥一斑。因剧本过长，吴天在演出时将《雷雨》的“序幕”与“尾声”删去，而在曹禺的创作意愿中，这两者

① 田本相：《曹禺传》，北京十月文艺出版社1988年版，第298—299页。

恰恰是为了让观众像听故事、神话一样来看《雷雨》，而不是把它看作一个社会问题。这与吴天等人的看法完全不同："就这回在东京演出情形上看，观众的印象却似乎完全与作者的本意相距太远了。我们从演出上所感受到的，是对于现实的一个极好的暴露，对于没落者一个极好的讽刺。"[①]吴天在意的恰恰是曹禺所忽略的"社会问题"，是对于现实的暴露。很明显，在《家》的改编上，像二人当年对待《雷雨》的态度一样，曹禺忽略的仍然是对社会的揭露与批判，与吴天仍然关注点不同，他们当年的分歧依然存在。此外，1938年，吴天在新加坡导演曹禺的《日出》时，强化了第四幕，甚至把达生塑造成一个极有希望的青年。

这种剧作者、导演、观众之间的微妙关系，其实一直在影响着话剧的发展，直到今天，仍在影响我们演剧事业的发展。事实上，任何作品都会存在这种创作与接受之间的巨大差异问题。吴天对《家》的忠实改编，用他自己的话来说："为了《家》的读者拥有千千万万，我不得不忠实原著，即虽在某些必要的部分加以更正，也得费着大大的考虑。这正是改编工作不如'创作'痛快的地方。更何况这中间还得注意到'舞台的演出'。"[②]吴天在改编时主要考虑了当时观众的心理，也顾及舞台呈现的实际效果，可谓煞费苦心。尽管当时受到了极大的推崇与关注，但在后来的岁月中却湮没无闻。而吴天自己对原著几乎全搬的改编是否就符合巴金的意图呢？事实并非如此，否则也不会有巴金对曹禺改编的极力支持了。

关于吴天与曹禺的《家》之间的观照对比，无论是当时的批评家，还是后来的研究者，都给予了足够的重视，本文在此不赘述。尽管后来吴天的《家》无人问津，但这次创作为他改编完成《红楼梦》这部浩大工程打下了

① 吴天：《以〈雷雨〉的写作为名》，《杂文》（东京），1935年。

② 吴天：《痛苦而又愉快的过程——〈家〉编完后》，《小剧场·一九四〇剧坛回顾特辑》，1941年1月6日。

坚实的基础。

二

吴天改编《红楼梦》大约是在五年之后，这部中国古典小说的高峰，也是中国小说史上几乎最被人关注的小说。《红楼梦》是描写贵族世家的没落以及年轻人恋爱、婚姻悲剧的皇皇巨著，比《家》更复杂，也更难以把握。

虽然《家》在当时取得了巨大的成功，但改编《红楼梦》却不是那么容易，尤其是40年代已经出现了多部《红楼梦》的话剧改编本，不仅大都演出过，有的还引起了轰动。比如朱雷的《红楼二尤》，端木蕻良的《林黛玉》《晴雯》，石华父（陈麟瑞）的《尤三姐》，朱彤的四幕剧《郁雷》，赵清阁的《冷月葬诗魂》（1946年上海名山书局出版时改为《冷月诗魂》）、《鸳鸯剑》等。[①]

对于剧本是否成功，我想吴天其实还是很淡然的，尤其是对于改编像《家》《红楼梦》这样难度颇高的剧本来说，他看得很清楚。他曾在《红楼梦》话剧本的《序》中说："一件事的成功，总得有若干人的耕耘和开拓，尽管成绩渺小，到底开了个端，给继起者许多参考之处。这原是不可避免的历史的命运。只要我们的态度认真，慎重从事，又何必计较那些？人本来是为了以往的和将来的人生的。"[②]

抱着这样的态度，吴天在改编《红楼梦》的时候，仍然遵循了忠实于原著的法则。全剧共五幕十二场外加序幕"太虚幻境"，场面比较浩大，头绪繁多，情节也比较复杂。他最初有关于改编《红楼梦》的想法大约是在1943年，是将其分为四部，要把"《红楼梦》里的'人'与'事'全包罗在内"，但当他刚写好一部时发觉"这工作有改变方针的必要。因为这种写法

① 王慧：《上世纪四十年代〈红楼梦〉话剧研究》，《曹雪芹研究》2012年第2期。

② 吴天：《红楼梦·序》，永祥印书馆1946年版。

虽说颇忠实于原著，可是对于剧本不大适合，它不大‘戏剧的’，而又欠完整的独立性，颇容易流入‘连台好戏’的情境”，于是就此搁笔。他后来的想法是分别以宝黛、王熙凤、尤氏姐妹、薛蟠为中心，改编为四部话剧。不过后来机缘凑巧，吴天只改编了第一部，即我们现在看到的《红楼梦》。在他看来，称之为“《金玉缘》或《贾林哀史》比较妥帖。可是为了他除去二人的罗曼史还多少写到贾府的崛兴和没落，所以仍用其名”。因此，这部《红楼梦》是以宝黛爱情为中心，兼写了贾府的没落与衰亡，这二者原本也是无法断然分开的。

吴天把《红楼梦》原著定位为“一部‘真情’与‘伪礼’斗争的悲剧”，认为我们之所以喜欢、同情林黛玉，并不是因为她的气量狭窄，而是因为她的“真”。吴天的《红楼梦》从元春省亲开始，至黛玉在宝玉赶来之前含恨焚稿而死，这五幕十二场分别写“省亲”“训子”“葬花”“撕扇”“试探”“密告”“补裘”“悲秋”“抄家”“绝粒”“辨伪”“焚稿”，并有序幕“太虚幻境”。太虚幻境中介绍了神瑛侍者灌溉绛珠草的渊源，隐现了宝、黛、钗三人的纠葛。全剧第一幕第一场第一个上场人物是傻大姐兴冲冲地叫雪雁去看元妃摆驾回宫，并让平儿带来了刘姥姥，刘姥姥一见宝玉、黛玉二人就说“真个是天仙下凡——天生一对”，故事进展得很快。最后一幕以黛玉嘴里叫着“宝玉，宝玉，你好——”而含恨倒下，宝玉“推门急上，可是已来不及，他一见这情形，全明白了。慢慢地走过去，跪下”而结束。只余“铁马叮当，朔风怒吼”在人们耳畔凄清响起。

剧中虽有一些对人物的改写，比如湘云的性格没有原著中豪爽，并因为要嫁人了而变得羞涩、娴静；鸳鸯、平儿等不再像原著中那样怜贫惜弱，而是多嘴多舌、对自己的姐妹们毫无同情心；黛玉虽然可以安慰湘云说“人生了就是苦，谁能料得定呢”，却无法开解自己。但整个剧作基本是把原著故事梗概以话剧的形式演绎出来，尤其是语言方面，更是大段大段地引用原著。此剧本是因为某剧团要演出《红楼梦》而创作，可剧本完成后却因演出费用的浩大而未能演出，颇为可惜！所幸吴天自己还比较看得开，虽不愉快，并没有很懊恼："我究竟在编写的过程中汲取了不少东西，又何必斤斤计较于演出不演出呢？"

20世纪40年代，吴天除了改编《家》《红楼梦》之外，还创作了反映现实生活的《四姊妹》《银星梦》《满庭芳》《红豆曲》，以及《蝴蝶夫人》《笑声泪影》《秦淮月》等，还改编了《花弄影》《子夜》和由《梁祝哀史》改编的《离恨天》等。这些剧作有的是以方君逸署名，有些论者认为吴天自改编《家》之后就将笔名改为方君逸，有的认为凡是倾向性强的就用吴天，反之则用方君逸，似乎也不然。《红楼梦》就用的是"吴天"的名字，但实际上此剧的倾向性好像并不能算太强。

吴天一直都很关注现实生活，《四姊妹》有作者题记"献给我的母亲和姊妹们"，《红豆曲》是为了"纪念亡儿伟宝"，两剧均取材于作者的家庭生活。《银星梦》和《满庭芳》则表现了上海影视艺人的生活，是对现实生活的直接反映。《银星梦》表现了年轻姑娘黄莺由憧憬做电影演员而成为明星，后又被老板捧出的新星代替而被抛弃、终至含恨自杀的经历，剧作以此揭露"电影圈的黑暗"。《满庭芳》则表现一班贵妇人、交际花，假借"为孤儿院募捐"的文艺演出前后的丑陋嘴脸，描写了她们为获取个人名利而争风吃醋、互相倾轧的险恶现实。

但吴天并不是一味地批判、暴露，他在作品中也有对美好情操的褒扬与赞美。吴天其实一直对社会是存着美好的希望的，即使他的孩子才出生六天就不幸离他而去，他对未来依然抱有希望，"死去的孩子只生下六天便死了！我哀痛于他寿命的太短，但一想到未来悠长的，不安定的，难以照应的生活，我终于在眼泪中寂寞地微笑了！""路是必须要走的，纵使寂寞……""在黑暗中，人类是像铁一样地坚硬了！""而今日，我们将为了世界的可爱，艰苦地活着。"①

① 吴天：《无题》，转引自林万菁：《中国作家在新加坡及其影响（1927—1948）》，万里书局1994年版。

因此他会在《银星梦》中写黄莺以最后一份力量帮助友人后才自杀，在《满庭芳》中让“戴华明”真心实意地为“募捐”演出奔走操劳，以致带病演出、晕倒在舞台上。在这些人物身上，寄托了剧作者在险恶、压抑、沉闷的环境中生活的信心与希望，这是沦陷环境中透出的仅有的光明与温暖，即使如何绝望苦闷，都不会消失得无影无踪。

吴天的作品中充满了对女性的同情与赞美，比如对鸣凤、对江云、对黛玉、对四姐妹……他还勇于尝试新的形式与创作方法。他在南洋时就提倡用新的形式，创作适合大众的作品，丰富话剧的表现形式，最明显的是《满庭芳》。《满庭芳》是一部长篇独幕剧，为了既能保持剧情的连贯，又让观众不至于太累，可以在较长的观剧时间中有适当休息，作者将“后台”作为剧情故事发生的场景，并新颖独特地将剧中“募捐”演出的“休息”，与演剧时的休息叠加在一起，即舞台上演“募捐”“休息”时，演员纷纷离开“后台”，舞台空场，而舞台下的观众也开始了休息。待演员相继返回“后台”，剧情继续时，剧场观众的休息也结束，开始重新投入观看。这尽管并非作者独创，但毕竟丰富了中国现代话剧的表现形式。吴天这种不囿于常规、敢于求新求变的精神，实在难能可贵。

在吴天的剧作中，当然也有一些不如人意的地方，比如改编剧中有的人物的性格与原著相比，缺陷较多，比如觉慧、黛玉、平儿等。而在创作剧中，他让《满庭芳》中“走红”且极力争风吃醋的交际花说出“我们都是些可怜的人，为什么不能互相怜惜，互相安慰，互相鼓励呢”，不仅与人物身份、性格不符，而且让人对剧作的主题有错位之感。《银星梦》中黄莺的自杀，也令人对她这种反抗的方式悲叹不已。

三

吴天的创作与他的生平经历有着很大的关系。吴天本名洪为济，笔名曾用一舟、叶尼、田等，1912年8月27日出生于扬州市一个破落的读书人家，从小就过着饥寒交迫的生活，15岁开始积极参加学生运动及抗日救亡运动。1935年东渡日本留学，专攻戏剧。1936年被迫去新加坡、马来西亚等地，积极参加当地的戏剧活动。1939年又被迫离开新加坡，先到香港，后回到上海。吴天的戏剧创作一直关注现实，把戏剧作为反映现实生活，揭露、批判现实的工具，这在我们上面介绍的导演《雷雨》、改编《家》《红楼梦》等过程中看得很清楚。

吴天在新加坡时曾写过一篇《论战时文艺》，提出“战时文艺作品必须成为一种救亡的武器”“战时文艺作品应该有暴露和报告的能力”[①]。在吴天看来，战时文艺作品是服务于抗战的武器，是唤起、组织群众的工具。他对现实的关注是一以贯之的，很多创作以现实生活为基础。除了上面的创作，吴天在1936年被迫到南洋后，也为当地的剧作做出了很大的贡献，写出了不少现实性很强的剧本，而上海的孤岛、沦陷时期，更是让自觉自愿为抗战服务的吴天投入了更大的热情。身处民族危亡的紧要关头，剧作家怎样才能更好地为现实、为抗战服务？尤其是在内忧外患的20世纪40年代，在沉闷、无奈、苦难的社会环境下，如何冲破传统束缚、改变传统势力重压之下形成的软弱忧郁的生活态度。正如另一部《红楼梦》话剧的改编者朱彤在《郁雷》的序言中所说：“一千多年以来，我们不仅在两性关系上，而且在全部生活态度上，都是吞吞吐吐含含糊糊地混日子，我们没有狂欢，也没有深悲；没有大恨，也没有固执地爱，那么平平淡淡地，晦晦涩涩地，就像是大海里没有惊涛骇浪，夏夜里没有疾雷闪电……我们要求灵魂的解放！我们要求敢爱、敢恨、敢悔的性灵生活！”[②]这种对自由、果断、性灵的呼唤，不是什么冠冕堂皇的遁词，而是我们亟须改变的现实状态。只有这样，我们才能建立民族

① 吴天：《论战时文艺》，转引自林万菁：《中国作家在新加坡及其影响（1927—1948）》，万里书局1994年版。

② 朱彤：《郁雷》，名山书局1946年版。

精神的强劲与刚健，在民族危亡的紧要关头，才不会因为都是些委曲求全的人物而妥协退让。

因此，当有人质疑类似《家》《红楼梦》这样的改编之作在当时的环境下究竟有什么直接意义时，当上海的许多剧作家时时刻刻感到写作或上演至少在某些方面与抗战有关的剧本是他们义不容辞的责任、重庆甚至有人提出“《红楼梦》之改编，不管找怎样冠冕的遁词，不都是显明地表示了从现实斗争中退却么”[①]这样的论调时，幸好当时的评论家已经为我们做出了回答：“它虽然没有直接关涉到抗战事业，然而它却表现了封建大家庭的崩溃没落，反映了青年一代对于旧社会和老的一代的斗争和反抗，因而也同时教育了观众，要他们去同旧时代去斗争，去反对因袭、独断、礼教和迷信。如果我们不否认这些‘过时了的旧东西’还在严重地影响着我们社会的进步，而在目前则特别是阻碍着抗战的进一步发展，那么我们就没有理由否认目前在上海上演《家》的积极意义。”[②]

吴天的《家》以及《红楼梦》在改编上过于忠实原著几乎被看作是其最大的弊端。其实，这种遵从原著本身就是改编的方法之一，原也无须太过苛责，而案头与舞台完全不同的呈现方式更是无法让小说与话剧做等量对比。究竟怎样的改编才能最大限度地既保留原著的精髓，又能体现改编者本身的文化、审美趣味？是像曹禺攫取对自己感触最大的地方，抒写自己的心情，还是像吴天那样从原著中剪裁情节尽量严丝合缝地连缀在一起？这个话题几乎是从有改编这一形式以来就存在的问题，只不过对于像《家》《红楼梦》这样头绪繁复、内容广博的名著来说更为惹眼罢了。事实上，无论忠实于原著文本还是精神，都会给观众带来不一样的感受，只要契合了观众的精神需

① 田进：《抗战八年的戏剧创作》，《新华日报》1946年1月16日。

② 转引自［美］耿德华：《被冷落的缪斯：中国沦陷区文学史（1937—1945）》，张泉译，新星出版社2006年版，第248页。

求，能够引起观众的共鸣，在某种程度上来说，就是获得了成功。当然也许随着时代的远去，曾经带给人们精神抚慰的作品因为没有了存在的土壤已经失去了再次打动人心的力量，但哪怕是昙花，也有刹那的夺目光彩。

1940年的剧作家吴天很窘迫，一年来四次搬家，生活动荡不安，“就在除夕前几日，为了付不出房钱，不得不又搬了一次家”。他感慨：“写作者必须有较安定的生活，才可以写出好东西。”①当我们在批评那个时代的剧作家的时候，不要忘记他们身处的险恶贫乏、缺少自由的境地。

1939年8月上海剧艺社在演出于伶《夜上海》时的节目单里有这样一段话：“我们为生和活而从事戏剧工作，我们为戏剧艺术而从事戏剧艺术。实际上，我们不能忘记历史，我们也不能忘记发现自己能力的这个年代。人有‘不朽的生命’，然而他离开了‘空间’和‘时间’就不能‘生活’……人不能只靠面包生活。”人无法选择自己生活的现实，但是可以改变这个现实。这段话不仅仅是上海剧艺社的宣言书，也是包括吴天在内的抗战时期无数戏剧工作者的精神状态的描述，同样也适用于现在的我们，浮躁得几乎已经忘记了历史也忘记了自己的我们。

（原载《洛阳师范学院学报》2013年第12期）

① 吴天：《又是秋天——改完了〈海恋〉致友人书》，《小剧场》1940年12月16日。

苏青的“芳华”岁月

——以《宝玉与黛玉》为中心

苏青，1914年5月12日出生于浙江鄞县，名和仪，字允庄，苏青为其笔名，曾与宋美龄、胡蝶、阮玲玉、张爱玲等同被称为“十个女人的上海滩”。20世纪40年代，人们称苏青、张爱玲为上海滩女作家中的“双璧”，以至于今天每每提起苏青，往往首先映入脑海的却是与她齐名的张爱玲，真不知这是她的幸还是不幸。80年代的张爱玲热连带着苏青也火了起来，于是人们知道了苏青的《结婚十年》在短短时间里印了三十六版，《浣锦集》半年之内印了九版。她的自传体小说、散文成为许多人的最爱，可那些都是穿着旗袍的苏青的作品。中华人民共和国成立后改穿列宁装的苏青也由小说走向戏曲，依然令人刮目相看。苏青创作的戏曲主要有《兰娘》、《新房子》(与陈曼合作)、《秋江》(与陈曼合作)、《江山遗恨》、《翠娘盗令》、《卖油郎》、《屈原》、《宝玉与黛玉》、《假凤虚凰》、《李娃传》等越剧作品。据说其锡剧剧本远较越剧多，而且还有甬剧作品。[①]然而，这许多作品中，尽管有些在当时叫座又叫好，但广泛流传的却并不多，而且由于众所周知的历史原因以及苏青的入狱，使她这个编剧鲜为人知，剧本也很难寻觅，以至于研究者非常稀少，即使提到，也语焉不详，甚至有一些谬误。假如本文能抛砖引玉，让更多的人来关注这个20世纪40年代著名女作家1949年后

---

① 参见沈泯：《苏青与戏曲》，《上海戏剧》1995年第4期；王一心：《海上花开——民国上海四才女之苏青传》，安徽文艺出版社2011年版。

几乎湮没的创作成就，还原她在越剧史上应有的地位，理解她在《红楼梦》戏曲改编中的努力，那也算是对逝者一点小小的安慰吧。

一 人生无几时　颠沛在其间

“人生无几时，颠沛在其间”，这是苏青1948年12月出版的又一部自传体小说《歧途佳人》扉页上的两句话。苏青的一生其实还是很精彩的，可她却着意于“颠沛”二字，可以想见，在1949年之前，苏青的辉煌与热闹是给外人看的，留给她自己的只有独自抚养三个孩子的艰辛与孤苦，她的内心深处时时浮现的是“颠沛”。而冥冥之中，这似乎又是她之后生活的最佳写照。尽管编剧生涯鲜为人知，但苏青毕竟是苏青，出手不凡，在1954年华东区戏曲观摩演出大会上获得多个奖项的《屈原》以及1955年连演300多场、几乎场场满座、后又北上京津等地公演、总共演出近九个月的《宝玉与黛玉》，都是她才华的展示。然而短暂的辉煌后，接踵而来的由于众所周知的原因，使苏青再次“颠沛”其间，入狱、看大门、隔离审查、下乡劳动，一个都没有少，最终在孤独中死去。

历史的风暴中个人的轨迹往往总是幽微不明，当我们循着1949年之后苏青重拾本名、成为“冯允庄”的历史走去时，才发现这个穿着由旗袍改为列宁装的女子竟然在戏曲舞台幕后犹如她的小说、散文一样，卓然成家。

中华人民共和国成立后，苏青是寂寞的，她的好友张爱玲、徐訏等都离开了大陆，而且文学提倡为工农兵服务，像苏青“常写这类男男女女的事情”[①]的著名作家也是不受欢迎的。再加上苏青的快言快语，具有“伟大的单纯”[②]，也很容易在刚刚建立新政权、一切都还比较敏感时被公安局的同志找

① 苏青：《自己的文章——代序》，《风雨谈》第6期，1943年10月。

② 此为张爱玲语。1944年3月16日下午，上海《杂志》社邀请苏青、张爱玲等女作家谈文艺创作问题，张爱玲即席发言中即有此语。见1944年第13卷第1期《杂志》。

来谈话，作品不仅没有换来稿费，还差点出了问题，[①]因此，苏青不得不又开始为钱发愁了。

天无绝人之路。1951年1月19日，政府为了“培养知识分子从事戏改工作，发扬新爱国主义的人民戏曲”，由上海市人民政府文化局戏曲改进处出面，在《解放日报》上刊登通告，公开招收由其主办的“戏曲编导学习班”(此为第一届)学员，共五十名。学员的年龄、身份、背景等都放得很宽，苏青也报了名，并于1月29日参加了考试。考试内容主要有：政治常识、本国史地、文艺理论、戏曲常识、口试。据说其中让写一篇“唱词”，而苏青连“唱词”为何物也不知道，[②]此部分只好放弃，足以想见其考试成绩不佳，因此在1951年2月4日揭晓的四十二名通过笔试的录取人员名单上并没有苏青。后来是在上海文化局局长夏衍的出面过问下，苏青才得以前来学习班报到。

当年与苏青曾同在学习班的沈泯、傅骏、周良材等都曾撰文写过回忆文章，虽然个别地方有所出入，但至少让我们对苏青当年在学习班的情况有大体了解。文章中几乎都提到了苏青给人的穿着打扮及性格方面的印象，非常普通，很难令人想象她是与张爱玲齐名的女作家。沈泯说她“一身布衣布鞋，平实朴素；一口宁波土话，豪爽率直”[③]。周良材说她“身穿一套半新半旧的列宁装，一根腰带紧裹着那已经发福的身腰，嘴上含了一支翡翠绿的烟嘴，上面

---

① 关于苏青当时的情况，如写了《市妇运会请建女厕》《夏盈明的自杀》等，在王一心的《海上花开——民国上海四才女之苏青传》以及毛海莹的《寻访苏青》(上海文化出版社，2005年) 等著作中都有论述，此不赘。

② 笔者对此说持怀疑态度。苏青爱看戏，她自称“消遣第一是看戏”(1944年第13卷第1期《杂志》中的《女作家聚谈》)。不仅如此，苏青还曾亲自上台，她在宁波市立女中、省立四中都演过戏。婚后最初在上海时因无聊自己在家以英文版的《独幕剧精选》为蓝本，自导自演自评。抗战期间，苏青还曾在中华联合制片有限公司做编剧，尽管没有作品。有着这些经验的苏青似乎不应不知道“唱词”为何物，写不好倒是真的。

③ 沈泯：《苏青与戏曲》，《上海戏剧》1995年第4期。

点着长长的、冒着火花的卷烟。……坦率单纯，毫无城府可言”[①]。傅骏则说“她用的是本名冯允庄，一口宁波土话，整天衔着一个烟嘴，唠叨，噜嗦，看上去像个很‘俗气’的‘家庭妇女’，完全看不出有什么‘女作家’的‘灵秀之气’，但是她性格豪爽，脾气直率，想说就说，快人快语，很有特色”[②]。用词虽不同，但其刻画却如出一辙，苏青的朴素甚至土气、豪爽而又单纯跃然纸上，为我们了解1949年之后不久的苏青提供了非常形象的资料。

周良材提到苏青在开班第一天就把自己的《结婚十年》几乎是人手一册地分发，结果“第二天教务长就召开全体大会，批评了这件事……强调‘这是旧社会的作品，宣扬的是不健康思想，不能在班内散发泛滥’云云，并责令一一收回《结婚十年》”。作者记叙的苏青是“对此若无其事，依然谈笑风生，神色坦然”，然而私下里苏青的内心深处做何想法就不得而知了。尤其是这年3月31日苏青前夫李钦后因贪污被判处死刑，在其判决书里有这样一句话：“在敌伪时期他的前妻苏青所写风行一时的黄色小说《结婚十年》中所指的男子即为李钦后”[③]，自己畅销了三十六版的自传体小说《结婚十年》竟然成了“黄色小说”，那对当事者又该做何评价？苏青读到这句话，估计无论如何也不能“若无其事”了。

然而生活还得继续。怕也好，担忧也好，与小说决裂，好好编自己的剧本参加结业考评吧。当时采用的是各人参加一个小组，“集体讨论，单独执笔”的形式，苏青参加的是越剧《兰娘》小组。[④]其本子未被采用，但应该说

① 周良材：《追忆苏青二三事》，完稿于2005年2月3日，于2005年2月18日首发于作曲家许如辉纪念网。

② 傅骏：《苏青：越剧界的张爱玲》，《上海戏剧》1998年第9期。

③ 转引自王一心：《海上花开——民国上海四才女之苏青传》，安徽文艺出版社2011年版，第239页。

④ 苏青当时和傅骏在一个小组，《兰娘》属于新编古装剧，说的是古代的反特故事，讲述兰娘大义灭亲惩治内奸的故事，是为配合社会上正在开展的“镇压反革命”运动，也是当时社会上最流行的剧目。《兰娘》后由上海章燕飞的青年越剧团排练演出，选用的是傅骏执笔写的那一部，署了傅骏的名，但是集体的成果，也可以说有苏青的功劳。这是结合沈泯的《苏青与戏曲》以及傅骏的《苏青：越剧界的张爱玲》互看得出的结论。

这是她从事越剧创作的第一个作品。

苏青最先要进的并不是尹桂芳的芳华越剧团，而是戚雅仙的合作越剧团。作为一个刚刚培训了四个月、之前几乎不知唱词为何物的编剧，开始的不顺利在所难免。苏青根据评剧《翡翠园》改编成《翠娘盗令》，因不合戏路未被采用，并被剧团送到第三届戏曲研究班又学习了三个月。而合作越剧团不知何故，不愿聘她为正式编剧，而是特约编剧。以苏青的性格及之前的辉煌经历而言，一气之下辞职确实是她的作风。

1951年底，苏青在当时已颇有名气的编剧陈曼的介绍下，加入了尹桂芳的芳华越剧团，并在试用三个月后转为正式编剧。芳华越剧团是尹桂芳的私营剧团，最初成立于1946年，当时竺水招、戚雅仙、编剧徐进等都在这个剧团。1948年由于尹桂芳骑马摔伤去香港养伤，芳华原班人马重组成云华剧团。但尹桂芳并未因此气馁，于1950年回上海后邀集徐天红、张茵、张云霞、戴忠桂、尹小芳等人重建芳华越剧团，并不断发展壮大，甚至超过了国营剧团。而苏青也在尹桂芳的大力支持与配合下开始慢慢在戏曲界发出光彩。

然而，苏青在芳华的第一个剧本——她与陈曼合编的宣传“三反”运动的《新房子》，却并不叫好。这是芳华越剧团为1952年春节上演的剧目，在《解放日报》上刊登的广告为“1952年芳华剧团春节巨献，六幕五景七场三反名剧《新房子》”。《新房子》的上演日期为1952年1月27日，即农历正月初一，足见芳华对此戏还是颇为看重的。可惜，此戏上座情况并不好。苏青此后编写的古代农民起义题材的《江山遗恨》同样影响了剧团的营业额。其实这些都不是苏青熟悉的题材，她的生活里本就是饮食、男女，是一些琐碎平常的家长里短，现在突然要努力向时代主潮靠拢，实在不是她的强项。苏青因此一度自怨自艾，甚至想要改行。与剧团以及一些成员的人事矛盾也把她气得吐血，不得不在家休养。

编剧苏青的春天什么时候才能来到呢？估计她自己心里也没把握。总得编个能证明自己的戏吧。1953年秋，苏青根据大家都熟知的《卖油郎独占花魁》

的故事编成了五幕八景十场民间故事剧《卖油郎》。这是苏青擅长的爱情故事，容易出彩。《卖油郎》共有十场，分别为：《劝妆》《被逐》《卖油》《酒楼》《访美》《受吐》《雪塘》《遇救》《订盟》《赎身》。卖油郎秦钟（不是《红楼梦》里的秦钟，原作为秦重）与花魁女莘瑶琴之间的爱情更加合理，人物的性格也更真实丰富。秦钟一年才积攒了十两银子，为见花魁女三番两次上门等候，可老鸨总是让他等一等，终于让见面了，可花魁却迟迟不回家。秦钟度日如年，不由唱道“可怜我十两银子要积一年，如今是二两已化灰尘”[①]。好容易花魁回来了，却是大醉而归，只在床上和衣睡，昏昏沉沉全不觉。秦钟心里暗悲伤，满腔的真心话以及对花魁的怜惜无法当面倾诉，“这十两银子剩四两”。时间一分一秒地过去，花魁“只是睡在床上不醒转”，急得秦钟千言万语说不出，只能慨叹“如今八两快用完，咳！眼看四更已过去，不由我又是急来又是怨”。眼看天亮，可花魁还是动也不动，秦钟满腹焦虑与委屈，不由连唱“你在梦中可知道，我为你脱了衣服身受冻；你在梦中可知道，我为你整夜不眠来侍奉；你在梦中可知道，我与你半句未讲十两银子全断送”。秦钟对花魁的爱怜、满腔热情无处诉的焦虑以及花魁迟迟不醒、自己的十两银子眼看就要泡汤的心疼都表现得真实而且有层次感，人物也就更可信，更能打动观众。

《卖油郎》于1953年9月18日夜场首演于丽都大戏院，导演司徒阳，设计仲美，作曲连波，技导郑传鉴。主演尹桂芳（饰秦钟）、徐天红（饰朱十老）、许金彩（饰莘瑶琴）。上座情况比之前都要好，但据说此戏叫座不叫好，受到了有关方面的批评。

真正让苏青一炮打响的，应该是《屈原》。关于《屈原》的创作，有两种说法，一种是1954年华东六省一市戏曲会演时，领导指定参赛剧目要“主题积极，题材新颖，更要突破尹桂芳以往只演才子佳人的艺术风格”，最后

---

① 1953年丽都大戏院所印《卖油郎》戏单中的《唱词选刊》。以下此剧唱词皆出于此，不另注。

决定由苏青执笔写《屈原》。[1]这种说法强调上面的决定。还有一种说法，我们觉得更符合苏青的性格以及1949年之前编辑、发行杂志所形成的对社会热点的敏锐捕捉的能力。据苏青的儿子李崇元回忆说，郭沫若的弟子文怀沙的母亲住在上海，离苏青家不远，两个人关系很好。苏青从文母那里听说郭沫若要参加联合国教科文组织的“评选世界十二名人”的活动，候选人中有中国的屈原，因此动了写屈原的念头。[2]而尹桂芳的支持也促使苏青把这个念头付诸行动。尹桂芳一向演小生，而越剧也以才子佳人、旖旎缠绵的故事为主，要表现屈原这样一个爱国大夫的情怀，对尹桂芳是个挑战，对苏青来说也是个难题。

苏青四处求教，赵丹、郭沫若都曾面授机宜，甚至在文怀沙家中住了半个月随时接受指教。苏青的《屈原》基本剧情仍是郭沫若的，全剧共八场，[3]即《橘颂》《贿靳》《疏原》《著骚》《诬陷》《阻会》《救婵》《天问》。随着屈原与亲秦集团斗争得越来越激烈，人物的情感也越来越激愤，最后一场《天

① 周良材：《追忆苏青二三事》。

② 中亚：《有关苏青上海访问记》，《书城》2000年第11期。

③ 关于《屈原》，赵蕙蓉在《苏青、尹桂芳和屈原》中说是七场，在王一心的《海上花开——民国上海四才女之苏青传》中说是八场。其实这可能是《屈原》一剧不同的修改本。笔者手中有郭沫若原著、冯允庄改编、湖北省蒲剧团整理的《屈原》的手写复印剧本，它的文字就和芳华的演出本不一样，分第一幕《橘颂》，第二幕没有名字，但内容看起来应该是《贿靳》，第三幕为《疏原》，紧接着为《著骚》，应为第四幕，可却错写成了第三幕，其后则分别为《诬陷》（写成第四幕，此中的文字与赵蕙蓉所引用的文字基本一致，但因其在整理中的失误，导致最后结束时写的是第七幕《天问》。因赵蕙蓉的文章中没有注明引文的具体出处情况，笔者也无法判断其所引剧本的情况）、《问钓》（第五幕第一场）、《鸣冤》（第五幕第二场）、《救婵》（第六幕）、《天问》（第七幕）。因此本写的是整理本，而且没有更具体的信息，因此，笔者不好判断是《屈原》最后定本之前的修改本，还是这个剧团自己的修改本，留待将来，俟之高明。另外，笔者还见过上海市芳华剧团演出原本、太原市新新晋剧团翻印的《屈原》，其场次基本一样，只有第七场写的是《诱婵》，而不是《救婵》，好像更突出婵娟不受子兰的威逼利诱，而不是婵娟被卫士仆夫所救，而且剧中的念白、唱词等都有很大差异。而这些差异的产生，也许就是因为我们看到的是不同的修改本而已。如此，也再次说明剧本是不断修改调整的，只有这样，才能创作出最为观众所欢迎的好戏。

问》，在雷电交加下，屈原披发带链，激昂的感情深深打动了观众："叹人世黑白颠倒无是非，浑浑噩噩梦一场，以阳为阴阴为阳，凤凰是鸡鸡凤凰。君不见屈原怀抱高才世无双，为何不能治国安民振家邦？举目看天地玄黄，宇宙洪荒，问苍天，你公道在何方？在何方？"[①]怒火万丈中的屈原仰望苍天，喊出了心中最悲愤的感情。据说当年很多观众就是通过这个戏了解了屈原，而且能背诵剧中那些大段大段的唱词，甚至可以背诵《橘颂》《天问》等颇有难度的屈原的作品。

《屈原》于1954年5月22日首演于丽都大戏院，导演司徒阳，作曲连波、金茄，设计仲美。尹桂芳饰屈原，徐天红饰张仪，许金彩饰南后，戴忠桂饰婵娟，尹瑞芳饰宋玉。1954年7月4日日场二时半、夜场七时四十五分芳华越剧团演完最后两场后歇夏，直至9月8日才重新在丽都大戏院演出传奇大悲剧《义救孤儿记》。10月20日至21日，《屈原》作为上海市代表团的剧目参加华东区戏曲观摩演出大会，并获得优秀演出奖、音乐演出奖。其中芳华越剧团扮演屈原的尹桂芳获得表演一等奖，扮演张仪的徐天红获表演二等奖，扮演南后的许金彩获表演三等奖。唯独编剧没有获奖，据说是因为"历史遗留问题"。会演于11月6日结束，从7日至10日，一部分优秀剧目在华东大众剧院、长江剧场、人民大舞台联合公演。[②]公演结束后，丽都大戏院还趁热打铁于11月16日夜场七时半再次上演《屈原》，至11月26日结束。

总之，《屈原》获得了文艺界一致好评，赵丹、周信芳、俞振飞、田汉等都对此剧大加赞赏，俞振飞甚至因此打了退堂鼓，不演昆剧《屈原》了。此后，不断有人前来对此剧观摩、录音，以及将其翻唱成其他剧种。

---

① 华东区戏曲观摩演出大会编：《上海市代表团演出剧本选集》，1954年，第135—136页。

② 主要是福建、安徽、浙江、江苏代表团。此外，参加大会展览演出的杭州国风昆苏剧团也假座光华大戏院于6日至10日演出昆曲剧目。见《新民报晚刊》1954年11月5日。

二 一番心愿付东风

前面我们说过，苏青与陈曼合编的《新房子》是芳华剧团1952年的春节巨献，时隔三年，苏青编剧的《宝玉与黛玉》再次成为芳华剧团1955年的春节巨献，前一个虽然失败，后一个却几乎创造了越剧演出史上的奇迹。

在当年“《红楼梦》精华之一——《宝玉与黛玉》”的戏单上这样写着：“改编：冯允庄；导演：司徒阳；舞台设计：仲美；造型设计：陈绍周；服装设计：张建安、仲美；作曲：连波；技导：郑传鉴。”其演员表为（以出场先后为序）：紫娟（笔者注：应为鹃）（谢秀芳）、傻大姐（沈曼丽）、袭人（罗娟）、林黛玉（李金凤）、贾宝玉（尹桂芳、华东戏曲观摩演出大会一等奖获得者）、贾母（谢小仙）、王夫人（高菊英）、王熙凤（许金彩、华东戏曲观摩演出大会三等奖获得者）、薛宝钗（尹瑞芳反串）、贾政（徐天红、华东戏曲观摩演出大会二等奖获得者）、蕙香（小天红）、平儿（俞茵）、丫鬟（沈香娟、刘青文）、贾环（尹小芳）、门客（李青君）、家人甲（茅胜奎）、家人乙（高金花）、家人丙（徐幼红）、家人丁（尹幼芳）、喜娘（徐幼红）、雪雁（袁雪瑾）。

从《解放日报》刊登的广告来看，从1955年1月10日的广告中开始出现春节上演《宝玉与黛玉》的信息，分别从1月15日（阴历十二月二十二日，星期六）、1月18日、1月21日上午十点开始售24日至30日的春节工会、其他团体以及部队团体戏票，都是当日售罄，全部满座。1955年1月24日，即农历正月初一首演《宝玉与黛玉》时，绝对是日夜满座了。此后，直到1955年5月19日，连演四个月，近300场，几乎场场满座，火爆局面可想而知。

要知道，当时上海的戏曲演出非常热闹，演出的团体、剧种都很多，仅以当时《新民报晚刊》《解放日报》等刊登的演出广告上就可略见一斑。京剧、淮剧、滑稽戏、越剧、沪剧等都有，尤其后两种最受上海人喜爱。演出的剧团则有上海市人民淮剧团、天蟾实验京剧团、上海京剧院二团、共舞台京剧团、大公、艺峰、蜜蜂滑稽剧团等。演出沪剧的有上海市人民、艺华、努力、长江、勤艺、爱华沪剧团等。而战时上海越剧的兴盛更是在解放后获得了长足发展，越剧剧团百花齐放，芳华、华艺、合作、合众、春光、少壮、振奋、光明越剧团、天鹅越艺社等，各推新戏，大放异彩。而且当时的天蟾舞台还经常邀请名角前来演出，就在《宝玉与黛玉》上演期间，盖叫天、张君秋、尚小云、马连良等都曾来上海演出过。就在这样的激烈竞争下，苏青的《宝玉与黛玉》还是获得了如此巨大成功，固然有《红楼梦》的“全民性”基础，但苏青剧本的光彩也是不能抹杀的！

苏青很会抓住时机，《屈原》的一炮而红就已经表明了苏青1949年前的生存能力不是纸上谈兵，敏锐的嗅觉让她能够在关键时刻抓住机会。1954年的《红楼梦》研究大批判运动就再次让她找到了热点，也看到了自己编剧的方向。

曹雪芹的《红楼梦》不知给了多少人以滋养，张爱玲是不必说了，苏青也对《红楼梦》熟得很。她从小爱看小说，“苏青老家楼梯处的拐角放了一个马桶，距马桶一手远处还放了一个书橱，上面有许多小说，什么《西游记》《红楼梦》《水浒传》《西厢记》《牡丹亭》啦，应有尽有，好比半个‘小书房’。苏青坐在马桶上时常常就随手拿起一本小说看起来，一坐就是半天”[①]。后来写起文章也是顺手拈来，苏青在《谈男人》中随手就会把贾宝玉拿来做例子：“而且女人们又是难伺候的，像贾宝玉般整天到晚躲在大观园里，不务正业，尚且还要愁体贴不着林黛玉的心思”，“一个年轻的女人必定是爱贾宝玉的，也许等到她懂得世故了，才改变心态宁愿嫁给甄宝玉去。女人爱贾宝玉是想得到甜蜜的爱，嫁甄宝玉只不过想做一品夫人罢了”，“若是女人们都不要求男人去赚钱争威风，则像贾宝玉般成天同丫鬟们制胭脂汁的也必定比比皆是，世界上倒可以减少些战争残杀呢”。[②]看来，苏青对贾宝玉还是有点微词的，估计她无论如何也不会想到，十年后，她会因为一部关于贾宝玉的

① 毛海莹：《寻访苏青》，上海文化出版社2005年版，第28页。

② 苏青：《谈男人》，《天地》1944年第14期。

戏剧而创造了越剧演出史上的奇迹。

苏青的《宝玉与黛玉》起初就叫《红楼梦》，因剧情主要是围绕宝黛的爱情悲剧来写，因此后来改为《宝玉与黛玉》。此剧共八场，第一场《元宵省亲》、第二场《逼读八股》、第三场《倾诉衷情》、第四场《贾政责子》、第五场《议亲设谋》、第六场《湘馆焚稿》、第七场《洞房惊变》、第八场《哭灵出走》。要在短短的八场戏之中把百科全书式的《红楼梦》表达得人人满意，对苏青来说实在是个挑战。尤其《红楼梦》被改编的次数与种类实在太多了，单以越剧而言，此前就有弘英、夏防、包玉珪、洪隆等各自的改编本。[①]而尹桂芳也分别于1943年在弘英的《红楼梦》以及1951年陈曼、沈泯、毛秋白等的《贾宝玉》中出演贾宝玉。[②]这些经验的积累以及对《红楼梦》的熟悉自然会让尹桂芳对剧本有很高的要求，并且其他越剧团也曾演过《尤三姐》《红楼梦》等戏。如何跳出窠臼，编出自己的《红楼梦》，相信即使是苏青，也不敢掉以轻心。

苏青没有按照《红楼梦》本来的故事进行创作，而是充分发挥剧作家集中矛盾冲突、节奏有张有弛的特点，在以宝黛爱情为中心的基础上，结合父子矛盾，突出宝黛与封建家长之间在爱情与婚姻上的不可协调，最终酿成了黛玉惨死、宝玉出走的悲剧。

剧本抛弃了以往作品开篇对黛玉进府的描述，没有什么祖孙相拥而泣的温馨场面，上来就写元宵节元妃省亲，元妃的满眼流泪与贾政的高叫“皇恩浩荡”“贾门有幸”形成鲜明对比，突出了封建专制的吃人与腐朽，控诉了封建社会虚伪的父女之情。而元妃所赐之物宝玉与宝钗的相同也引起了宝黛二人因“金玉之论”而起的砸玉之争，把宝黛爱情的悲剧氛围由最高皇权处

① 参看汤敏：《尹桂芳与〈红楼梦〉》，《戏文》2005年第4期；郑公盾：《漫谈〈红楼梦〉的戏曲改编》，《红楼梦学刊》1980年第4辑。

② 汤敏：《尹桂芳与〈红楼梦〉》，《戏文》2005年第4期。

弥漫开来。紧接着第二场上演父子矛盾，宝玉被逼读八股，却实在是读不下去，不仅把玩黛玉赠送的香袋，还给丫头蕙香讲西厢故事。黛玉来了之后，又与黛玉共读西厢。可惜却因宝钗“女子无才便是德”以及“仕途经济”的大道理不欢而散。剧本的第三场将黛玉吟诵《葬花辞》、宝玉诉肺腑却错把袭人当成黛玉以及“慧紫鹃情辞试忙玉”都放到了一起，容量很大，情绪的跳跃与转折也很迅速。最终袭人进谗讨好，王夫人一怒之下逐出了听宝玉讲西厢故事的蕙香。父子矛盾再次升级。第四场贾政因宝玉不读八股以及蕙香投井之事痛打宝玉。第五场中宝玉的悲剧继续升级，王熙凤提议为宝玉早婚配，娶个贤妻好好劝劝宝玉，结果贾母作主要娶宝钗，王熙凤设计了调包之谋。第六场中，林黛玉终于支持不住了，得知消息的她心碎肠断，焚稿而死。第七场宝玉受骗与宝钗成亲，从大喜转为大悲，只能是昏倒了。第八场宝玉在黛玉灵前痛哭之后，毅然扔玉出走，作为最大的反抗。①

在简单论述了《宝玉与黛玉》的剧情后，不难看出，剧本的整体框架搭得还不错，原著中著名的情节都有展现，情节的衔接也还较为合理，能突出人物的性格。以“元宵省亲”作为开场也别具一格，而且省亲的大场面以暗场处理，并没有人物繁多之弊，而是以此为背景凸显了宝、黛二人思想的一致，而且开篇就将主要矛盾摆在观众面前。苏青对《红楼梦》中各种矛盾冲突的把握还是很集中得体的，最主要的是作者认为的封建家庭叛逆者贾宝玉、林黛玉与封建家长之间的矛盾，因此，剧中父子矛盾、以贾母为代表的贾母、凤姐、王夫人、薛宝钗、袭人等与宝玉、黛玉、蕙香之

① 主要参看《宝玉与黛玉》的戏单，由于剧作的湮没不传，有些作者误将戏单的信息当成了剧本的信息，如毛海莹的《寻访苏青》中就将“《宝玉与黛玉》（八场），上海市芳华越剧团演出，1955.7.10；冯允庄改编，司徒阳导演；尹桂芳，李金凤，尹瑞芳等主演；16开，6页”，说成是“该剧本的大致信息”，其实这是戏单，并不是剧本（见其第115页），以及中国艺术研究院图书馆所藏的两本分别有连波、高鸣签名的赠送本（曲谱）。以下所引关于《宝玉与黛玉》中的引文非有特殊说明者，皆出于此，未免累赘，恕不另注。

间的矛盾，甚至贾政与元妃父女之间的矛盾，都离不开封建专制、封建礼教的吃人本质。作者的思路一看可知与当时全国上下对《红楼梦》研究的大批判运动[①]紧密相连，人物鲜明地分为两大阵营，宣扬阶级斗争论，反对资产阶级唯心主义、主观主义、反现实主义观点，试图运用马克思主义的唯物主义的科学的立场、观点和方法解读《红楼梦》这部伟大著作，以此为指导来编写剧本，诠释宝黛爱情。因此，《宝玉与黛玉》不可避免地带有时代的烙印。

首先，剧本将《红楼梦》中原本丰富细腻的人物简单化、概念化了。固然舍弃贾宝玉的老庄思想、爱红毛病以及其他少爷性格，着力突出他的叛逆与对丫鬟的关爱，林黛玉身上也尽量减少了悲观、猜疑、多愁、多泪的小性儿，矛盾会更加集中，但也因此造成人物的扁平，没有内涵。而剧中明显的两大阵营也是非分明，对贾母等人的痛斥、对宝黛等人的同情让人一览无余。“温柔敦厚”“双峰对峙”完全被“叛逆儿女”的怒火代替了。尤其是剧中的薛宝钗，不仅戏份少，而且简直变了性儿。以第二场末尾的一段戏为例：

袭人：她（笔者注：指蕙香）要二爷丢了书不读，与她讲西厢故事，还替二爷去请了林姑娘来，因此二爷把她宠得不知怎样才好，只怕现成就是一个小红娘了！

宝钗：这倒是不可不防着一些……你可曾告诉太太？

（袭人摇头）

宝钗：为了二爷的前程，为了你自己脱卸干系……

袭人：是，我一定告诉太太。

宝钗竟然指使袭人告密，而袭人竟也知道并且敢在不愿让人看闲书的大

① 详细情况可参看孙玉明：《红学：1954》，北京图书馆出版社2003年版。

家小姐面前提到了“红娘”，这真不知是什么版的《红楼梦》了。

再者，剧本编写的概念化指导倾向，也让剧中人物脱离了原著的时代背景，唱出了不符合人物性格、身份特点的心声。《红楼梦》中著名的宝黛读西厢曾经感动了多少读者，那其中的有情还似无情、欲语却又还休的细腻与神思，确是曹雪芹的经典之笔。可剧本的处理却实在是简单而不合情理。尽管第一场已经有黛玉送宝玉绣了孤竹的香袋以及二人相视微笑的铺垫，可在共读西厢这个妇孺皆知的场景中安排这样的唱词还是出乎人们的接受能力：

宝玉：妹妹，你看！（唱）元代才人多文思，写出西厢绝妙词。描摹闺情多周致，道尽儿女心中事。妹妹呀，你说此书究何如?

黛玉：（唱）果然是词句警人有意思。我爱那莺莺倔强有胆量。

宝玉：（唱）我爱那张生多才又情痴。若将今人比古人，个中情况也相似。

“我爱那莺莺倔强有胆量”“我爱那张生多才又情痴”，这哪里是清代的大家公子与小姐在互诉衷情，完全是《小二黑结婚》里小芹的“我爱他爱劳动”的大胆表白。

再如宝玉哭灵中的一段唱词：

宝玉：（唱）我抱恨终天痛断肠！（白）林妹妹！（唱）谁害你灵心慧骨埋尘土？谁害你豆蔻年华丧他乡？这九洲大错谁铸成？恨众人心肠毒辣似虎狼！我血泪已尽忿未释，心中如焚怒欲狂！（白）林妹妹！（唱）当年赠我绣香囊！细语叮咛永不忘。孤竹虽是难成双，岂肯变节改志向？妹妹呀！你在九泉把心放，宝玉不做薄情郎！

满腔怒火的贾宝玉是不是有点像一个表忠心的革命战士?

《红楼梦》一书人物众多，而苏青只选取了其中的几个，出场人物不是很多，只有二十二人，其中还包括两名小丫鬟、四名家人、一名门客、一名喜娘。为免头绪繁杂，史湘云、探春、惜春、晴雯等主要人物都没有露面。有意思的是，《红楼梦》中许多熟悉的面孔都没有上场，苏青却把本就容易分不清谁是谁的《红楼梦》中一个小小的丫鬟蕙香拿出来增色添彩地写起来。

有人在文章中说蕙香是苏青新增的《红楼梦》中的人物，这话不确。《红楼梦》原本就有蕙香这个小丫鬟。第二十一回“贤袭人娇嗔箴宝玉 俏平儿软语救贾琏”中写宝玉因与袭人怄气，连麝月也一并不理，只让两个小丫头伺候，其中一个大点的生得十分水秀，“宝玉便问：‘你叫什么名字？’那丫头便说：‘叫蕙香。’宝玉便问：‘是谁起的？’蕙香道：‘我原叫芸香的，是花大姐姐改了蕙香。’宝玉道：‘正经该叫“晦气”罢了，什么蕙香呢！’又问：‘你姊妹几个？’蕙香道：‘四个。’宝玉道：‘你第几？’蕙香道：‘第四。’宝玉道：‘明儿就叫“四儿”，不必什么“蕙香”“兰气”的。那一个配比这些花，没的玷辱了好名好姓。’”[①]蕙香自此改叫四儿。四儿的戏份很少，除在宝玉生日等场合搬搬果子之外，我们对她几乎没有什么记忆，倒是曹雪芹对她出场时的外貌描述“水秀”一词令人惊艳。后来王夫人要清理怡红院，四儿因为与宝玉生日同一天并背地里说“同日生日就是夫妻”而被逐出大观园。

也许是为了减少头绪，因为蕙香其实是金钏、玉钏、晴雯的集合；也许是为了更好地实现作者对封建制度的控诉，本来没什么事迹的人物更容易表现作者自己本人拟好的故事。原著《红楼梦》中只见宝黛共读西厢，何曾见宝玉给哪个丫鬟讲过西厢故事啊？然而“蕙香”这个人物的设置，却引起了当时许多专家学者的讨论，有赞同的，自然也有反对的。

① (清)曹雪芹、高鹗：《红楼梦》，中国艺术研究院红楼梦研究所校注，人民文学出版社1982年版，第291页。

赵景深根据当时大多数剧团的演出水平，肯定了《宝玉与黛玉》的成绩，并认为在“大家热烈讨论《红楼梦》的时候，应该推荐给上海市民”，因此在1955年2月24日《新闻日报》上的《谈越剧〈宝玉与黛玉〉》就给人“捧场”和“过分夸大”的感觉。文中用了四个“很”字，“我这次很满意地看到芳华越剧团《宝玉与黛玉》的演出”“它把封建社会几个叛逆者写得很突出”“丫头们的性格也写得很好”“导演、演员、音乐各方面与剧作者也合作得很好”，并提出剧作中的蕙香“代表所有贾府中被压迫的婢女和艺人，如鸳鸯、司棋、龄官这些人的。剧作者有意安排了未成年的蕙香，使得观众对她更为同情”。应该说赵景深的初衷是好的，既结合了形势，又根据当时一般剧团的演出水平大力推荐《宝玉与黛玉》，但措辞确实有些模糊，难怪引起别人的不同意见。因此《新民报晚刊》于1955年3月17日、18日接连登载了夏写时的《评越剧〈宝玉与黛玉〉——兼及赵景深先生对该剧的评论》（上、下）以及赵景深的《对夏写时先生批评的答复》，既加深了对剧作《宝玉与黛玉》的讨论，也让今天的我们对当时此剧创造的轰动效应有更为理性的了解。

关于《宝玉与黛玉》的情节、结构方面，尽管在将《红楼梦》原著中许多脍炙人口的情节捏合到一起上确实有值得称道之处，但个别地方却也不合情理。如第五场《议亲设谋》的地点竟然是在贾宝玉居住的怡红院，第八场中宝玉穿着结婚的吉服就跑到了潇湘馆，似乎也欠妥当。

苏青的文风一贯是通俗明了的，她的小说、散文都是娓娓道来，如谈家常，而越剧本身的通俗性也决定了唱词在优美的同时也要易懂。因此苏青写戏，特别注重吸引观众，并不过于追求“美”与“雅”。然而苏青并不是不讲究唱词的优美的，比如《哭灵出走》一场：

宝玉：林妹妹，宝玉来了……妹妹呀！（唱）灵台一见血泪涌，千言万语诉何从？十载相聚今分手，一番心愿付东风。实指望朝朝暮暮常相伴，实指望生生死死永相共。实指望有情人儿成眷属，实指望从此蓝桥路可通。谁知风波平地起，吹散好梦影无踪！这天长地久有时尽，妹妹呀！我此恨绵绵永无穷！

尽管通俗，但也算是用典恰切，词句优美了。

无论如何，苏青的《宝玉与黛玉》风暴般吸引了上海观众的眼球，并从7月份开始到京、津、济等地进行为期两个多月的公演，同样获得了巨大成功。9月24日夜场起，《宝玉与黛玉》重回丽都大戏院做短期演出，仍然几乎是场场全满，直演至10月19日。在芳华越剧团演完《忠王李秀成》后，1955年11月19日上演冯允庄编剧、司徒阳导演的《李娃传》。可令人意想不到的是，1955年12月1日，苏青被捕。紧跟着，从1956年1月1日起，丽都大戏院开始演出天鹅越艺社的《洛阳春》，芳华越剧团则去了一号场原共舞台演出《西厢记》。

但实际上，苏青的《宝玉与黛玉》并未停止演出，戏单上编剧冯允庄的名字换成了“集体改编”，八场戏也改为《赠香》《读曲》《葬花》《毒打》《议婚》《焚稿》《洞房》《出走》。[①]甚至，芳华越剧团迁往福州后，还曾在当地演过《宝玉与黛玉》，中国艺术研究院图书馆藏有一本《宝玉与黛玉》的总谱，编曲为高鸣、连波，写有“送给中国音乐研究所，高鸣　1959年6月于福州”“芳华越剧团演出于1959年五月四日”。此本比起中国艺术研究院图书馆所藏的另一本有连波1955年7月9日签名的《宝玉与黛玉》曲谱来，在编曲方面固然有变化，但在剧情、唱词方面却没有太大变化。因为都是曲谱本，所以在每一幕的名称方面就不是很讲究，连波本几乎只有场次之分，而没有具体名称，高鸣本虽有场次，但数字用的有些混乱，而且名称似乎也有改变，如

① 王一心：《海上花开——民国上海四才女之苏青传》，安徽文艺出版社2011年版，第251页。另外，据傅骏回忆，大约是在1956年，他曾被市文化局戏剧处派到芳华越剧团帮助修改《宝玉与黛玉》。修改本是重新印过一稿的，粉红色小开本，后在“文革”中丢失，关于这个本子排没排，是否演出过，则不得而知了。因资料的匮乏，我们不好判断这些改编本的具体情况，只能据此备案了。

改为《试玉》《泄密》《焚稿》等，还是做了一些改编的。

1962年，芳华越剧团回娘家上海演出，邀请导演黄祖模重排《红楼梦》，用的是徐进的本子，并将第一场《黛玉进府》改为了《元妃省亲》，可见，《宝玉与黛玉》的影响应该还是存在的。

然而，苏青的《宝玉与黛玉》几乎是湮没不传了。现在人们耳熟能详的是徐进编剧的《红楼梦》。其改编始于1955年底，此时恰是冯允庄被捕前后。徐进在上海文艺出版社1959年8月第1版、1962年5月第2版的《红楼梦》前言中说“从1955年底开始，我便着手进行改编……戏的改编过程，也是向原著、向其他改编者的经验学习的过程……很多改编者的劳动成果也启发帮助了我，《红楼梦散套》、韩小窗的《露泪缘》、马如飞的开篇、话剧本、锡剧本等都成为我改编中的良师益友”，作者没有提在他开始改编时刚刚上演完的苏青的《宝玉与黛玉》。事实上，徐进的改编本也是以宝黛的爱情故事为中心，芳华越剧团刚刚在演出上获得轰动效应的《宝玉与黛玉》若说对徐进没有影响，似乎不太可能。也许是当时的形势使然，也许真的是没有什么影响。因为在上海文艺出版社1979年4月第2版《红楼梦》中的《重印后记》有这样的话：“最后要说的是：我在改编工作中，同时参照和汲取了其他《红楼梦》戏曲改编本在人物、结构、语言等方面的优点。”其实，有还是没有影响，现在说来已经没有太大意义，因为徐进的越剧《红楼梦》确实已经成为经典。尽管最初可能会有这样那样的毛病，但经过了作者的八次修改后，比如对金钏之死的几次删改与恢复，那些经典唱段，如“天上掉下个林妹妹”的最终定稿，[①]都饱含了剧作者的无数心血。一个好的剧本不可能一次定型，只有在实践中才能更好地进步。假如苏青当年没有被捕入狱，而是一直在顺利地进行她的越剧创作，那么，她的《宝玉与黛玉》是否也可以修改得更为完美、更

① 具体情况参见傅谨：《越剧〈红楼梦〉的文本生成》，《红楼梦学刊》2010年第3辑。

加合理呢？[①]可惜，历史不能假设，更不会重来。

三 花落人亡两不知

苏青写戏向来非常认真，她在编写《屈原》时，自费掏腰包去北京观摩话剧《屈原》，甚至为了获得专家的随时指点，还搬进文怀沙家中住了半个月。在写《宝玉与黛玉》的时候，苏青继续发扬这种精益求精的精神，寻师求教，她经人介绍认识了复旦大学的教授贾植芳。《宝玉与黛玉》上演前，苏青将一份油印的剧本送给贾植芳，请他提提意见。贾植芳于1955年1月5日给苏青回了一封信，内容如下：

允庄先生：

来信及《红楼梦》一切稿均收到。因为事忙，今日才读毕。我觉得全剧精神及结构颇好，并能符合全书反封建主旨。作者是通过宝黛爱情来暴露和控诉封建制度的违反人性罪恶的，因此，必须深刻显示出爱情的社会定义来，它的纯洁性和丰富性。即是说，这两个正面形象必须通过细节描绘，来充分地、尖锐地表现出他们所代表的历史社会现象本质的东西，即它的历史性和社会性，也就是作品的思想性所在。我认为，首先掌握了这一点，是提高剧本思想性和艺术性的关键。贾府罪恶和宝黛故事是一致的。

① 在周良材的《追忆苏青二三事》中有苏青出狱后与其在大跃进时相见的一段描述："当时她还说过什么话，我大都忘了，但有一点印象颇深，她忿忿然地向我诉说：'出狱后不久，不少作品被人改头换面剽窃去了！'听后，我不平地说：'我国虽没有"版权法"，但可以向剽窃单位的领导反映情况，讨个公道呀？'她长叹一声道：'算了，算了，人家现在是宠儿，是红人，我算什么？怎么搞得过他们？'说完，显出了一副无可奈何的神情。当我进一步追问'他们'是谁？苏青没有直答，'王顾左右而言他'，用手向南指指说，要去复兴公园打太极拳。"此中的具体情况因材料的匮乏，一时无法进一步查实，据此备考。

另外，我也请一个对古典文学较有修养的同志看了一遍，他的一些简单和不成熟的意见，都写在稿端，并供参考。

匆此、盼祝，

笔祺！

贾植芳

元月5日

贾植芳（1915—2008），是著名作家、翻译家、学者。他从中学开始就参加民主救国运动，一生中曾四次入狱，尤其是最后一次、1955年因胡风案入狱达11年，并在“文革”中以“胡风反革命集团骨干分子”的罪名，被判有期徒刑12年，1980年平反。恰在1954年底，苏青因《宝玉与黛玉》向贾植芳写信求教。贾植芳向来没什么架子，对前来求教的人都是有问必答，热心回复。然而，贾植芳是不太喜欢越剧的，也不太喜欢《红楼梦》。他在1990年写的《我的读书记》中说起自己在高小时代为书籍入迷，但入迷的是《封神榜》《水浒》《西游记》《薛仁贵征东》《罗通扫北》《大八义》《小八义》等武侠神怪小说，至于“《红楼梦》《西厢记》这些感情细致、谈情说爱的说部，却一时读不进去”[①]。他同年写的《我的戏剧观》中则说：“我多年旅居上海，对于流行的越剧则颇看不惯，不爱看，因为它的剧情大多以男女爱情、家庭纠纷为主，哭哭啼啼，婆婆妈妈。这些感情太细腻，为我这个禀性粗犷，又经历人生坎坷的性格所不能接受，正像我从少年时期看小说看不进《红楼梦》《西厢记》这类言情作品一样。”确实，一个人的经历、性格与其喜好往往有着直接的联系。尤其是在经历了前三次入狱，中华人民共和国刚刚成立，一切都还处在敏感时期，贾植芳应该是不愿介入热点讨论的。就像他自己所说：“50年代初期，在

① 贾植芳：《把人字写端正——贾植芳生平自述与人生感悟》，东方出版中心2009年版，第23页。以下文中所引关于贾植芳的文字如无特殊说明，皆出于此，不另注。

《武训传》《红楼梦研究》等一系列政治性批判热潮中，我只做冷眼旁观，取不介入态度。”因此，贾植芳在给苏青的回信中难免会言语简单，他可能确实不愿对自己不是很喜欢的越剧、《红楼梦》，尤其是在当时全国上下轰轰烈烈地进行《红楼梦》研究大批判运动的敏感时刻发表什么见解，才会语焉不详，并让他人为苏青写出更为详细的意见。贾植芳信中所说“一个对古典文学较有修养的同志”，是贾植芳的一名学生，当时正念大三，叫潘行恭。至于苏青后来是否参照潘同志的意见进行了修改，因资料的匮乏，笔者不敢臆断。

无论如何，苏青的《宝玉与黛玉》获得空前的成功，其内心的欢喜是肯定的，自从《屈原》以来，苏青应该是越来越得心应手了。她给贾植芳写了封信，约他喝茶，地点选在上海新亚酒店。宾主相谈甚欢，苏青谈起了想让《宝玉与黛玉》去北京演出，并征求意见。贾植芳表示赞成，并提醒苏青要注意北京与上海的观众口味不同，还表示可通过在京的胞兄贾芝介绍苏青去见何其芳等人，以便寻求帮助。[①]可惜这些帮助还没来得及进行，[②]贾植芳就于1955年5月15日被带走，并很快进了第三看守所。

此时《宝玉与黛玉》正在丽都大戏院如火如荼地上演，还没有到京、津、济等地演出，苏青也还在准备编写新戏。也是5月份，苏青为编《李太白》二度住进文怀沙家中求教。此时，批判胡风的运动已在全国展开，苏青觉得这与自己无关，只想着编戏。可文怀沙告诉她“这次运动很厉害，比整风还厉害”“是结合检查自己检举别人”。苏青不禁开始担心自己在汪伪时期的那段历史，而且自己的《结婚十年》是被定为黄色小说的。紧接着，苏青又听说有人说自己有“历史问题”，不由更加害怕，赶紧离开北京回到了上海。[③]

---

① 王一心：《海上花开——民国上海四才女之苏青传》，安徽文艺出版社2011年版，第251页。

② 还有些文章、著作提到苏青打算写《司马迁》，并向贾植芳请教过，因此被牵连进“胡风案”。见周良材的《追忆苏青二三事》以及毛海莹的《寻访苏青》等。

③ 王一心：《海上花开——民国上海四才女之苏青传》，安徽文艺出版社2011年版，第251—252页。

然而，回到上海的苏青应该更紧张了，此时，全国各地都展开了对胡风的批判，上海自然也不例外。《新民报晚刊》是当时上海的主要报刊之一，也是人们主要的阅读对象。从1955年5月起，报纸上连篇累牍地报道“声讨胡风反革命集团罪行”（5月）以及“肃清胡风反革命集团”（6月）。报纸上巨大的“坚决彻底粉碎胡风反革命集团”的字样令人触目惊心。尤其贾植芳被牵扯进“胡风反革命集团”时，苏青肯定是更忐忑不安了。《新民报晚刊》1955年6月8日第二版刊登了《戏曲界编导、演员举行座谈 揭露胡风反革命集团的罪行》，文章描述了上海市戏曲界部分编导、演员结合最近看的苏联电影《不能忘记这件事》，揭露胡风反革命集团的阴谋活动。苏青是否参加了这次座谈不得而知，但文章提到了沪剧、评弹、京剧等演员、编剧都有发言，包括越剧演员戚雅仙、陈金莲、许瑞春等，尤其芳华越剧团、《宝玉与黛玉》的主演许金彩、徐天红也都发了言，表明要澄清自己的思想，坚决和资产阶级文艺思想做斗争，彻底清除胡风反动思想的影响。

《新民报晚刊》1955年6月15日第二版分别刊登了复旦大学师生的《揭露贾植芳的“嘴脸”》《声讨胡风分子贾植芳的罪行》。6月30日第二版“坚决肃清胡风集团和一切暗藏的反革命分子”下刊登了复旦大学学生的《撕破胡风分子贾植芳的假面具》[①]。贾植芳此时早已被捕，他的家也被搜查，许多信件也被拿走，苏青求教戏曲的信也可能在其中。而且，在当时那个背景环境下，苏青因此被捕是一点也不稀奇的。仅以贾植芳回忆中的几个例子为例，我们可能更好地理解当时胡风案牵连之广。贾植芳被带走的当天，“公安局马上派了两男两女四人到我家里，先是要任敏（笔者注：贾植芳夫人）交出胡风给我们的信件，接着是搜查，并在家里安插了监视人员。……果然，不久有一个姓沈的同学来找我……那天刚一走进来就被盘查，他身上穿着公安制服，忙说明自己的身份，才被放回。可随后材料转到原单位，他被上海警备区关押

① 三篇文章的作者分别为鲍正鹄、邓绍基、余华心。

了多半年，开除了党籍、军籍，戴上了‘胡风分子’的帽子。1957年又因为‘翻案罪’被定为‘右派分子’。”当天还有一个姓王的学生（已经分配在新文艺出版社工作）也来找贾植芳，以“给反革命分子通风报信”的罪名，定性为“胡风影响分子”。1957年又加戴了“右派分子”的帽子，坎坷了30年。而最惨的是泥土社的老板许史华，他不过是来取稿子的，结果一关就是11年，出狱后因妻离子散而绝望自杀。这只是其中的几个例子，可能会让我们这些没有经历过那些浩劫也很难想象当时情形的人有一个较为直观的感受。因此，假如苏青因为几封向贾植芳求教的信被捕，是丝毫不奇怪的。而且在“苏青遭羁押后，公安部门曾专门提审过牢里的贾植芳，讯问他与苏青的来往种种”[①]。

然而，苏青的被捕是否就是因贾植芳的被捕入狱而受的牵连呢？事情恐怕没有这么简单，因为在贾植芳5月15日被带走后，不仅《宝玉与黛玉》北上公演，而且苏青还又编了不少戏，直到苏青被捕前，丽都大戏院还于1955年11月19日起上演了苏青的《李娃传》。因此，也有人说苏青的被捕主要有两个“罪行”，一是她与汪伪汉奸的关系，二是中华人民共和国刚成立时，她在香港《上海日报》上发表了一些不合时宜的文章。而起因并不是胡风案，而是同一年发生、同样震惊社会的所谓“潘汉年、杨帆反革命集团”的牵连。[②]无论如何，在那个人人都有嫌疑、都有可能被捕的情况下，苏青到底是因为哪个所谓“反革命集团”的牵连其实并不重要。总之，1955年12月1日，曾经是芳华越剧团编剧的冯允庄（苏青）被关进了上海提篮桥监狱，囚号是21805。苏青在狱中与周佛海的儿媳关在一起，她安慰苏青说没有太大问题。果然，苏青于1957年6月27日被“宽大释放”，比起其他那些饱受磨难的人来说幸运多了。

1984年11月19日，上海市公安局做出了《关于冯和仪案的复查决定》：

---

① 王一心：《海上花开——民国四才女之苏青传》，安徽文艺出版社2011年版，第253页。

② 同上。

“经复查，冯和仪的历史问题属一般政治问题，解放后且已向政府作过交代。据此，1955年12月1日以反革命案将冯逮捕是错误的，现予以纠正，并恢复名誉。”[①]此时，距离苏青去世已过去了两年。

历史不会因为一两句话就改变重来。被捕前的苏青好歹也算是上海越剧界有名的编剧，光是《屈原》《宝玉与黛玉》就足以让她功成名就，而她在芳华的生活也确实算得上稳定、惬意。据其子李崇元回忆，苏青那时每天下午都在他放学后带他坐三轮车去芳华越剧团（丽都大戏院），晚上九点钟下班。而且每次出去也带着自己，去西湖，去无锡。“那一段时间母亲的生活最稳定，因为编写剧本收入非常不错，每月300元钱，那时别人每月只有三十几元。”[②]苏青简直算得上是个“大款”了。

可出狱后，苏青的生活一落千丈，不仅亲友很少来往，狱中生活也让苏青变得沉默、灰心。1959年，芳华越剧团要离开上海，因“支援前线”迁往福建。有一阵子，苏青也接到了通知，她也打点行李，时刻准备着与自己的小女儿同去，可后来她所属的黄浦区文化局接到通知，说不用去了，苏青因而得以留在了上海，也算是因祸得福吧。越剧是上海人的心头肉，可到了福建却备受冷落，以尹桂芳的号召力，观众也只有稀稀落落的几人，与上海几乎常常满座、一票难求的气势真是天壤之别。

芳华去了福建，苏青留在了上海。苏青的“芳华”岁月就此结束，她的辉煌也如昙花一现，现在又有几个人知道她的《宝玉与黛玉》呢？

此后，苏青被安排到了红旗锡剧团当编剧，创作的剧本不少，但流传下来的似乎并不多。也许苏青可以创作出更好的剧本，也许她的《宝玉与黛玉》经过数次修改后也可以成为越剧精品，与徐进的《红楼梦》同为“双璧”，可历史没有给她这个机会。“文革”来了，苏青的工资每月只有15元，比

---

① 王一心：《海上花开——民国四才女之苏青传》，安徽文艺出版社2011年版，第256页。

② 中亚：《有关苏青上海访问记》，《书城》2000年第11期。

起当年的300元真让人情何以堪？苏青曾经被安排去看大门，可现在就是这样的生活也没有了，苏青被剧团辞退，送交里弄监督，继而被关入“牛棚”隔离审查，又被遣下乡劳动，后又遭批斗，身心受到了严重伤害，疾病缠身，以致拍X光片竟找不着肺了。

苏青晚年时只与一两位朋友有来往，其中一位就是创办于1932年的《女声》杂志主编王伊蔚，苏青在给她的最后一封信中说：“成天卧床，什么也吃不下，改请中医，出诊上门每次收费一元，不能报销，我病很苦，只求早死，死了什么人也不通知。人生一世，草木一秋，‘花落人亡两不知’的时期也不远了。”[①]

一语成谶，苏青果真孤独、寂寞地离开了这个世界。1982年12月7日，苏青的小儿子李崇元早早撤了地摊，买了一包黄鳝，打算给母亲调调口味。“一到家，进去，母亲躺在床上没有声响，我也不大在意，正准备洗菜，转头看看母亲，看见母亲的头歪在一边。母亲当时身上还是热的，嘴角有血，靠门的一只眼睛睁着，估计是等人来吧。”[②]

一代才女苏青就这么去了，临死时没有遗言，身边也没有一个人。没有告别仪式，只有苏青小女儿一家三口以及小儿子李崇元。

“人生有几时，颠沛在其间”。苏青的凄凉晚景以及死后的沉寂无名终究已成为历史，但愿我们在关注小说家、散文家苏青的同时，也来关注一下剧作家苏青吧。

（原载《红楼梦学刊》2011年第5辑）

① 转引自张昌华：《民国风景——文化名人的背影之二》，东方出版社2009年版，第272页。

② 中亚：《有关苏青上海访问记》，《书城》2000年第11期。

| 下编 |

“死活读不下去”：《红楼梦》文本与现象研究

大观园研究综述

《红楼梦》是一部奇异的书，远在清代晚期京师竹枝词就云“开谈不说《红楼梦》，读尽诗书是枉然”[①]，无数红迷沉醉其中，不能自拔，甚至有人因此忧郁而死。而《红楼梦》中那个“天上人间诸景备”的大观园也引起了无数人的兴趣。“佳园结构类天成，‘快绿’‘怡红’别样名。长槛曲栏随处有，春风秋月总关情。”我想明义之所以在他的《题〈红楼梦〉》绝句二十首中把题咏大观园的这一首放在开篇，是因为大观园给他留下了深刻的印象。[②]正如“一千个读者就有一千个哈姆雷特一样”，一千个读者也就有一千座大观园，大观园在曹雪芹笔下究竟有什么深刻含义，它是曹雪芹的理想世界吗？它有没有原型，若有的话，究竟是哪里？诸多疑问一直纠缠着红学研究者和爱好者们。但由于各个时期的学术背景及社会情况不同，人们对大观园的兴趣或关注的侧重点也不一样。相同的是，无论出于何种目的的研究或者想象和揣测，都推动了红学的发展壮大。即使有些只会成为饭后谈资，却也会让人产生无限遐想。本文试图对大观园的研究历史做一综合考察，不妥之处，祈望方家指正。

---

① （清）得舆：《京都竹枝词·时尚》，嘉庆二十二年刊本。

② 吴世昌因其为开篇而认为“雪芹的钞本中故事也是从大观园开始”，见《论明义所见红楼梦初稿》，《红楼梦学刊》1980年第1辑。朱淡文等则接受了此说。

一 旧红学时代

最早关注大观园的是和曹雪芹创作有密切联系的脂砚斋等人，但他们的批语在当时并未引起注意，引导人们思路的是明义和袁枚。明义的《绿烟琐窗集》中《题〈红楼梦〉》下有一小序：“曹子雪芹出所撰《红楼梦》一部，备记风月繁华之盛。盖其先人为江宁织府；其所谓大观园者，即今随园故址。惜其书未传，世鲜知者。余见其钞本焉。”[①]其《和随园八十自寿诗韵十首》之一云：“随园旧址即红楼，粉腻脂香梦未休。”诗下有注曰：“新出《红楼梦》一书，或指随园故址。”[②]而袁枚自己也说：“康熙间，曹练亭为江宁织造，……其子雪芹撰《红楼梦》一部，备记风月繁华之盛。中有所谓大观园者，即余之随园也。当时红楼中有女校书某尤艳，雪芹赠云……”[③]尽管袁枚的这段记载错误百出，[④]而且明义与袁枚究竟是谁影响了谁也难以确定，但他们二人却开探讨大观园真址风气之先，并后继有人，如裕瑞，如新红学的开

① 富察明义：《绿烟琐窗集》，中国艺术研究院红楼梦研究所编，第46页。

② 同上，第70页。

③ 《随园诗话》道光四年刊本卷二，一粟编：《古典文学研究资料汇编·红楼梦卷》第一册，中华书局1963年版，第13页。

④ 如“练”应为“楝”；曹雪芹不是“其子”，应为“其孙”；把“红楼”当作“青楼”；并把明义的诗安在了曹雪芹的头上等错误。相继有人指出袁枚的话不可信，周春《阅红楼梦随笔》说：“袁简斋云：‘大观园即余之随园。’此老善于欺人，愚未深信。”见一粟编：《古典文学研究资料汇编·红楼梦卷》第一册，中华书局1963年版，第71页。诸联道光元年刊本《红楼评梦》：“袁子才《诗话》，谓记随园事，言难征信，无厘毫似处。不过珍爱倍至，而硬拉之，弗顾旁人齿冷矣。”见一粟编：《古典文学研究资料汇编·红楼梦卷》第一册，中华书局1963年版，第120页。李宝嘉《南亭笔记》1919年石印本卷一：“袁简斋牵合随园，犹是掠名之意也。”见一粟编：《古典文学研究资料汇编·红楼梦卷》第二册，中华书局1963年版，第404页。太冷生在《古今小说评林》中说：“《随园诗话》中老人自云：‘《红楼梦》中大观园者，即余之随园也。’此老可谓脸厚。”见一粟编：《古典文学研究资料汇编·红楼梦卷》第二册，中华书局1963年版，第651页。而且袁枚的孙子袁祖志也不相信，要删去“大观园者，即余之随园也”两句，认为是“吾祖谰言，故删之”，见弁山樵子《红楼梦发微》卷上《〈随园诗话〉之改窜》。转引自顾平旦编的《大观园》中卞孝萱的《大观园即随园说辟谬——从随园历史说到新发现的〈随园图〉》一文，文化艺术出版社1981年版。

山祖师胡适，如李玄伯、齐白石等，直至现在都有人坚持随园说。[①]

“随园说”的倡导者们毕竟还知道《红楼梦》的作者是谁，继其后的“某街某坊派”则对此已不关心，他们只是根据书中的描写并结合当时人们猜测附会的《红楼梦》的“本事”来传说大观园就是“某府某园”，这些说法中的大观园大都位于北京，并且“几乎北京城内所有有大花园的王邸侯府都曾被人指认为大观园真址”[②]，甚至皇宫大内也包括其中。考察当时人们对大观园的理解，离不开索隐派对《红楼梦》本事的考证，因为每一说的主人公，其住宅似乎就是大观园的所在地。这些说法主要有：

（一）明珠家事说 这是出现最早且影响最大的一说，故附会明珠府第的也最多。最早的大约是周凯提到他的朋友认为“世所云大观园”即明珠屋宇房舍。[③]也有人认为大观园是明珠所建造的一处园林，“纳兰明珠为太傅，穷奢极欲。大兴土木，建一园林，风廊水榭间，纯以白玉凿为花，贴于四壁。有池宽十亩，每交冬令，则以五彩剪成花叶，浮于水面，以为荷芰，复以各色杂毛，缀为凫雁，亦可见其大概矣。今说部《红楼梦》所谓大观园者，盖指此”[④]。此后而出的成亲王府、醇亲王府说其实都是指明珠故第，不

---

① 或云明义影响了袁枚，如周汝昌在《红楼梦新证》（增订本）第四章《地点问题》中提到明义“可能本是受了袁枚的影响，所以到他再为袁枚作《八十寿言》诗，第七首自注已经改作：‘新出《红楼梦》一书，或指随园故址。’他自己表示对这个说法的存疑态度，只不过某人曾有此一说而已”。或云袁枚是根据明义的判断才有此一说，赵冈在《北平恭王府是大观园吗？》中说：“袁枚根据明我斋的判断，更对人宣称大观园即其随园故址。”见赵冈：《红楼梦论集》，志文（台北）出版社1975年版，第28页。

② 赵冈：《北平恭王府是大观园吗？》，《红楼梦论集》，志文（台北）出版社1975年版，第28页。

③ 周凯道光二十年刊本《内自讼斋文钞》卷八《书安仪周事》讲述了朝鲜人安仪周为明珠理财的奇事，提到他的朋友认为“世所云大观园”即明珠屋宇房舍。见一粟编：《古典文学研究资料汇编·红楼梦卷》第二册，中华书局1963年版，第358页。

④ 李宝嘉《南亭笔记》1919年石印本卷一，见一粟编：《古典文学研究资料汇编·红楼梦卷》第二册，中华书局1963年版，第404页。据描述，或许是明珠的别墅自怡园，此园周冠华有详细论述，他认为大观园就是自怡园，见其《揭开大观园真址之谜》，载于《艺文志》第106、107期，岑佳卓编著的《红楼梦探考》中亦有此文，1985年1月自印本。

过是不同时期住所主人不同而有了不同的称谓。[①]

（二）傅恒家事说 舒坤在《批本随园诗话》中说："乾隆五十五六年年间，见有钞本《红楼梦》一书。或云指明珠家，或云指傅恒家。书中内有皇后，外有王妃，则指忠勇公家为近是。"[②]此说与明珠说名为二，但胡铁岩《"大观园"原址新考》[③]一文中认为傅恒家族在雍正五年或乾隆元年之后住进了被没收的明珠府第，大观园即成亲王府。

（三）金陵张侯事说 周春的《阅红楼梦随笔》中有这样的记载："余细观之，乃知非纳兰太傅，而序金陵张侯家事也。……听父老谈张侯事，虽不能尽记，约略与此书相符，然犹不敢臆断。再证以《曝书亭集》《池北偶谈》《江南通志》《随园诗话》《张侯行述》诸书，遂决其无疑义矣。"[④]此说中的大观园自然也位于南京。

（四）和珅家事说 据《谭瀛室笔记》载："和珅秉政时，内宠甚多，自妻以下，内嬖如夫人者二十四人，即《红楼梦》所指正副十二钗是也。"[⑤]并说和珅的宠姬龚姬即袭人，和珅的少子玉宝即宝玉，玉宝的宠婢倩霞乃晴雯等。和珅家事说在当时并未有太大影响，但其家所在之地却引起注意，有相当多的人将目光投射到这一带，比如说"什刹海"就很受瞩目，并颇有影响。据顾平旦、曾保泉《大观园的艺术价值》中记载，端木蕻良及夫人钟耀

① 蘅意《春明谈屑》中的一则材料："《红楼梦》一书，为吾国小说家巨著。……所谓常州某孝廉者，或指成亲王邸，今棣贝子府是也，其说似有依据。"见徐兆玮的《黄车掌录》，转引自贾穗《红学史上的首部资料汇编稿——徐兆玮的〈黄车掌录〉》，《红楼梦学刊》1997年第4辑。即使是新红学之后，还有人津津乐道于"某街某坊"，奉宽《兰墅文存与石头记》中记故老相传：成亲王府园亭点缀，与《红楼梦》中大观园同，即故大学士明珠第，今醇亲王府。载1931年《北大学生》第一卷第四期，见一粟编：《古典文学研究资料汇编·红楼梦卷》第一册，中华书局1963年版，第26页。

② 一粟编：《古典文学研究资料汇编·红楼梦卷》第二册，中华书局1963年版，第356页。

③ 《明清小说研究》2002年第1期。

④ 一粟编：《古典文学研究资料汇编·红楼梦卷》第一册，中华书局1963年版，第66页。

⑤ 颠公：《小说丛谭》，《文艺杂志》1915年第5期。

群就曾打算在长篇小说《曹雪芹》中有关曹雪芹创作《红楼梦》故事的大观园安排在什刹海一带。[①]日后流传最广的恭王府说也与和珅的府第有千丝万缕的联系，因为恭王府的前身正是和珅违制而建的居所，《嘉庆实录》中所载其二十款罪状中的第十三款曰："昨将和珅家产查抄，所盖楠木房屋，僭侈逾制，其多宝阁隔断式样，皆仿照宁寿宫制度，其园寓点缀，竟与圆明园蓬岛瑶台无异，不知是何居心。"[②]其富丽可见一斑，难怪时人有此联想。虽然后人已知《红楼梦》与和珅没有关系，但他的府第却成为许多专家学者考证的焦点。此后的庆王府说、恭王府说都是指这个地方。在这里还要提一下余楠。据周汝昌考证，迄今所见最早肯定《红楼梦》中大观园在北京的是余楠，他虽未直接说大观园究竟是在北京的哪个地方，但他给胡大镛的信却让自己曾与"赖大耳孙"交谈于中的"大观园故址"成为日后流传最广的故址——恭王府的证据之一。[③]

（五）清皇室说 此说包括王梦阮、沈瓶庵的顺治小宛说、蔡元培的康熙朝政治小说、邓狂言的"崇德、顺治、康熙、雍正、乾隆五朝史"说、寿鹏飞的康熙诸皇子夺嫡说等。大多是认为《红楼梦》与清初的历史或皇帝有关的说法，虽然各说的目的不同，但相同的是让大观园带上了大内的影子。王梦阮则明确说道："大观之名有上林春苑气概，园中布置有离宫别馆规模。"[④]

以上是本事说中的一些主要说法，虽然有些并未明确提到大观园，但对

① 顾平旦、曾保泉：《大观园的艺术价值》，《红学散论》，文化艺术出版社1987年版，第83页。

② 《清实录·仁宗实录（一）》第二八册，中华书局1986年版，第422页。

③ 胡大镛的《七宝楼诗集》卷二十七（钞本）中有《雨夜得古香北地书书尾》三首，有小序："来书云：访古，得《红楼梦》中大观园故址，晤老衲，为赖大耳孙。是真闻所未闻。夜雨无聊，拈句略寄相思云。"其第三首第四句下有原注一则："来札云：'馆舍地仄如航。十里之遥，清流激湍，映带左右，平桥远树，中间有僧寮，与故王宫府一二处。数与老衲话于期间。——即所谓赖大耳孙也。'"古香即余楠。见周汝昌：《恭王府考——红楼梦背景素材探讨》，上海古籍出版社1980年版，第24页。

④ 王梦阮：《红楼梦索隐提要》，《中华小说界》1914年第7期。

当时的人们来说，写的是哪一家的事情，《红楼梦》中的大观园也就在哪一家里，是不言而喻的。其实这也正是某街某坊派的特点，它们或是故老相传，或是通过书中的描述进行推测。此起彼伏的某街某坊派是经不起仔细推敲的，它们既没缜密考证所附会的某府某园的来历沿革，也没详细比对大观园中的一景一物（尽管这样也不能彻底解决问题），充其量只能是谈资而已。但就是这些猜测附会的一鳞半爪，成为后来许多长篇大论考证大观园真址的钥匙。而这就要等到新红学之后才能出现了。

就在许多人热衷于传播、寻找某街某坊时，有人却从相反的角度否定了大观园的现实存在，这在我们今天看来，也许是较为恰当的观点。其中最应注意的是二知道人，他的话常被那些认为大观园是作者虚构的学者引用："大观园之结构，即雪芹胸中之丘壑也：壮年吞之于胸，老去吐之于笔耳。"[①]"大观园与吕仙之枕窍等耳。"[②]而且，他还注意到了大观园的理想性："雪芹所记大观园，恍然一五柳先生所记之桃花源也。其中林壑田池，于荣府中别一天地，自宝玉率群钗来此，怡然自乐，直欲与外人间隔矣。"[③]脂砚斋也说过："大观园系〈王〉〔玉〕兄与十二钗之太虚〈玄〉〔幻〕境，岂〈不〉〔可〕草〈索〉〔率〕？"[④]这些精辟论述引起了20世纪70年代之后一些学者的共鸣。

也有人注意到大观园布局的细腻与逼真，脂砚斋当之无愧是第一个，他对大观园的修建和布局有很多批语，己卯本第十七至十八回夹批中说："此回乃一部之纲绪，不得不细写，尤不可不细批注。"表明大观园不仅细写，还要细批，其重要性可知。还有不少论述是我们在《红楼梦》的某一续书中看到的。如秦子忱在《续红楼梦·凡例》中有一条说：前《红楼梦》书中"每每

① 二知道人嘉庆十七年解红轩刊本《红楼梦说梦》，一粟编：《古典文学研究资料汇编·红楼梦卷》第一册，中华书局1963年版，第85页。

② 同上。

③ 同上。

④ 庚辰本十六回侧批。

详写楼阁轩榭、树木花草、床帐铺设、衣服、饮食、古玩等事，正所以见荣宁两府之富贵，使读者惊心炫目，如亲历其境、亲见其人、亲尝其味。兹本不须重赘，不过于应点染处略为点染。"[①]虽然当时的续作往往受到"狗尾续貂"之讥，续作者之间也常常文人相轻，并且也有人指出荣府的环境描写方面存在模糊性，[②]但至少让我们从中看到了大观园的重要性，从对比中意识到曹雪芹高超的写作技巧。对于续作者来说，大观园是无法避开的试金石。

这种对大观园布局的痴迷与热爱发展到极致便是要为大观园作记、画平面图甚至绘出真景。现所见到的最早为之作记的是《大观园图说》一卷，有说无图，作者无考，自云："谨就十七回中所载录出，间有增益，俱参全书而贯串之。但头绪纷如，良多挂漏，阅者谅焉。"[③]吴克岐认为其没太大意义："既无剪裁之工，又鲜组织之笔，仅将原书敷衍而为之，殊不足观也。"[④]但这毕竟是第一篇专门论述大观园的文章。此后还有朱作霖的《大观园记》，前有小序，说明作记之缘起及方法："余屡梦红楼，眷怀金谷……因尽捃摭之微劳，聊记梗概以代画。然而按图索骥，犹恐失真；岂其非想成天，转能无漏。要惟借观彼法，取半果研磨，持一花分付。譬诸海沫楼台，随风自涌；华严楼阁，应念而成。"[⑤]故此记颇有感情色彩，取其论述黛玉葬花处一段："亭北略西叠子石为山，山后即黛玉葬花处，有桃花冢。然而风吹春梦，醒即翩翩；雨打秋坟，骨先销毁。人之葬花欤？花之葬人欤？黯然者久之。"[⑥]难怪周南评曰："如建安从事，千门万户，画地便成，更以隽语组织其间，步

① （清）秦子忱撰，杨力生、钟离叔校点：《续红楼梦·凡例》，春风文艺出版社1985年版。

② 小和山樵：《红楼复梦·凡例》，"垂花门以内房屋不甚明晰，除大观园外使读者不分方向，若垂花门以外更不知厅房几进，楼阁若干，名曰荣府而已。"春风文艺出版社1988年版。

③ （清）曹雪芹、高鹗著，护花主人、大某山民、太平闲人评：《红楼梦》（三家评本），上海古籍出版社1988年版，第63页。

④ 吴克岐辑：《忏玉楼丛书提要》，北京图书馆出版社2002年版，第203页。

⑤ 一粟编著：《红楼梦书录》（增订本），上海古籍出版社1981年版，第248页。

⑥ 朱作霖：《红楼杂著》，抄本，藏于国家图书馆北海分馆。

步骋奇，节节征胜，乃不同帐籍文字。”①

这些最初探讨大观园布局的不仅有记，还有图。嘉庆二十二年（1817），范锴（苕溪渔隐）的《痴人说梦》刊行，其中附有《荣国府、大观园平面图》，这大约是迄今所知最早的大观园图。中国国家博物馆所藏的《大观园图》，作者已不可考，只知出于嘉庆、道光年间民间画工之手。全图以蘅芜院、凹晶馆、蓼风轩、牡丹亭四处为主，共有173人，描绘了结诗社、垂钓、宴筵等场面。②光绪初年，上海广百宋斋石印本《石头记》里新增《大观园总图》，绘制比较工细，后来由杨宪益、戴乃迭翻译的《红楼梦》英文新译本增附一幅八色套印的《大观园总图》即以此为粉本，加以删减重绘。自光绪中叶至民国初年，石印或铅印的《金玉缘》或《石头记》里大都附入大观园图，如同文书局本、求不负斋本、王姚评本以及光绪十四年、二十六年石印本等。③据说清末帝后颇喜读《红楼梦》，钱塘九钟主人《清宫词》曰：“石头旧记寓言奇，传信传疑想系之。绘得大观园一幅，征题先进侍臣诗。”自注：“瑾、珍二贵妃令画苑绘《红楼梦》大观园图，交内廷臣工题诗。”④“《清宫述闻》卷五（1937故宫博物院版）如意馆条下引此注，云：‘按晚清时《红楼梦》一书流传宫禁，故长春宫四围廊壁都绘大观园图。’然长春宫围廊壁画十八幅，与此恐非一物。”⑤其实不管是否“一物”，清宫里的大观园图更多的意义是在《红楼梦》的流传中增添一段佳话。

此外大观园还在时人的游戏图中占了一席，据光绪十三年刊本解盦居

---

① 一粟编著：《红楼梦书录》（增订本），上海古籍出版社1981年版，第248页。

② 有关两图的资料分别见冯其庸、李希凡主编：《红楼梦大辞典》，文化艺术出版社1990年版，第1089页、第1157—1158页。

③ 参见徐恭时：《芳园应锡大观名——〈红楼梦〉大观园新语》，《红楼梦研究集刊》第3辑。

④ 蘅意《春明谈屑》，见徐兆玮的《黄车掌录》，转引自贾穗：《红学史上的首部资料汇编稿——徐兆玮的〈黄车掌录〉》，《红楼梦学刊》1997年第4辑。

⑤ 一粟编著：《红楼梦书录》（增订本），上海古籍出版社1981年版，第248页。

士《悟石轩石头记集评》载：“都门所刊《游大观园图》，系仿《揽胜图》之式。”①事实上以《红楼梦》中故事为游戏之图早已出现，《增刻红楼梦图咏》悟痴生序说：“余忆同治间尝于某戚家得《红楼警幻图》，其制如升官图，以德、才、情、过，配骰色而掷之，而各举其事，以系升降，至警幻而止。喜其编次之精，乞稿付梓，继而饥驱奔走，不遂所愿，旋为好事者取去。”②此图或许后为他人刻出，今国家图书馆藏《大观园全图》的玩法与此图相似。这也算是小说流传中的美谈了。

前面所说的都是对大观园自身的研究，此外，从脂砚斋起就注意到了曹雪芹描绘大观园的技巧，当然这部分论述往往不是独立的，而是和其他一些内容联系在一起的。如脂评中不止一次赞扬书中引出大观园的巧妙。二知道人特别喜欢左丘明对鄢陵之战的描述，他认为“雪芹先生得其金针，……写大观园之亭台山水，从贾政省功时见之。不然，……叙其房廊不过此房出卖帖子耳。雪芹锦心绣口，断不肯为此笨伯也”③。洪秋蕃也认为“《红楼》妙处，又莫如头绪之清。一部廿一史从何处翻起，最是闷人。试观冷子兴演说荣国府，贾宝玉试才题匾额，遂将贾府诸人，大观园全境，逐一点出，不独使读者一目了然，即作者信笔写去，亦不致有颠倒错落之弊，创著述家第一妙诀”④。他们都看出了作者通过故事内人物的眼光来观察大观园、表现大观

---

① 陈毓罴：《〈红楼梦〉与西太后——介绍管念慈的〈锦绣图咏序〉》，巴金等：《我读红楼梦》，天津人民出版社1982年版，第335页。

② 同上，第334页。

③ 二知道人嘉庆十七年解红轩刊本《红楼梦说梦》，一粟编：《古典文学研究资料汇编·红楼梦卷》第一册，中华书局1963年版，第85页。

④ 洪秋蕃：《红楼梦抉隐》（节录），一粟编：《古典文学研究资料汇编·红楼梦卷》第一册，中华书局1963年版，第237页。

园的不落俗套的写法，[①]虽然他们并未使用“视角”这一术语，可其文学敏锐性令他们在西方的叙事学家们面前毫不逊色。

旧红学家们往往受到人们的轻视，评点派的琐屑直观、评论派的东拉西扯、索隐派的想入非非，往往让人无法耐住性子仔细阅读，但其中时时露出的片珠碎玉却常常让关注它的人欣喜不已，发出“心有戚戚焉”的慨叹。就大观园来说，此时的研究虽然绝大多数还是只言片语，但后世的某些研究内容，比如大观园的真址、大观园的布局，甚至大观园的理想性，几乎都可以在这里找到源头，有些甚至还依然在这个源头中打转。

二 新红学之七十年代前

1921年3月27日，胡适《红楼梦考证》初稿写毕，11月12日，其改定稿完成，发表在当年12月上海亚东图书馆出版的《胡适文存》卷三中，新红学就此拉开序幕。作为开山祖师，胡适确实功不可没。他不仅确定《红楼梦》前八十回的作者是曹雪芹，把《红楼梦》视为“曹雪芹将真事隐去的自叙”[②]，而且把一种新的方法引入红学研究。在这篇文章的末尾，胡适郑重说明：“我觉得我们做《红楼梦》的考证，只能在这两个问题上着手；只能运用我们力所能搜集到的材料，参互考证，然后抽出一些比较的最近情理的结论。这是考证学的方法。”[③]但就是注重“可靠的版本与可靠的材料”的胡适，在大观园的问题上却轻易采纳了袁枚的说法。其实胡适对袁枚本来也是有怀疑的，他在6月28日给顾颉刚的信中认为顾在6月23日给自己的信中所说的“大观园

① 其实脂砚斋等早就提到《红楼梦》中运用限知视角的问题，如第三回黛玉进贾府，蒙府本侧批云：“以下写〈宁〉〔荣〕国府第，总借黛玉一双俊眼中传来。非黛玉之眼，也不得如此细密周详。”第五十三回戚序本回前批曰：“‘除夕祭宗祠’一题极博大，‘元宵开夜宴’一题极富丽。拟此二题于一回中，早令人惊心动魄，不知措手处。乃作者偏就宝琴眼中款款叙来。”

② 《胡适红楼梦研究论述全编》，上海古籍出版社1988年版，第107页。

③ 同上，第118页。

非即随园”很有道理：“你说‘大观园非随园’[①]，我觉得甚有理。当访袁枚所修《江宁府志》一看，以决此疑。”但接着又说：“随园诗话说大观园即随园，似也不致全无所据。此事终当细考。”[②]按说，以胡适的考证功底，当不难确证随园的历史，但他在《红楼梦考证》(改定稿)中却最终下了如此结论：“袁枚在《随园诗话》里说《红楼梦》里的大观园即是他的随园。我们考随园的历史，可以信此话不是假的。”[③]并将此作为曹家衰落的一个很好的证据，同时，也把历史与小说画上了等号。几年后胡适对此做了修正。1927年6月，他买到了甲戌本，并于次年2月写成《考证〈红楼梦〉的新材料》一文，对“关于此书所记地点问题”做了这样的回答：“雪芹写的是北京，而他心里要写的是金陵，金陵是事实所在，而北京只是文学背景。至如大观园问题，我现在认为不成问题。贾妃本无其人，省亲也无其事，大观园也不过是雪芹的‘秦淮残梦’的一境而已。”在大观园的问题上，胡适已经有了转变，但他的“自传说”却是贯穿始终的。

大观园的问题也同样困扰了新红学的另两位创始人——俞平伯和顾颉刚，二人在通信中曾多次讨论这个问题，并由此引发了对《红楼梦》一书中所写地点的考论。最先对袁枚的说法表示怀疑的是顾颉刚，他在6月5日给俞平伯的信中说“但我又要疑大观园不即是随园”，尽管这是依据将小说与历史比附得出的结论，但他还是相信袁枚的话，认为“大观园决不在南京，也是不能”，并由对《红楼梦》中风物的描写陷入了对书中地点的困惑：“若说大观园在北方罢，何以有‘竹’？若说贾家在南京罢，何以有‘炕’？”此后二人虽确定“大观园决非随园”，但却就《红楼梦》的地点在南在北的问题纠缠于书中的景物与风俗描述中，从中我们不难感受到前辈学者的细致与困惑，难

① 顾颉刚先在和俞平伯通信中提出此意见，他在6月5日给俞平伯的信中说“但我又要疑大观园不即是随园”。见《俞平伯和顾颉刚讨论〈红楼梦〉的通信》，《红楼梦学刊》1981年第3辑。

② 见胡适6月28日给顾颉刚的信，宋广波：《胡适红学年谱》，黑龙江教育出版社2003年版，第150页。

③ 《胡适红楼梦研究论述全编》，上海古籍出版社1988年版，第105页。

怪俞平伯发出“有许多困难现在不能解决的原故，或者是因为我们历史眼光太浓厚了，不免拘儒之见”的感慨，并在6月30日给顾颉刚的信中说了这样一段话：“所以本书虽屡次点明是都中之事，但我们未便即以此为铁证而说《红楼梦》底情事的确在京，所以始终还是个疑案。至于本书中房屋树木等等看来，也或南或北，可南可北，毫无线索，自相矛盾。此等处皆是所谓‘荒唐言’，颇难加以考订。”此语简直可作脂砚斋在庚辰本第三十九回的夹批的进一步解释：“按此书中若干人说话语气及动用前照饮食诸〈赖〉〔类〕，皆东西南北互相兼用……”1923年4月，俞平伯的《红楼梦辨》一书出版，他在《〈红楼梦〉底地点问题》一文中批评了那些为显示自己的“博洽古今”而定要指出“大观园是在某街某巷”的人，“因为只辨明或南或北，已使我们陷于迷惑底中间，更不用说进一步的话”[①]。并在反复申明“《红楼梦》虽是以真事为蓝本，但究竟是部小说，我们却真当他是一部信史看，不免有些傻气”之类的意见之后，说出了在和顾颉刚讨论之后得到的结论：“故以书中主要明显的本文、曹氏一家底踪迹、雪芹底生平推较，应当断定《红楼梦》一书叙的是北京底事。”可接着就说：“判决书已下之后，却声明得保留将来的‘撤销原判’底权利。”并在文章最后写了这么几句：“所以说了半天，还和没说以前一样，所处的地位是一样的。我们究竟不知道《红楼梦》是在南或是在北，绕了半天的弯，问题还是问题，我们还是我们。”俞平伯此时还是在“《红楼梦》是自传”的基础上来讨论问题，他在本书最后附录的《札记十则》中第二则这样说：“大观园是曲折而非广大，是人家园子常有的，并不足为罕。换句话说，以曹氏底累代富贵，有此一园并不在情理之外。况且书中记述，自不免夸饰，以助文情。故大观园之遗址，不见于记述，并不足以推翻‘《红楼梦》是自传’这一说。”

《红楼梦辨》一出，引起了很多人对《红楼梦》地点的兴趣，而大观园

① 《俞平伯论红楼梦》，上海古籍出版社1988年版，第211页。

真址的研究也就和《红楼梦》地点问题连在了一起。王南岳、延龄、刘大杰等人都曾写信给俞平伯，探讨这个问题，刘大杰并提出了一个自己认为“恐怕没有人不表示承认了”[①]的观点，就是红楼梦的地点既不在北京，也不在南京，而是在长安。由此形成了1925年至1926年间探讨《红楼梦》地点问题的一场争论，不仅俞平伯给上述几人都有回信，另外其他人的探讨也很激烈，比如李玄伯与刘大杰之间的数次交锋，[②]湛庐与延龄关于“炕”的商榷等，很是热闹了一阵子。直到1942年圣美还发表《谈谈红楼梦的地点问题》一文，认为“不在金陵”，“不在北京”，而是支持刘大杰“在长安”的观点。[③]尽管这次讨论没有最后的结论，但毕竟促使人们开始从《红楼梦》书中找证据说话，而很少再依靠什么“故老相传”了。但“某街某坊”并未绝迹，即使俞平伯自己在《〈红楼梦〉底地点问题》中批评了某些人，却在文章末的注释中记录了友人汪敬熙听他父亲说“《红楼梦》之大观园遗址在北京西城，今内务府塔氏之园，革命以后，曾有人进去看过。汪君之父，则听一苏君谈说如此”[④]，虽然俞平伯对此也表示怀疑，但还是记录备考，足可见“某街某坊”之深入人心。此后还有不少人撰文赞同某街某坊的某一观点，如奉宽1931年发表的《兰墅文存与石头记》注释中提到“成亲王府说”、曼尼1936年发表的《红楼杂谈》中认为是“什刹海之前海”，张琦翔

① 刘大杰最早在1925年4月20日的《晨报》附的《艺林旬刊》发表《红楼梦的地点问题》，提出《红楼梦》的地点在陕西长安。此语见刘大杰《通信二则》，《晨报副刊》第116号，1925年5月26日，载吕启祥、林东海主编：《红楼梦研究稀见资料汇编》上册，人民文学出版社2001年版，第146页。

② 如刘大杰有《再说红楼梦的地点问题》，李玄伯有《红楼梦的地点问题》《再论红楼梦及其地点问题》等。前一篇见《晨报副刊》第104号，1925年5月11日，后两篇见《红楼梦稀见资料汇编》。还可参看刘梦溪的《红学》，其第七章《拥挤的红学世界》中的“第二次论争：《红楼梦》的地点问题”即是有关记载，文化艺术出版社1990年版。

③ 圣美：《谈谈红楼梦的地点问题》，吕启祥、林东海主编：《红楼梦研究稀见资料汇编》下册，人民文学出版社2001年版，第765页。

④ 《俞平伯论红楼梦》，上海古籍出版社1988年版，第221页。

1943年发表的《读红楼梦札记》[①]中也提到同意俞平伯的那条注释，但都已是余音袅袅，没有什么新意。

那时的俞平伯对自己的《红楼梦辨》已有了新的看法。想当年胡适的《红楼梦考证》初稿写成没多久，顾颉刚就曾在1921年6月24日给俞平伯的信中发了这样的感慨："适之先生平常对于考证《红楼梦》的材料随时留心，精心结撰了一篇《考证》，已是很不容易，而不到三个月，已觉得各项推断援据打得七穿八洞。"[②]俞平伯也有同感，并视之为"进步底证据"，而他自己也很快开始进步了，我们仅从他的《〈红楼梦〉底地点问题》一文有人批评其"太不断"而俞平伯自己"病其太不疑"就可以感觉到这种倾向。1924年1月，俞平伯发表了《修正〈红楼梦辨〉的一个楔子》，表示自己"对于《红楼梦辨》有点修正的意见"，1925年2月7日将《〈红楼梦辨〉的修正》发表在《现代评论》，表明自己最先要修正的"是《红楼梦》为作者的自叙传这一句话"，认为说"《红楼梦》是自叙传的文学非但没错，且可以说是比较的'是'，这是我们喜得自诩的。但若竟把此书老老实实当作一部自叙传读"则不可，在此基础上，重新了论述了大观园问题："作者旅籍，生于金陵，长曾到扬州，终老于北京。他写大观园是综合南北的芳韶风物，创造出这么一个极乐园。若我们作此愚问，'究竟它在哪里呢？'则必要碰到一个软如天鹅绒的钉子。作者微哂道：'在我方寸。'"这和二知道人的理解如出一辙。此后，俞平伯在这个问题上虽时有论述，但总体上都围绕这一论点，有时甚至又有点后退，不愿说得太绝对。如1952年9月出版的《红楼梦研究》中的《红楼梦地点问题底商讨》一文最后下结论说："《红楼梦》所记的事应当在北京，却参杂了许多回忆想象的成分，所以有很多江南底风光。"其《读红楼梦随笔》

---

① 分别见吕启祥、林东海主编：《红楼梦研究稀见资料汇编》，人民文学出版社2001年版，第364、682、886页。

② 见顾颉刚1921年6月24日给俞平伯的信，《俞平伯和顾颉刚讨论〈红楼梦〉的通信》，《红楼梦学刊》1981年第3辑。

之三十三《谈红楼梦的回目》也阐述了类似的意思，与在《红楼梦辨》中所持观点几乎一样，只是更为干脆。1954年发表的《大观园地点问题》，提出了大观园的地点与贾府的地点问题不是一回事，贾宅的地点解决了，并不意味着大观园的地点也解决了，因为“有三种的因素：(一）回忆，(二）理想，（三）现实”在起作用，“反正大观园在当时事实上确有过一个影儿，……作者把这一点点的影踪，扩大了多少倍，用笔墨渲染，幻出一个天上人间的蜃楼乐园来”。在1978年10月17日记的《索隐与自传说闲评》中更是说：“大观园者，小说中花园，不必实有其地。即或构思结想，多少凭依，亦属前尘影事，起作者于九原，恐亦不能遽对。”从无法确定《红楼梦》地点的南或北，到“红楼梦底地方，是在北京”；从思考大观园可能是在“某街某坊”到“综合南北的芳韶风物”，从“事实上确有过一个影儿”到“不必实有其地”，以上仅仅简单梳理了俞平伯在大观园以及《红楼梦》地点问题上不同时期的不同看法，我们不难看出俞平伯研究的不断深入，也可明了在其修正了“自叙传”说之后[①]，探讨许多问题的少受羁绊与束缚。这本身是对大观园研究的不断深化，而对我们许多人来说或许还是个启发。

20世纪30年代有篇大观园的文章必须要提，那就是1935年7月14日发表于天津《大公报》“文艺副刊”第一百六十期藏云的《大观园源流辨》[②]。这大约是大观园研究史上第一篇直接以大观园为名的学术文章。作者认为“《红楼梦》是曹雪芹假借北京的景物、地点来写曹家当日在南京鼎盛的‘旧梦’，大概是不成问题的”，但大观园却不能由此推论。接下来文章从园林发展史的角度，指出“中国园林的发达有两个系统：一是苑囿式，一是庭园式”，并依据大观园中格局的描述，得出大观园“是融合苑囿与庭园两种系统而成的一

① 俞平伯对“自传说”的深刻怀疑曾让余英时非常惊诧。余英时：《红楼梦的两个世界·增订版序》，上海社会科学院出版社2002年版。

② 藏云即为吴伯箫，顾平旦编的《大观园》中有吴伯箫的一篇《漫谈“大观园”》，内容与藏云的这篇基本相同，且其后记中也提到曾写过同名文章。

个私家园林”，角度新颖，具有极强的说服力。

新红学时期对大观园真址研究的长篇大论最早大概始于周汝昌，赵冈在《北京恭王府是大观园吗？》一文说：“把北京城内的‘传言’加以科学化，并提出考据式的理由来加以支持，是由周汝昌开始。他从这众多的‘某街某坊派’里面挑出恭王府这一说……”①作为考证派的集大成者，周汝昌在资料的搜集、考辨方面确实是辛勤不懈，在大观园的问题上也是如此，他在1953年9月出版的《红楼梦新证》就专有一章进行阐述，1980年6月出版的《恭王府——红楼梦背景素材探讨》一书详细论证了自己的主张：“曹雪芹的荣国府大观园，有其实际地点的基本素材作为蓝本，这个地点即相当于北京什刹海（前海）稍西的恭王府。”1992年1月又出版了《恭王府与红楼梦——通往大观园之路》一书，此书是对前书的“改弦更张重新撰写”，但观点没有太大变化。大约是从1961年开始，随着“曹雪芹逝世二百周年纪念展览会”被提上日程，国内掀起了“京华何处大观园”的寻找热潮，光从当时发表文章的名称就可以看出，以前的文章很少有直接以大观园为名的，而从1961年到1963年展览会举行前后，就有多篇这样的文章发表，而且几乎都认为大观园的真址就是恭王府，如1961年水木的《大观园在哪儿》、1962年吴柳的《京华何处大观园》、中国新闻的《红学家传说“大观园”遗址在北京恭王府》、路敏的《大观园在哪里》、刘蕙孙的《名园忆旧》、朱赤的《〈红楼梦〉中的大观园》②等众口一词，恭王府说成为最流行的一种说法。据说连周总理都关注此事，周汝昌曾提到周总理对此说的评价：“要说人家是想象，人家也总有一些

---

① 台北《东方杂志》复刊第四卷第十一期，1971年5月1日，赵冈、陈锺毅：《红楼梦论集》，志文（台北）出版社1975年版，第26页。

② 水木的文章见1961年11月1日的《人民日报》；吴文原载1962年4月29日的《文汇报》，顾平旦编：《大观园》，文化艺术出版社1981年版，第325页；中国新闻之文见1962年5月8日的《中国新闻社通讯》；路文见1962年5月20日的《浙江日报》第4版；刘文原载1962年6月2日的《文汇报》，顾平旦编：《大观园》，文化艺术出版社1981年版，第338页；朱文见1962年10月19日的《吉林日报》第3版。

理由。不要轻率地肯定它就是《红楼梦》的大观园，但也不要轻率地否定它就不是。”[①]

此后各种似乎言而有据的“某某说”相继出炉，往往是在批判前人的同时自己也成为下一个批判者的靶子。总结下来，主要的说法有：

（一）周汝昌的恭王府说 上面所提到的吴柳诸人皆算此门中人，还要提到中国古建筑史学家单士元，他也是较早注意到恭王府与大观园的关系的人之一。他在1938年发表的《恭王府沿革考略》中认为以恭王府附会大观园“仅属闾巷传闻，聊助谈资而已”。但二十年后，他却对吴柳说了这样一番话：“我在二十年前随陈垣校长，看恭王府，写过‘考略’，文中提到，因文献无征，否定了恭王府是《石头记》中大观园之说。不过，二十年之后，我又看过它一次，却相反，我认为恭王府是大观园遗址，完全有可能。园里面有座‘戏楼’，看得出那是清初的建筑。”[②]人的认识总是在不断变化的，单士元由否定此说转而支持此说。

（二）曹聚仁的拙政园说 曹聚仁在《布局三议》中说：“十六年前，我在苏州社会教育学院教书，院址正在有名的拙政园，相传正是当年的大观园。这话，当然不能说是没有影子，曹家祖先在苏州任织造，织造府正在拙政园，而《红楼梦》一开头有一件故事，就是从苏州说起的。”[③]

（三）赵冈的江宁织造署说 赵冈坚决反对周汝昌的恭王府说，认为大观园的模型是江宁织造署。他曾专门写了《北平恭王府是大观园吗？》一文，并在其他著作如《红楼梦考证拾遗》《红楼梦研究新编》《花香铜臭集》

---

① 关于周总理的意见在周汝昌《恭王府——红楼梦背景素材探讨》的《结语》（第131页）、《恭王府与红楼梦——通往大观园之路》中的《引路的话》（第4页）都有记载。在《人民日报》1979年6月17日第3版的《何日能游“大观园”——建议尽快修复和开放原恭王府》一文中也提到这件事情。

② 吴柳：《京华何处大观园》，顾平旦编：《大观园》，文化艺术出版社1981年版，第327页。

③ 胡文彬、周雷主编：《香港红学论文选》，百花文艺出版社1982年版，第211页。

中都有论述，堪为此说的掌门人。严中也曾撰文《金陵何处大观园》[①]表示了大致相同的意见，他认为贾府的主要原型是南京曹家江宁织造署，南京曹家江宁织造署西园应是大观园的主要原型之一。

（四）周冠华的自怡园说 周冠华在《大观园就是自怡园》[②]中列举了二十九条证据与理由论证大观园就是大学士明珠的别墅自怡园。

（五）宋谋玚的傅恒旧邸说 宋谋玚在《曹雪芹与尹继善、傅恒交游考》[③]中提出大观园以傅恒家的园林作底子，并认为傅宅方位在“东安门内”“马神庙东”。后来胡铁岩在《“大观园”原址新考》[④]中同意此说，但认为宋依据《清史稿》和《宸垣识略》确定的方位是错误的，应是傅恒旧邸——成亲王府为大观园原址。

（六）周梦庄的北京皇家西花园说 周梦庄在《红楼梦寓意考》中说：“如果从历史上真实的园林中寻找大观园，按照我个人的理解，就是北京皇家的西花园无可疑。”[⑤]

（七）方金炉等的圆明园说 方金炉等著有《圆明园与大观园》一书，并曾与王学仁撰写《〈红楼〉园址在海淀，暗将圆明作大观》一文在1995年3月的《海淀报》上连载，通过对大观园的地理方位、环境特征、园林水系等的考察，认为大观园的原型就是圆明园，试图在两者之间画上一个等号。

除去这七种说法之外，皮述民还在《苏州李家与红楼梦》[⑥]一书中认为大观园的架构，兼有曹、李两家的花园的寄托。

---

① 《南京社会科学》1990年第2期。

② 周冠华：《大观园就是自怡园》，汉文书店1974年版。岑佳卓编著的《红楼梦探考》第七章亦有引录。

③ 《红楼梦研究集刊》第8辑。

④ 《明清小说研究》2002年第1期。

⑤ 周梦庄：《红楼梦寓意考》，黎明文化事业股份有限公司1994年版，第23页。

⑥ 皮述民：《苏州李家与红楼梦》，新文丰出版股份有限公司1996年版。

事实上，这每一种说法几乎都是和《红楼梦》具有“传”的色彩联系在一起的，都和传主可能生活过、至少见过的地方有关，“自传说”也好，“他传说”也好，都离不开《红楼梦》具有“史”的意味这一判断，中国人的历史意识或许过于厚重了。然而曹雪芹生平资料的匮乏，只能使每一说法都处在一种自说自话的尴尬境地。同时，这些说法大部分在“某街某坊派”那里都有着落，只不过是后来提出得更成体系，更有资料，虽然也常常被别人攻击得体无完肤，甚至嗤之以鼻，但至少让我们了解到更多的或许和曹雪芹有关的历史资料。

然而这种对真址的历史还原已经无法对人们有太大的吸引力，人们已不能满足于单纯地从《红楼梦》中对大观园的方位、地点以及风物的描述来寻找、考证现实世界中与之有联系、相似的园林，从而确定某处即大观园的真址或原型，相反，对大观园真实性的怀疑已越来越深入人心，曹雪芹是否就真的把现实存在的一个园子搬入自己的作品中？《红楼梦》中设置的大观园除此之外就没有别的内涵了吗？刘梦溪曾说：“考证派在大观园的地点问题上走进了死胡同。虽然此后涌起的新说仍不断出现，甚至形成主南和主北两大派别，但并不能使考证派在这个问题上摆脱困境，反而为小说批评派的攻击留下无穷口实。”①实际上，不仅“此后涌起”的不能称为“新说”，最多称作旧红学时期“某街某坊派”的新构，而且早在二知道人、俞平伯、藏云等人之后，就已经有不少人倾向于大观园的虚构性，虽然他们的研究旨趣各不相同，而且对大观园的虚构程度也各有保留，但至少在承认大观园具有创作性质这一点上是一致的。主要有：

（一）虚构说 上面提到的脂砚斋、二知道人等都应属于此说的主张者。张文正1936年6月发表的《红楼梦的世界前言》中论述了艺术家依靠社会、时代以及个性进行创作，一方面反映社会，一方面表达自己的欲望，

① 刘梦溪：《红学》，文化艺术出版社1990年版，第249页。

作者认为《红楼梦》也是如此，“大观园是曹雪芹想象里的极乐世界”[①]，是作者想象的翅膀在展翅高飞；萱慕也认为大观园“决无是园。盖作者欲自写胸中之丘壑也，故园中途径，每多难索，位置亦复棼如，不过以意为之而已”[②]。黄葆芳也持同样的观点，他在《大观园的布置》中说：“根据虚构，在南，在北，三个论点，我同意第一点的见解。”而且他还把曹雪芹誉为“园庭布置专家”[③]。王利器认为大观园“是作者直抒胸中丘壑，幻作纸上园林，一如陶渊明之创造桃花源罢了”[④]。余英时直接把大观园称为“乌托邦的世界”[⑤]。胡文彬则说：“《红楼梦》中的大观园是曹雪芹心灵深处的一个梦。……这个梦是曹雪芹用自己手中的传神之笔，精心构想、精心设计、精心描绘出来的，是纸上的梦、艺术的梦，也是转瞬即逝的梦。”[⑥]

（二）在某园基础上的创造说　如吴世昌的“随园加创造说”，他认为：“俞平伯与顾颉刚证明袁枚说谎，并不能成立。……证明大观园即随园旧址并不是小说中所有故事均在南京发生。……我们已经指出：作者摆脱时间限制，有时把相隔数十年的事融合为一。同样的，作者摆脱空间限制，把影片叠印起来，产生一种和谐而不是互相矛盾的效果。”[⑦]再如上面提到的宋谋玚虽认为大观园是以傅恒家的园林作底子，但并不否认艺术虚构。还有相当一部分人（如杨乃济）认为大观园的创作“以皇家苑囿为蓝本”[⑧]，比如圆明园。

① 吕启祥、林东海主编：《红楼梦研究稀见资料汇编》上册，人民文学出版社2001年版，第651页。

② 同上，第670页。

③ 原载新加坡《南洋商报》1971年元旦特刊，胡文彬、周雷编：《海外红学论集》，上海古籍出版社1982年版，第469页。

④ 王利器：《大观园在哪里》，《社会科学战线》1979年第1期。

⑤ 余英时：《红楼梦的两个世界》，上海社会科学院出版社2002年版，第36页。

⑥ 胡文彬：《梦里梦外大观园——兼论大观园在宣南文化中的地位》，《红楼梦学刊》2002年第4辑。

⑦ 吴世昌：《红楼梦探源》，牛津大学出版社1961年，转引自宋淇：《论大观园》，《红楼梦识要——宋淇红学论集》，中国书店2000年版，第36页。

⑧ 杨乃济：《探春理家之所本》，《红楼梦学刊》1981年第4辑。

（三）综合创作说 如前面提到的藏云。戴志昂也说“大观园……是曹雪芹在生活实践中吸收当时的一般园林建筑的素材，通过分析综合、加工改造，创作出来的艺术形象。但不是反映某一个具体的古典园林。”[①]宋淇说：“曹雪芹……利用他所见到的、回忆中的、听来的、书本上看来的，再加上他的想象，糅合在一起，描绘成洋洋大观的园林。”[②]袁维冠也说：“大观园的设计，不过是他幻想中的一幅构成图……曹雪芹画大观园，也许借境王公大臣、古迹、公园、一楼一舍、一亭一桥是有的，假设将整处搬来做大观园，完全是猜想。”[③]冯其庸则认为：“‘大观园’是一个伟大的虚构，因此，人们不可能到现实中去找一座与曹雪芹所描写的一样的‘大观园’，因为作者并不是照着一座现成的‘大观园’照相式地描写的，他的描写是对当时建筑艺术成就的艺术综合，是一次文学的再创造，是对文学作品典型环境的成功描写，而不是一座现成建筑的刻版式的模写。”[④]红学界几乎已经达成一种共识：“大观园综合了我国北方皇家园林南方私家园林的共同特色，是二者相结合的典范。”[⑤]

事实上，即使是热衷于为大观园寻找真址的学者也不会否认曹雪芹在创作中有一定程度的虚构，“秦可卿淫丧天香楼”不是都可以删去吗？小说毕竟不是实录，更何况认为大观园在一定程度上是虚构的呢？曹雪芹离不

---

① 戴志昂：《谈〈红楼梦〉大观园花园》，《建筑师》1979年第1期。

② 宋淇：《红楼梦识要——宋淇红学论集》，中国书店2000年版，第15页，虽然宋淇在后面又说大观园“是保护女儿们的堡垒，只存在于理想中，并没有现实的依据”（18页），似乎矛盾，这已有学者指出，但宋似乎是从不同的角度来说的，前者是从曹雪芹创作大观园来说，后者则是从大观园是否能在现实中存在这一意义上说的。

③ 袁维冠：《红楼梦探讨》，1978年12月自印本，第38页，转引自顾平旦、曾保泉：《红学散论》，文化艺术出版社1987年版，第172页。

④ 冯其庸：《〈红楼梦论集〉序》，《红楼梦学刊》1984年第1辑。

⑤ 周思源：《欲明〈红楼梦〉，须至大观园——从创作角度谈大观园无原型》，《红楼梦学刊》2002年第4辑。

开他的生活时代与环境，他不像孙悟空一样是从石头里蹦出来的，没有深厚的家学渊源，没有当时高超的造园技术，就不会有大观园。我们更愿意把（一）（三）两种说法合二为一，它们只是对大观园强调的侧重点不同而已，前者倾向于曹雪芹在大观园中寄寓的理想，后者则考虑到曹雪芹创作大观园的素材。

直到现在，此三说都各有知音，不时有人或专门撰文论述，或在其他论题中涉及一笔。而20世纪70年代之后的红学研究，随着“回归文本”的呼声越来越强烈，再加上1978年之后各种思潮、理论席卷中国大陆，大有愈演愈烈之势，“拥挤的红学世界”中占有一席之地的大观园研究也迎来了新的时期。

三 新红学之七十年代后

1973年秋，余英时在香港中文大学举办的十周年学术讲座中选择了“《红楼梦》的两个世界”为题，修改后以同名文章发表在中文大学的《学报》上。在这篇文章中，余英时认为：“曹雪芹在《红楼梦》里创造了两个鲜明而对比的世界。这两个世界，我想分别叫它们作‘乌托邦的世界’和‘现实的世界’。这两个世界，落实到《红楼梦》这部书中，便是大观园的世界和大观园以外的世界。”[①]余英时的这篇文章引起了巨大的反响，“可以说是七十年代上半期最重要的红学文章”[②]，不仅引起了各种各样赞同的、批评的声音，而且也给《红楼梦》文本自身带来了更多的世界。

探讨理想世界的问题，我们在前面说过一点，例如脂砚斋、二知道人、张文正等，都有只言片语谈到大观园的理想性。此后并非就是像余英时所说的宋淇的《论大观园》是“第一篇郑重讨论《红楼梦》的理想世界的文字”。

① 余英时：《红楼梦的两个世界》，上海社会科学院出版社2002年版，第36页。

② 刘梦溪：《红学》，文化艺术出版社1990年版，第234页。

我们不能不提到吴宓。20世纪三四十年代，吴宓曾先后在清华大学和西南联合大学开设选修课《文学与人生》，他从哲学和艺术的角度提出《红楼梦》写了“两个世界”，即贾府大观园代表现实世界、实际生活的世界；太虚幻境乃理想世界、艺术世界。[①]后来他在《石头记评赞》中又从艺术创作的角度提出“三个世界”的说法，作为对“两个世界”的补充，即：

（Ⅰ）第一世界……世俗人所经验。实　曹雪芹之一生

（Ⅱ）第二世界……哲学家所了解。虚　太虚幻境

（Ⅲ）第三世界……艺术家所创造。真　贾府，大观园

并且认为：“凡艺术家（小说家），必由（Ⅰ）经过（Ⅱ）而达到（Ⅲ）。必须经历此三世界，始能作出上好之文艺作品。”[②]

尽管吴宓与余英时的研究出发点不同，而且此“两个世界”非彼“两个世界”，但吴宓认识到大观园中“混乱、神秘，和无意义的生活”[③]以及太虚幻境是个理想世界却颇让人刮目相看。还有一个人要再次提到，即俞平伯，他在《读红楼梦随笔》之三十六《记嘉庆甲子本评语》中有这样的话：“谈到大观园也有很好的批，不过他没有发挥，意思亦未必跟我的完全一样……大观园虽也有真的园林做模型，大体上只是理想。所谓‘天上人间诸景备’，其为理想境界甚明。这儿自不能详说，且看批语。在第十七回上：‘只见正面出现一座玉石牌坊……却一时想不起那年月日的事了。’批曰：‘可见太虚幻境牌坊，即大观园省亲别墅。’其实倒过来说更有意义，大观园即太虚幻境。果真如此，我们要去考证大观园的地点，在北京的某街某巷，岂非太痴了么。”以

① 吴宓：《文学与人生》，王岷源译，清华大学出版社1993年版，第40页。

② 吴宓：《石头记评赞》，原载桂林《旅行杂志》第十六卷第一期，1942年2月，见《红楼梦研究稀见资料汇编》下册，第846页。另外宋广波《吴宓与〈石头记〉》中也有较为详细的论述，可参看《红楼梦学刊》2003年第3辑。

③ 吴宓：《文学与人生》，王岷源译，清华大学出版社1993年版，第40页。

至余英时慨叹“足见客观的研究，结论真能不谋而合。”[①]

还要提到夏志清，他其实是意识到大观园的理想性的，他曾以伊甸园为对照，指出“大观园可以象征地被看作受惊恐的少年少女们的天堂，它被指定为诱使他们了解成年人的不幸”[②]，这也同时意味着大观园的悲剧性；他还指出了大观园的现实性，虽然他的现实性还仅仅局限于性的范围。但后来的学者更多注意的是大观园的理想色彩。1972年，宋淇发表了《论大观园》。这是从文本出发以艺术的眼光集中探讨大观园的一篇重要文章，作者提出大观园是“空中楼阁、纸上园林”，“是一个把女儿们和外面的世界隔绝的一所园子，希望女儿们在里面，过无忧无虑的逍遥日子，以免染上男子的龌龊气味。最好女儿们永远保持她们的青春，不要嫁出去。”宋淇的观点在著名的《〈红楼梦〉的两个世界》中得到继承，余英时还在与赵冈的讨论中以《眼前无路想回头》进一步论证了自己的观点，即“大观园不在人间，而在天上；不是现实，而是理想。更准确地说，大观园就是太虚幻境”。而刘小枫更是把大观园当作了桃花源的翻版：“大观园的世界想隔绝历史时间中的肮脏和堕落，不黏滞人世间的经世事务，在这里，礼乐教化没有力量，但又在历史时间之中，有如一个意态化的现实净土。这个人间仙境以诗与花——柔情与意趣为自己的标志……如果中国精神意识史上也有乌托邦观念的演进，那么从桃花源到大观园，乌托邦的观念便从致虚寂的田园演进为情韵并致的‘意淫’现世。”[③]

其中最广为流传、成为焦点的是余英时的“两个世界说”，这大概是力图为红学研究建立新的“红学范式”的余英时所没想到的。他曾为此发出“《红楼梦》简直是一个碰不得的题目”的慨叹。后来撰文的学者，有许多

① 余英时：《红楼梦的两个世界》，上海社会科学院出版社2002年版，第41页。

② 夏志清：《〈红楼梦〉里的爱与怜悯》，原载台湾《现代文学》廿七期，1966年2月。见胡文彬、周雷编：《海外红学论集》，上海古籍出版社1982年版，第130页。

③ 刘小枫：《拯救与逍遥》（修订本），上海三联书店2001年版，第262—263页。

欣然接受了他的这一提法，比如李之鼎的《大观园内外：情与淫的两极世界——曹雪芹的性爱观AB谈》就把大观园作为一个“纯情乌托邦”，而把园外作为一个“淫世界”；胡元翎的《漫说李纨》也采纳了这种观点，分析李纨在园内、园外两个世界的两种不同仪态。也有不少人对其进行批评，或许陈维昭的观点在很大程度上能代表不少学者的同感，他在《超越模仿 旨在建构——21世纪红学方向构想》中认为“典范理论的引入，使余英时的表述在红学界独树一帜，而且为红学界所普遍推崇；但同时，这种理论的引入，也导致了余英时对于考证派、对于历史旨趣的不公允态度，从而也使余英时的‘理想世界论’最终不能成为红学的新范式”。①

正因为“两个世界说”的不完备以及余英时对大观园的理想性的过度注视，才让大观园的研究进一步深入。1980年6月，余定国在美国威斯康星大学举行的首届国际《红楼梦》研讨会上提交了题为《红楼梦里被遗忘的第三世界——旨在批评余英时的两个世界说》的论文和他父亲余英时的观点进行辩论，认为《红楼梦》中还有第三世界，即太虚幻境、大荒山的抽象世界。②此后相继有人提出三个世界的构想，思路都大同小异。1985年蒋文钦发表《“女儿世界”的两个层次：论大观园与太虚幻境》，把女儿世界分为大观园、太虚幻境两个层次，再加上世道世界，《红楼梦》中便有了三个世界。1993年胡绍棠也在《异质同构 隐喻象征——〈红楼梦〉审美基因再探》中提出类似的观点。1996年，张锦池在《论〈红楼梦〉的三世生命说与两种声音——说〈红楼梦〉思想之精髓》中提出“大观园既是以‘不拘不束’为特点的太虚幻境在人间的投影，同时又是以‘体仁沐德’为特点的贾府在世外的投影”。“大观园是贾府正府的世外桃源”，“太虚幻境便是大观园的世外桃

① 李文见《海南师院学报》1996年第3期；胡文见《红楼梦学刊》1997年第4辑；陈文见《红楼梦学刊》2000年第2辑。

② 海炯：《首届国际〈红楼梦〉研讨会情况综述》，巴金等：《我读〈红楼梦〉》，天津人民出版社1982年版，第371页。

源，三者相映成辉而又是各有其特点的三个世界。”[①]这三个世界其实都是承两个世界而来的，只不过是将余英时的理想世界划分为大观园和太虚幻境而已。胡联浩在其2004年出版的《红楼梦隐秘探考》一书中，也将《红楼梦》的世界划分为三个世界，但却是天界、地界和人界，主要地点相应为太虚幻境、大荒山和人间，每个世界都有真假、清浊、有情与无情两个方面，三个世界是互相对应的。2001年，裘新江发表《庭院深深深几许——红楼三境》，认为《红楼梦》在整体上的意境大体包含了宗白华所说的三个层次，即尘境、幻境和空境。尘境为实境、写境（现实之境）；幻境为虚境、造境（理想之境）；空境为圣境、灵境（哲学之境、心灵之境）。但又把尘境分为两层：情境与理境。理境以贾府为表征，情境以大观园为表征。“太虚幻境”属于幻境，是“作者的一种理想情境，而且比大观园更理想，或者说太虚幻境是对大观园的召唤，是一种理想之理想”，而大荒山展示的则是空的境界。[②]这和李舜华在2000年提出的“一部《红楼梦》实际分成了四个世界——由里及外，分别是大观园、荣宁两府、荣宁府外、太虚幻境”[③]也有相似之处。红学的世界本来就太拥挤了，《红楼梦》中的世界也开始扩张了。不过也有例外，周中明在《〈红楼梦〉——迷人的艺术世界》“自序”中说：“我认为在《红楼梦》里只有一个世界，这就是艺术世界。它与‘自传说’的区别，不在于现实世界之外，还多一个理想世界，而在于它是跟现实世界和理想世界皆有着本质区别的独特的艺术世界。”不论《红楼梦》中有几个世界，值得欣慰的是批评的深度与广度在真理越辩越明中不断开掘。

与“两个世界”同步发展的还有对大观园其他方面的研究。自“文革”

① 蒋文发表于《温州师范学院学报》1985年第1期，后修改为《〈红楼梦〉的“两个世界”与“三个世界”》作为《红楼梦》（回评本）的代序，广西人民出版社1997年版；胡文见《红楼梦学刊》1993年第2辑；张文见《红楼梦学刊》1997年增刊（97北京国际红楼梦学术研讨会专辑）。

② 《红楼梦学刊》2001年第2辑。

③ 李舜华：《从历史传奇到儿女真情：重构〈红楼梦〉的四个世界》，《红楼梦学刊》2000年第4辑。

结束后，新的思想、新的血液不断注入红学，研究的深度与广度都有进步。这一点我们对比顾平旦编的《大观园》一书可以明显看出，这大约是目前为止唯一一部专门收集大观园研究的论文集，台湾也曾以《大观园论集》之名出版过。此书于1981年1月修订出版时增添了不少文章和插图，汇集了当时所能搜集到的有关大观园的研究论文、诗词笔记以及传说中的“大观园”——恭王府的一些资料。从中不难看出，大多数文章侧重于说明大观园的布局结构、园林建筑及寻找原址，而很少从艺术的角度对其进行细读与分析，但后来的研究则不止于此。

首先，不少人已不再单纯地把大观园作为一个园子来讨论，不再专注于大观园的真址在哪里，它是怎样布局的，而更多地把它视为一个艺术境界、视为这部伟大著作的有机组成部分、作为人物活动的典型环境来研究它在《红楼梦》文本中的地位和作用。蔡恒的《大观园中的空间》把大观园中的空间分为自然空间、社会空间、思维空间三个维度进行分析，得出大观园只是曹雪芹的一个理想的结论。[①]李希凡的《漫话“大观园”——红楼梦艺境探微》不仅论述了曹雪芹创作大观园、使之具有无穷魅力的因素，也表明了大观园作为《红楼梦》环境构成的一部分所存在的多种意义，尤其是作为贾家衰亡的前奏曲，这座“理想的王国”无法摆脱那越来越浓厚的凄清与寥落。[②]周思源在《欲明〈红楼梦〉，须至大观园——从创作角度谈大观园无原型》中从小说创作的角度提出大观园是一座巨大的、后花园式的、散点式居住式园林，而这三个特点是“为了便于表现作品多重复合型主题和刻画众多人物”，是“由于小说深层题旨、故事情节和人物活动的需要所决定的”，因此大观园“发端于曹雪芹的心中，只存在于《红楼梦》里，具有不可重复性”[③]。后两

① 《陕西师范大学学报（哲学社会科学版）》1988年第3期。

② 《河北师院学报（哲学社会科学版）》1987年第3期。

③ 《红楼梦学刊》2002年第4辑。

篇文章都有对大观园环境与人物性格关系的探讨，尤其是李希凡在文中以李纨与稻香村、探春和秋爽斋、林黛玉和潇湘馆的关系为例做了较为详细的描述。其实关于人物与环境的关系早在脂砚斋就已经注意了，庚辰本第十七至十八回在潇湘馆的介绍旁有侧批曰：“此方可为颦儿之居。”而1942年重庆正中书局出版的李辰冬的博士论文《红楼梦研究》中也对大观园中人物的室内陈设与主人性格关系有较为细致的分析，举了探春、宝钗、黛玉的例子。这也是20世纪80年代以来不少大观园研究者津津乐道的，但大部分论述都较为粗略，尤其是在一些意境分析当中。如姜葆夫、黎音的《略谈“潇湘馆”的环境描写》论述了潇湘馆的环境和林黛玉的性格的协调以及在不同情景下人物的感情与环境的互动。李希凡的《林黛玉的诗词与性格——〈红楼梦〉艺境探微》认为大观园的美丽风光与林黛玉的形象性格形成情景交融，并泛溢着诗意的独特的艺术境界。此外，还有吕启祥的《〈红楼梦〉中艺术意境和艺术典型的融合》、陆树仑的《谈〈红楼梦〉的环境描写》、王启忠的《“典型环境中的典型性格”——〈红楼梦〉环境塑造在人物描写上的作用》等。[①]还有一些侧重于大观园中的景物描写，探讨其作为典型环境组成部分的非游离性，并将其与人物性格相结合进行分析，如廖信裴的《大观园的景物描写》、罗宪敏的《〈红楼梦〉的景物美》[②]等。

也有文章开始注意对大观园中的某一物象（如山、水以及花等）的研究，如曹立波的《〈红楼梦〉对水、石意象的拓展》、周小兵的《“水边”幽隐“痴”与“泪”——曹雪芹笔下的艺术情境与水边意象》。陈家生的《妙笔生花　花中见人——〈红楼梦〉中花的丰富意蕴与艺术效应》通过归纳以花喻人，生动传神；以花衬人，人花一体；以花寄情，移情于花；以花显人，映现个性

① 姜文见《红楼梦学刊》1982年第2辑；李文见《红楼梦学刊》1983年第1辑；吕文见《红楼梦学刊》1982年第2辑；陆文见《红楼梦研究集刊》第10辑；王文见《红楼梦学刊》1985年第2辑。

② 廖文见《文学知识》1988年第7期；罗文见《红楼梦学刊》1985年第2辑。

四个方面的表现方法与艺术效果来论述作者“花中见人，以花写人”的目的。另外还有胡邦炜《〈红楼梦〉里的竹与梅——兼与盛孝玲女士商榷》、杨柄的《大观园中的芙蓉花和牡丹花》等。大观园是一个花的世界，大观园中的少女们更是一朵朵娇艳欲滴的鲜花，这是对大观园的一个侧面研究。日本的合山究还有专著《〈红楼梦〉与花》。

还有人注意到大观园本身即颇具意象性，如俞晓红的《〈红楼梦〉花园意象解读》，作者把花园作为《红楼梦》众多意象中最具整体意义的一个主题性审美意象，对大观园在《红楼梦》中的意义及其对传统文学中花园意象的继承和拓展做了简单论述。其实将大观园与其他花园进行比较的最早论述是浦安迪的《红楼梦中的原型和寓言》，这是一部开拓性的著作，虽然此作有点天马行空，但作者在文中不仅对中西花园的比较有精彩阐述，还专有一节写到大观园，他认为中国文学中的花园是整个世界的缩影，与西方文学中作为真实形象的花园不同。①此后裔锦声在其启发下写了博士论文《红楼梦：爱的寓言》，其中有一章讨论到大观园和它的文学渊源，比如《西厢记》《牡丹亭》，虽然较为简单，但毕竟是涉及了。此后顾平旦、曾保泉在《大观园的艺术价值》中对《牡丹亭》《金瓶梅》中的花园和大观园进行了比较；李慎明的《大观园的文化意蕴》也从《西厢记》《牡丹亭》出发谈到大观园是一座具有中国古代传统文学浪漫色彩的爱情花园。②孙玉明在《大观园漫谈》指出后花园是中国古代爱情发生最多的场所，明末清初的才子佳人小说戏曲作家最惯于此种手法，大观园“实际上也是这样一种活动场所。它借元妃省亲而建，又借元妃之力而使贾宝玉及金陵诸钗住进园中，从而使这个大舞台的‘建

① Andrew H. Plaks, *Archetype and Allegory in the Dream of the Red Chamber*, Princeton University Press, 1976。尹慧珉《近年英美〈红楼梦〉论著评价》中也有介绍，《红楼梦研究集刊》第3辑。

② 顾文见《红学散论》，文化艺术出版社1987年版，第80页；李文见《运城高等专科学校学报》2002年第1期。

造’变得合情合理”[①]。

从庭院结构方面探讨《红楼梦》的艺术结构也是大观园研究的一个方面。如冯其庸认为《红楼梦》的艺术结构可以分为故事情节结构和环境结构两方面来说，“采取符合近代小说结构的写法，按照生活的本来面貌，让各种生活场面，各个不同人物不同的故事情节，纵横交错，齐头并进，从而反映出生活的整体，社会某一面的整体”[②]。这对传统小说的表现手法来说是一个较大的突破。张世君《〈红楼梦〉的庭园结构与文化意识》认为作者把大观园作为建筑布局整体，探讨以其为结构依托来安排故事、集中矛盾并展现复杂的家庭关系和末世悲剧；[③]她还利用园林场景来探讨空间问题。[④]

从中国传统文化的角度看待大观园，往往将其作为逃避、归隐的净土，如王向东《情感与理智的冲突——析大观园理想的建立和破灭》、李艳梅的《从中国父权制看〈红楼梦〉中的大观园意义》。[⑤]前者认为大观园是一片理想的净土，是曹雪芹为贾宝玉设计的另一种归隐方式，情感的渴望促使曹雪芹依恋红尘，但佛教哲理的观照又让其勘破红尘，亲手毁灭自己的理想。后者则从中国父权制的视角来探究大观园所以能出现、成立，甚或导致后来衰败的深层文化意义，认为大观园相对于父权制仍是一种隐匿与逃避，这与中国传统文化中的被拒于社会权力中心之外的隐匿与逃避同出一流，只不过这种逃避转向了父权制名实空隙下成立的女儿世界。

还有文章谈到大观园的“拆迁改建”工作，这往往和《红楼梦》的成书研究联系在一起。有的根据《红楼梦》版本流传的复杂性与独特性，探讨大观园在《红楼梦》成书过程中由无到有的变化，也有的反过来，通过大观园

---

① 《红楼梦学刊》2002年第4辑。

② 冯其庸：《〈红楼梦论集〉序》，《红楼梦学刊》1984年第1辑。

③ 《红楼梦学刊》1994年第1辑。

④ 张世君：《〈红楼梦〉的空间叙事》，第一章第二部分，中国社会科学出版社1999年版。

⑤ 王文见《红楼梦学刊》1995年第2辑；李文见《红楼梦学刊》1996年第2辑。

中某一名称的异文、变迁来考察《红楼梦》的成书过程。前者如戴不凡的《曹雪芹“拆迁改建”大观园》、吴世昌的《论明义所见〈红楼梦〉初稿》、朱津栋的《读〈红〉札记》、陈庆浩的《八十回本〈石头记〉成书再考》等。后者则有刘世德的《秋爽斋·秋掩斋·秋掩书斋》、沈治钧的《从会芳园到大观园》《大观园游记》等。[①]

无论是否有真址，大观园都是一座令人流连忘返的园林，因此有一些文章从园林建筑的角度来研究。其中不仅有接续自《红楼梦》问世以来就有的关于大观园布局的研究，如葛真的《大观园平面图的研究》、金启孮的《大观园布局初探》、周善毅的《大观园十议》等。[②]还有一些不仅探讨大观园的园林艺术，而且将其升华，挖掘大观园所蕴含的各种美。如曾保泉的《文学、绘画与园林——曹雪芹笔下的大观园》、顾平旦的《〈红楼梦〉与清代园林》、张世君的《〈红楼梦〉的园林艺趣与文化意识》、白盾的《论大观园的山水园林艺术构思》、常跃中的《〈红楼梦〉中大观园的园林艺术》、冯子礼的《文采风流今尚存——从美的角度审视大观园文化》、贾鸿雁的《大观园中的旅游美学》[③]等从各个角度揭示大观园的园林美、建筑美、文化美，探讨大观园的包罗万象、美不胜收，赞美作者的构思之妙、下笔之奇。王毅则从大观园中的居室陈设出发探讨其中所蕴含的文人精神；关华山更是从建筑学的角度出发，详细分析了宁、荣两府以及大观园的建筑和生活，试图通

---

① 戴文见《红楼梦学刊》1979年第1辑；吴文见《红楼梦学刊》1980年第1辑；朱文见《红楼梦学刊》1994年第4辑；陈文见《红楼梦学刊》1995年第1辑（台湾红学研讨会专辑）；刘文见《明清小说研究》2002年第3期；沈文分别发表在《红楼梦学刊》2001年第4辑和2002年第4辑。

② 葛文初稿于曹雪芹逝世二百周年纪念的1963年，第一次修改于1975年，1979年6月第二次修改，见顾平旦编：《大观园》，文化艺术出版社1981年版，第1页；金文见《大观园》第91页；周文见《红楼梦学刊》1993年第1辑。

③ 曾文见《红学散论》，文化艺术出版社1987年版，第63页；顾文、张文皆见《红楼梦学刊》1995年第2辑；白文见《济宁师专学报》1997年第1期；常文见《南都学坛》1998年第2期；冯文见《明清小说研究》第六辑，中国文联出版公司1987年版；贾文见《东南大学学报（哲学社会科学版）》2001年第2期。

过研究实际的生活与建筑空间的对应关系，寻找较为真确的传统居住空间的意义与基调。[①]

为一座小说中的园林建立各种各样的模型，大概只有大观园获此殊荣。早在1919年就有无锡的杨令茀女士制成大观园模型，陈列时需占十四方桌。[②]1963年曹雪芹逝世二百周年纪念会之际，梁思成、戴志昂和杨乃济共同合作，并荟萃了古园林建筑工人、彩画工人、模型工人的世家子弟、最多时达30多位共同施工，制造了一个十五平方米的大观园模型。[③]温州民间艺人叶其龙一家从1972年开始，用10多年时间创作了木石结构的十组大观园模型。[④]1981年江苏常熟的蔡树德用玻璃镶嵌了一座大观园。[⑤]1984年，徐根双在1.68米长的象牙上完成了《红楼梦》中的163个人物、200多株树木花卉、20多座楼台亭阁。[⑥]1987年许家立按北京新建的大观园创作了泥木结构模型。1988年孟继保制成全本结构模型。[⑦]如今，我们已不再仅仅只能纸上观园或者看看模型了，而是能真的到实实在在的大观园中去指点、寻找宝黛钗们生活的痕迹了。1980年，上海青浦县在淀山湖畔建立了大观园，1983年，北京为拍摄电视连续剧《红楼梦》也在南菜园建了一座大观园，二者虽在布局方面有很大不同，但都堪称园林精品，不仅有助于加深对《红楼梦》的理解，而

① 王毅：《中国古典居室的陈设艺术及其文人精神：从“大观园”中的居室陈设谈起》，《红楼梦学刊》1996年第1辑；关华山：《〈红楼梦〉中的建筑研究》，境与象出版社1984年版。

② 郑逸梅：《谈谈巧制大观园模型的杨令茀》、徐恭时：《有关大观园模型的一件史料》、周绍良：《大观园模型》，《红楼梦研究集刊》第2辑。

③ 史集之：《“大观园”落成记——记赴日“红楼梦展”的大观园模型》，顾平旦编：《大观园》，文化艺术出版社1981年版，第192页。

④ 李文祺：《精美的小“大观园”在杭展出》，《解放日报》1980年11月7日；洪波、姚柏生：《“大观园”诞生记》，见《文汇报》1980年12月31日；庆先友：《斗室里建造的“大观园”——访温州民间艺人叶其龙》，见《中国建设》1983年第7期，此外还有许多报纸杂志皆有记载。

⑤ 冯其庸、李希凡主编：《红楼梦大辞典》，文化艺术出版社1990年版，第1161页。

⑥ 徐根双：《创作牙雕〈红楼梦·大观园〉》，《艺术世界》1984年第6期。

⑦ 皆见冯其庸、李希凡主编：《红楼梦大辞典》，文化艺术出版社1990年版，第1161页。

且满足了许许多多的人们把纸上园林化作现实美景的热烈期待与美好愿望。

模型之外，我们还有诸多大观园布局平面图，除了前面介绍的几幅外，后来的研究者也乐此不疲，毕竟曹雪芹在小说里详细交代了大观园里的“布局、格调、山脉、水源、方位、距离、断连、阴阳、向背、高层、低次、萦回、掩映……”[①]，虽然有的地方会有矛盾，但整体上是有迹可循的。这些布局图不仅可以帮助我们在对比中更好地理解文本，同时也让我们对书中那些不能令人忘情的人物的居住地有了更直观、清晰的再现。主要有：胡文炜绘《红楼梦大观园平面布局图》、葛真绘《大观园平面布局示意图》、伯齐绘《大观园图》、宋鸿文绘《大观园贾府院宇布置图》、曾保泉绘《大观园平面图》、戴志昂绘《红楼梦大观园鸟瞰示意图》、金启孮绘《大观园布局全图》、杨乃济绘《大观园平面图》、徐恭时绘《大观园平面示意图》、关华山绘制的《大观园配置总图》、周善毅绘制的《荣国府及大观园复原图》、张良皋的《红楼梦大观园匠人图样复原图》，还有上海淀山湖大观园平面示意图、北京南菜园大观园图等。

通过考察大观园研究的历史，我们不难看出，尽管大观园研究在《红楼梦》研究中一直占有一席之地，而且也确实取得了较大的成绩，但我们明显感觉到其研究似乎过于集中而难免偏颇之处。在旧红学时期以及新红学的70年代之前，大观园研究主要集中在原型、真址、布局等考证方面，研究者几乎可以不用细读《红楼梦》文本就能成为这一问题的专家。而新红学70年代之后，自宋淇、余英时开始，大观园的理想性问题成了热门话题，许多文章专门讨论《红楼梦》中究竟有几个世界、大观园是否理想，即使论述《红楼梦》中的其他问题，也常常会有三言两语涉及这个问题，但似乎都过度重视了大观园的理想性，而缺乏对大观园现实性的细致分析。而且，这种集中研究也导致了大观园其他方面研究的薄弱。这也恰恰是我们全面、历史地研究

① 周汝昌、周月苓：《恭王府与红楼梦——通往大观园之路》，北京燕山出版社1992年版，第13页。

大观园的必要所在。

《红楼梦》是一部永远也读不完的书，谨以俞平伯在《〈红楼梦〉底地点问题》中的一句话作为结束，也是开始："我们在路上，我们应当永久在路上！"

（原载《红楼梦学刊》2005年第2辑）

从环境描写看大观园的文学根源

曹雪芹在《红楼梦》中不仅寄寓了内心缠绵悱恻的悲哀、痛苦与反思，使其成为中国古典小说的高峰与终结，也让书中那座举世无双的大观园成为中国古代小说环境描写的最高境界。当我们在林姑娘小而曲折、翠竹森森的潇湘馆，宝姑娘冷香含翠、雪洞一般的蘅芜院以及“富贵闲人”贾宝玉富丽精致的怡红院徘徊徜徉，当我们在“滴翠亭杨妃戏彩蝶　埋香冢飞燕泣残红”“潇湘馆春困发幽情”“秋爽斋偶结海棠社”“栊翠庵茶品梅花雪”“凹晶馆联诗悲寂寞”等情节中流连忘返时，常常因为曹雪芹高超的叙述技巧而忘记大观园仅仅是一座纸上园林而已。

但《红楼梦》中的大观园并非横空出世，它的出现离不开环境尤其是以花园作为故事主要背景的中国古代小说的发展。环境是小说中的重要因素，但中国古代小说中的环境似乎从来就没有像人物、情节那样被重视，至少没有取得应有的地位，尤其是在说唱文学基础上发展起来的白话小说。中国文人并不缺乏环境描述的才能。在曾经给予小说以丰富滋养的古代神话中环境总是被描述得生动形象，以保存神话最多的《山海经》为例，《大荒西经》中记载曾引起后世许多文人浪漫幻想的西王母的居处：“西海之南，流沙之滨，赤水之后，黑水之前，有大山，名曰昆仑之丘。有神，人面虎身，有文有尾，皆白，处之。其下有弱水之渊环之。其外有炎火之山，投物辄燃。有人，戴胜，虎齿，有豹尾，穴处，名曰西王母。此山万物尽有。”[①]被称为“小说滥觞”的《穆天子传》中也时有优美的景物描写，如“清水出泉，温和无风”等。有些生活场景也很吸引人，如穆王和西王母相会的情景。

在早期的杂史杂传[②]中也有相当多对环境的铺写，如《汉武帝故事》中写西王母降临的场景：“是夜漏七刻，空中无云，隐如雷声，竟天紫气。有顷，王母至，乘紫车，玉女夹驭；戴七胜；青气如云；有二青鸟，夹侍母旁。”[③]《汉武帝别国洞冥记》中记载东方朔游北极的景象：“臣游北极，至种火之山，日月所不照，有青龙衔烛火以照山之四极。亦有园圃池苑，皆植异木异草；有明茎草，夜如金灯，折枝为炬，照见鬼物之形。”[④]但这些似乎并未引起后来小说家的重视，也许中国文人更善于在瑰丽的想象中展开他们灿烂的文采（这一点我们可以从后来小说许多仙境、梦境甚至鬼境的精彩描写中看出来），现实世界反而束缚了他们的手脚。但小说家们不能不重视的是爱情，爱情是人类永恒的主题，即使曾经“虎齿”“豹尾”的西王母也在《汉武帝内传》中变成“视之可三十许，修短得中，天资掩蔼，容颜绝世”的美女形象开始和帝王们有点缠绵悱恻的暧昧，更别说尘世中的痴男怨女了。而花园又几乎是爱情最广泛的发源地，因此本文将主要讨论以花园作为故事主要环境在小说戏曲中的流变，通过对以往花园的巡礼来展现大观园的文学渊源。

一

大约最早将爱情与“园”联系起来的当属《诗经 · 郑风 · 将仲子》：“将

---

① （晋）郭璞注，（清）毕沅校：《山海经》，上海古籍出版社1989年版，第112页。

② 所谓“杂史”，是指记叙帝王之事，但其中杂糅委巷之说，实虚莫辨，体制不合正史者。“杂传”是指记叙非帝王的各种人物事迹，类似《史记》之列传，专记一人之事，因为夹杂一些虚诞怪妄之说，而不得列入史传之正体。石昌渝：《中国小说源流论》，生活 · 读书 · 新知三联书店1994年版，第95页。

③ 李剑国：《唐前志怪小说辑释》，上海古籍出版社1986年版，第55—56页。

④ 郭宪撰：《汉武帝别国洞冥记（及其他二种）》，中华书局1991年版，第11页。

仲子兮，无逾我园，无折我树檀。岂敢爱之，畏人之多言。”[①]写女子因畏人言而告诫自己的情人不要“逾我园”，但这个“园”并非我们现在所说的“园林”，也不是古人那种带有围墙的私人财产，此“园”乃是指非农耕公地，往往是一个村落的内部才可以应用，人们可以在这里打柴、割草、采集野生动植物，少量放牧，甚至青年男女相会等，是一个公共场所，所以说“畏人之多言”。从这首诗的整体我们可以看得更清楚，“将仲子兮，无逾我里，无折我树杞。岂敢爱之，畏我父母”。“里”是指内宅，女主人公怕被父母发现。“将仲子兮，无逾我墙，无折我树桑。岂敢爱之，畏我诸兄。”“墙”是指家族边界，不止父母出入，所以说“岂敢爱之，畏我诸兄”。随着“里”“墙”“园”这种地域范围的扩大，可能发现他们爱情的人也就由直系亲属渐渐扩大到同一村落的人。《诗经·魏风·园有桃》中的“园”也是同样的含义，公地上的景观被诗人寄托了精神上的牵挂。“直到三国时期，对于士大夫以上的人们来说，具有精神寄托和休娱功能的区域都不是‘园’，而是‘台’‘囿’‘苑’或‘宫’。”[②]在私人园林还没有得到发展的时期，当然也谈不上在花园中发生的爱情。而魏晋时期的志人与志怪小说又分别以其对魏晋风度和鬼神之事的关注而远离了人世间的爱情，而且丛谈小语的体制也限制了对环境的描述。

如鲁迅所说：“小说亦如诗，至唐代而一变，虽尚不离于搜奇记逸，然叙述宛转，文辞华艳，与六朝之粗陈梗概者较，演进之迹甚明，而尤显者乃在是时始有意为小说。”[③]从唐传奇开始，小说走到一个新旧嬗递时期，以更丰富的内容、更曲折的情节、更起伏的节奏为“作意好奇”[④]的小说打开了新的局面，而私园的勃兴也让花园开始在小说中有了一席之地。

唐传奇已经开始注意故事情节的开展、环境背景的描绘与人物形象刻画

---

① 《诗经》，浙江古籍出版社1998年版，第49—50页。

② 张祥平：《“园”和“园林”的沿用史》，《中国园林》1995年第3期。

③ 鲁迅：《中国小说史略》，上海古籍出版社1998年版，第44页。

④ （明）胡应麟：《少室山房笔丛》三十六，上海书店出版社2001年版，第371页。

之间的关系，尤其是环境在小说情节发展中的作用。较早的张文成的《游仙窟》中已经有对花园的铺叙以及叙写男女私会之事，文中写五嫂提议游园散情，“其园内，杂果万株，含青吐绿；丛花四照，散紫翻红。激石鸣泉，疏岩凿磴。无冬无夏，娇莺乱于锦枝；非古非今，花鲂跃于银池。婀娜蓊茸，清冷飂飗；鹅鸭分飞，芙蓉间出。大竹小竹，夸渭南之千亩；花含花开，笑河阳之一县。青青岸柳，丝条拂于武昌；赫赫山杨，箭干稠于董泽。”[①]传奇小说写景状物和描绘人物形象常常使用辞赋的骈俪句式，而辞赋的特征是“铺采摛文，体物写志”，善于夸张铺排，穷形尽相，这里对花园的铺叙方式，开后来小说中用骈文描绘花园景色的先河。作者还写了“下官”、十娘、五嫂三人借咏园中之花、树上有一李子落入“下官”怀中、蜂子飞到十娘面上以及“下官”箭射园中一雉等互相吟诗传情，将情节发展与环境描写结合起来，而不仅仅是孤零零地写一座花园。

有些传奇还利用环境来展开小说。如著名的《莺莺传》，故事发生在蒲州东十余里的普救寺，张生寓此，崔氏孀妇“将归长安，路出于蒲，亦止兹寺”，二月十四日夜张生收到莺莺的《明月三五夜》，约他在西厢幽会。“崔之东有杏花一株，攀援可吁逾。既望之夕，张因梯其树而逾焉”[②]，杏花在此成了二人幽会的工具，而没有普救寺这个环境，故事自然也就无法发生。皇甫枚《飞烟传》中步飞烟的悲剧也是由于飞烟家的“后庭”乃赵象家的“前垣”，赵象“于南垣隙中窥见飞烟，神气俱丧，废食忘寐”，由此引发了二人之间的爱情与幽会，最终导致步飞烟被武公业鞭死的惨剧。皇甫枚还有一篇《却要》，简直就是一幕清新的舞台剧。却要是湖南观察使李庚之侍妾，非常漂亮，李的四个儿子都想对其无礼。作者写清明节夜晚，“时纤月娟娟，庭花

① （唐）张文成：《游仙窟》，中国古典文学出版社1955年版，第22—23页。

② 张友鹤选注：《唐宋传奇选》，人民文学出版社1964年版。以下唐宋传奇的主要引文除另注出处外，亦出于此，不再注释。

烂发，中堂垂绣幕，背银釭”，在这样的美景中，却要却必须得对付四个不怀好意的家伙。她先遇李的大儿子于樱桃花影中，后又分别遇其二、三、四子于廊下，为免纠缠，却要分别约他们于其父母睡熟后到厅中东南、东北、西南、西北四个角上相会，并将四人戏弄，此后他们再也不敢对却要失敬了。故事环境单一，人物性格鲜明，别有一番趣味，值得后来小说家借鉴。但有的环境描述却有些游离，如白行简《李娃传》中描写李娃等借租的崔尚书宅“甚弘敞”，其偏院则“中有山亭，竹树葱蒨，池榭幽绝”，这节对崔尚书家花园的简单叙述似乎和小说的进展、人物性格的刻画等没有太大关系。

此外，唐传奇中还有些情节设置发展成为后来小说花园中的“公式”。如男女主人公的表兄妹关系让二人得以相见甚至相处，产生爱情。陈玄祐《离魂记》中王宙和张倩娘为表兄妹，青梅竹马，长而相爱；薛调的《无双传》中写王仙客的父亲死去，“与母同归外氏”，仙客与舅家的女儿无双因“皆幼稚，戏弄相狎”，而这也是二人后来惨烈、忠贞爱情的基础。还有一类情节也是后来花园中常出现的，戴孚《广异记》中《刘长史女》写书生先勾引丫鬟，再通过丫鬟与小姐传情，这在明代中篇小说中简直泛滥成灾，“欲”比“情”强烈多了。总之，唐传奇中的环境、情节设置等都为后来小说提供了丰富的艺术经验，有些故事还成为原始素材而被小说、戏曲多次改编。

宋代文人既没有唐代文人恢宏绮丽的诗意，又增添了许多道学气，他们认为若有志于文，必先“潜其心而索其道”，然后才可“临事摭实，有感而作”，若“肆意构虚无状而作，非文也，乃无用之瞽言尔。徒污简册，何所贵哉”[①]。因此“宋一代文人之为志怪，既平实而乏文彩，其传奇，又多托往事而避近闻，拟古且远不逮，更无独创之可言矣”[②]。但描写隋炀帝故事的《迷楼记》《海山记》等对迷楼、西苑的描述有助于后来小说对环境的开

① （宋）孙复：《孙明复小集·答张洞书》，抄本，藏于国家图书馆。

② 鲁迅：《中国小说史略》，上海古籍出版社1998年版，第71页。

拓，如《隋炀帝艳史》等。值得一提的是《李师师外传》[①]，主要记李师师的出身及其数遇徽宗、靖康之变后削发为尼、终骂贼吞金而死的故事，显系虚构而成。作者具有相当高的文学素养，很会写人，尤其善于通过场景气氛的渲染来表现人物，写李师师出场见徽宗一段，层层推进，将人物与环境巧妙映衬，脍炙人口。宋徽宗来看李师师时，李姥将其引至一小轩，"棐几临窗，缥缃数帙，窗外新篁，参差弄影。帝翛然兀坐，意兴闲适，独未见师师出侍。少顷，姥引帝到后堂，……帝为进一餐。姥侍旁，款语移时，而师师终未出见。帝方疑异，而姥忽复请浴，……随姥至一小楼下湢室中浴竟。姥复引帝坐后堂……而师师终未一见。良久，姥才执烛引帝至房"，终于听到李师师一曲《平沙落雁》。在这里，地点不断变化，作者详细描写了徽宗从堂户到小轩、到后堂、进浴室、出而复至后堂、再到房中所见的陈设、所受的款待，然而侍奉他的只是李姥，又一而再、再而三不厌其烦地交代"独未见师师出拜""独未见师师出侍""而师师终未出""而师师终未一见""亦绝无师师在"，极写师师的"好洁""颇愎""好静坐"，衬托出这个人物的高洁雅致，出淤泥而不染。这也和后来李师师出家为女冠、骂贼而死的形象相吻合。而《苏小卿》、《张浩》（题目下标为《花下与李氏结婚》）、《姚月华小传》、《晁采外传》等描写男女或互通诗翰、或花园私会的故事，也给后来小说提供了很好的人物、环境借鉴经验。

宋代城市经济的繁荣使至晚自唐代已经存在的说话艺术呈现出空前繁盛的局面，话本不仅吸收了传奇的素材和艺术经验，使小说从贵族士大夫的"沙

---

① 撰者不详，其创作时间也有异议。刘克庄《后村诗话》明确说："汪端明家有《李师师传》。"宋人张端义《贵耳集》也说："余曾见一本《李师师小传》，同行于世。"鲁迅因此将此篇收入《唐宋传奇集》，但又说"然此篇未必即端义所见本也"。《李师师小传》一直未见，它与《李师师传》《李师师外传》是何关系，也尚未确定。邓之诚在《东京梦华录注》中说《李师师外传》"称谓语气，一望而知为明季妄人作"。可参看薛洪勣《传奇小说史》，浙江古籍出版社1998年版，第202—203页；张兵：《宋辽金元小说史》，复旦大学出版社2001年版，第137页。本文暂且按照鲁迅的做法，将之放于宋代。

龙”里走到了广大民众中，开创了白话小说的崭新局面，而且本身也是中国古代小说和戏曲发展链上的重要环节。仅以《宿香亭张浩遇莺莺》[①]为例，张浩的故事在宋代颇为流行[②]，本篇主要讲述西洛才子张浩在自家新成的园馆中偶然遇见“童稚时曾共扶栏之戏”的邻居女儿李莺莺，两人相互欣慕，私订终身。后通过尼姑惠寂的传诗递柬，情意日浓，相约在宿香亭幽会。后来莺莺随守管河朔的父亲离开家乡，张浩在叔父的威逼下议婚孙氏。婚事将成之时，莺莺之父任满，莺莺随父归来，知道张浩并未变心，便将自己与张浩有私之事告诉父母，又自作状子，呈告到官府。府尹陈公判张浩与莺莺成婚。此话本对后世的才子佳人小说颇有影响，才子佳人于花园中一见钟情、私订终身、传诗递柬、互通情愫，中间因故“乖违”，最后终于团圆的格局，正是后来才子佳人小说情节结构的基本模式。宿香亭是张浩与李莺莺生情以及幽会的场所，但毫无特色，花园也采用骈文方式笼统介绍：“风亭月榭，杏坞桃溪，云楼上倚晴空，水阁下临清沘。横塘曲岸，露偃月虹桥；朱槛雕栏，叠生云怪石。烂漫奇花艳蕊，深沉竹洞花房。飞异域佳禽，植上林珍果。绿荷密锁寻芳路，翠柳低笼斗草场。”相比张文成笔下的花园，这里已经多了不少亭、台、楼、阁等人工建筑，我们也可以从侧面看出园林的不断发展。

二

元代的《娇红记》“以其前无罕有的宏篇巨帙以及全新的思想、生动感人的人物形象和细腻丰润的文笔”[③]在唐宋传奇和明中篇小说之间搭起了一座

① (明) 冯梦龙：《警世通言》卷二十九。胡士莹《话本小说概论》认为成篇于南宋后期，中华书局1980年版，第229页。

② 据胡士莹《话本小说概论》记载：“《青琐高议》别集卷四有《张浩花下与李氏结婚》，《绿窗新话》卷上有《张浩私通李莺莺》，《醉翁谈录》说话名目有《牡丹记》。”中华书局1980年版，第229页。

③ 张兵：《宋辽金元小说史》，复旦大学出版社2001年版，第298页。

重要桥梁。《娇红记》又名《娇红传》，作者一般认为是宋梅洞。[①]《娇红记》的命名是从女主人公王娇娘、飞红二人的名字中各取出一个字组成，《金瓶梅》的命名或受此启迪也未可知。全文共一万七千余字，洋洋洒洒地把一对表兄妹的爱情故事置于一个家庭背景中，详细曲折地叙述他们爱情的发生、发展、结局以及由此而反映出的两人爱情与家庭中其他成员之间的矛盾冲突，揭示了造成他们爱情悲剧的原因，并对社会世相也有较为广阔、深刻的反映。在全篇“一日”“一夕”“后二日”“次日”“一日晚”“越二日”“七月中旬”“八月”“后月余”、“次年六月”[②]等详细、紧密的时间排列中，读者也随着男女主人公之间爱情的欢乐、痛苦、误解、矛盾、反复而心情激荡起伏。

作者极力表现的是二人情感演进的历程，而非故事本身，因此才会借助厅堂花园，结合景物描写、地点变化等展开故事情节。如“娇晚绣红窗下，倚床视荼蘼花，久不移目，生轻步踵其后，娇不知也。”“暮春小寒，娇方拥炉独坐，生自外折梨花一枝入来，……生欣然即席，与娇偶坐，相去仅尺余，娇因抚生背曰：‘兄衣厚否？恐寒威相凌逼也。’”“生乃逾外窗，达堂后数百步，至荼蘼架侧，久求门不得，……寻路至熙春堂。堂广夜深，寂无人声。生大恐，因疾趋入，见娇方开窗倚几而坐……”两人的感情就在这一次次的会面中互相试探与发展。而人物的心理描写也大多结合细节、景物描写或运用诗词韵语进行描述，基本做到了情景交融，如用“莺转簧声，百花竞发，园林锦绣，夺目争妍”的花园美景来衬托申生得以回到舅家、再见娇娘的喜悦。作者就是这样细致入微地在场景的展开中对人物的思想感情进行发掘，我们可以简单地以“这是一对青年男女的爱情悲剧”来概括这个故事，但却无法对它进行复述。花园不仅是爱情的发生地，作者还设计了飞红引娇

① 关于作者还有虞集和李诩两说，可参见张兵：《宋辽金元小说史》，复旦大学出版社2001年版，第302页。

② 《娇红传》引文见张虎刚、林骅选译：《元明小说选译》，上海古籍出版社1990年版。

娘之母到花园发现二人踪迹的情节，这使申生不得不暂时离开舅家，这类情节或其变异也成为后来小说花园中常常发生的场景之一。但对这座花园我们实在知道得太少了，除了惜花轩、熙春堂等几个地名，园里有牡丹、梨花外，我们一无所知，这只是一个故事背景而已，但并不影响这个封闭庭院中生死不渝的缠绵爱情给后世小说以深远的影响。

入明后不久，就有两部模仿《娇红传》的作品问世，一部是李昌祺的《贾云华还魂记》，据作者自己交代，此篇是效仿睦人桂衡的《柔柔传》而作，而《贾云华还魂记》与《娇红传》笔致类似，则《柔柔传》当也属同一系列。《贾云华还魂记》记叙元至正年间，襄阳书生魏鹏与居于杭州的贾平章之女贾云华之间的婚姻纠葛，作者斥责王娇娘为“淫奔之女”，为了给自己笔下的男女主人公私合提供合法依据而让他们未出生前就已指腹为婚，并改变了《娇红传》的悲剧结尾，让贾云华死后借尸还魂，以处子之身和魏鹏结合，而此后的中篇传奇也就以这种大团圆的结局作为固定模式。值得一提的是对贾云华闺阁的描写：

> 室中安墨漆罗钿屏风床，红罗圈金杂彩绣帐，床左有一骰红矮几，几上盛绣鞋二双，弯弯如莲瓣，仍以锦帕覆之。右有铜丝梅花笼，悬收香鸟一只，余外无长物。房前宽阔仅丈许，东壁挂二乔并肩图，西壁挂美人梳头歌，壁下二犀皮桌相对，一放笔砚文房具，一放妆奁梳掠具，小花瓶插海棠一支，花笺数番，玉镇纸一枚。对房则藕丝吊窗，窗下作船轩，轩外缭以粉墙，墙内叠石为台，台上牡丹数本，四旁佳花异草，丛错相间。距台二尺许，砖甃一方池，池中金鱼数十尾，护阶草笼罩其上。①

这段环境描写，没有采用骈文方式，周至而有层次，对环境氛围的渲染

① 刘文忠、林东海、陈建根等选注：《文言小说名篇选注》，文化艺术出版社1985年版，第353页。

以及人物性格的衬托都有一定作用。

此后由于明初大力推行程朱理学，思想控制严密，很长时间内没有人创作这类小说，直到70多年后的成化末年，随着经济的发展以及文网的稍疏，《钟情丽集》问世，才打破了中篇小说沉寂的局面，而且一发不可收拾，主要集中在嘉靖前后，如《怀春雅集》《龙会兰池录》《双卿笔记》《花神三妙传》《寻芳雅集》《天缘奇遇》《刘生觅莲记》《金兰四友传》《李生六一天缘》《传奇雅集》《双双传》《五金鱼传》等，篇幅都在万言以上，若加上近万字者，“至少当在四十种以上”[①]。当时这些作品多有单行本流传，且又常被各通俗类书载录，如《国色天香》《绣谷春容》等，影响颇为广泛。但很快就悄然引退，不仅无新作问世，而且有的作品在清初后还渐渐退出传播领域，以至失传，但它们却是小说发展史上不可或缺的一链。

这些作品几乎都是描述青年男女悲欢离合的爱情经历，而且很多主人公的爱情都离不开花园，爱情与花园结成了最广泛的联盟，甚至不少作品中都用较长的篇幅来描绘花园的布局。如《刘生觅莲记》中详细介绍了留住刘一春读书、与其父素契者金维贤、号守朴野老家的名园，“奇花异卉，怪石丛林，种种咸具，人羡之曰‘小洛阳’。而其中有迎春轩。……迁生于迎春轩中。窗外有修竹数竿，竹外有花坛一座，其侧有二亭，一曰晴晖，一曰万绿。亭畔有碧桃、红杏数十株。转南界一小粉墙，墙启一门，虽设而不闭者。墙之后，垒石为假山，构一堂，匾曰‘闲闲’。旁有小楼，八窗玲珑，天光云影，交纳无碍。过荼蘼架而西，有隔浦池。池之左，群木繁茂，中有茅亭，匾曰‘无暑’。池之右，有玉兰数株，筑一室曰‘兰室’。斜辟一径，达于池之前，跃鱼破萍，鸣禽奏管，凡可玩之物，无不夺目惬情。尽园四围环以高墙，凡至园者，必由迎春轩后一门而入，匾其门则‘清闲僻静’，极乐世

① 叶德均：《读明代传奇文七种》，《戏曲小说丛考》，中华书局1979年版，第535页。

界也。”[①]后来刘一春也在自已所居之前辟一花园，作者再次不厌其烦地介绍了这座花园的布局，也不过是亭台方位与题名的结合，刘生把家计都交给兄弟，自己与父母兄弟游乐于斯，“或与宾朋剧饮，或与亲戚宴集。或与莲娘游，则必命秀灵、文仙侍饮，以素梅、爱童行酒。熙然春盎，逍遥光景间，耽风月以寄诗词者将三十年”。而《天缘奇遇》中有“香台十二钗”（十二位妻妾）和“锦绣百花屏”（婢辈百余人）的祁羽狄更是了不得：“宅后设一圃，大可二百亩，叠石为山，器篱为径，峻亭广屋，飞阁相连，异木奇花，颜色相照，四景长春，万态毕集。生得游，必命侍妾捧笔砚，每至一处，必加题咏。……园内凿池，仅百余亩，内设六岛，每岛皆有楼、台、亭、榭，其制各异，石桥相连，下可舟楫，谓之‘西池六院’。一院则使二妾居之，二妾则以六婢事之。每院笙歌，昼夜不绝。”不由让我们想起了隋炀帝的西苑。关华山曾将大观园和18世纪清初的园林做比较，认为其差异之一是大观园内有许多院宇（如怡红院等）都是独立的三合、四合院，而一般的园林却是以单栋不同的堂、馆、楼、亭配合山水坐落园中。[②]而事实上，早在明代文人的笔下，私人园林中已经出现并非单栋的院宇。

花园在这些小说中虽然都是男女主人公的爱情场所，却有较为明显的“情”与“欲”的分野。自《钟情丽集》中的辜生和瑜娘私下结合，并以自杀、两度私奔取得幸福后，其抗争手段的激烈性和对专一爱情的忠贞性不断成为后来同类作品反拨的对象。一类是像《刘生觅莲记》那样，坚决以礼相待，借女主人公碧莲之口表明“决不作恶姻缘，以遗话巴”，男女主人公在婚前始终没有越轨举动。甚至当素梅主动交好的时候，刘生反而以“欲心固不可遏，然须于难克处克将去，使吾为清清烈丈夫，卿为真真贞女子，不亦两

---

① （明）吴敬所编辑，杜维沫、王丽娜校点：《国色天香》，春风文艺出版社1989年版，第32页。以下有关明代中篇传奇的引文除另作注释外，亦出于此，不再注释。

② 关华山：《〈红楼梦〉中的建筑研究》，境与象出版社1984年版，第172页。

得之乎”劝服了素梅。作者有意寻求一种典雅绮丽的明净，如写刘生在假山遇见捻并蒂花枝的碧莲后，朝思暮想，“懵懵如痴，昏昏若寐，食焉而不知其味，坐焉而不知其处，寐焉而不知其旦；或入大堂，或趋讲丈，或归书室，或游别地，眼之所见，意之所接，皆假山也。盖无根而情自固矣。书史之功顿废，笔砚之事顿忘。或低吟树下，或从步池边，或登眺小楼”。把刘生对碧莲的刻骨思念描摹得颇有风致。然而如真的把礼法放在第一位，这类小说也就不用存在了，作者也不过是强行克制而已。尤其是作者还以一夫多妻为雅，“吾当高筑铜雀，以锁二乔。昔日素有此志，今果然矣”。

而《寻芳雅集》《天缘奇遇》《李生六一天缘》《花神三妙传》等则以宣泄情欲为重点，不仅一夫多妻，而且花园里几乎只有“欲”，没有“情”。《寻芳雅集》写“寻芳主人”吴廷璋的艳遇，他以游学的名义住进王士龙的府第，乘主人领兵外出，几乎将王府的女性一网打尽，丫鬟、小姐甚至王士龙之妾，简直就是一个流氓恶棍。《天缘奇遇》中写祁羽狄几乎把所有自己遇到的曾经有染的女子都娶回了家，号称“香台十二钗”和“锦绣百花屏”。还有《花神三妙传》中的百花园，这些园子都成了肉欲和欢乐的屏障。也有作品采取了中和方式，如《怀春雅集》最初极力赞颂潘玉贞的冰清玉洁，苏道春每次欲非礼时，她都能以计脱身，但当他们依照封建礼仪聘定以后，则开始了对享乐生活的露骨追求，甚至白日酒后在花园僻静处欢会，这让我们想起后来《金瓶梅》中西门庆和李瓶儿、潘金莲在花园中寻欢作乐，而这也大概是此前中篇传奇中从未有过的情节。无论哪一类作品，花园更多的是道具功能，尽管有些作品中也对花园布局进行了详细描述，但描述本身并没有太大作用，反而徒增阅读的累赘，至多不过是起到衬托主人公风流富贵的作用。当作者需要一个让男女主人公见面并谈情说爱的地方时，花园中的一个景点就出现在我们面前，如某某亭、某某轩，只是一个名字而已，我们说不出它有什么特征，也不知道它的景色有什么吸引人的地方，更谈不上它和主人公的性情是否有联系，它在作品中只是为主人公提供了一个活动地点而已。主人公离开了，这个地方也该消失了，下一个需要出现的地方又换了个名字。虽然一篇作品中可能出现一个名园，许多景点，但故事结束后，留给我们的只是又一个欢乐纵性的花园而已。在这个包孕了某些文人最腐朽理想的花园中，除了几个溺于情或欲的男女的悲欢离合以及他们在亭榭台阁的浅斟低唱，我们几乎看不到其他任何有益于社会人生的理想、抨击或渴望。而故事的老套、情节的相似、性格的固定甚至欲望的泛滥最终让这些白日梦对人们失去了吸引力。

三

陈大康曾有两个表从才子家境、才子佳人认识的条件、交往过程、婚姻状况、仕途结局等方面总结中篇传奇小说和清初才子佳人小说的情节模式，[①]从中我们可以明显看出二者之间的传承关系，“才子佳人小说中一见钟情，诗简传递，才子与佳人离别、经一番曲折后进士及第以及最后生旦团圆（多与数美结成良缘）的通共熟套，其实就是承袭中篇传奇后期所形成的固定格式，只是原本时而出现的小人拨乱其间，现在已成为不可缺少的关目。才子佳人小说情节安排中异于以往的最醒目处，是婚前私合被坚决屏除，明理知礼的主人公似乎压根儿未曾思及越轨举动。……另一不同之处是才子不再均出生于世家，而多来自小康人家乃至是贫寒子弟，进士及第对他们的重要性也远甚于中篇传奇中的处理”[②]。处于明末清初鼎革之际的士人本身就多为贫寒子弟，即使出身于小康之家，在这个动荡的时代也常常生活落魄，功名无望，于是借小说寄托感慨，所谓“凡纸上之可喜可惊，皆胸中之欲歌欲哭”，“不得已而借乌有先生，以发泄其黄粱事业”[③]。同时也可满足他们的白日梦，“泼墨成涛，挥毫落锦，飘飘然

① 陈大康：《明代小说史》，上海文艺出版社2000年版，第329、352页。

② 同上，第353页。

③ （清）天花藏主人：《平山冷燕·序》，（清）荻岸散人编次，天池权山点校：《平山冷燕》，北京师范大学出版社1993年版。

若置身于凌云台榭，亦可以变啼为笑，破恨成欢矣”[①]。而且这些作者深受明末汤显祖“真情”观、冯梦龙“情教”说影响，对明中叶以来小说中普遍存在的耽于肉欲的享乐思想进行反拨，发展了《刘生觅莲录》一类中篇传奇中“情”对“欲”压制，再加上清初统治者大力提倡忠孝廉节，严禁淫词艳语，因此才子佳人小说肯定的是男女之间的“真情至性”，强调的是“情”的力量，天花藏主人在《定情人·序》中就这样说：“情定则如铁之吸石，拆之不开；情定则如水之走下，阻之不隔。再欲其别生一念，另系一思，何可得也？”[②]因此尽管才子佳人最后都要得到长辈的首肯，但爱情的发生毕竟是对“父母之命、媒妁之言”形成了一定的冲击，甚至有了《宛如约》这样女扮男装自己出来寻找丈夫的别开生面的才子佳人小说。

才子佳人小说承袭了《莺莺传》以来爱情小说的情节模式并有所发展，形成了一套固定模式，刘大杰在《中国文学发展史》中曾对其进行总结性评论：“当时另有一种才子佳人的恋爱小说。这些书大都是某公子年少貌美，满腹才学，因择配不易，弱冠未娶。某日出游花园或寺庙，遇一少女，年方二八，‘沉鱼落雁，羞花闭月’，多才貌美，惊为天人。与之语，佯羞不答，然脉脉有情。于是男女心中，都若有所失，此时必有伶俐之婢女一人出而传书递简，或寄丝帕，或投诗笺，两心相许，私订终身。此女多为父母所宠爱，因才貌过人，择婿不易，尚待字闺中，后因某权臣闻女艳名，设法求为子媳，女家不许，于是百般构陷，艰苦备尝，改名换姓，各奔前程。最后总是才子高中状元，挂名金榜，秘情暴露，两姓欢腾，男女双双，终成夫妇。”[③]而“私订终身后花园，落难公子中状元，奉旨完婚大团圆”则是其简单概述。后花园几乎是这些小说中必不可少的场所，仍然担负着让才

① （清）鸳湖烟水散人著，马蓉校点：《女才子书·序》，春风文艺出版社1983年版。

② 李落、苗壮校点：《定情人·序》，春风文艺出版社1983年版。

③ 刘大杰：《中国文学发展史》，上海古籍出版社1997年版，第1184页。

子佳人遇合的重任，但这里的花园纯情了不少，它不是欲望的保护所，而是诗和“情”的天地。这时的花园仍然具有类型化特征，没有逃脱毫无特色的命运，它们还是作者笔下随意点染的场景，如《宛如约》这样描绘司空学士家的花园：“桃三攒，杏四簇，花间红树；莺百啭，燕千啼，鸟弄管弦。东数行，西数行，杨柳分垂绿幕；高几片，低几片，落花乱砌锦茵。左一折，右一折，尽是朱栏；前一层，后一带，无非密室。厅堂耸秀，玲珑巧石叠成山；池沼澄鲜，清浅活通泉作水。晓日映帘栊，氤氲春色；东风吹径路，杂踏花香。四壁图书，列海内名公题咏；满堂玩好，皆古今珍重琳琅。只就到处风流，何殊金谷；若论其中有美，无异桃源。”[①]而《定情人》第三回写江章家万卉园：“果然好一座相府的花园，只见：金谷风流去已遥，辋川诗酒记前朝。此中水秀山还秀，到处莺娇燕也娇。草木丛丛皆锦绣，亭台座座是琼瑶。若非宿具神仙骨，坐卧其中福怎消？”这些都是对花园景致的笼统描述，将其比作金谷园、桃花源等，也无非是说花园富贵风流，写与不写没有太大区别。即使是花园曾经充当重要线索的《画图缘》中，花天荷遇到的与异人传授图中一模一样的花园也不过是“内中有楼阁，有亭树，有池塘。兼之朱栏曲槛，白石瑶阶，花木扶疏，帘栊相映，十分富丽，又十分幽静”[②]。脂砚斋曾在批语中无情地嘲笑这些花园中“皆是牡丹亭、芍药圃，雕栏画栋，琼榭朱楼，略不差别”[③]。才子佳人小说中的花园虽然雷同，但作者们也能结合故事发展或人物性格，利用花园创作了一些给后人以深刻影响的情节。最著名的当属《定情人》第五回中双星在万卉园听了蠢丫头若霞“做过儿子做不得女婿”的话，“竟吓痴了，坐在一片白石上，走也走不动”，而且“东想想，西想想，竟想得昏了，坐在石上，连人事也不知道”，得了“惊忡之症”，这

① （清）惜花主人批评，萧相恺校点：《宛如约》，春风文艺出版社1987年版，第5页。

② （清）天花藏主人著，杨力生、周有德校点：《画图缘》，春风文艺出版社1985年版，第12页。

③ 己卯本第十七回至十八回夹批。

让我们立即想起了《红楼梦》中著名的“慧紫鹃情辞试忙玉”的情节；再如《平山冷燕》中燕白颔和山黛利用花园围墙互相留诗作为相认证据一节也被后来的不少作品如《泣红亭》等采用。更重要的是才子佳人小说中对“情”的高扬以及对女子才能的肯定，这让我们看到了大观园中贾宝玉专一的爱情与脱俗群钗的模糊身影。

中篇传奇与才子佳人小说不仅对后来的小说有很大影响，而且在戏曲创作领域同样引起了反响，尤其是在文人传奇勃兴期[①]，形成了“传奇十部九相思”[②]的局面。这一方面是因为中篇传奇和才子佳人小说中的人物很少，而其活动空间又往往是花园楼阁，适合被搬演上舞台；另一方面，“文人传奇作家迷恋于才子佳人的旖旎恋爱故事，淋漓尽致地表达内在的自然情感的强烈欲求和情与理的激烈冲突，凝聚成空前未有的近代审美理想，即肯定人性、放纵个性、歌颂世俗的享受和欢乐、向往个体人格的自由与平等”[③]。史槃《樱桃记》、孙柚《琴心记》、梅鼎祚《玉合记》、周履靖《锦笺记》、汤显祖《牡丹亭》《紫钗记》、沈璟《坠钗记》、徐复祚《红梨记》、单本《蕉帕记》、纪振伦《西湖记》《霞笺记》、邓志谟《玛瑙簪记》、金怀玉《桃花记》、杨珽《龙膏记》、王錂《春芜记》、月榭主人《钗钏记》、心一山人《玉钗记》、冯梦龙《梦磊记》《洒雪堂》、许自昌《灵犀佩》《种玉记》、王元寿《异梦记》《红梨花记》《石榴花》、范文若《花筵赚》、张琦《灵犀锦》《金钿盒》、吴炳《辽妒羹》《西园记》、孟称舜《娇红记》、沈嵊《绾春园》、王光鲁《想当然》、王异《弄珠记》、无名氏的《红杏记》[④]等都是利用花园展开才子佳人的悲欢离合，在情与理、情与欲的冲突中寻求和谐统一的出路。以汤显祖的《牡丹

---

① 文人传奇勃兴期是从明万历十五年（1587）至清顺治八年（1651），可参见郭英德《明清文人传奇研究》第一章第三部分，北京师范大学出版社1992年版。

② 李渔《怜香伴》卷末收场诗。

③ 郭英德：《明清文人传奇研究》，北京师范大学出版社1992年版，第15页。

④ 可参考郭英德《明清传奇综录》卷二和卷三，河北教育出版社1997年版。

亭》为例，故事发生在姹紫嫣红开遍的小庭深院中。南安太守杜宝的独生女儿杜丽娘，从小受到父母的严格管教，被牢牢关在闺房里，虽年已及笄，却不知自己家花园在哪里、有什么景致，丫头春香告诉她花园里“有亭台六七座，秋千一两架。绕的流觞曲水，面着太湖山石。名花异草，委实华丽”。杜丽娘决定游园，封建礼教的禁锢随之被冲破。生活在令人窒息的环境中的杜丽娘，一旦置身于春光明媚、花红柳绿的花园中，其内心的天性与青春的美丽立刻被唤醒。她感叹“不到园林，怎知春色如许”！她陶醉于“原来姹紫嫣红开遍，似这般都付与断井颓垣。良辰美景奈何天，赏心乐事谁家院！朝飞暮卷，云霞翠轩，雨丝风片，烟波画船——锦屏人忒看得这韶光贱”！她渴望“这般花花草草由人恋，生生死死随人愿，便酸酸楚楚无人怨”。她也感到了孤独与失落：“遍青山啼红了杜鹃，荼蘼外烟丝醉软。牡丹虽好，他春归怎占的先。闲凝眄，生生燕语明如翦，呖呖莺歌溜的圆”，“观之不足由他缱，便赏遍了十二亭台是枉然，倒不如兴尽回家闲过遣”。她更发出了“可惜妾身颜色如花，岂料命如一叶乎”的自哀自怜！

美丽的花园唤醒了杜丽娘的青春，让她发现了自我，在梦中与情人相遇、相爱，并演出了一场因梦生情、因情而死、死而复生的惊天动地的爱情故事。弥漫着青春和自然的花园成为女主人公感情的契机以及美好爱情的场所。而这一点在元杂剧《西厢记》中已经有充分表现，张生的悠扬琴声、吟诗酬和，莺莺的传情诗笺、拜月焚香等无不在普救寺的花园中得到恰如其分的渲染。才子佳人传奇中的花园不仅是故事展开的环境，而且戏曲的独特性质也让其对花园情景的描述以及人物性格的塑造给后来的小说提供了新的经验。戏曲塑造人物的主要方式是通过人物的情感来刻画人物的个性，而在情感描写的手法上，又继承了古代诗歌比兴的传统，即借客体的景物来描写主体的情感，把无情的自然融入有情的自我中，达到情景交融、物我一体的艺术境界。如同孔尚任在《桃花扇 · 凡例》中所说：“词曲皆非浪填，凡胸中情不可说，眼前景不能见者，则借词曲以咏之。”[①]李渔也将戏曲的创作概括为：“总其大纲，则不出情景二字。”[②]戏曲对情、景的要求比小说要严格得多。

另外，戏曲的舞台演出性质限制了空间场景的描述，花园等自然环境及其对人物的影响都是通过演员的自身表演显现出来，景物是虚拟的，是舞台演员眼中的景物，景物离不开人物。“袅晴丝吹来闲庭院，摇漾春如线。停半晌、整花钿。没揣菱花，偷人半面，迤逗的彩云偏。”花园景色是通过杜丽娘的唱、念、做等表现出来的，在景物与人物情感几乎融为一体的过程中，我们感受到的不仅是花园的美丽景色，也感受到杜丽娘内心深处被花园唤醒的自我情感的膨胀。戏曲中的景物必须带有人物的主观色彩，和人物内心的情感一起流动，这才能打动观众。但仅仅这样还远远不够，戏曲中的传情写景必须与叙事结合起来，在矛盾的集中冲突中流转，否则，孤立的抒情写景只能是无谓的呻吟。这一点，在当时已有人指出：“曲之难者，一传情，一写景，一叙事。然传情写景尤易为工，妙在叙事中绘出情景。”[③]只有“在叙事中绘出情景”，才能给人留下深刻印象。

以《牡丹亭》第十出《惊梦》为例，我们前面已叙述了杜丽娘游园中发现了美丽大自然后内心的觉醒，而这种觉醒在杜丽娘梦见柳梦梅的一系列动作中表现得更加淋漓尽致：睡介。梦生介。回看介。旦作惊起介。相见介。旦作斜视不语介。旦作惊喜，欲言又止介。旦作含笑不行。旦低问。旦作羞。旦推介。旦低头介。旦作惊醒，低叫介。又作痴睡介。旦作醒，叫秀才介。旦作惊起介。汤显祖详细描述了杜丽娘在梦中的一连串动作，把一个含羞少女被青春唤醒后对爱情的迷恋与渴望惟妙惟肖地表达出来。写景、抒情、叙事的完美结合让游园惊梦成为中国古典戏曲中浓墨重彩的佳篇。而戏

① （清）孔尚任：《桃花扇·凡例》，人民文学出版社1959年版。

② （清）李渔：《闲情偶寄·词曲部·词采第二·戒浮泛》，王连海注释，山东画报出版社2003年版。

③ 孟称舜对《魔合罗》的眉批，见《古今名剧合选》卷十六。

曲中这种对情、景、事的深度挖掘以及从中刻画人物性格、构造独特意境的叙述方式对后来小说也起了很好的促进作用。

四

才子佳人小说不仅和中篇传奇有着明显的传承关系，还受到了《金瓶梅》的影响。事实上，《金瓶梅》也离不开中篇传奇小说的滋养，不仅其命名方式与《娇红传》一脉相承，而且中篇传奇中《花神三妙传》《寻芳雅集》《天缘奇遇》等于花园中宣泄情欲的色情描写在《金瓶梅》中得到了继承。《金瓶梅》是第一部由文人独创的作品，同时，它还是第一部以家庭生活为题材的长篇小说。作品十分细腻地描写了西门庆一家的日常生活以及这个家庭的盛衰，并由此揭示了广阔的社会生活画面。长篇体裁的形式让作者有充分的时间和篇幅去介绍人物的居住环境，如武大郎和潘金莲最先典的房子，孟玉楼家的房子，狮子街灯市李瓶儿新买的房子，乔大户的房子，曾和西门庆有关系的王六儿、林太太家的布局和陈设以及妓女郑爱月等的住处，甚至玉皇庙、西门庆家的祖坟等都有较为详细的描述。童寯《江南园林志》认为《金瓶梅》是“吾国小说描写园林最详尽者”[①]之一，并对书中第五十四回较为详细地描述西门庆等游览某内相花园做出了这样的评价：“以上所述，与园林布置之旨暗合。初入园，有朱栏回廊，渐见亭台，然后到池，而以楼及假山殿后；登其高处，顾盼全局，由小及大，由卑及高，斯经营位置之定律也。”[②]《金瓶梅》的作者是应该了解房屋建筑与园林布置的，而他对西门庆那座承载了肉欲和享乐的花园也确实是结合西门庆暴发户的本质来建造的。这座花园随着西门庆的发家而盖起来，是西门庆财富的象征。第十六回写西

① 童寯：《江南园林志》，中国建筑工业出版社1984年版，第42页。

② 同上，第12页。

门庆在自家原有花园的基础上合并花子虚的院落，在李瓶儿的资助下，扩建花园。第十九回详细交代了西门家用半年光景盖的新花园，借吴月娘约同李娇儿、孟玉楼、孙雪娥、大姐、潘金莲等开了新花园门，闲中游赏，观看里面的花木亭台。“一望无际，端的好座花园。”[①]但见：

> 正面丈五高，周围二十板。当先一座门楼，四下几间台榭。假山真水，翠竹苍松。高而不尖谓之台，巍而不峻谓之榭。四时赏玩，各有风光。春赏燕游堂，桃李争妍；夏赏临溪馆，荷莲斗彩；秋赏叠翠楼，黄菊舒金；冬赏藏春阁，白梅横玉。更有那娇花笼浅径，芳树压雕栏。弄风杨柳纵娥眉，带雨海棠陪嫩脸。燕游堂前，灯光花似开不开；藏春阁后，白银杏半放不放。湖山侧才绽金钱，宝槛边初生石笋。翩翩紫燕穿帘幕，呖呖黄莺度翠荫。也有那月窗雪洞，也有那水阁风亭。木香棚与荼蘼架相连，千叶桃与三春柳作对。松墙竹径，曲水方池，映阶蕉棕，向日葵榴。游鱼藻内惊人，粉蝶花间对舞。正是：芍药展开菩萨面，荔枝擎出鬼王头。

张竹坡有夹批曰：“写西门市井入骨”[②]。这座似乎应有尽有却几乎没什么章法的花园正适合没有文化、眼光低俗的土财主西门庆居住。作者还借花园中的场景来衬托人物性格，如第五十四回写西门庆游览内相花园，对园中的景色并不懂得欣赏，而是细细观看名人题咏，张竹坡也一再点出“是俗人目中事”“总是西门眼中，俗情如掬”[③]。作者也能利用花园中的场景写出人物性格的不同，如第二十七回“李瓶儿私语翡翠轩　潘金莲醉闹葡萄架”，张

① 王汝梅、李昭恂、于凤树校点：《张竹坡批评第一奇书〈金瓶梅〉》，齐鲁书社1991年版。

② 同上，第282页。

③ 同上，第800、801页。

竹坡在回评中这样评价："至于瓶儿、金莲，固为同类，又分深浅，故翡翠轩尚有温柔浓艳之雅，而葡萄架则极妖淫污辱之怨。"文中也有"周围放下帘栊，四下花木掩映。正值日当午时分，只闻绿荫深处，一派蝉声"这样有些意味的情景描述。但这座叙述详尽的花园并没让我们对它的布局有所关注，留给我们的只是一座不断发生皮肤滥淫之事、藏污纳垢、散发着淫荡糜烂气息的花园，但这种在封闭园林中描写一个家庭盛衰的创作方式却成了后来许多小说的范本。

明代还有一本小说对环境描写也很有开拓，这就是明末齐东野人编著的《隋炀帝艳史》。若只看书名，似乎很容易对此书产生误解，在人们的印象中，隋炀帝是有名的荒淫之君，书名"艳史"，更容易让人们认为是诲淫之作。但事实并非如此，这部书在小说环境刻画方面很有成就，书中关于宫阙苑囿的描写多让人想起与《红楼梦》相近之处。第十二回写陈后主对杨广提到文帝"曾为蔡容华夫人造潇湘，沿绮窗四边都以黄金打成芙蓉花，妆饰在上面，又似琉璃网户，又将文杏为梁，各处雕刻飞禽走兽，动辄价值千金"[①]。第十三回写隋炀帝从江都回到东京，因是仲冬时候，百花俱已开过，树木大都凋零，西苑中十分寂寞，殊不惬意。清修院的秦夫人想出一招，博得炀帝的又惊又喜。原来秦夫人让众位夫人和众宫人用一夜的工夫把五色彩缎细细地剪得花红柳绿的，拴在枝上，"红一团，绿一簇，也不分春夏秋冬，万卉千花，尽皆铺缀，比那天生的更觉鲜妍百倍"。这些都让我们联想起《红楼梦》中的有关情节。第十回写隋炀帝"嫌西京太朴"，要迁都东京，又嫌显仁宫不过几间宫殿，没什么好处，遂派虞世基在显仁宫旁边另选一处造苑囿。虞世基选得显仁宫西周围二三百里的地方建造西苑。作者详写了虞世基如何建造西苑的想法，让读者先对西苑有大体了解，又借隋炀帝的眼睛

① （明）齐东野人著，（明）不经先生评，李悔吾校点：《隋炀帝艳史》，群益堂（湖北）1985年版，第124页。以下有关引文皆出于此，恕不另注。

把五湖、十六院的名称和特征表现出来。如五湖中东湖“因四周种的都是碧柳，又见两山的翠微与波光相映，遂命为翠光湖”。第一院因南轩高敞，时时有熏风流入，遂名为景明院；第十院因四围都是疏竹环绕，中间却突出一座丹阁，就像鸣凤一般，遂名为仪凤院等。但如此长篇大论的介绍毕竟有些乏味，往往让人在阅读过程中忽略不计。作者或许也意识到这个问题，因此在后来的章节中，当隋炀帝游幸到某院时，再对其做详细介绍。如第十四回写隋炀帝喜欢秦夫人的剪彩巧思，所以常到清修院中，“原来这清修院，四周都是乱石垒断出路，唯容小舟委委曲曲摇得入去。里面种许多桃树，仿佛就是武陵桃源的光景，果然有些幽致”。同回写隋炀帝和萧后到景明院来纳凉，景明院“是苑中第一院，开门虽向龙鳞渠，转进去三间大殿，却是向南，正压在北海之上，窗牖弘敞，直受那北海的南风，到夏来甚是凉爽可爱”。而晨光院的杨梅树、明霞院的玉李树及其中蕴含的“杨衰李兴”的预兆都给我们留下了深刻印象。这种先对其进行大概介绍，以后再详加透露的叙述方式也在《红楼梦》尤其是对大观园布局的层层叙述中得到了发展。第三十回写花了一年工夫才建完的迷楼也很有特色，“穷极天下之巧。外边远望，只见楼阁高低相映，画栋与飞甍，隐隐勾连。或斜露出几曲朱栏，或微窥见一带绣幕，珠玉的光气，映着日色，都漾成五彩。乍看见，只道是大海中蜃气结成，决不信人间有此。到了里边……人若是错走进去，就转一日，也莫想认得出来。真个是天上少，世间稀，古今没有”。尽管还有骈俪句式的残留，但已经开始用散文化的笔调来描述景致。

关于这一点，明末天然痴叟《石点头》中的景物描写、肖像描写也很有特色。它打破了当时流行的定型化的刻板文字，用散文笔法写氛围、写意境、写感受，使之成为描写人物的必要手段。如第十卷《王孺人离合团圆梦》：“一日，正值中秋，一轮明月当窗，清光皎洁。王从古在衙斋对月焚香啜茗，乔氏在旁侍坐。但见高梧疏影，正照在太湖石畔，清清冷冷，光景甚是萧瑟。兼之鹤唳一声，蟋蟀络纬，间为相应。虽然是个官衙，恰是僧房道院也没有这般寂寞。”第九卷《玉箫女再世玉环缘》中写韦皋：“冷眼瞧见玉箫在牡丹台畔，和着小厮举纨扇赶扑花上蝶儿，回身漫步，转折翩跹，好不轻盈袅娜，……（玉箫）遂收步敛衣，向花停立，微微吁喘。”[①]颇有舞台效果，不由让我们想起了宝钗扑蝶。

还有一部小说也必须要提到，即“随缘下士编辑，寄旅散人评点”的长达六十四回的《林兰香》。全书以明初开国功臣泗国公耿再成之支孙耿朗一家自洪熙至嘉靖百余年间的盛衰荣枯为主线，表达了作者对当时社会无数才德兼优的女性被虐杀于封建制度下的无限同情与不平，并对当时上自君主朝臣、下至市井无赖的广阔社会现实做了一定程度的反映与揭露。此书出现于四大奇书之后、《红楼梦》问世之前，明显有一种承前启后的作用。

《林兰香》之命名也是取自书中主要女主人公林云屏、燕梦卿、任香儿，[②]故事主要在耿家展开。作者借耿朗将燕梦卿等作的律诗和遗留的金簪收藏在小书斋时介绍故事展开的主要环境之一——耿朗家的住房：“原来耿朗所住，乃泗国公旧府，其余叔伯皆另有宅室，故此处是他独居。进大门有二门，二门前左右有旁门二座，门内分门别户，无数房室，直通着周围群墙，乃众家丁居住。进二门有仪门，仪门前左右各有厢廊五间，乃家人办家务之所。进仪门是大厅五间，东西陪厅各三间，陪厅旁小屋乃家人轮日值宿之所。大厅后为二厅，亦是五间；东西亦是三间，旁边亦有小屋，亦是值宿之所。两层陪厅之后，俱有箭道甬路，内通东西二所，外通办家务厢廊，所有内里妇女会亲养病之所。二厅后又是重门，重门前左右又各有厢廊三间，又是值宿传事之所。进重门正房三间，左右耳房各二间，东西厢房各三间，

① （明）天然痴叟著，王鸿芦校点：《石点头》，中州古籍出版社1985年版，第195、176页。

② 作者曾这样介绍自己书名的意义：“林者何？林云屏也。其枝繁杂，其叶茂密，势足以蔽兰之色，掩兰之香，故先于兰而为首。兰者何？燕梦卿也，取燕姞梦兰之意。古语云：‘兰不为深林而不芳’，故次于林而为二。香者何？任香儿也。其色娇柔，足以夺兰之色。其香霏微，足以混兰之香。故下于兰而为三。合林兰香三人而为名者，见闺人之幽闲贞静，堪称国香者不少，乃每不得于夫子，空度一生，大约有所掩蔽，有所混夺耳。”（清）随缘下士编辑，于植元校点：《林兰香》，春风文艺出版社1985年版。

由左右耳房旁边的角门进去，东西又各有一所。这东西二所及东西厢房之后，又都有亭台楼轩之类。正房后有楼五间，左右陪楼又与东西二所相通。楼后又是正房三间，厢房六间。此外周围夹壁，以便坐更传筹。夹壁墙外，就是二门前左右旁门内的众家丁住房。前后左右，曲折通连。又有三层后门，以便众家丁喜丧事件。当日耿朗的小书斋就是重门内正房的右耳房。康夫人住在正房，云屏是东厢，香儿是西厢。”寄旅散人评点曰：“此段以小书斋起，以小书斋收，廊回阶转，户迭门重，潭潭乎公侯府地。”[①]确实是“侯门深似海”，也详细交代了房屋布局，但过于单调，难脱卖房帖子的嫌疑。倒是书中的场景描写有些特色，有时用整饬的语句，带着骈俪的情调，自有一番意趣。

如第五十八回写燕梦卿死后，她的继承者田春畹重到其旧居时的情景：“一日午后，春畹独自在萱花坪闲走，顺步过桥南，从游廊来到樱桃树下，玫瑰丛边。时乃天顺三年，春末夏初时候，樱桃又见垂珠，玫瑰复将吐秀。想起当年……多少情事，不觉令人心孔欲迷，眼皮发皱。又走到西内屋的窗外，才待揭起雨幕，觉得窗内似有鼻息的光景，又觉得有脚步的光景，仿仿佛佛，又像用火箸在炉内添香的光景。忽然一阵微微的香气透出窗外，春畹吃一大惊，暗道：‘莫非真有魂魄以栖于此？得见一面，死亦可乐！’便将纸窗用手戳破，望里一看，但见西壁上灰尘细细，南窗外日影溶溶。急忙忙蜘蛛结网，慢腾腾蚰蠃依墙。春畹见此光景，不觉得一声长叹。……再从东游廊绕到前边的院门之外，望里一看，但见后种的荆花，难比前时的茂盛；新裁的蕉叶，未如旧日的青葱。珠帘高卷，不闻鹦鹉呼茶；绣户虚开，但见乌衣唤婢。忒楞楞风吹窗纸，仿佛琴声；荡悠悠日射帘钩，依稀剑影。户外徒悲此日，房中空处多年。春畹一发流连，含泪难舍。”在细致的情景交融的描述中寄寓了物亡人在、后者难继的悲凉和思念之情。

---

① （清）随缘下士编辑，于植元校点：《林兰香》，春风文艺出版社1985年版，第56页。

值得一提的是《林兰香》的故事结局，耿家遗物，为一场大火焚烧净尽，不留任何痕迹。其遗闻遗事，仅借盲词瞎话、铁板歌喉作有限的传扬，而又很快消歇，不复为世人所知，与《红楼梦》的“好一似食尽鸟投林，落了片白茫茫大地真干净”有异曲同工之妙。而且，此书涉及大大小小的人物三百二十人之多，所写楼阁第宅、园林台榭之盛，各项服役之多，陈设之豪华，服饰食用之奢……都描绘出国公府家道正盛时的煊赫声势。另外，作品对女子悲剧命运的关注也在《红楼梦》《镜花缘》等著作中得到了继承。

人们总是“在直接碰到的、既定的、从过去继承下来的条件下创造。一切已死的先辈们的传统，像梦魇一样纠缠着活人的头脑”①。在以往中国古代小说戏曲花园环境及其叙述方式的不断开拓和积累之下，就像《红楼梦》成为中国古典小说的高峰一样，曹雪芹创造的大观园也成为中国古代小说环境描写中的最高境界。它不仅寄寓了作者的美好愿望和理想，也让环境与人物性格、情节发展等有机结合；不仅彻底改造了《金瓶梅》中西门庆花园的肮脏、糜烂的气息，而且以诗意的空灵之美给人们留下最深刻的印象。它不是一个单纯的故事背景，不是一座只给人物活动提供亭、台、轩、榭等的类型化园林，而是与人物性格、情节发展紧密联系的充满诗意的个性化舞台。《红楼梦》之后，无论是续红、仿红之作，还是其他才子佳人小说，虽然都竭力想保持花园的文采风流，但它们或只是机械模拟，或泛泛而论（关于《红楼梦》之后花园环境的叙写，另有专文论述，此不赘言），都难以出新，这也恰恰有力证明了大观园是一座难以逾越的高峰。

（原载《红楼梦学刊》2005年第6辑）

① 《马克思恩格斯选集》第一卷，人民出版社1972年版，第603页。

从“怡红院”看贾宝玉的“悬崖撒手”

每每提到怡红院，带给我们的似乎总是一位如玉公子在花木掩映中一派软玉温香的风流情景。正所谓“佳园结构类天成，‘快绿’‘怡红’别样名。长槛曲栏随处有，春风秋月总关情”[①]。明义的深刻印象也恰恰道出了我们的心声。岂不知事实并非如此，当我们静下心来，细读文本，却惊觉正是贾宝玉流连忘返的怡红生活导致了他最终悬崖撒手的“情极之毒”！这段红袖添香、诸美环绕的“此时此地”之“此情此景”，在风流云散之后，带给他的不仅仅是蚀骨之痛，更是再也无法回归的精神家园。

一

贾宝玉是怡红院的主人，也是大观园当然的主人。这不仅仅因为贾宝玉是园中唯一的成年男性（贾兰太小，且依附于李纨，性别可以忽略不计），而且我们知道，大观园是因元妃省亲而建，早在元妃省亲之前，贾宝玉就经常在园中戏耍，对园子非常熟悉，园中主要建筑的命名最初是由宝玉完成的。《红楼梦》庚辰本第十七回至十八回的总批有这样一段话：“宝玉系诸艳之贯，故大观园对额必得玉兄题跋，且暂题灯匾联上，再请赐题，此千妥万当之章法。”足

① 明义：《题〈红楼梦〉》绝句二十首之一，中国艺术研究院红楼梦研究所编：《绿烟琐窗集》，内部刊印资料，第46页。

以见贾宝玉对大观园的重要性。不仅如此，脂砚斋还为我们指出了怡红院的特殊性，此回庚辰本侧批曰：“于怡红总一园之看，是书中大立意。”更是表明怡红院当之无愧是大观园的中心，是园中第一居所。此外，元春在省亲时曾专门指定宝玉为自己最喜欢的四大处“潇湘馆”“蘅芜苑”“怡红院”“浣葛山庄”（后改名为“稻香村”）各赋五言律一首，巧的是，《红楼梦》中的三大主角宝、黛、钗在大观园中的居所都是由宝玉亲自赋诗，唯有李纨（大观园中唯一的已婚女子）的住处稻香村由黛玉代笔，这或许对我们重新理解钗黛关系也颇有启发。

怡红院作为贾宝玉住所的名字，最是贴切不过了。让“千红”快乐，使“万艳”同喜，护法裙钗，把大观园变为诸女儿的乐园，是宝玉当仁不让的乐趣。自贵妃省亲后，元春为“不使佳人落魄，花柳无颜”[①]，故命几个能诗会赋的姐妹们进园居住，又怕宝玉冷清，也将其“禁管”在园中读书。名义上是“禁管”，其实却为宝玉的更加放纵创造了有利条件。二月二十二日，众人各自找好自己心仪的住所，搬进了大观园。贾宝玉正式入住怡红院，幸福生活开启了。

对于怡红院，我们熟悉得很，《红楼梦》中共有四次集中描述，算得上是大观园中书写最为详细的地方，也与贾宝玉的园主地位相合。第一次介绍是在第十七回至十八回中宝玉陪同贾政等游览大观园时，众人眼中的怡红院，比园中其他诸景描述都要细腻（那时还未有名称）：“穿过一层竹篱花障编就的月洞门，俄见粉墙环户，绿柳周垂。”“一入门，两边都是游廊相接。院中点衬几块山石，一边种着数本芭蕉，那一边乃是一棵西府海棠，其势若伞，丝垂翠缕，葩吐丹砂。”芭蕉与海棠本是“红香绿玉”的点睛之笔，谁知元妃娘娘并不喜欢“香”“玉”二字，易名为“怡红快绿”。可书中作者明明借宝玉之口将

① （清）曹雪芹、高鹗：《红楼梦》，中国艺术研究院红楼梦研究所校注，人民文学出版社1982年版。有关引文皆出于此，恕不另注。

黛玉比作“香玉”，真是让人难免浮想联翩。

接下来作者详细介绍了怡红院如何“房内收拾的与别处不同，竟分不出间隔来的”。其“五彩销金嵌宝”“花团锦簇、剔透玲珑”之处引得众人都赞：“好精致想头，难为怎么想来！”不仅房间摆设、置办得令人眼花缭乱，这还是一处容易让人迷糊的地方，贾政等“未进两层，便都迷了旧路”。到处都有门，但到处又出不去，没有人领着，是转不出去的，贾政等依靠贾珍才转到了后院。日日生活在这迷离惝恍的境地，怎能不被声色货利所迷？更何况，怡红院里不止有这等花柳繁华地，更是温柔富贵乡：既有“自是小鬟娇懒惯，拥衾不耐笑言频”，又有“窗明麝月开宫镜，室霭檀云品御香。琥珀杯倾荷露滑，玻璃槛纳柳风凉”，“却喜侍儿知试茗，扫将新雪及时烹”。难怪贾宝玉住进怡红院不久，就发生了不能抵御马道婆“魇魔法”的事件。我们知道，宝玉身上带着一块“一除邪祟、二疗冤疾、三知祸福”的通灵宝玉，马道婆的雕虫小技本应对他毫无影响，“只因他如今被声色货利所迷，故不灵验了”。这象征了贾宝玉陷在怡红院中无法自拔，被尘世的欢乐所迷惑，也给贾宝玉刚刚开始的自由自在的幸福生活蒙上了一层阴影。

除了贾宝玉的弟弟贾环、贾琮（贾琮似乎是贾赦的儿子），侄儿贾兰之外，唯一受宝玉邀请出入过怡红院的男性（大夫除外）大概就是贾芸了。第二十六回宝玉叫贾芸来怡红院说话，作者当然不会放过这次机会，借贾芸的眼睛又对怡红院进行了展示：“只见院内略略有几点山石，种着芭蕉，那边有两只仙鹤在松树下剔翎。一溜回廊上吊着各色笼子，各色仙禽异鸟。上面小小五间抱厦，一色雕镂新鲜花样隔扇，上面悬着一个匾额，四个大字，题道是‘怡红快绿’。”接着从贾芸的角度写“怪道叫‘怡红院’，原来匾上是恁样四个字”。进入房内，“抬头一看，只见金碧辉煌，文章炳灼……只见左边立着一架大穿衣镜……又进一道碧纱橱，只见小小一张填漆床上，悬着大红销金撒花帐子”。作者不仅真实地写出了从未进过怡红院的贾芸的感受，而且补充了宝玉搬进怡红院之后的院落面貌，且为刘姥姥将来误入怡红院伏下了细节线索。而贾芸之所以得以独进怡红院则是另外一个话题，此处不赘。

第三次对怡红院的详述就是第四十一回刘姥姥醉后不辨方向，误入怡红院贾宝玉房间了。作者借一个没怎么见过大世面、又喝醉了酒的农村老妇人醉眼迷离的状态描述了怡红院。“一转身方得了一个小门，门上挂着葱绿撒花软帘……只见四面墙壁玲珑剔透，琴剑瓶炉皆贴在墙上，锦笼纱罩，金彩珠光，连地下踩的砖，皆是碧绿凿花，竟越发把眼花了……左一架书，右一架屏……忽见有一副最精致的床帐。”刘姥姥后来甚至问袭人：“这是哪个小姐的绣房，这样精致？我就像到了天宫里一样。”至此，怡红院已经由不同的人用不同的视角从外至里一步步呈现在我们眼前，这次更是通过刘姥姥将贾宝玉最私密的个人空间展现出来。当然，即使清醒的刘姥姥也不可能像那些清客一样认识四面玲珑雕空木板上都是什么图案，何况眼花头眩？

然而，刘姥姥进怡红院的意义不止于此。我们知道，宝玉的女儿三段论中最不喜欢嫁了汉子的老女人，其经验不外乎来自他周围周瑞家的、林之孝家的等一些虽在府里为下人但在荣府之外却很有实力的老婆子。而刘姥姥在身份、见识上远不如这些人，她将竹篱当作了扁豆架子，把一幅活凸出来的画上的女孩当作了真人，把大穿衣镜中的自己当作是没见过世面的亲家母加以嘲笑。但偏偏就是这样一个农村老妇，却迷迷糊糊在宝玉床上睡了一觉，“袭人一直进了房门，转过集锦槅子，就听的鼾齁如雷。忙进来，只闻见酒屁臭气，满屋一瞧，只见刘姥姥扎手舞脚的仰卧在床上”。王熙凤曾吩咐回娘家的袭人不要用那里的铺盖和梳头的家伙，宝玉认为妙玉和刘姥姥说话授受就连妙玉自己也脏了，如今贾宝玉最精致的床帐却让刘姥姥的酒屁臭气彻底熏染了，难怪此回回目作“怡红院劫遇母蝗虫”，对于怡红院、贾宝玉来说，可不是一劫嘛！不过宝玉并不知情。袭人虽也吃惊，“慌忙赶上来将他没死活的推醒”，所幸处变不惊，一来没有惊动旁人，二来“忙将鼎内贮了三四把百合香”，些微收拾，掩盖了满屋的腌臜气味。贾宝玉依然毫不所知的继续睡在这副床帐上。庚辰本此回回前批有这样一段：“岂似玉兄享洪福，竟至无以复加而不自知。故老妪眠其床，卧其席，酒屁熏其屋，却被袭人遮过，则仍用其床其席其屋。亦作者特为转眼不知身后事写来作戒，纨绔公子可不慎哉。”

世事转眼瞬息而变，贾宝玉受享了怡红院的风流富贵后最终毫无留恋地“悬崖撒手”，而刘姥姥却在贾家败落之后，以“忍耻之心”拯救了流落烟花的巧姐。刘姥姥被遮过的酒屁臭气又何尝不是怡红院精致风流的表面下掩盖着的污浊不平之气？贾宝玉在怡红院的生活越逍遥，大观园零落后他的失落与痛苦就越深重，终至不愿承受！

第四次对怡红院的剧透，曹雪芹通过贾琏的爱妾平儿来完成。第四十四回凤姐过生日时捉到贾琏与鲍二家的通奸，两口子打架，都把气撒到了平儿身上，平儿委屈万分，被李纨拉入大观园，宝玉便把平儿让到了怡红院。作者借平儿理妆描述了怡红院的梳妆台，台上的宣窑瓷盒、玉簪花棒以及轻白红香的紫茉莉花粉、如玫瑰膏子一般的胭脂。在对贾宝玉的床帐都可以细致猜想之后，我们终于直面贵公子的日常梳洗了，更别说那种超乎寻常的温柔体贴、关照青春女儿的脾性了。作为凤姐的心腹、贾琏的爱妾，平儿一般来说是无法与宝玉走得太近的。平儿是个“极聪明极清俊的女孩儿”，宝玉也以从未在其面前尽过心而“深为怨恨”，深谙创作内幕的脂砚斋在此节的夹评中为我们指出其中的奥妙：“作者费尽心机了。写宝玉最善闺阁中事，诸如胭粉等类，不写成别致文章，则宝玉不成宝玉矣。然要写又不便，特为此费一番笔墨，故思及借人发端。然借人又无人，若袭人辈则逐日皆如此，又何必拣一日细写，似觉无味。若宝钗等又系姐妹，更不便来细搜袭人之妆奁，况也是自幼知道的了。因左思右想，须得一个又甚亲，又甚疏，又可唐突，又不可唐突，又和袭人等极亲，又和袭人等不大常处，又得袭人辈之美，又不得袭人辈之修饰一人来，方可发端，故思及平儿一人方如此，故放手细写绛芸闺中之什物也。”平儿终不负作者所托，借自己一双慧眼完成了诸人之窥探心理与阅读期待。

二

这四次对怡红院的集中描述，让我们对怡红院本身有了从外到内的细致了解，其富贵精致甚至浓厚的女性气息也给我们留下了深刻的印象，院内院外弥漫着的是热烈的红色主调，不仅与宝玉“爱红”的性情完美契合，更是如玉公子“怡红”的重要阵地。而小说剧情随着怡红院一步步展现在我们眼前，也将贾宝玉的怡红生活笔笔描述得繁花似锦，并在不久的将来达到欢乐的顶峰，让我们领略了怡红院以及大观园最自由的时刻：寿怡红群芳开夜宴。

第六十三回写贾母、王夫人等因为给一位薨逝的老太妃送灵都不在家，众人没了管束，十分畅意。尤其宝玉生日这一天，白天庆祝了还不算，晚上接着吃酒。有黛玉、宝钗、湘云、探春、李纨、宝琴、香菱、袭人、晴雯、麝月、秋纹、芳官、碧痕、小燕儿、四儿等共十五人参加夜宴。客人走后，怡红院的常住人口又玩了个昏天黑地。难怪袭人对平儿说：“昨儿夜里热闹非常，连往日老太太、太太带着众人顽也不及昨儿这一顽。”这是怡红院欢乐的顶点，此后便难以为继了。

怡红院还是宝黛爱情有了质的突破的地方。自搬入大观园之后，宝黛爱情就开始发展，在不断的争吵与猜疑中，两人的感情也逐渐加深，直到第三十二回黛玉在怡红院听见宝玉在湘云面前赞扬自己说“林妹妹不说这样混账话，若说这话，我也和他生分了”，黛玉又喜又惊，又悲又叹。两人终于心灵相通，再也不需要相互试探了。此后几乎再也没见黛玉耍小性，展现在我们面前的是一个在爱情滋润下的女孩子的绝顶诗才与诙谐幽默。

然而，作为一园之首，作为整个大观园的中心，怡红院不仅是欢乐的海洋，还是大观园的晴雨表。怡红院的一点小动静，就会波及整个大观园；而大观园有什么风吹草动，也总是怡红院首当其冲。怡红院是事故多发之地：第二十五回宝玉遭受“魇魔法”，闹得天翻地覆；第六十一回“判冤决狱”也是因为怡红院的芳官与柳五儿互相赠送东西引起；第七十三回更因为似乎有人从怡红院墙上跳了下来、宝玉假装被吓而引起贾母大肆查赌。尤其搜检大观园时，怡红院是第一个被搜之处，也是受害最严重的地方，晴雯死去，芳官出家，四儿也被撵。因此，怡红院全盛，大观园也欢乐无比，一旦怡红院元气大伤，大观园也就风雨飘摇了。

怡红院带给了贾宝玉无尽的欢乐，却也限制了他的视野和思想。他所有的注意力都集中在了身边的女子们身上，他的希望也寄托在她们身上。他从女儿们身上只看到了善良、美丽和纯洁，这与他在大观园之外看到的庸俗、污浊、猥琐截然不同，因此即使女孩们犯了错误，贾宝玉也心甘情愿地把过错揽到自己身上。

然而，怡红院并不是没有污浊之气的，就像刘姥姥的酒屁臭气虽然已经被遮过，但并不能就否认它曾经存在过一样。怡红院也有等级存在，大小丫鬟都想在宝玉面前展现一番而互相不服气。第五十八回袭人让芳官也学着些服侍，替宝玉吹汤，芳官的干娘，一个不知内闱规矩的荣府三等人物跑进怡红院里槅要替芳官吹，结果被小丫头们讥笑一番："我们到的地方儿，有你到的一半，还有一半到不去的呢。何况又跑到我们到不去的地方还不算，又去伸手动嘴的了。"小小的一碗汤便写出了即使在大观园怡红院，也是等级名分观念深入人心。怡红院不是人人平等自由的乐土，晴雯也曾经用一丈青乱戳坠儿的手，还发生过偷盗事件。

更重要的是贾宝玉的一切权利都是他所厌恶的庸俗社会赋予的，怡红院离不开贾府。故事开始时的贾府已经处于末世，从第六回到第十七回都是在描述这个"死而不僵"的"百足之虫"，表面上尽管有"烈火烹油"之盛，但骨子里已经溃烂不堪了：义学里大搞同性恋，贾瑞调戏嫂子王熙凤，族长贾珍与儿媳乱伦……但就是这样的簪缨世家迎来了"元妃省亲"的盛事。大观园、怡红院也是因此才得以存在。无论贾宝玉在安乐窝里怎么受享，怎么不愿与士大夫诸男人接谈，只要贾政一声令下，即使"好似打了个焦雷，登时扫去兴头脸上转了颜色，便拉着贾母扭的好似扭股儿糖，杀死不敢去"，但最终也还"只得前去，一步挪不了三寸，蹭到这边来"。贾府当权者一声咳嗽，怡红院就免不了要感冒。贾宝玉时时刻刻要"护法裙钗"，然而面对封建家长的威压他又无能为力，生死关头，他无用的情意只能是空牵念、叹无缘、意难平而已，直至自己也不得不搬出怡红院。

作者其实很清楚地给我们预示了怡红院、大观园的结局。众人入住大观园后，第一件重头戏就是“黛玉葬花”。第二十三回，宝玉把落花抖在池内、顺水流走时看见黛玉“肩上担着花锄，锄上挂着花囊，手内拿着花帚”前来葬花，此时是三月中浣，很快第二十七回便写了黛玉在花冢哭诵著名的《葬花吟》。在贾宝玉与诸女儿刚搬进大观园的明媚阳光中，最感染我们的却是黛玉葬花以及缠绵哀怨的《葬花吟》，而花恰恰是女孩子们的象征。己卯本第十七回至第十八回有一夹批：“至此方完大观园工程公案，观者则为大观园费尽精神，余则为若许笔墨，却只因一个葬花冢。”

二知道人曾这样说贾宝玉的理想：“揣宝玉之心，须众女子得驻颜之术，年虽及笄，无庸出嫁，只挈伴在大观园中，妆台联句，绣户飞觞，口餐樱桃之余香，裙易石榴之水渍，聚而不散，老于是乡可也。”[①]怡红院带给贾宝玉的欢乐时光越长，他的理想破灭后的痛苦也就越深。曹雪芹尽量拉长大观园幸福时光的同时，也就越加深化了大观园风流云散后的悲凉。“天尽头，何处有香丘？”当那一个个美丽的生命在注定的悲惨命运——死的死、散的散、远嫁的远嫁、出家的出家——中结束了自己美好的青春与欢乐时光后，贾宝玉还能留恋什么呢？

荣国府唯一“略望可成”的嫡孙贾宝玉最终是“悬崖撒手”了，在怡红院度过了美好时光的他无法重新回到污浊的现实环境里。既然连在现实的夹缝中生活亦不可得，那最好的归宿也许就是抛弃这个现实。与其说这是贾宝玉无奈的选择，不如说是他自己最大的反抗，尽管这也是最消极的反抗。

（原载《微语红楼》，文化艺术出版社，2016年）

① 二知道人嘉庆十七年解红轩刊本《红楼梦说梦》，一粟编：《古典文学研究资料汇编·红楼梦卷》第一册，中华书局1963年版，第85页。

也谈妙玉与栊翠庵

《红楼梦》中的大观园之所以如此深入人心，除了“天上人间诸景备”[1]的园林仙景以及众多聪明灵秀的女儿们之外，还有一个特殊的存在，即曹雪芹为我们塑造了独特的栊翠庵与妙玉。这样一位与贾府没有任何关系的妙龄女尼因为一个独特的机缘入住了“花柳繁华地，温柔富贵乡”，在滚滚红尘中上演了一出令人唏嘘感伤的属于自己的传奇。

一 有这样一个女尼

元妃要省亲了！

第十六回中，贾府大小姐贾元春晋封为凤藻宫尚书，加封贤德妃，又值当今皇恩浩荡，“大开方便之恩，特降谕诸椒房贵戚”，“不妨启请内廷鸾舆入其私第”，贾府也要预备修盖省亲别院了。这才有了本来和宝玉没有一点关系的姑苏女尼妙玉的入住。

关华山曾将大观园和18世纪清初的园林做比较，得出栊翠庵的存在是大观园和其他私家园林的差别之一。[2]我们知道，在大观园入住的女子基本都和

① （清）曹雪芹、高鹗：《红楼梦》，中国艺术研究院红楼梦研究所校注，人民文学出版社1982年版。本文有关《红楼梦》引文皆出于此，恕不另注。

② 关华山：《〈红楼梦〉中的建筑研究》，境与象出版社1984年版，第173页。

宝玉有亲缘关系，各种姐姐妹妹一大堆，唯一特殊的就是妙玉了。而妙玉在“金陵十二钗”中排名第六，仅次于林黛玉、薛宝钗、贾元春、贾探春、史湘云，其后还有贾迎春、贾惜春、王熙凤、巧姐、李纨、秦可卿，其地位之重要可见一斑。尽管妙玉在前八十回中仅有四次出场（其中两次还是虚写，妙玉并未现身），然而妙玉的形象并不模糊，和她的栊翠庵一样，令人回味无穷。

妙玉第一次在书中出现是在大观园盖好之后，她和十二个优伶、十个小尼姑、十个小道姑在元妃省亲前就住进了大观园中。妙玉与这些底层人物共同出场，无论她有多么特别，却也改变不了依附于人的低贱命运。她们的区别仅在于其他人都是采访聘买来的，唯有妙玉是下请帖请来的，但她们都是大观园的点缀，梨香院的龄官们与栊翠庵里的妙玉是一样的。妙玉没有正式出场，她的出身、来历、师承、学识、性格等都由林之孝家的向王夫人介绍出来：

> 外有一个带发修行的，本是苏州人氏，祖上也是读书仕宦之家。因生了这位姑娘自小多病，买了许多替身儿皆不中用，到底这位姑娘亲自入了空门，方才好了，所以带发修行，今年才十八岁，法名妙玉。如今父母俱已亡故，身边只有两个老嬷嬷、一个小丫头伏侍。文墨也极通，经文也不用学了，模样儿又极好。因听见“长安”都中有观音遗迹并贝叶遗文，去岁随了师父上来，现在西门外牟尼院住着。他师父极精演先天神数，于去冬圆寂了。妙玉本欲扶灵回乡的，他师父临寂遗言，说他“衣食起居不宜回乡。在此静居，后来自然有你的结果”。所以他竟未回乡。

王夫人不等回完，便说：“既这样，我们何不接了他来。”林之孝家的回道：“请他，他说‘侯门公府，必以贵势压人，我再不去的。’”王夫人笑道：“他既是官宦小姐，自然骄傲些，就下个帖子请他何妨。”

原来妙玉乃是带发修行的，而且因体弱多病不得不亲自入了空门。王夫人的这一笑值得玩味，在她内心深处，妙玉也不过是个自恃清高的女尼而已。王夫人见过的女尼会少吗？那些奔走于权贵之家的女尼们她见得太多了。就是我们也看惯了世情小说中圆滑世故、逢迎取悦、贪图钱财，甚至保媒拉纤的女尼们，贾府中不就游走着净虚、智通、圆信等人吗？更何况我们此前刚刚领略了曹雪芹笔下帮长安府府太爷的小舅子抢亲、间接害死两个有情人的馒头庵净虚的恶毒，对这个女尼妙玉一时之间也不会多看好。

然而妙玉终究是特别的，《红楼梦》中以“玉”为名的只有四人，甄宝玉、贾宝玉、林黛玉、妙玉。宝黛二人是曹雪芹心尖上的人自不必说，甄宝玉作为“贾宝玉”的镜像人物，也有深刻内涵。唯有妙玉，这“气质美如兰，才华阜比仙”的超凡脱俗之人究竟应该是怎样一副面貌呢？

二 一桩绿玉斗疑案

妙玉的第一次正式亮相是在第四十一回“栊翠庵茶品梅花雪”，这一回是贾府大观园行乐图中的重要一章。贾母带着刘姥姥等人在园中宴乐，各处游玩，既有插科打诨的刘姥姥助兴，又有高洁出尘的妙玉奉承，世态炎凉的众生相无不栩栩如生。高高在上的老祖宗以及众公子小姐固然是心满意足，客居依附的老农与女尼尽管生活状态貌似一个在天、一个在地，可实际上谁又比谁高些呢！

这也是栊翠庵第一次正式在众人面前亮相，虽然元妃省亲时最后进入的大观园景点应该就是栊翠庵，但作者并未点明。第十七回至十八回写贾政带宝玉在大观园游览，“一路行来，或清堂茅舍，或堆石为垣，或编花为牖，或山下得幽尼佛寺，或林中藏女道丹房”，这幽尼佛寺应该就是指栊翠庵了。而元妃省亲时在撤筵之后，又将未到之处游玩，“忽见山环佛寺。忙另盥手进去焚香拜佛，又题一匾云‘苦海慈航’”。这是元春在大观园最后的游幸地，虽然拜了佛，可元春仍然是“薄命司”中人，而天天守着这块匾额的妙玉更是没能脱离苦海，反而是“风尘肮脏违心愿”，“终陷淖泥中”。

栊翠庵是个花木繁盛的地方，在“山前树下盘桓了半晌”、给刘姥姥一直讲解“这是什么树，这是什么石，这是什么花”、非常讲究生活品位的贾母一进门就夸栊翠庵中的花木“比别处越发好看”。妙玉忙接了进去，便往东禅堂来。妙玉笑往里让，贾母怕因刚吃了酒肉冲撞了里头的菩萨，只说在这里坐坐，吃一杯好茶即可。妙玉听了，忙去烹了茶来，并亲自捧了一个海棠花式雕漆填金云龙献寿的小茶盘，里面放一个成窑五彩小盖钟，捧与贾母。这是用旧年蠲的雨水泡的老君眉，贾母方吃了半盏，然后把成窑五彩小盖钟递给刘姥姥，让她也尝一尝。妙玉给其他人用的都是一色官窑脱胎填白盖碗，这也是一种名贵的青瓷盖碗。

妙玉对贾母的接待到此结束，说她热情吧，她奉上茶就走了，说她高傲吧，可两个“忙”加上“笑”再加一个“亲自”又显得她对贾府老祖宗还算是毕恭毕敬的。不过此次栊翠庵的接待工作尚未结束，这一行人中的佼佼者们与妙玉还有特殊的情谊，他们还要喝梯己茶。这一回中妙玉的许多行为都是以贾宝玉的视角展现出来，先是妙玉接待贾母，宝玉“留神看他怎么行事”，当妙玉将宝钗和黛玉的衣襟一拉，二人随之出去时，又写“宝玉悄悄的随后跟了来。只见……”，这些细微的关注与跟随，足见宝玉对妙玉的重视。四人在耳房内，宝钗坐在榻上，黛玉坐在妙玉的蒲团上，妙玉正给风炉扇滚了水准备另泡一壶。宝玉进来估计只能站着了。其后，妙玉先拿了珍贵的𤫰爮斝、点犀䀉分别给宝钗、黛玉，对宝玉，却是“仍将前番自己常日吃茶的那只绿玉斗来斟与宝玉”。不由也想做一次索隐，难道宝玉之前常来栊翠庵吃茶？否则为何会有个“仍”字？再联系后面妙玉刚刚嘲笑了宝玉之后偏偏要“正色道：‘你这遭吃的茶是托他两个福，独你来了，我是不给你吃的’”。而宝玉也偏偏说“我深知道的，我也不领你的情，只谢他二人便是了”。越发有点此地无银三百两了。

这只绿玉斗在此二玉之间究竟有怎样的经历？我们是无从查考了，单从此次一个佛门女尼把自己日常所用茶具给一个年轻男子使用，却是不该了。这应是怎样亲近的关系才会有的举动？按照佛门戒律，妙玉日常用的茶具，即是尘世的女子也不能共用，以免有荤素不分之嫌，更别说男子了。《红楼梦》中似乎只有黛玉曾把自己杯中的酒"放在宝玉唇边，宝玉一气饮干"，可这是一个引人诟病的逾举动作，尤其是荣国府元宵节的家宴上，李婶、薛姨妈都在场，黛玉公然如此，难怪凤姐忙说宝玉"别喝冷酒"。但此酒是"一壶暖酒"，乃贾母让宝玉给众人斟的酒，故知凤姐其实是在提醒黛玉。至于紧接着贾母借说书人讲了一番大户人家绝对不会有私相授受的事情，更是对此事的不满了。深受贾母疼爱的世家小姐林黛玉都会因此而被含沙射影地警告，且别说身在佛门的女尼妙玉了，难怪王希廉认为妙玉是"假撇清，转觉欲盖弥彰"①。

然而若据此即说妙玉凡心已炽，却是一桩冤案。陈其泰在"品茶栊翠庵"一回有如下评语："世俗之人，横一团私欲于胸中，便处处以男女相悦之心，揣摩书中所叙之事。如妙玉之于宝玉，亦以为迹涉狎昵，真隔尘障千百层，无从与之领略此书旨趣也。此种笔墨，作者难，识者亦不易。余少时读此回，亦不能无疑于妙玉，彼时只因未识得宝玉耳。乃反复寻绎，将宝玉之性情行事看透，方能处处领会作书者之旨趣。眼光稍一不到，不免冤枉杀妙玉，即是冤枉杀宝玉，且并黛玉亦冤枉杀也。"②窃以为这是的论。我们不否认妙玉对宝玉有爱慕之情，一个本就不是自愿出家、正当青春妙龄的女子对宝玉这样"神彩飘逸，秀色夺人"的青年公子产生好感不是很正常吗？唯一不正常的乃是她的身份。然而，妙玉其实已经在尽量压制了，身为佛门女尼，不仅不能动凡心，更不能让人知晓自己内心的波澜。而曹雪芹也并不想在《红楼梦》中再塑造一个陈妙常，一个智能已经足够了。

陈妙常出自明代高濂的《玉簪记》，写宋代书生潘必正与女道士陈妙常的恋爱故事，共三十三出，收于《六十种曲》中。书生潘必正，父辈曾为其指腹为婚，然事隔十六年，两家未通音讯。陈娇莲因父亲早逝并遭金兵南侵

① 《红楼梦》（三家评本），上海古籍出版社1988年版，第662页。

② （清）陈其泰：《红楼梦回评》，朱一玄编：《红楼梦资料汇编》，南开大学出版社1985年版，第722页。文中其他陈其泰的有关评语也皆出于此汇编，恕不另注。

之祸，避入金陵女贞观带发修行，道名妙常。潘必正到临安赴试落第，因姑母为女贞观观主，故借居观中读书。潘、陈一见钟情，通过茶叙、琴挑、问病、偷诗等多次试探后，终于私订终身。然而潘必正的姑母却百般阻挠，逼迫潘必正进京赴考。陈妙常赶至江边，雇船追上潘生，以玉簪定情泣别。后潘生及第，与妙常结为夫妻，衣锦还乡。

此剧中陈妙常除了道姑身份，与一般的才子佳人小说几乎没有差别。而曹雪芹深恶“佳人才子等书，则又千部共出一套”的叙事模式，他应该不会在自己的书中给独特的宝玉也安排一个思凡的陈妙常。无独有偶，《玉簪记》中也有《茶叙》一出写陈妙常请潘必正饮茶，初次恳谈，为二人的感情进展做铺垫，曹雪芹也为妙玉、宝玉安排了一次品茶，却是另一番风味。倒是另外一个被凤姐赞为“越发长高了，模样儿越发出息了”的小尼姑——智能给我们演绎了一段方外之人思凡的小故事。不过这个故事同样不是才子佳人小说中的大团圆结局，而是以悲惨下场结束。

智能是水月庵中的小尼姑，“自幼在荣府走动，无人不识，因常与宝玉、秦钟顽笑。他如今大了，渐知风月，便看上了秦钟人物风流，那秦钟也极爱他妍媚”。二人情投意合。宝玉与秦钟在庵中争智能儿倒的一碗茶，“智能儿抿嘴笑道：‘一碗茶也争，我难道手里有蜜！’”一个俏生生、情窦初开、活泼可爱的小尼姑如立目前。智能虽是从小出家，却视水月庵为“牢坑”，想来在庵中定是度日如年，盼着秦钟将自己救离了这些人。庵门关不住智能对自由与爱情的向往，不料她私逃进城看视秦钟时，被其父秦业知觉并逐出，秦钟也被暴打一顿。秦业自己气得一命呜呼，秦钟悔痛无及，病至于死，而智能也从此不知所踪了。这段昙花一现的凄美爱情就这样夭折了。因此，讲究“新奇别致”“事体情理”的曹雪芹绝不会再让宝玉、妙玉演一场类似的爱情故事。那既是对宝玉的唐突，也是对妙玉的亵渎。

这只绿玉斗究竟该怎么看呢？我们以为，这是妙玉对宝玉爱慕之心的不经意间的流露，也是妙玉仍然有一颗“闺阁之心”的显现。如果她心如枯井，反而失却了女子本色，也就是陈其泰所说的“使见宝玉而漠然忘情，又岂慧美女子之天性乎”？“倘妙玉六根清净，则已到佛菩萨地位，必以佛菩萨视妙玉，则红楼梦之书，可以不作矣。”因此她才会打趣宝玉说：“‘一杯为品，二杯即是解渴的蠢物，三杯便是饮牛饮骡了’。你吃这一海便成什么？”也才有后来中秋月夜妙玉和黛玉、湘云说作诗不能“失却了咱们的闺阁面目”。至于陈其泰认为妙玉将自己的绿玉斗与宝玉用，是“妙玉心中只辨清浊，何分男女。彼固不以男子视宝玉也。惟其如此，故与宝玉相契之深”，则似乎有强辩之嫌。

不过妙玉嫌弃刘姥姥太脏，命道婆把刘姥姥用过的五彩成窑小盖钟搁在外面不收，以及宝玉不让妙玉和刘姥姥说话授受，却是妙玉的“过洁世同嫌”了。在佛家看来，众生平等，人无高低贵贱之分，怎会说几句话就让刘姥姥把妙玉脏污了呢？

此回写妙玉拿出的珍玩就连贾府也未必拿得出来，因之有人推断说其家世比贾家尤甚。此说值得商榷。事实上，由于统治阶级的优待与布施，许多名寺宝刹都有大量的房产与金银古玩。“若事佛之谨，则斋供僧徒，装塑神像，虽贫者不吝捐千金，而富室祈祷忏悔，诵经说法，即千百金可以立致，不之计也。”[①]这还只是平常百姓的布施而已。妙玉之前所在的姑苏玄墓山不仅是可以让妙玉收集梅花雪的赏梅胜地，也是一个佛教圣地，始建于唐朝的圣恩寺就位于其中。而妙玉的师傅又极精演先天神数，想必也是一位得道高尼，受人重视、广获布施也不是不可能。因此，妙玉能有许多古玩珍藏也未必一定就是自己家里的，以此判断妙玉的家世似嫌武断。再者，小说家常以此入文，也不过是给自己笔下的人物脸上贴金，是塑造人物的手法。因此，曹雪芹将众多珍贵器具赋予妙玉，更增加了妙玉“视绮罗俗厌”的筹码，至于是否真的有这些，何必如此拘泥呢！

① （明）张翰撰、盛冬铃点校：《松窗梦语·卷七·风俗纪》，中华书局1985年版，第139页。

三 那一枝开得正好的红梅

每次提起妙玉，总是想到贾宝玉从栊翠庵取来的那枝傲雪绽放的红梅。“这枝梅花只有二尺来高，旁有一横枝纵横而出，约有五六尺长，其间小枝分歧，或如蟠螭，或如僵蚓，或孤削如笔，或密聚如林，花吐胭脂，香欺兰蕙”。而这枝红梅，不过是因为李纨一句话就在开得最绚烂的时候离开了枝头，这似乎是栊翠庵中青春正好的女尼妙玉悲惨命运的预示。

作为贾宝玉和诸艳主要活动场所的大观园和以往小说戏曲中的花园最大的区别之一就在于大观园不是一个单纯的故事背景，不是一座只给人物提供亭、台、轩、榭等活动场所的类型化园林，而是与人物性格、情节发展、故事结局等紧密相连的充满诗意的个性化舞台。潇湘馆、怡红院、蘅芜院、秋爽斋等无不如此。即使露面很少的栊翠庵也不仅仅是大观园中的一个符号，而是有着自己独特的意蕴并给人们留下了深刻的印象。

正如“竹”是潇湘馆林黛玉的象征一样，栊翠庵里傲雪独立的红梅也是妙玉的写照。当大观园的女儿们争奇斗艳时，栊翠庵里的妙玉却用另一种动人的光彩散发出冰清玉洁、遗世独立的味道。然而，栊翠庵的山门锁不住红梅的春色，它同样也抵挡不住俗世的诱惑，阻拦不了妙玉青春的思绪。假如说绿玉斗疑案还仅仅让黛玉、宝钗感觉到妙玉对宝玉的不同，第四十九回“琉璃世界白雪红梅”则让妙玉对宝玉的这份不同展示在许多人面前。

此时大观园里来了“一把子四根水葱儿”，薛宝琴、李纹、李绮、邢岫烟都加入了大观园中的队伍。这日，适逢“搓绵扯絮”般大雪，大观园女儿们要在芦雪庵拥炉作诗。宝玉最先按耐不住，忙盥漱完毕往芦雪庵而来，“走至山坡之下，顺着山脚刚转过去，已闻得一股寒香拂鼻。回头一看，恰是妙玉门前栊翠庵中有十数株红梅如胭脂一般，映着雪色，分外显得精神，好不有趣！宝玉便立住，细细的赏玩一回方走”。

欣赏栊翠庵红梅的不仅仅是贾宝玉，还有李纨。第五十回，“芦雪庵争联即景诗”中“宝玉又落了第”，李纨出了个大家都认为新雅有趣的方法惩罚宝玉："我才看见栊翠庵的红梅有趣，我要折一枝来插瓶。可厌妙玉为人，我不理他。如今罚你去取一枝来。"甲之蜜糖，乙之砒霜。去栊翠庵向妙玉乞红梅这样的事估计也只有宝玉"乐为"。

众人刚把作诗的题目商量好，宝玉就笑嘻嘻地拿着一枝红梅回来了，看似不费吹灰之力就完成了任务。可宝玉却叫苦说："你们如今赏罢，也不知费了我多少精神呢。"可很快，作完《访妙玉乞红梅》不久，"衣上犹沾佛院苔"还未散尽，"苦中作乐"的宝玉就"又到了栊翠庵"，这次妙玉更出人意料，给每人都送了一枝梅花。我们不知道二人如何面对面地交往，宝玉该怎样费精神才能得到妙玉如此大方的赠送。曹雪芹一笔也没有涉及，却比费力写一篇红梅赋更有韵味。"妙玉乃世外人，笔笔带写，妙极妥极"[1]。若真的拉杂书之，不过是又一篇《古杭红梅记》[2]而已。妙玉从来都是不愿与外人周旋的，此处怎么如此平易近人、面面俱到？以至于曾与她做了十年邻居、亦师亦友的邢岫烟也捉摸不透了，直到第六十三回宝玉过生日才得以解开这个谜团。

贾府一年上上下下有多少主子过生日，即使是老祖宗过生日也没见妙玉有什么动静，偏偏宝玉过生日时妙玉打发一个妈妈送来了一张"槛外人妙玉恭肃遥叩芳辰"的粉笺子，温暖柔和的粉色传递的是怎样的情谊？凡是和妙玉有关的事情，宝玉一直都很在意，当他看见砚台下面压的这张帖子时"直跳了起来"，以宝玉之才，竟为如何回帖踌躇了半天，最后决定去请教黛玉。在半路上碰见岫烟，得知妙玉的经历以及妙玉曾是岫烟的老师时，宝玉"恍如听了焦雷一般"，喜的笑道："怪道姐姐举止言谈，超然如野鹤闲云，原来有本而来。"与其说这是赞扬岫烟，不如说是激赏妙玉，更是一篇他人口中的妙玉小传。

---

① 庚辰本第十七回至十八回眉批。

② 《古杭红梅记》是明代中篇小说，写唐贞观时，上界仙花一枝红梅张笑桃因违西王母之旨而谪降人间，与王鹗相恋的故事。

宝玉此举也恰恰解了岫烟萦绕心中很久的疑惑，她对宝玉“且只顾用眼上下细细打量了半日，方笑道：‘怪道俗语说的‘闻名不如见面’，又怪不得妙玉竟下这帖子给你，又怪不得上年竟给那些梅花。’”作为与妙玉既是“贫贱之交，又有半师之分”、在一起做过十年邻居的岫烟，应该说是对妙玉最知根知底的人，可与宝玉同一天生日的她并没有接到什么恭贺生辰的帖子，反而机缘凑巧让她知道了妙玉送给宝玉的生日帖子，足见那些梅花曾在岫烟心中掀起多大的波澜了。

宋淇曾说：“《红楼梦》用的是逐渐透露法，犹如一幅长江万里图，一路缓缓展开，一路渐渐呈现，不能一览而尽。”①而妙玉就是在这样一次次由远渐近的慢慢晕染中走进我们的心里。这一次，作者借着宝玉和最熟悉妙玉的岫烟的谈话，给我们揭开了蒙在此二玉关系上的面纱。在宝玉看来，妙玉“为人孤僻，不合时宜，万人不入他的目”，而岫烟也说妙玉在姑苏“因不合时宜，权势不容”，二人的看法惊人的一致，足可见宝玉确实值得妙玉倾心相待。当岫烟看到妙玉给宝玉的生日拜帖时，不由笑道：“他这脾气竟不能改，竟是生成这等放诞诡僻了。从来没见拜帖上下别号的，这可是俗语说的‘僧不僧，俗不俗，女不女，男不男’，成个什么道理。”由此可遥想妙玉这样一个弱女子究竟怎样才会在姑苏“不合时宜，权势不容”了。宝玉连忙替妙玉剖白：“他原不在这些人中算，他原是世人意外之人。因取我是个些微有知识的，方才给我这帖子。”读到这里，还用再为宝玉对妙玉究竟是什么感情而纠结吗？

贾宝玉一直是大观园中的“护花使者”，对园中的姐妹、丫头、优伶，甚至从未见过面的傅秋芳都是爱护有加。妙玉对宝玉是青眼相看的，上次那只绿玉斗还在我们眼前浮现呢！可宝玉对妙玉呢？他“随乡入乡”，把栊翠庵的金玉珠宝一概贬为俗器，不让妙玉与刘姥姥说话授受，让小幺儿打水洗地；

① 宋淇：《红楼梦识要——宋淇红学论集》，中国书店2000年版，第80页。

他郑重其事地回完妙玉的拜帖，却只是隔着门缝投进了栊翠庵。宝玉一直在用“天分中生成一段痴情”去体贴妙玉，却并非男女之情。生活在百花丛的宝玉，什么样的美人没有见过呢？有袭人、麝月、晴雯之美婢贴身照顾，看见过史湘云露在被子外面一弯雪白的膀子，羡慕过宝钗雪白一段酥臂，曾经和林黛玉共同躺在枕头上。即使妙玉之高洁与美貌引起了宝玉的关爱，那也更多是爱护怜惜之情，就像之前宝玉对待香菱、平儿、尤氏姐妹、二丫头等人一样，而并非以往女尼思凡、终必团圆的老套路。

然而，妙玉的悲剧却在于她对宝玉特别不是仅仅因为他“是个些微有知识的”，妙玉对宝玉的微妙心理是她最大的不幸，也是妙玉身上最主要的矛盾。这在第五回太虚幻境的判词和曲子中早有预示：“欲洁何曾洁，云空未必空。”“可叹这，青灯古殿人将老；辜负了，红粉朱楼春色阑。”妙玉出自读书仕宦之家，又非自愿遁入空门。她明明不愿进入侯门公府，却最终听了师傅的话，来到了“花柳繁华地，温柔富贵乡”的大观园。她更不应该有红尘爱慕之心，却偏偏见到了贾宝玉。与尘世女子一样承受着传统伦理道德束缚的妙玉，身上还多了一重枷锁，那就是佛门的清规戒律。宗教与禁欲从来都是孪生姐妹，而人最难压抑的也是各种欲望，尤其是“情”的勃发。“情不知所起，一往而深”，越是被压抑，越要在夹缝里生长。

中国古代的僧道寺众绝少离尘而居，相反，寺观的民间游赏常颇具盛况。《大相国寺碑铭》曾这样描述寺中的游览盛况：“若乃龙华春日，然灯月夕，都人士女，百亿如云。绮罗缤纷，花鬘璎珞。巡礼围绕，旃檀众香。”[①]而有些出家人也参与世俗的买卖活动：“两廊皆诸寺师姑卖绣作、领抹、花朵、珠翠、头面，生色销金花样幞头、帽子、特髻、冠子、绦线之类。”[②]很难想

① （宋）宋白：《大相国寺碑铭》，熊伯履：《相国寺考》（修订本）附录，中州古籍出版社1985年版，第218页。

② （宋）孟元老撰，邓之诚注：《东京梦华录注》卷之三，中华书局1982年版，第88—89页。

象当这些师姑们手抚着柔软、鲜艳的绣作时，心里会做何感想？尤其中国寺观花木掩映的园林性质，更是容易滋生恋恋红尘的心理。假如说西方哥特式教堂建筑“高耸的塔尖把人的目光引向虚缈的天空，使人忘却今生，幻想来世”[①]，而中国寺观优美的风景、温暖的木质结构则容易让本就不坚定的心中产生对温暖俗世的向往。位于大观园中的栊翠庵更是有许多奢靡的受享气息。除了以“庵”名之，有蒲团、禅堂之外，栊翠庵似乎和潇湘馆、蘅芜院等没有区别。妙玉的日常生活也似乎比钗、黛等更有诗意：她用五年前在玄墓山蟠香寺梅花上收集的雪泡茶；她善于经营花木，栊翠庵里的花木“比别处越发好看”；她“赞文是庄子的好”，常称自己是“畸人”；妙玉擅长诗书，大观园诗社里的佼佼者黛玉、湘云对她称赏不已，称之为“诗仙”。

然而，恰恰是这种对生活质量的极度讲究让我们看到了妙玉的巨大痛苦，感受到了妙玉强烈的孤寂和无奈，“芳情只自遣，雅趣向谁言”。假如连这点诗意的生活也没有，这样超尘脱俗的妙玉该如何打发那一个个长伴青灯黄卷的日子？而内心真实情感的过度压抑又外在表现为一种过分的、不无矫情的孤僻、冷漠与清高，以至她的内心常充满激烈的斗争。在她的笔下，即使充满诗意的大观园也是“露浓苔更滑，霜重竹难扪。犹步萦纡沼，还登寂历原。石奇神鬼搏，木怪虎狼蹲”这样一些阴森狞厉的物象。但无论如何妙玉不会从槛外走进槛内，她身上不仅有传统和佛门两重压力，也无法冲破自己的性格枷锁。欣赏“纵有千年铁门槛，终须一个土馒头”的妙玉骨子里其实看得很清透。因此，尽管她“气质美如兰，才华阜比仙。天生成孤癖人皆罕。你道是啖肉食腥膻，视绮罗俗厌，却不知太高人愈妒，过洁世同嫌”，也注定了只会像雪中红梅一样总是凌寒独立，绝不俯仰随时。

前八十回中的栊翠庵虽然很少出现在人们的视线中，但曹雪芹却能通过环境和人物之间的相互映照写出各自的特色，并在栊翠庵、梅花和妙玉之间

① 朱寰主编：《世界通史·中古部分》，人民出版社1972年版，第215页。

建立内在的精神联系，尤其是写而不写、笔笔带写的叙事方式，不仅突出了人物和环境的主要意蕴，也符合妙玉佛门女尼的身份，留给我们许多意味深长的想象。

四 另一个妙玉的番外

当后四十回的妙玉第一次出现在我们眼前时，不由有一种穿越的错觉，妙玉真的变成陈妙常了！第八十七回妙玉和惜春正在蓼风轩下棋，宝玉悄悄走了进来，一面与妙玉施礼，一面笑问妙玉："妙公轻易不出禅关，今日何缘下凡一走？""妙玉听了，忽然把脸一红，也不答言，低了头自看那棋。宝玉自觉造次，连忙陪笑道……宝玉尚未说完，只见妙玉微微的把眼一抬，看了宝玉一眼，复又低下头去，那脸上的颜色渐渐的红晕起来。宝玉见他不理，只得讪讪的旁边坐了。惜春还要下子，妙玉半日说道：'再下罢。'便起身理理衣裳，重新坐下，痴痴的问着宝玉道：'你从何处来？'……妙玉听了这话，想起自家，心上一动，脸上一热，必然也是红的，倒觉不好意思起来……妙玉笑道：'久已不来这里，弯弯曲曲的，回去的路头都要迷住了。'宝玉道：'这倒要我来指引指引如何？'妙玉道：'不敢，二爷前请。'"

这连续三次的脸红、痴问、心动甚至连大观园的路都不认识、需要宝玉指引的女子真的是妙玉吗？简直就是个庸俗、轻浮甚至带点调情意味的怀春少女，哪里还有一点前面高洁孤傲、冰清玉洁的形象？与宝玉一起悄悄听黛玉抚琴后，妙玉回到了栊翠庵。在这个"月影横空，月华如水"的漫漫长夜，妙玉无心睡眠，独自凭栏站立，"忽听两个猫儿一递一声厮叫"，不觉"心跳耳热""神不守舍"，如"万马奔驰"，"有许多王孙公子要求娶他，又有些媒婆拉拉拽拽扶他上车，自己不肯去。一会儿又有盗贼劫他"。妙玉"走火入魔"了，她"两手撒开，口中流沫……眼睛直竖，两颧鲜红"，抱住一个女尼呜呜咽咽地喊"你是我的妈，你不救我，我不得活了"。妙玉的形象简直不忍卒读，栊翠庵里弥漫着浓厚的欲望，红梅傲雪的高洁无影无踪。不由让我们想起《玉簪记·寄弄》中那个同样是“月明风静，水殿凉生”的夜晚。陈妙常琴挑潘必正后，抒发心怀，“【前腔】你是个天生后生，曾占风流性。无情有情，只看你笑脸来相问。我也心里聪明，脸儿假狠，口儿里装做硬。待要应承，这羞惭、怎应他那一声。我见了他假惺惺，别了他常挂心。我看这些花阴月影，凄凄冷冷，照他孤另，照奴孤另。”[①]其后，大观园外关于妙玉思凡的谣言飞满了天。

不仅如此，妙玉还真正成了八面玲珑的清客。第一百零九回，“头带妙常髻，身上穿一件月白素绸袄儿，外罩一件水田青缎镶边长背心，拴着秋香色的丝绦，腰下系一条淡墨画的白绫裙，手执麈尾念珠”的妙玉，飘飘拽拽的来给生病的老太太请安来了。第一百一十一回，妙玉怕惜春寂寞，来和惜春闲话，并在惜春的请求下，答应陪伴惜春一宵。而正是这一陪伴，惹来了一伙盗贼的觊觎。第一百一十二回更借妙玉之口说从玄墓到京的目的是“传个名”，而且明明是被强盗轻薄，竟然还“如醉如痴”，续书的作者简直不知该如何糟践妙玉才好。妙玉出事后，惜春说她“虽然洁净，毕竟尘缘未断”，连八竿子打不着的贾环也幸灾乐祸：“妙玉这个东西是最讨人嫌的。他一日家捏酸，见了宝玉就眉开眼笑了。我若见了他，他从不拿正眼瞧我一瞧。”猥琐荒疏的环哥儿也不想一想，他有什么地方让妙玉哪只眼睛看得上啊！

妙玉被劫“或是甘受侮辱”，或是“不屈而死”，第一百一十七回又借赖大家的、林之孝家的儿子之口，影影绰绰地做了交代：“恍惚有人说是有个内地里的人，城里犯了事，抢了一个女人下海去了。那女人不依，被这贼寇杀了。”“众人道：‘抢的人也不少，那里就是他（指妙玉）。’贾芸道：‘有点信儿。前日有个人说，他庵里的道婆做梦，说看见妙玉叫人杀了。’众人笑道：‘梦话算不得。’”你来我往，续书最终也没有给出明确的去向。但从书中描写看，妙玉逃不脱先是饱受侮辱摧残、后被杀或被卖的命运。以这样的结局

① （明）高濂：《玉簪记》，见毛晋编：《六十种曲》第三册，中华书局1958年版，第44页。

来归结妙玉，实在是有违曹雪芹的初衷。这不仅有悖于人物形象性格发展的逻辑，也不符合“事体情理”。尽管从七十回后，“天上人间诸景备”的大观园已经有些乌七八糟，司棋潘又安偷会，金星玻璃影影绰绰看见一个人从怡红院的墙上跳下来了，众婆子开了赌局，甚至有争斗相打之事，最终导致了大观园的抄检。因此，后四十回中真写有贼人惦记大观园也不是不可能，但赫赫扬扬的国公府就算走下坡路，连续两天轻易被几个毛贼劫财劫色，却也不合情理。

所谓“到头来，依旧是风尘肮脏违心愿。好一似，无瑕白玉遭泥陷；又何须，王孙公子叹无缘”，妙玉的悲剧命运固然已注定，但也不必像续书那样非得安排被强盗侮辱。在这样的社会大环境下，即使空门也不能保证妙玉的随心所欲，甚至不得不离开，与宝玉的相得之情亦无缘，这也算是一种悲剧吧！陈其泰在第八十七回认为对妙玉“必欲实写其前劫，坐实终掉污泥中之句，殊太黏滞矣”，第一百一十二回说“何必污纸污笔，作此杀风景之文哉”实是令人心有戚戚焉。而且这样写使得妙玉的命运完全与贾府无关，似乎也不符合前面栊翠庵红梅的预示，妙玉进入金陵十二钗也令人摸不着头脑。和妙玉相比，秦可卿、尤氏姐妹、金钏儿、晴雯、芳官、藕官、蕊官等人算是幸运了，毕竟她们的命运被曹雪芹明明白白地展现出来，而不会遭遇后人的妄改。

“欲洁何曾洁，云空未必空。可怜金玉质，终陷淖泥中。”一块美玉，终落在了泥垢之中。

（原载《红楼》2015年第12期）

孤独的和尚：鲁智深到贾宝玉

——从《寄生草》说起

《红楼梦》第二十二回“听曲文宝玉悟禅机　制灯谜贾政悲谶语”写贾母因薛宝钗的十五岁生日也算将笄之年，且是她来贾府的第一个生辰，因此自己蠲资二十两，让凤姐置办宝钗的生日宴。到了生日这天点戏时，薛宝钗依照老年人爱热闹戏文的喜好，先点了一折《西游记》，后来又点了一出《鲁智深醉闹五台山》的水浒戏。当宝玉说宝钗“只好点这些戏”并表明自己“从来怕这些热闹戏”时，宝钗道：“你白听了这几年的戏，那里知道这出戏的好处，排场又好，词藻更妙。”[①]她说这并不是一出热闹戏，而“是一套北《点绛唇》，铿锵顿挫，韵律不用说是好的了；只那词藻中有一支《寄生草》，填的极妙。”其词曰：“漫揾英雄泪，相离处士家。谢慈悲剃度在莲台下。没缘法转眼分离乍。赤条条来去无牵挂。那里讨烟蓑雨笠卷单行？一任俺芒鞋破钵随缘化！”宝玉听了，喜的拍膝画圈，称赏不已。

也许我们很难把一个背上满是花绣的胖大和尚鲁智深与“面若中秋之月，色如春晓之花”的翩翩佳公子贾宝玉联系在一起，更难以想象二人在精神上的相遇并产生了共鸣，实是值得玩味。本文试图在水浒好汉与红楼诸艳

① （清）曹雪芹、高鹗：《红楼梦》，中国艺术研究院红楼梦研究所校注，人民文学出版社1982年版。本文凡有关《红楼梦》的引文，如无特殊说明，皆出自此本，恕不另注。

的游历中阐释这两位最终都真正走入佛门的心路历程，并由此探讨与之有关的生成背景。

一

宝钗点的这出《鲁智深醉闹五台山》，也叫《山亭》《山门》或《醉打山门》，是《虎囊弹》传奇里的。作者是清代的丘园，也有说朱佐朝作，全本未见，只有六个单出流行，见载于升平署《忠义璇图》底本，《缀白裘》三集也有收录。《山门》出自《水浒传》第四回“鲁智深大闹五台山”，敷衍鲁智深不耐寺院清规戒律，一日下山闲游，归途中遇卖酒人，遂夺酒豪饮，后乘酒醉打坏山门，受到众人指责，不得不拜别师父下山一事。剧中鲁智深所唱的《寄生草》最能打动人心。所谓男儿有泪不轻弹，即使鲁智深这样的英雄豪杰到了无处可去时，也不得不对着曾经非常宽容自己的智真长老“漫揾英雄泪”。不过毕竟是“赤条条来去无牵挂”“一任俺芒鞋破钵随缘化”，在悲怆中蕴含着潇洒、超迈的豁达与豪情。做不了五台山的和尚怕什么，“挂单而去”可以追寻更自由的境界。

这种任性自由、狂放痴绝之态即使“山中高士晶莹雪”、端庄持重的薛宝钗也为之心仪。其实，就连老祖宗都“喜他稳重和平”的薛宝钗内心深处也有活泼明媚的一面，她“也是个淘气的。从小七八岁上，也够个人缠的”，更别提香汗淋漓、娇喘细细地扑蝶玩耍那种闪耀着青春健康之美的画面了。因此向来被称为“无事忙”、天分中生成一段痴情的贾宝玉听完《寄生草》后“喜的拍膝画圈”也就不足为奇了。

鲁智深被许多人认为是水泊梁山最具有光彩的好汉，而不是之一。除了他的除暴安良、救人于危难之外，最重要的一点就是在他的行为举止中时刻散发着一种不拘小节、纯真率性的气息，让我们不由自主地为之倾倒，并暗自菲薄武行者十字坡“迎奸卖俏、不识人伦”[①]的诈伪、黑旋风劫法场“不问官军百姓，杀得尸横遍野”的残忍。尤其和这出《山门》有关的鲁智深五台山上的生活，那份本应快意江湖的豪情转而为不守佛门清规的不羁最为出彩。单看他在五台山文殊院的睡觉：

> 话说鲁智深回到丛林选佛场中禅床上，扑倒头便睡。上下肩两个禅和子推他起来，说道：“使不得，既要出家，如何不学坐禅？”智深道：“洒家自睡，干你甚事？”禅和子道：“善哉！”智深喝道：“团鱼洒家也吃，甚么‘鳝哉’？”禅和子道：“却是苦也！”智深便道：“团鱼大腹，又肥甜了好吃，哪得苦也？”上下肩禅和子都不睬他，由他自睡了。

或以为此处乃是鲁智深插科打诨，实则不然。鲁智深所言所行，都是他内心深处的真实想法，他的性格中没有喜剧因素，既没有武松那样的戏谑，也不像李逵偶尔耍点惹人发笑的小聪明。鲁智深心里有什么说什么，不会藏着掖着，也不会弄虚作假。

鲁智深第一次出场是在第二回“史大郎夜走华阴县　鲁提辖拳打镇关西”。他邀请初识的史进、李忠一起吃酒，席间听说了金翠莲父女的遭遇后要资助他们回乡。鲁智深自己只有五两银子，便让二人也拿出来一点。史进拿了十两银子，李忠半天摸出二两银子，鲁智深当面就说“也是个不爽利的人”，并把这二两银子“丢还了李忠”。这确实很丢李忠的面子。金圣叹此处批曰：“胜骂胜打，胜杀，胜剐，真好鲁达。”再如鲁智深初上五台山，智真长老接了赵员外和鲁达后，邀请二人去方丈处吃茶。“赵员外前行，鲁达跟在背后，当时同到方丈。长老邀员外向客席而坐，鲁达便去下首坐禅椅上。员外

---

① 陈曦钟、侯忠义、鲁玉川辑校：《水浒传会评本》，北京大学出版社1981年版。文中有关引文、批语，如无特殊说明，皆出自此，恕不另注。

叫鲁达附耳低言：'你来这里出家，如何便对长老坐地？'鲁达道：'洒家不省得'。"确是"爽心直口，我慕其人"。这种丝毫不会矫揉造作、装腔作势的纯朴，在梁山好汉中也算是头一份。

鲁智深除暴安良的行为也确实风光霁月，没有任何龌龊的想法。第五十七回鲁智深与林冲在梁山会师，"坐间，林冲说起相谢鲁智深相救一事。鲁智深动问道：'洒家自与教头别后，无日不念阿嫂，近来有信息否？'"金圣叹都情不自禁批曰"奇语绝倒"。此语如换另一个人来说，不由令人怀疑他心地不纯，可从鲁达口中说来，却别无绮念。紧接着，忽一日，鲁智深来向宋江提出要去少华山邀请史进等四人前来入伙。因为"洒家常常思念他。自从瓦官寺与他别了，无一日不在心上"。金批曰："念阿嫂则念，念少年则念，写鲁达笔笔淋漓，声声慷慨。"鲁智深心中没有阴暗面，自然无事不可对人言。在他心中，挂念嫂嫂与思念史进没有区别，真是性情中人。

鲁智深的爽心直口、纯真率性甚至已经颇有一种"痴"的味道。比如他在五台山文殊院"每到晚便放翻身体，横罗十字，倒在禅床上睡。夜间鼻如雷响。如要起来净手，大惊小怪，只在佛殿后撒尿撒屎，遍地都是"。第五十八回去救史进却被华州太守用计擒住，贺太守尚未开言，鲁智深先大怒道："你这害民贪色的直娘贼！你敢便拿倒洒家！俺死亦与史进兄弟一处死，倒不烦恼！只是洒家死了，宋公明阿哥须不与你干休！俺如今说与你：天下无解不得的冤仇。你只把史进兄弟还了洒家；玉娇枝也还了洒家，等洒家自带去交还王义；你却连夜也把华州太守交还朝廷。量你这等贼头鼠眼，专一欢喜妇人，也做不得民之父母！若依得此三事，便是佛眼相看；若道半个不的，不要懊悔不迭！"这三件事有哪一件是能让太守主动和平解决的？难怪直把贺太守气得作声不得，不停说"那厮，你看那厮"。鲁智深的"痴"是以英雄豪杰的侠义为底气，丝毫不顾忌自己的安危。即使自己身陷囹圄，与对方的势力天差地别，也丝毫不会影响鲁达的阔达情怀，这种"痴"更多的是一种济世为人的情怀。

无独有偶，贾宝玉也有一种与鲁智深相通的广阔而深情的胸怀，用警幻仙子的话来说就是“天分中生成一段痴情”。贾宝玉著名的“女儿论”，在那个时代足可惊悚世人：“女儿是水作的骨肉，男人是泥作的骨肉。我见了女儿，我便清爽；见了男子，便觉浊臭逼人。”并将女子分作三等，第五十九回借春燕之口说出：“怨不得宝玉说：‘女孩儿未出嫁，是颗无价之宝珠；出了嫁，不知怎么就变出许多不好的毛病来，虽是颗珠子，却没有光彩宝色，是颗死珠了；再老了，更变得不是珠子，竟是鱼眼睛了。”在贾宝玉眼里，女儿是集天下之灵秀于一体的人，“必个个以香花供养之”[①]，对黛玉、宝钗、湘云、探春辈自不必提，对丫鬟们甚至从未谋面的傅秋芳也是关爱有加。自己被雨淋得落汤鸡一般，反提醒龄官赶快避雨；玉钏儿不小心将汤泼在宝玉手上，自己被烫了不觉得，却只管问玉钏儿疼不疼；平儿受屈被打，宝玉同情平儿在“贾琏之俗，凤姐之威”夹缝中的不易，为能尽点心而兴奋异常，甚至替她愤恨贾琏“惟知以淫乐悦己，不知作养脂粉”。第四十九回，面对家里又来的薛宝琴等诸多美女，贾宝玉更是发出了“老天，老天，你有多少精华灵秀，生出这些人上之人来！可知我‘井底之蛙’，成日家只说现在的这几个人是有一无二的，谁知不必远寻，就是本地风光，一个赛似一个。如今我又长了一层学问了”的宏论，表达自己对女子灵秀的赞美！即使是一个乡村小丫头，宝玉的爱心也立刻泛滥，“恨不得下车跟了他去”。恰如孙崧甫第十五回点评说：“宝玉日与黛玉宝钗朝夕宴处，又有晴雯袭人辈左右拥侍，其视寻常荆布，可谓仙凡各别矣。乃见一村庄女子，便已动情，彼其视天下女子无一不在可怜可爱之列，真是千古第一情人。”[②]

因而鲁迅说他“昵而敬之，恐拂其意，爱博而心劳，而忧患亦日甚矣”[③]。宝玉的“心劳”与“忧患”看着固然令人心力交瘁，但对他自己来说

---

① 二知道人嘉庆十七年解红轩刊本《红楼梦说梦》，一粟编：《古典文学研究资料汇编·红楼梦卷》第一册，中华书局1963年版，第84页。

② 梁左：《孙崧甫抄评本〈红楼梦〉记略》，《红楼梦学刊》1983年第1辑。

③ 鲁迅：《中国小说史略》，上海古籍出版社1998年版，第163页。

却是怡然自得之事。然而当时的社会连这种忧患的机会也不给他，这种想要为人付出而不得终令贾宝玉对现世绝望，飘然出家。

二

鲁智深号称“花和尚”，但他却算得上是《水浒传》中最不拈花惹草、最怜香惜玉的男子，尤其相对于宋江、武松、杨雄等人对女子的先纵容后无情而言。最先出现在人们面前的鲁提辖之所以很快从种经略府的下级军官几步就走到不得不抢了二龙山落草为寇的地步，全是因为他毫不顾忌自身的利益，主动为三个女子打抱不平。正如金圣叹所说：“鲁达凡三事，都是妇女身上起。第一为了金老女儿，做了和尚。第二既做和尚，又为刘老女儿。第三为了林冲娘子，和尚都做不得。”

曾有学者说：“鲁智深原来是一百零八人里唯一真正带给我们光明和温暖的人物。”[①]他是真正的路见不平拔刀相助，不是作秀，更不是谋利，而是发自内心地要帮助别人。金圣叹曾在鲁提辖拳打镇关西时感叹道：“鲁达为人处，一片热血直喷出来，令人读之深愧虚生世上，不曾为人出力。”为了素昧平生的三个女子，鲁智深算得上是把自己的安危置之度外。就是在瓦官寺，鲁达等杀了和尚崔道成和道人丘小乙后，也准备去救那个被掳来的妇人，不料她已投井而死。

而且比起贾宝玉来，鲁智深的这种对女子的关爱不仅毫不逊色，甚至更为深广。毕竟，贾宝玉关心的大都是自己身边的女子，而鲁智深则对陌生的受欺凌的女性都会伸出援助之手。且贾宝玉的“爱博而心劳”还有一种对女性的欣赏与关注在内，而鲁智深的关心则纯粹是为了除暴安良，救人于水火，至于这个女子是不是容貌姣好、是不是值得救助则忽略不计。最多不过

① 乐蘅军：《古典小说散论》，台北纯文学出版社有限公司1984年版，第89页。

是注意到了金翠莲“虽无十分的容貌，也有些动人的颜色”，桃花村刘太公的女儿就根本连面也没露。然而这种更为深广的宽阔胸怀其实是以牺牲人物个性为前提的，正是这种没有任何私心的慈悲为怀让我们感慨的同时，也看到了从《水浒传》到《红楼梦》人性的复杂与发展。

《水浒传》里的鲁提辖一出场就是除危救弱、同情女性、三拳打死了欺男霸女的镇关西的孤胆英雄，此后他一直以这种形象出现，即使是在不受待见的五台山、大相国寺，鲁智深就是行走在救苦救难之路上的独行侠。文本中曾形容他似“失群的孤雁，趁月明独自贴天飞；漏网的活鱼，乘水势翻身冲浪跃”。鲁智深其实是很孤独的，任何打抱不平的事件里以及因此引起的逃亡中，从来都没有帮手，这个人过去似乎也从来没什么朋友。林冲在沧州还能遇到个以前在东京救助过的李小二，而鲁智深则从来没有遇上什么以前的熟人、朋友。在与小霸王周通打交道过程中碰上的李忠，也是因史进而认识的仅喝过一顿酒的人，而且被鲁智深认为是一个不爽利的人。在抢占二龙山的时候遇到了麻烦，前来帮忙的杨志也不过是萍水相逢。鲁智深是个孤独的大侠，直至他生命的最后一刻也是孤寂而去，“宋公明见报，急引众头领来看时，鲁智深已自坐在禅椅上不动了”。《水浒传》中的鲁智深性格没有发展，他的一生一直都是为了别人，心中从没有自己。

尽管鲁智深很早就出家，但我们一直没有把他看作佛门弟子，他的证悟乃是瞬息之间的事情。智真长老在与鲁智深五台山临别之际，送给他四句偈语“逢夏而擒，遇腊而执。听潮而圆，见信而寂”。果然，在征方腊之后，这个不像佛门弟子的江湖好汉真的在杭州六和寺听见钱塘潮声后圆寂了。第一百十九回，鲁智深杭州六和寺坐化前，作偈道：“平生不修善果，只爱杀人放火。忽地顿开金绳，这里扯断玉锁。咦！钱塘江上潮信来，今日方知我是我。”连佛家圆寂都不知为何意的鲁智深以此颇带禅机之语坐化而去，有很强的顿悟色彩，似乎在那一霎间立刻领悟佛家要旨，而他此前的言行举止一向是与佛门割裂的。纯真率性、带一点“痴”的鲁智深“欺佛祖，喝观音，戒刀禅杖冷森森”，他“不看经卷”，是“酒肉沙门”。第九十回，宋江和鲁智深来见智真长老，长老一见鲁智深便道："徒弟一去数年，杀人放火不易。"这个杀人放火、不看经卷的酒肉和尚最终真正成为得道高僧。

贾宝玉的最终走向佛门则是成长过程的结果，由群美环绕而终至孤独是一步步体验出来的。宝玉最初的愿望，二知道人理解得最为透彻："须众女儿得驻颜之术，年虽及笄，无庸出嫁，只挈伴在大观园中妆台联句，绣户飞觞，口餐樱桃之脂香，裙易石榴裙之水渍，聚而不散，老于是乡可耳。"[①]但这不过是宝玉的荒唐之梦。随着大观园一步步风云流散，梦终于醒了。

在我们上面提到的《寄生草》中，最能引起贾宝玉共鸣的是"赤条条来去无牵挂"一句（这句话简直是为贾宝玉量身定做一样），他的第一次"悟禅机"就是在听了这支《寄生草》之后。第二十二回写宝玉在宝钗的生日之上听了《寄生草》喜的拍膝画圈，赞叹不已。也正是因为宝钗的生日，宝玉因不善调停，惹得黛玉、湘云都对自己不满，里外不讨好，越想越无趣，细想起这句"赤条条来去无牵挂"的趣味，不禁大哭。他索性提笔占了一偈，并且自己也填了一支《寄生草》，方心中自得。尽管后来宝玉在黛、钗的诘问下哑口无言，并以"一时顽话"轻轻带过，却伏下了贾宝玉最终走向空门的引子。

贾宝玉说自己不喜欢"热闹的戏文"，但实际上他是喜欢热闹的。林黛玉天性喜散不喜聚，而宝玉只愿常聚，人越多越热闹越好。宝玉在自己的成长过程中经历了种种痛苦与变故，慢慢在大观园内纷至沓来的生活中体会到自己的一厢情愿，体会到世事无常。宝玉最初的希望是所有的姐姐妹妹都陪着自己一起，就是看到袭人的两姨妹子生得好也想着"怎么也得他在咱们家就好了"；挨打之后，看到宝钗、黛玉等人的反应不禁感叹"假如我一时竟遭殃横死，他们还不知是何等悲感呢"！第三十六回，宝玉去梨香院之前还想着死时能得到所有人的眼泪，而等到在梨香院看到贾蔷和

① 二知道人嘉庆十七年解红轩刊本《红楼梦说梦》，一粟编：《古典文学研究资料汇编·红楼梦卷》第一册，中华书局1963年版，第85页。

龄官的故事才明白只能是“各人得各人的眼泪”罢了。第五十七回，宝玉对紫鹃的试探这样回答：“活着，咱们一处活着；不活着，咱们一处化灰化烟”，识分定之后的宝玉其实是对黛玉做出了暗中承诺。第七十一回，宝玉更是以相当豁达的态度推翻了自己当初的幼稚：“人事莫定，知道谁死谁活。”“我能够和姐妹们过一日是一日，死了就完了。什么后事不后事。”正因为如此，在经历了抄检大观园的悲剧，诸多身边女子死的死、逐的逐、避的避、嫁的嫁时，宝玉的心已经足够坚硬，看见“门外的一条翠樾埭上也半日无人来往，不似当日各处房中丫鬟不约而来者络绎不绝。又俯身看那埭下之水，仍是溶溶脉脉的流将过去”，日子终将会像流水一样川流不息地过去。“大约园中之人不久都要散的了。纵生烦恼，也无济于事。不如还是去找黛玉相伴一日，回来还是和袭人厮混，只这两三个人，只怕还是同死同归的。”然而这个最后的愿望也还是破灭了。“花柳繁华地，温柔富贵乡”再也无法抚平宝玉内心的悲哀与幻灭，肮脏的世界也不允许纯洁的净土存在，美好的青春与残酷的现实更无法调和。宝玉情愿忍受抛娇妻、弃美婢的“情极之毒”，也不愿在这里再待一刻。虽然贾宝玉临去时仍披着大红猩猩毡的斗篷，可雪地里飘然远去的身影内心有多孤独却令人不忍卒读。

和尚本就是孤独的，无论是在“花柳繁华地，温柔富贵乡”的别样江湖经历一番受享后遁入空门，还是在大碗喝酒、大块吃肉、论秤分金银、换套穿衣服、行侠仗义的真正江湖中于血雨腥风、刀头舔血中瞬息坐化。对于鲁智深和贾宝玉来说，这条不归路其实一直都是寂寞的旅程。所谓一百零八英雄好汉，所谓一百零八莺莺燕燕，都是这孤独旅途上的过客而已。

三

明中叶以来，不断有文章赞扬人的狂、痴、癖等不同流俗的个性。张岱说：“人无癖不可与交，以其无深情也；人无疵不可与交，以其无真气也。”[①]程羽文在《清闲供》中则详论文人的六种“病”：癖、狂、懒、痴、拙、傲。[②]有“病”才有个性、有情趣、有锋芒、有慧根。鲁智深、贾宝玉的“痴”与“真”其实都属于此类。

明末杰出思想家李贽极为赞赏鲁智深，称之为“仁人、智人、勇人、圣人、神人、菩萨、罗汉、佛”。在前面所讲的“鲁智深大闹五台山”一回，李贽对鲁智深的任侠使气赞不绝口：“此回文字分明是个成佛作祖图。若是那般闭眼合掌的和尚，绝无成佛之理。何也？外面模样尽好看，佛性反无一些，如鲁智深吃酒打人，无所不为，无所不做，佛性反是完全的，所以到底成了正果。”而书中凡写到鲁智深一连喝了十几碗酒、吃了半只狗肉、半山亭上打折了柱子、拳头擂鼓也似的敲门、打坏了金刚等地方，李卓吾都猛批“佛”字。就连写到鲁智深在佛殿后撒尿撒屎，李卓吾也照样批为“佛”。总之，在李贽看来，鲁智深的行为处处蕴含着“成佛作祖”的深层文化内涵，不能单以表象论之。脂砚斋也曾这样评论：“宝玉之情，今古无人可比，固矣。然宝玉有情极之毒，亦世人莫忍为者……宝玉有此世人莫忍为之毒，故后文方有‘悬崖撒手’一回。若他人得宝钗之妻、麝月之婢，岂能弃而为僧哉？此宝玉一生偏僻处。”[③]此“偏僻处”也就是我们所说的贾宝玉的“痴”与“真”，这些都与当时的社会思潮有关。

经过明中叶以来经济的发展，资本主义萌芽日益壮大，市民意识不断增强，阳明心学经由泰州学派而更为发扬光大。由此而来的是奢侈之风的横行，以及个性解放的高涨。而国事的动荡、朝廷的荏弱，也刺激了狂禅的兴盛，期待着扶危救困的英雄的出现。

---

① （明）张岱：《陶庵梦忆》卷四《祁止祥癖》，上海古籍出版社2001年版，第72页。

② （明）程羽文：《清闲供》，《香艳丛书》三集卷二，人民文学出版社1994年版，第693页。

③ 庚辰本第二十一回夹批。

在这种社会情境、思想潮流的影响下，直接对文学尤其是小说产生巨大影响的，是晚明著名的异端思想家李贽。这个也出家的和尚不仅对程朱理学甚至整个传统的封建礼教进行尖锐激烈批判，而且主张“童心说”，揭露假道学，倡导做保有“绝假纯真”童心的真人。因此，我们才能看到李贽对鲁智深纯真、率性的狂赞。

此后的金圣叹在对小说人物进行评点时，不仅仅赞扬天真烂漫的真心，而且注意到人物性格的丰富性，认为要写出性格的复杂性是最难的。宋江虽被其评为“下下人物”，但他也指出宋江刻画之复杂不易。“一部书中，写一百七人最易。写宋江最难，故读此一部者，亦读一百七人传最易，读宋江传最难也。盖此书写一百七人处皆直笔也，好即真好，劣即真劣，若写宋江则不然，骤读而全好，再读之而好劣相半，又再读之而好不胜劣，又卒读之而全劣无好矣。”

这些评点大家们看似琐屑、直观的议论饱含着真知灼见，为今后小说家们的创作提供了建设性的指导意见。比曹雪芹稍早一些的蒲松龄就特别推崇“狂”与“痴”的真性情，这也是他笔下人物的最动人处。如书痴郎玉柱（《书痴》），石痴邢云飞（《石清虚》），情痴乔生（《连城》）、孙子楚（《阿宝》）等，都给我们留下了深刻印象。这些崇尚纯真、不喜矫揉造作的痴公子们，令蒲氏的小说至今散发出独特的光芒。

而渊博多识、豪放阔达的曹雪芹更是继承了《金瓶梅》《水浒传》等小说的优良传统并加以发扬光大，塑造出了千古未见之“贾宝玉”。恰如脂砚斋之评：“按此书中写一宝玉，其宝玉之为人，是我辈于书中见而知有此人，实未目曾亲睹者，又写宝玉之发言，每每令人不解，宝玉之生性，件件令人可笑。不独于世人亲见这样的人不曾，即阅今古所有之小说传奇中，亦未见这样的文字。于颦儿处为更甚，其囫囵不解之中实可解，可解之中又说不出理路。合目思之，却如真见一宝玉，真闻此言者，移之第二人万不可，亦不成文字矣。”[1]

至于《水浒传》这种带有因朝代的更迭、社会思潮的变化而不断被加工、丰满最终集大成的成书方式，以及主要以众多不同人物一个个串联出场的结构形式等对人物固定性格的影响自是不必多言。有关《红楼梦》对《水浒传》写作文法的继承与发扬、二者之间从表到里的相似，也多有学者宏论。也正因此，才有了鲁智深、贾宝玉之间看似八竿子打不着、实则血脉相通的共鸣与联系。

（原载《孙权故里论水浒——水浒争鸣第十五辑》，2014年11月）

① 己卯本第十九回夹批。

评脂砚斋的叙事理论

评点作为深蕴中国文化意味的批评形式，固然有直观、琐屑的一面，但当我们用当代叙事学的视角去观照评点时，就会发现二者往往有相通的一面。本文拟从叙述者、叙事视角、叙事结构、叙事逻辑等方面对脂砚斋[①]的叙事理论进行梳理，以求进一步加深对《红楼梦》叙事方式的理解。

一

按照叙事学的观点，“小说叙事文本是假定作者在某场合抄下的故事。作者不可能直接进入叙述，必须由叙述者代言，叙事文本的任何部分、任何语言，都是叙述者的声音”[②]。叙述者即是“叙事行为主体”[③]，他是故事的讲述者，是整个叙事话语系统的承担者与传递者。叙述者是属于虚构的文本世界的，他“只是一个作者创造并接受了的角色”[④]。

中国古代白话小说的叙述者几乎是一个固定不变的角色，总是自称“说

---

① 学术界对脂砚斋其人尚未有定论，本文“脂砚斋”泛指包括脂砚斋在内的早期脂批作者，如畸笏叟、棠村、杏斋等人。

② 赵毅衡：《苦恼的叙述者》，北京十月文艺出版社1994年版，第26页。

③ 王泰来等编译：《叙事美学》，重庆出版社1987年版，第34页。

④ 同上，第111页。

书的”或“说话的”，并常跳出来以叙述者的身份进行指点干预。说书人虽时常出场，但他却从不在所讲述的故事中扮演一个角色，直到《儒林外史》《红楼梦》等小说出现，叙述者才有了明显的变化。

《红楼梦》的叙述者很复杂，叙述里有叙述，故事中套故事。

1. 庚辰本开头一位超越作者的叙述者（甲）“纪录”了作者用“假语村言”敷衍一段故事——《石头记》的缘起。

2. 叙述者改变身份，成为说书人（乙）。“列位看官：你道此书从何而来？说起根由虽近荒唐，细按则深有趣味。待在下将此来历注明，方使阅者了然不惑。”①

（1）先叙述了青埂峰下那块顽石幻形入世的源起。

（2）不知过了几世几劫，有位空空道人路过青埂峰，忽见石上“字迹分明，编述历历”，述的是石头“入红尘，历尽离合悲欢炎凉世态的一段故事”。

（3）石头叙述自己这段故事的意义，请空空道人抄录传播（石头是被叙述者）。

（4）空空道人“从头至尾抄录回来，问世传奇”，改为《情僧录》；东鲁孔梅溪则题曰《风月宝鉴》。

（5）曹雪芹于悼红轩中披阅十载，增删五次，纂成目录，分出章回，题曰《金陵十二钗》。

这是个扑朔迷离的楔子，似乎《石头记》真是一块“无材补天”的通灵宝玉自述的一段红尘经历，是一部“天外来书”。但这没有逃过脂砚斋的眼睛，甲戌本“并题一绝云”一段上方有眉批“若云雪芹披阅增删，然〈后〉

① （清）曹雪芹、高鹗：《红楼梦》，中国艺术研究院红楼梦研究所校注，人民文学出版社1982年版。本文所引《红楼梦》正文，若未注明出处，则皆此本。所引脂评还可参照朱一玄《红楼梦脂评校录》，齐鲁书社1986年版。

[则] 开卷至此这一篇楔子又系谁撰？足见作者之笔，狡猾之甚。后文如此处者不少。这正是作者用画家烟云模糊处，观者万不可被作者瞒〈弊〉[蔽] 了去，方是巨眼。”脂砚斋深深领会了作者的叙事谋略，同时一针见血地指出了叙述者的地位：只是作者杜撰出来的角色而已，这“狡猾之笔”更加强了“石头记”的权威性和真实性。而且，脂砚斋承认了叙述者——“石兄”的存在。

甲戌本在“满纸荒唐言，一把辛酸泪！都云作者痴，谁解其中味”上方有段眉批：“能解者方有辛酸之泪，哭成此书。壬午除夕，书未成，芹为泪尽而逝。余尝哭芹，泪亦待尽。每意觅青埂峰再问石兄，〈余〉[奈] 不遇〈獭〉[癞] 头和尚何？怅怅！”在脂砚斋看来，书尚未完成，而雪芹已逝（抄录小说叙事文本的作者已不在），那么欲知详情如何，就只好去问叙述者“石兄”了，可惜遇不到那个能够超越世间、幻境，往返于不同叙述层次的引荐者——癞头和尚了。

脂砚斋将“石兄”作为《红楼梦》主叙述层（即在文本中占主要篇幅的叙述层次）的叙述者。说书人在介绍完《石头记》的来历后，便把话语权交给了石头，“出则既明，且看石上是何故事。按那石上书云”，戚序本此处夹评：“以下系石上所记之文。”所谓“石上所记之文”即《红楼梦》主叙述层次，是石头“幻形入世”，“亲自经历的一段陈迹故事”，如宝黛爱情、贾府兴衰等，石头作为见证者，最有权利充当叙述者。脂砚斋紧接着在“最是红尘中一二等富贵风流之地”旁点出了石头“叙述者”的地位：“妙极！是石头口气，惜米颠不遇此石。”（甲戌本侧评）

在此后的评点中，脂砚斋时时点出石头的叙述者地位，尤其在第二十回中。先是宝玉感念麝月“公然又是一个袭人。因笑道‘我在这里坐着，你放心去罢’”。庚辰本侧评曰：“每于如此等处，石兄何〈常〉[尝] 轻轻放过，不介意来。”以宝玉的“爱博而心劳”，惯能在女儿面前伏低，叙述者怎能轻易放过这些地方？紧接着宝、黛角口，脂砚斋又来了一段令人吃惊的评点：“宝玉道：‘我也为的是我的心。难道你就知你的心，不知我的心不成？’”已卯本夹批云："此二语不独观者不解，料作者亦未必解，不但作者未必解，想石头亦不解，不过述宝、林二人之语耳。石头既未必解，宝、林此刻更自己不解，皆随口说出耳。"脂砚斋不仅深切揣摩了宝、林二人的心态，做出了恰切的评点，而且对"作者"与"叙述者"进行了明确的区分。

《红楼梦》主叙述层的叙述者是半隐身式的，既可进入故事，亦可退出故事。第三回"宝玉听了，登时发作起痴狂病来，摘下那玉，就狠命摔去。"甲戌本侧评中脂砚斋开始与叙述者对话："试问石兄：此一摔，比在青〈峰〉［埂］峰下萧然坦卧何如？"第八回写袭人把玉"用自己的手帕包好，塞在褥下，次日带时便冰不着脖子"，甲戌本夹批中又有一问："试问石兄此一渥，比青埂峰下松风明月如何？"向叙述者询问进入故事的感觉，这是脂砚斋的独创。

有时石头自己也跳出来进行指点干预。第十七回至十八回"此时自己回想当初在大荒山中，青埂峰下，那等凄凉寂寞……所以倒是省了这工夫纸墨，且说正经的为是。"叙述者公开阐说自己的感觉，自己的叙述手法，确实如脂砚斋所评："如此繁华盛极花团锦簇之文，忽用石兄自语截住，是何笔力，令人安得不拍案叫绝？〈是〉［试］阅历来诸小说中有如此章法乎？"（庚辰本眉批）

在隐指作者那里，宝玉和石头若即若离，脂砚斋对此心领神会，在他笔下常常出现的"石兄"二字，有时便是指宝玉。第八回"宝玉正在心甜意洽之时，和宝黛姊妹说说笑笑的"，甲戌本夹批曰："试问石兄，比当时青埂峰下猿啼虎啸之声何如？"第二十回李嬷嬷说袭人"一心只想妆狐媚子哄宝玉"，庚辰本有一侧评："看这句几把批书人吓杀了"，接下句又评道"幸有此二句，不然，我石兄袭卿扫地矣"。脂评与隐指作者的奇妙构思是相对应的，玉石是顽石的幻相，是宝玉的精神象征，与宝玉的精神发展历程相一致。

脂砚斋不仅明确了石头叙述者的地位，而且指出他有时并不可靠。第三回林黛玉进贾府，王夫人让凤姐为其准备衣裳，凤姐说："知道妹妹不过这两日到的，我已预备下了。"甲戌本此处有段眉批："余知此缎，阿凤并未拿出，此借王夫人之语机变欺人处耳。若信彼果拿出预备，不独被阿凤瞒过，亦且被石头瞒过了。”

二

叙事视角是叙事学中讨论的最热闹的话题。谁是聚焦者？由谁来充当叙述者？法国叙述学家热奈特最早对“谁看和谁说”做出了明确的区分。[①]“谁看”即指“叙事眼光”，是充当叙事视角的眼光，它可以是叙述者的眼光，也可以是人物的眼光；“谁说”则指“叙述声音”，即叙述者的声音。叙述者与人物经常争夺意图语境控制权，有时叙述者虽然掌握着发言权，叙述的词汇、语调等虽都属于叙述者，但意识却是人物的。[②]例如《红楼梦》第七十二回，夏太监打发一小内监前来荣府借钱，凤姐让拿两个金项圈出去暂押四百两银子，太监看那金项圈，“两个都与宫中之物不离上下”，似乎是叙述者在向我们介绍这“两个”的价值，其实不然，发言者虽仍是叙述者，意识控制权却已转移到太监身上，太监只在宫中才有，才会拿它与宫中之物相比，还是脂砚斋敏锐：“是太监眼中看，心中评。”（庚辰本夹批）

中国古代白话小说大都使用全知视角，叙述者“说书人”无所不知，无所不在，他不受任何时空的限制，有权解释、评论、判断一切。《红楼梦》所写人物之纷繁，所叙事件之牵连，所表关系之复杂，非全知视角难以表述清楚，但其最有特色的是大量采用了第三人称有限视角，用故事内人物的眼光来观察事物。脂砚斋准确地指出了这一特点，虽然他并未使用“视角”一词。如第三回写黛玉进贾府，蒙府本侧评云：“以下写〈宁〉［荣］国府第，总借黛玉一双俊眼中传来。非黛玉之眼，也不得如此细密周详。”第五十三

① ［法］热拉尔·热奈特：《叙事话语　新叙事话语》，王文融译，中国社会科学出版社1990年版，第126页。

② 参看《苦恼的叙述者》第二章。

回戚序本回前评曰：“‘除夕祭宗祠’一题极博大，‘元宵开夜宴’一题极富丽。拟此二题于一回中，早令人惊心动魄，不知措手处。乃作者偏就宝琴眼中款款叙来。”第八十回写迎春之悲，庚辰本夹评云：“凡迎春之文皆从宝玉眼中看出。”这种视角，不仅自然流畅、合情合理，而且能同时反映多个人物的性格。

最有代表性的大约应为刘姥姥一进荣国府。刘姥姥是一村妪，其女婿家原是与金陵王家连过宗的，因近来日子艰难，故想到贾府王夫人处打秋风。且来看第六回“贾宝玉初试云雨情 刘姥姥一进荣国府”，甲戌本回前评一上来就为刘姥姥定位：“此回借刘妪，却是写阿凤正传，并非泛文，且伏二〈递〉[进] 三〈递〉[进] 及巧姐之归着。”写刘姥姥，是为了写阿凤，并为后文伏线。

刘姥姥带着板儿来到宁荣街。在太太陪房周瑞家的引导下找到平儿，又在平儿的吩咐下来堂屋等着见凤姐。“才入堂屋口，只闻一阵香扑了脸来，[甲戌夹] 是刘姥姥鼻中。竟不辨是何气味，身子如在云端里一般。[甲戌夹] 是刘姥姥身子。满屋中之物都耀眼争光，使人头悬目眩。[甲戌夹] 是刘姥姥头目。”脂砚斋步步紧逼，句句夹评，明确指出是从刘姥姥的嗅觉、感觉、视觉写来，是运用的刘姥姥的视角，把村妇乍入富室的梦幻迷离、不知所措写得惟妙惟肖，正如脂砚斋在蒙府本的侧评：“是写府第奢华，还是写刘姥姥粗夯？大抵村舍人家见此等景象，未有不胆破惊心、迷魄醉魂者。”

尤其有趣的是，刘姥姥坐着等凤姐时，“只听见咯当咯当的响声，大有似乎打箩柜筛面的一般，[甲戌夹] 从刘姥姥心中意中幻拟出奇怪文字。不免东瞧西望的。忽见堂屋中柱子上挂着一个匣子，底下又坠着一个秤砣般一物，却不住的乱幌。[甲戌夹] 从刘姥姥心目中设譬拟想，真是镜花水月。”然后，写刘姥姥听觉中凤姐的阵仗，看凤姐吃剩的饭菜，看“这边屋里”的门、窗、炕、板壁、靠背、引枕、痰盒，看凤姐的戴、围、穿、拿。后又给刘姥姥一个心神俱定的机会，看贾蓉与凤姐相见。甲戌本有段夹评：“妙，却是从刘姥姥身边目中写来。”我们跟着贫穷粗夯的刘姥姥见识了琏二奶奶的阵势，其奢侈、其心机、其神态，笔笔传神：我们进入的是刘姥姥的感知世界，只有她才会对钟表有如此感觉，也只有她才会注意到撤下来的宴席仍然“碗盘森列，仍是满满的鱼肉在内，不过略动了几样”。但我们也因伴随着刘姥姥的视角而有了一些困惑，她看到的就是叙述者看到的，就是我们看到的，叙述者不比她多知道些什么，我们觉着贾蓉与凤姐的关系似乎有些暧昧，可由于叙述者顽强地拒绝做解释，我们只好糊里糊涂。

《红楼梦》还采用了第三人称外视角。“主人公就在我们眼前活动，但永远不许我们知道主人公的思想感情。”[①]叙述者只描写人物所看到和听到的，不做任何主观评价，也不分析人物心理。《红楼梦》对宝钗的描写大多采用这种视角。宝钗的地位仅次于宝、黛二人，《红楼梦》中有大量对宝、黛二人心理活动细腻逼真的描写，而对宝钗却很少做内心透视。这既增加了叙述距离，又给了人物自身以丰富的内涵。第三十四回宝玉挨打，宝钗来探视，“只见宝钗手里托着一丸药走进来，[蒙府侧] 请问是关心不是关心？”“刚说了半句又忙咽住，自悔说的话急了，不觉的就红了脸，低下头来。”我们看到的是一个娇羞满面的含情少女。蒙府本此处侧评曰：“行云流水语，微露半含时。”真是“东边日出西边雨”。第三十六回，宝钗来到怡红院，恰值宝玉午睡，宝钗听见宝玉呓语，“不觉怔了”。为何而怔？若是黛玉，肯定又要大书其内心所想，而此时宝钗却只有一“怔”的表情，我们不知她做何感想，蒙府本侧评曰：“〈情〉[请] 问：此‘怔了’是呓语之故，还是呓语之意不妥之故？猜猜。”脂砚斋同隐指作者一起为我们布下了一个疑阵，让我们猜了这么多年，拥林贬薛，拥薛贬林，也只好仁者见仁，智者见智了，这同第三人称外视角的运用密切相关。

脂砚斋充分认识到，《红楼梦》中的叙述者很少对人物做道德判断。第

① [法] 热拉尔·热奈特：《叙事话语　新叙事话语》，王文融译，中国社会科学出版社1990年版，第130页。

四十九回庚辰本有段夹批："妙在此书从不肯自下评注，云此人系何等人，只借书中人闲评一二语，故不得有未密之缝被看书者指出，真狡猾之笔耳。"我们只能听到譬如焦大、柳湘莲等口里的诟骂之辞，兴儿等书中人对人物的评语，几乎看不到叙述者的诛贬之语，可珍、蓉父子"聚麀"，贾赦花白胡子还要娶妾，贾琏国孝、家孝中娶妾，这种种丑事使那个荒淫无耻的世界客观而真实地暴露出来。

《红楼梦》中还有一种视角越界的现象。全知叙述者应是无所不知的，但假如他直言声称自己不知道人物的内心想法，不知道某一事情，就"违规"侵入了内视角（叙述者采用故事内人物的眼光来观察事物）的范畴。第十五回宝玉欲与秦钟算账一节，"宝玉笑道：'等一会儿睡下，再细细算帐。'"又写"凤姐因怕通灵宝玉失落，便等宝玉睡下，命人拿来塞在自己枕边"。于是这个角色化的叙述者石头便跳出来说道："宝玉不知与秦钟算何帐目，未见真切，未曾记得，此系疑案，不敢纂创。"全知叙述者石头在此放弃了无所不知的权力，采用了第一人称内视角，甲戌本夹评曰："忽又作如此评断，似自相矛盾，却是最妙之文。若不如此隐去，则又有何妙文可写哉？这方是世人意料不到之大奇笔。若通部中万万细微之事俱备，《石头记》真亦太觉死板矣。故特用此二三件隐事，借石之未见真切，淡淡隐去，越觉得云烟渺茫之中，无限丘壑在焉。"

《红楼梦》采用了多种叙事视角，在叙事方式上有重大突破，而脂砚斋亦对此有足够的重视，他虽然没有使用"视角"这一术语，但他的视角意识相当强。

三

脂砚斋不仅对叙述者、叙事视角有独到的见解，而且在叙事结构、叙事逻辑等方面也颇有建树。

张竹坡批评《金瓶梅》时曾说过这样一段话："做文如盖造房屋，要使梁柱笋眼，都合得无一缝可见；而读人的文字，却要如拆房屋，使某梁某柱的笋，皆一一散开在我眼中也。”[①]在明清之际的评点家眼里，文本解读要从全篇构架入手，篇中的“大起大结”“大照应”“大关锁”，“极大章法”，都应条分缕析，一一道明。金圣叹、毛氏父子、张竹坡都有着强烈的结构意识，剖析文本结构，进而把握文本。

脂砚斋也是结构分析的大家，庚辰本第二回回前有400多字的点评，让我们注意其叙事结构的巧妙：

1. 先叙外戚，既是由小见大、由远及近，又是想让书中第一女主角黛玉迅速入贾府——故事展开的中心地。

2. 先让我们从冷子兴口中得知宁、荣两府世系大概，心中才会约略有个底儿，然后再分别借黛玉进府时的观察、宝钗进府后的往来，使宁、荣两府如在观者目前。

3. 由冷子兴口中叙通灵宝玉，既上承甄士隐所见，又牵连后面宝钗、黛玉眼中之玉，从而突出书中男主人公宝玉，同时亦暗点宝、黛、钗三人之间“木石前盟”“金玉姻缘”的纠葛。

4. 由一冷眼人叙宁、荣两家“如今外面的架子虽未甚倒，内囊却也尽上来了”，“谁知这样钟鸣鼎食之家，翰墨诗书之族，如今的儿孙，竟一代不如一代了”，与后文贾府入不敷出，“寅年用了卯年的”，两府子孙只知吃喝玩乐相照应。贾府的衰落不可逆转。

脂砚斋深明全文结构，尤其是他注意到前后大结构之间的对照。第二回叙完甄家之事，甲戌本有段侧评：“士隐家一段小荣枯至此结住，所谓真不去假焉来也。”此后就该叙贾家一段大荣枯了。接着写贾雨村信步至“智通寺”，遇一“既聋且昏、齿落舌钝”的老僧，“不耐烦，便仍出来”，此处甲戌本有一眉批：“毕竟雨村还是俗眼，只能识得阿凤、宝玉、黛玉等未觉之先，却不

---

① (明)兰陵笑笑生著，张竹坡批评：《金瓶梅》，第二回回评，齐鲁书社1991年版，第40页。

识得既证之后。未出宁、荣繁华盛处，却先写一荒凉小境；未写通部入世迷人，却先写一出世醒人。回风舞雪，倒峡逆波，别小说中所无之法。”主要人物故事尚未展开，先写了本地望族甄家败落，甄士隐悬崖撒手，做了和尚，又绘了宝玉“既证之后”的精神写照，实是惊人眼目。世事不过如此，“花柳繁华地、温柔富贵乡”，皆是过眼烟云，瞬息而变。

第四回又在宝、黛大悲欢之前，写了冯渊、英莲的一段小悲欢，甲戌本在写冯渊、英莲一段有眉批曰：“又一首薄命叹。英、冯二人一段小悲欢景，从葫芦僧口中补出，省却闲文之法也。所谓美中不足，好事多磨，先用冯渊作一开路之人。”

大荣枯前有小荣枯，小悲欢后是大悲欢，脂砚斋深深理解这种极盛而衰、极热而冷，所谓“瞬息间则又乐极悲生，人非物换，究竟是到头一梦，万境归空”。在此后贾府的大悲欢中，脂砚斋又一路为我们指出了小结构间的冷热相照。第十六回，元春晋封，宁荣两府“上下里外，莫不欣然踊跃”，却偏偏接着写“秦钟之病一日重一日”，“偏于大热闹处写大不得意之文”（甲戌眉）。第十八回，元春省亲的最后是“焚香拜佛，又题一匾云：‘苦海慈航’”，己卯本夹批曰：“寓通部人世。一篇热文，却如此冷收。”第四十三回，合家凑趣给凤姐过生日，热闹非常，独宝玉“说有个朋友死了，出去探丧去了”，庚辰本夹批云：“奇文，信有之乎？花团锦簇之日偏如此写法。”宝玉骑马回家，庚辰本又一夹批云：“看他偏不写凤姐那样热闹，却写这般清冷，真世人意料不到这一篇文字也。”脂砚斋对文本结构的分析很多，尤以这种寓“冷热”对照的评点最能与雪芹思想相合。

脂砚斋不仅讲究结构的精妙对照，而且非常注重事件间的功能逻辑，《红楼梦》中极少无意义、无功能的叙事。香菱是甄士隐的女儿，是开卷所写的第一个女子，亦是金陵十二钗副册之首，这样一个“情性贤淑、深明礼仪”的人儿自然应入大观园中，可香菱既为薛蟠侧室，如何入得园中？脂砚斋为我们理出了清晰的线索（第四十八回庚辰本夹批）。

脂砚斋为我们提供了香菱入园的基本序列：赖尚荣选了官，大宴宾客——薛蟠情误，被柳湘莲暴打一顿——阿呆远游，香菱入园，这个基本序列是香菱一生悲剧大序列中的一环。“慕雅女”只有跟着宝钗入了园，才能苦心学诗，集根基、容貌、端雅、风流、才情于一身，可就是这么个人儿，却遭金桂之虐，薛蟠之打，最后落个“水涸泥干，莲枯藕败”。

第四十五回写凤姐等人都向赖嬷嬷道喜，原来“托着主子的洪福”，其孙赖尚荣“选了出来”，赖家要连摆三日酒庆贺，故来请贾母、凤姐等人前去吃酒。不知者以为这只是“凤姐泼醋”后的小缓冲，只是为了反衬贾府势力，其实却是为下文香菱入园不经意间做了铺垫，实为香菱入园的先声。脂砚斋为我们做了追踪寻源的分析，让我们更好地理解了事件之间的逻辑关系。当然某一事件的内涵可能是丰富多彩的，但其中必定有一种是其最本质的意义，是属于某一特定叙事序列的，二者都是优秀长篇小说所必不可少的因素。

（原载《红楼梦学刊》2001年第4辑）

“死活读不下去”《红楼梦》，怪孩子还是怪成人？

今年是伟大作家曹雪芹逝世二百五十周年纪念年，在各类纪念活动如火如荼展开之际，也有一些令人尴尬的情形出现，比如前一阵子让许多人大跌眼镜甚至发怒的“死活读不下去排行榜”，《红楼梦》竟然排名第一，而其他三大名著《西游记》《水浒传》《三国演义》也榜上有名。经典的阅读真的已经无法传承了吗？当我们质疑读者阅读能力的时候，是否也应该从其他环节，比如《红楼梦》的节编、出版等方面思考一下社会外部环境对读者尤其是青少年阅读能力的影响。在大力提倡重拾文化经典，甚至在北京教育考试院颁布2016年高考语文提高到180分的今天，有关经典的阅读如何有成效地持续下去？

一

2013年6月20日11点多，“广西师大出版社理想国”微博发布了“死活读不下去前10名作品”，据近3000条读者微博微信留言统计得出的结果，四大名著赫然在列，《红楼梦》更是位居榜首。此榜一出，舆论大哗，尤其以关于《红楼梦》的讨论最多，赞同、质疑者甚至展开了激烈的争论，《红楼梦》确是在国人心目中占有相当重要的地位。

或许应该庆幸这只是近3000位读者的意见，毕竟我们这个有着十几亿人口的泱泱大国，3000人实在不可能掀起什么大的风浪。笔者自己也试着做了一个更小范围的简单调查。在北京某高校文法学院三年级某班（50人）接受调查的有效问卷中，完全没读过《红楼梦》的有13人，完整读过的有24人（可惜只有一人认为"《红楼梦》很有味道"），只读过部分章节的有7人，读不下去与完整读过的比例基本持平。全文阅读过《红楼梦》的时间大部分是在初、高中，尤其是高中时期，只有个别是在小学时期。至于没有阅读过《红楼梦》的人，其原因也不外是认为《红楼梦》晦涩难懂，主要集中在语言、诗词、复杂的人物关系以及一些古代的风俗习惯、官制礼制等。这个小调查当然太过随意，没有太大的说服力，但至少见微知著，可以给我们以警醒。

不由想起近二十年前关于《红楼梦》的一场调查，那是山西大学赵景瑜先生大约从1994—1999年间所做的十次"红楼梦专题问卷调查"，其中第三次调查题目是"你喜不喜欢阅读《红楼梦》？为什么？"，调查结果发表在《名作欣赏》1998年第一期上，有兴趣的读者不妨找来看一看。这是在蒋和森先生的建议下所设计的题目，在收回的146份有效答卷中，非常喜欢的有68人，一般喜欢的有67人，不喜欢的有9人，先喜欢而后不喜欢的有1人，先不喜欢而后喜欢的也有1人。喜欢《红楼梦》的比例远远大于不喜欢。当然此次的调查对象大都是大学本科生及研究生，不同调查对象当然会影响调查结果，就像这次广西师范大学出版社调查的3000人的背景也会影响排行榜的权威性一样，大可不必对此深究不放。二十年前我们还敢于去问一句"你喜不喜欢读《红楼梦》"，如今却只能说"你读没读过《红楼梦》"了。时代的变化，科技的进步，电子产品的普及，如今似乎个个压力山大的人们有谁有闲暇去细细品味长篇古典名著的滋味呢？更何况那些难懂的生僻字，那些关系复杂的姐姐妹妹、姑姑婶婶，那些搞不清楚的祭祀、省亲、官职、礼仪，哪有当下那些短平快的小段子更能释放我们的情绪、纾解我们的压力？笔者曾问一位在《红楼梦》翻译研究方面颇有成绩的先生他周围的学生是否喜欢读《红楼梦》时，他只玩笑似的回了一句："香港大学生很少读这不赚钱的书。比较喜爱看手机。"看来，在阅读包括《红楼梦》在内的经典名著方面，人同此心。

王蒙先生可以很生气地说："《红楼梦》都读不下去，是读书人的耻辱。"

我们也可以为现在的青年人没有几个认真阅读过《红楼梦》而忧虑中国传统文化的传承，但是否想过我们的社会大环境、我们的改编者、我们的出版界为大家尤其是青少年提供了什么样的阅读条件呢？

二

《红楼梦》“死活读不下去”的榜首地位，很容易让人以为它的市场、销路都不会好。然而事实并非如此，走进书店，文学名著架上一排排各个出版社出版的各种版本的《红楼梦》，简体的、繁体的、精装的、平装的、横排的、竖排的、节本的、改编的，价格从十几元至上千元不等，可谓五花八门、应有尽有。笔者简单梳理了一下，仅今年上半年，就有三十多家出版社出版了各类不同版本、校本的《红楼梦》，上海人民美术出版社、化学工业出版社、崇文书局、湖北辞书出版社、内蒙古人民出版社、南京大学出版社、京华出版社、浙江大学出版社、辽宁少年儿童出版社、江苏少年儿童出版社、浙江少年儿童出版社、新疆少年儿童出版社等都推出了自己的《红楼梦》，各种经典赏读本、彩色图文本、名师解读本、珍藏版、连环画收藏本、注音彩图本、青少版等令人眼花缭乱、无所适从。这种大范围的出版同一种著作，一方面确实满足了《红楼梦》历来是家置一编的要求，丰富了人们的文化阅读，但另一方面也要求我们必须对这些林林总总的《红楼梦》做出客观公正的评价，引导人们正确阅读。尤其是许多专门给青少年看的、打着新课标旗号的版本，更是令人堪忧，许多本子或许本意是好的，但实际效果却往往相反。

在这些不同出版社的《红楼梦》中，根据内容大体分为两类，一类是全本《红楼梦》，我们暂且不管底本是用的哪一种，都是120回，有的会有注释，有的则有脂批，其实这类本子还算是好一些的，因为就算注释有误，但毕竟还算是给我们呈现了《红楼梦》的全貌，读者可以自己采取“拿来主义”，去粗取精，汲取传统文化的精髓。另一类则主要是一些节编本，大都三十回至五十回不等，改编者按照自己的理解，随意阉割《红楼梦》，篡夺曹雪芹的本意，使《红楼梦》中本来存在的美完全消失，而且一些关于《红楼梦》的常识介绍，也非常值得商榷。

比如内蒙古人民出版社“根据教育部最新版《全日制义务教育语文课程标准》编写”、号称“名师点评”、2013年5月出版的青少版、全译美绘本《红楼梦》，前言中有“《红楼梦》……曾用名有《石头记》《情僧录》《风月宝鉴》《金陵十二钗》等”，我们知道，《情僧录》《风月宝鉴》《金陵十二钗》等不过是曹雪芹的创作手法，用鲁迅先生的话来说，不过是“多立异名，摇曳见态”，并不是真有几个这样的版本。如此向青少年普及，难免会让人产生理解歧义。

此本《红楼梦》共二十六回，第一回回目为“贾宝玉衔玉而生　林黛玉寻亲贾府”，一上来竟然是从盘古开天辟地、女娲抟土造人、共工怒触不周山讲起，不知道的还以为是中国古代神话故事书，怎么也不会想到这竟是《红楼梦》的开篇。第四回“刘姥姥一进贾府　宝玉奇缘识金锁”写刘姥姥一进贾府，以及宝玉闻听宝钗有病前来探望的事情。宝钗要看宝玉的玉，宝玉也顺便看了看宝钗的金锁，不知回目中的“奇缘”二字所为何来？此书的回目颇让人无奈，不仅不对仗，缺乏美感，而且与内容也无法对应。这也是绝大部分出版社出版的节编本《红楼梦》存在的问题。如第二十三回为“凤姐巧施‘调包计’　宝钗做成二奶奶”、第二十四回为“黛玉焚稿断痴情　贾府遭大劫查抄”等等，实在是不明白改编者为何要舍弃《红楼梦》原文中的回目，非要用自己出力不讨好的题目。同样存在这种情况的还有很多本子，如二十一世纪出版社2009年2月出版的绘画注音版《红楼梦》，第一回回目“石头与绛珠仙子”、第六回回目“题大观园宝玉显才”、第七回回目“元妃探亲　黛玉展才”、第八回回目“宝玉贪玩　袭人规劝”等。再如译林出版社2009年8月出版的译林世界名著（学生版）《红楼梦》中，回目也是非常热闹，什么风格的句子都有，第十三回“倾诉肺腑”、第十六回“梦语言真情”、第十七回“大观园诗社”，最后一回竟然是“宝玉，你好……”，多么直白。此等平淡无味的回目，实在是有愧于曹雪芹的文字功夫。这样的例子还有不少，此处不赘。

内蒙古人民出版社2013年5月出版的《红楼梦》，其中所谓的“名师点评”也令人摸不着头脑，比如第七回下面有一段“名师点评”：

> 作者善于运用细节描写来刻画人物性格特征，例如，当湘云等人说一个扮小旦的伶人模样很像林黛玉时，林黛玉很气恼。黛玉冷笑说：“我原是给你们取笑儿的，拿着我比戏子，给众人取笑！”不仅把她敏感多疑的性格特征刻画出来了，而更重要的是在于：她在自己和社会地位低贱的人们之间划下了一道深深的鸿沟，从而认为把自己与这类人相比，是对自己的一种侮辱。这里，她的阶级优越感表现得很突出。

我们暂且不评价这段点评是否恰当，单说在这里放这样一段文字有何价值？此本是缩写本，文中并没有涉及点评者所说的内容，编者的本意也许是想让读者了解更多的《红楼梦》的内容，但实际上却是让读者更为困惑。此本的本意是为了“更符合青少年阅读，力求达到青少年的无障碍阅读”，这也是其他许多《红楼梦》青少年版本的初衷，但实际效果却往往让人大失所望。

在这些《红楼梦》改写本中，有一处的改写最令人失望。我们知道，“黛玉葬花”几乎是《红楼梦》中最能打动人的地方，也是值得大家反复回味的情节。黛玉感花伤己、边葬花边哭诉的悲情以及宝玉听完《葬花辞》之后“杳无所知，逃大造，出尘网”的感悟带给我们的审美愉悦是曹雪芹不可替代的创造，也给后来人带来了巨大的创作契机。《红楼梦》诞生后第一部改编作品就是以“黛玉葬花”为基础的仲振奎的传奇《葬花》一折。可在许多本子中，为了文字的省俭，不仅原著中优美的文字变得枯燥乏味，那本应让青少年们吟咏、欣赏的《葬花辞》也不见了，即使有也仅剩下所谓有代表性的几句。比如二十一世纪出版社2009年2月出版的绘画注音版《红楼梦》中第十回对宝玉的反应只有两句：“宝玉想到黛玉的花容月貌终有一天也会老去，而自己那时又在哪里呢？于是伤心起来，也失声痛哭。”《葬花辞》只剩两句：“花谢花飞花满天，红消香断有谁怜？”“侬今葬花人笑痴，他年葬侬知是谁”。内蒙古人民出版社2013年5月出版的青少版、全译美绘本《红楼梦》中对宝玉听到黛玉《葬花辞》的反应，也用“招惹的宝玉也边听边呜咽起来”一句带过。华夏出版社2012年6月出版的号称新版新课标指定必读、名校班主任推荐、根据教育部最新版《全日制义务教育语文课程标准》编写的《红楼梦》中更只有一句宝玉“不禁伤心地痛哭起来”。凡此种种，不必多举。

值得注意的是，很多青少年版本都和国家的《全日制义务教育语文课程标准》联系起来，阅读《红楼梦》，不仅仅是为了欣赏、品味传统经典，更是和广大青少年的切身利益——考试联系起来。那么教育部的语文课程标准究竟是怎样的呢？怎样才算是真正符合这个标准呢？

笔者查阅了教育部制定的《义务教育语文课程标准（2011年版）》，在其“附录2：关于课外读物的建议”中，“要求学生9年课外阅读总量达到400万字以上，阅读材料包括适合学生阅读的各类图书和报刊”。而其中提到的需要阅读的中国古典长篇文学名著有吴承恩的《西游记》、施耐庵的《水浒传》，并没有《红楼梦》。只是在高中语文新课标中，曹雪芹的《红楼梦》才被列为必读书目。

那么，这个课外阅读的必读书目应该怎样读才能既扩大阅读量又提高自身的审美修养呢？《义务教育语文课程标准（2011年版）》对阅读提出了很高的要求，认为“阅读是学生的个性化行为。阅读教学应引导学生钻研文本，在主动积极的思维和情感活动中，加深理解和体验，有所感悟和思考，受到情感熏陶，获得思想启迪，享受审美乐趣……不应以教师的分析来代替学生的阅读实践，不应以模式化的解读来代替学生的体验和思考；要善于通过合作学习解决阅读中的问题，但也要防止用集体讨论来代替个人阅读”。阅读从来都是一种个人行为，我们不能用整齐划一的标准去考量阅读，也无法让每个人获得同样的阅读体验与审美期待。

因此，这种大规模的打着新课标旗号对《红楼梦》的改写真的有必要吗？那些所谓因为“现在的孩子们学业过量，阅读时间稀少”、担心孩子们“万一实在没有机会阅读全本的名著，也总算看见过里面的几片云朵，看见过霞光”而力图“去除一些艰深的内容，却把精华仍留下”的心愿是好的，但一来这种从编者出发的阅读心理，看似面面俱到，实则却忽略了读者的阅读要求；再者这种改写是否真的能保持原著的精华实在是个问题。用现代的语汇、现代的流行语言甚至网络上流行的词汇来改写《红楼梦》，就是照顾到现代孩子的阅读感受了？更何况《红楼梦》本身并非以故事性、趣味性见长，那些家长里短的流水账式的生活再怎么缩写恐怕也无法满足那些只愿阅读短平快段子的人的节奏。而且我们认为，新课标的本意绝不是只让孩子们见“几片霞光”而已。

阅读将在青少年的未来生活中占有越来越重要的地位，无论是因为自身素养的要求，还是不得不应付当前的高考。2013年10月21日，北京市教育考试院发布中高考改革征求意见稿并向社会征求意见。其中一个显著的变化是，从2016年起，高考中语文学科分值将由150分提高到180分，英语由150分减为100分。正如北京市教委委员李奕所说，语文学科将突出语文作为母语学科的基础性重要地位，注重语文试题同其他课程、同生活实践的联系，注重对中华民族优秀文化传统的考查。由此看来，无论考察的重点在哪里，语文学科的学习，注定平常的阅读将是重中之重，日积月累的素养的提高是语文学习的不二法门。因此，在教育部的语文新课标中才会强化阅读。可惜的是，许多打着新课标牌子的所谓课外阅读书籍，实际上并没有真正领会新课标的精髓，反而对学生的阅读造成伤害，这才是我们最大的悲哀。我们的本意也许是为了减轻孩子的负担，实际上却伤害了孩子的阅读能力与素养培养。

鉴于《红楼梦》出版的乱象，笔者采访了人民文学出版社副总编辑、古典文学部主任周绚隆先生。我们知道，人民文学出版社出版的由中国艺术研究院红楼梦研究所校订的《红楼梦》可谓权威版本，也是人民文学出版社每年的常销书、畅销书。据周先生介绍，这套《红楼梦》自20世纪80年代初版以来，至今已售出400多万套，每年大概销售六七万套。经典的版本形式很受大家欢迎，人民文学出版社不会走粗制滥造的路子，以后可能还会出更加高端、大字的精装本。谈到《红楼梦》改编、出版的混乱，周先生说，现在的人们都很浮躁，人们普遍工作压力大，喜欢阅读小而轻、不需要动脑子的东西，而且阅读越来越有一种娱乐化倾向。尽管这些年我们都在倡导重读经典、读经、国学热，并且热衷于从娃娃抓起，但实际上我们并没有真正认识传统文化对我们的重要性，好在就算这种做法带有一些功利性，但至少我们已经意识到这种需要的存在。在提到很多出版社出版各种《红楼梦》改写本时，周先生说，《红楼梦》的文字已经很浅近了，中学生看《红楼梦》没有任何问题，许多改写本损坏了读者阅读《红楼梦》中最关键的阅读期待与审美享受，一个是情节，一个是语言，是对名著的践踏。本来国家制定新课标，就是为了让学生读这些名著，而我们不仅剥夺了学生读原著的机会，拒绝为他们提供优良的阅读环境，还破坏了他们的阅读能力，危害了他们的将来。周先生建议要积极、健康地阅读《红楼梦》。不同出版社对底本的选择会有差异，从而能让读者有更多选择。但同时要注意的是，这些出版社有多少是从专业角度请了研究《红楼梦》的专家对本子进行认真的校勘，有多少是拿别人的本子粗制滥造的。我们要公平、公正、合理、严肃地竞争，而不是投机取巧，以降低质量、扰乱市场秩序来渔利。尤其是挂着教育牌子出书，一定要慎重，教育行政部门应该对此进行管理，规范我们的青少年教育图书市场。这不仅仅是图书出版工作者的责任，也是社会应负起的责任。

三

我们知道，自《红楼梦》诞生以来，几乎是家置一编，“开谈不说红楼梦，读尽诗书是枉然”，更形成了一专门的学问——红学。从此，有关《红楼梦》的本事、版本、成书，有关曹雪芹的家世、生平、祖籍……都成了人们津津乐道的研究话题。红学世界越来越拥挤不堪，而人们却越来越陷入《红楼梦》编织的迷梦之中，甚至现在连曹雪芹的著作权都颇受怀疑。

我们的阅读能否在层层迷雾中找到自己的方向呢？曹雪芹在《红楼梦》开篇即言："满纸荒唐言，一把辛酸泪！都云作者痴，谁解其中味。"或许我们过度重视了很多与《红楼梦》相关联之外在，而忽略了本应引起我们绝对重视的《红楼梦》文本本身，那些大观园里少男少女的纯真情怀，那些曾经打动无数人心的青春与美好被毁灭的故事，在我们日益浮躁的心态下似乎已经没有存在的环境，我们看腹黑、我们看穿越、我们要搞笑，清代的曹雪芹不是我们的偶像，我们已在拥挤的红学世界里找不到文字。

赵景瑜先生曾在他第三次关于《红楼梦》调查中摘抄了一位男大学生写的自己为什么喜欢读《红楼梦》的发展变化过程，很值得我们思考，故不惮烦琐，摘抄于下：

> 很小的时候，我愿意收藏连环画册，其中有关《红楼梦》的不少，比如《宝黛初会》《宝玉受笞》《抄检大观园》《金桂之死》等等。翻阅以后，得到的概念，只是凤姐真狠、夏金桂该死、探春挺好，而惜春为什么那么无情？难以理解。这时还谈不上喜欢……上了初中，借来小说看，有些地方还是看不太懂，只知道作者开头神奇，讲贾家世系倒也独特。忽然出现了许多不认识的人物。到了高中，特别是第一年高考失败后的暑假里，我专心地看了几遍《红楼梦》，可惜都是读到抄检大观园心就很灰了，努力看到黛玉之死，就再也不愿看下去了。想着高考的失败，女友的背叛，我的屈辱结合着主人公的悲惨遭遇，一些虚无主义的东西，完全统治了多愁善感年龄幼小的我。当时想，不管怎样，这是作家的成功。如果让我选择一种最喜爱的小说，我选择《红楼梦》，如果让我选择一位最崇拜的作者，我选择曹雪芹。上大学以来，我确实没有什么更大的长进，我总是很恼火多事的红学家，非得七嘴八舌地来指导别人．把好端端的作品弄得支离破碎，胡猜乱想，反而自以为是。大家噪聒一番，谁也不能彼此说服，也不可能得出众口一词的答案。假如这些

问题都能用A、B、C、D来选择回答，那真是时代和民族的悲哀。这种怪现象影响我很长的一段时间，不过我既未愚蠢地因此对《红楼梦》有所冷漠，也没有让红学家瞎指挥我一通，我有我的主见。如今，我更喜欢阅读《红楼梦》了。

尽管这位作者的曲折阅读经历未必人人都会有，但相信许多人心有戚戚焉。我想，那3000名微博主人如果读读这一段感想，或许会对阅读《红楼梦》有不同的认识。

那么，究竟该怎样阅读《红楼梦》呢？借用《瓦尔登湖》的译者徐迟先生在其译本序中开篇第一句话：“你也许最好是先把你的心静下来，然后你再打开这本书，否则你也许会读不下去。”这无论是对于《红楼梦》还是其他名著，都适用。我们只能静下心来，一个字一个字地认真去阅读。

（原载《中华读书报》2013年12月4日）

也谈新版《红楼梦》电视剧中的“额妆”

自从新版《红楼梦》电视剧开播以来，“红楼”热潮也随着今夏的罕见高温而节节攀升。而好坏不一、见仁见智的各种争议也随着电视剧的尘埃落定如当初的选秀般席卷全球。本文不准备对新版电视剧的是否忠实于原著、是否应该设置冗长的旁白、林黛玉是否会裸尸、女娲补天的魔幻世界等等惹人口舌的问题加以讨论，而打算就另一个让人不吐不快的问题——《红楼梦》演员的“额妆”进行梳理、探讨。当电视剧还未开拍之时，曾有很多专家学者、普通观众都认为“额妆”不适合《红楼梦》里的年轻演员，也不符合《红楼梦》的风格，甚至对此大拍板砖。可导演李少红、美术指导叶锦添还是义无反顾地采用了所谓“额妆”的装扮。如今，电视剧已搬上荧幕，那些选出来的“秀”们也贴着片子游走于大观园的花间柳隙中，可很多观众却感受不到大观园女儿们的青春与诗意之美。《红楼梦》中最为人们所倾倒的那些灵秀不俗、过目不忘、特点鲜明的女儿们无法呈现在人们的视觉盛宴中。大制作、大导演、大选秀的成品最应该为观众奉上的人物之美似乎被消解了。本文拟就“额妆”的起源及演变、“贴片子”在戏曲中的运用以及《红楼梦》中女儿的装扮等问题做些简单的探讨，以便更好地理解“额妆”“贴片子”，也更好地把握《红楼梦》。叶锦添曾经说“以后还会有很多种版本的《红楼梦》，为什么不可以有一次是我这样的”[1]？就让“额妆”问题为以后的《红楼梦》拍摄提供一点借鉴吧。

一 虽资自然色，谁能弃薄妆

当今女子化妆名色繁多，可若比起古代女性的“为悦己者容”来说真是小巫见大巫了。且不说那千姿百态的各式发髻，单是靡丽妖艳的额妆就让我们自叹不如。就连勇敢无畏的巾帼英雄花木兰在恢复了女儿身、回到了自己曾经贫寒的家中时也要“当窗理云鬓，对镜贴花黄”。这足以证明额妆至少在南北朝时期就已经很流行了。

额妆，是指古代女子华贵艳美的面妆。语本《太平御览》卷三十《人日》所载：“宋武帝女寿阳公主，人日卧于含章殿檐下，梅花落公主额上，成五出花，拂之不去。皇后留之，看得几时。经三日，洗之乃落。宫女奇其异，竞效之，今梅花妆是也。”[2]此种装扮也被称为“落梅妆”或称“寿阳妆”，即在额上粘贴梅花瓣样的薄金片，颇为流行。这种梅花瓣样的薄金片在唐代女性那里则有了更为丰富多彩的样式，也称之为花钿、面花或花子。关于其来历，还有另外一种说法，即唐代段成式《酉阳杂俎》中所记：“今妇人面饰用花子，起自昭容上官氏所制，以掩点迹。大历以前，士大夫妻多妒悍者，婢妾小不如意，辄印面，故有月点、钱点。”[3]五代后唐马缟《中华古今注》中则说：“秦始皇好神仙，常令宫人梳仙髻，贴五色花子，画为云凤虎飞升。”[4]如此看来，有可能花子起源于秦代，开始主要是流行于宫中，六朝以

① 罗媛媛：《造型师叶锦添：为什么不能这样？》，《华商报》2008年10月28日。

② （宋）李昉等撰：《太平御览》（一），上海古籍出版社2008年版，第388页。

③ （唐）段成式撰，方南生点校：《酉阳杂俎》，中华书局1981年版，第79页。

④ （后唐）马缟集：《中华古今注·花子》，见《古今注·中华古今注·苏氏演义》，商务印书馆1956年重印第1版。

后开始广泛流行，且样式繁多。上官婉儿和寿阳公主可能起到了一定的推广促进作用。

花钿的颜色多为金黄、翠绿、艳红等色。五代时花间诗人常常描绘女子的此种装饰，如“凤钗低袅翠鬟上，落梅妆”[①]（牛峤《酒泉子》）、“翠钿斜映艳梅妆”（毛熙震《浣溪沙》其五）等。最简单的花钿只是一个小小的圆点，复杂的则以金箔片、黑光纸、鱼鳃骨、螺钿壳以及云母片等材料剪制成各种花朵之状，其中尤以梅花为多，以承梅花妆之遗意。其图案也是各式各样，如牛角、似扇面、若桃子等等，疏密相间、大小得体，各有意趣。[②]粘贴的部位也不局限于额间，而是眉间、鬓角、脸颊、嘴角、酒窝等处都可以。

粘贴在女子脸部的除了“钿”，还有“靥”。“靥”本来是用来掩饰面颊上的斑痕的，后来和花钿一样作为妇女面部的妆饰，又叫花靥、金靥或星靥等，称花以状其漂亮，称金、星等以状其明丽，如“粉心黄蕊花靥”（温庭筠《归国遥》其二）、“笑拈金靥”（毛熙震《后庭花》其二）等。此外，温庭筠《南歌子》其四中“脸上金霞细，眉间翠钿深”一句，也形象地反映了妇女在脸上粘贴钿或靥的情形。而女性在装扮时面对妆奁那种粉面含羞、若有所思的状态更是惹人遐想。《全唐诗》中王建的《题花子赠渭州陈判官》曰：“腻如云母轻如粉，艳胜香黄薄胜蝉。点绿斜蒿新叶嫩，添红石竹晚花鲜。鸳鸯比翼人初贴，蛱蝶重飞样未传。况复萧郎有情思，可怜春日镜台前。”[③]

这种妆饰应是一直颇受古代女性喜欢的，上至宫廷，下至民间。最近热播的叙述唐代宫廷争斗的大戏《宫心计》中就时刻可以看到贴在宫内妃嫔额间的各种形状的花钿。明代小说《金瓶梅》中也有这种花子，第二十七回写潘金莲：“拖着一窝子杭州攒翠云子网儿，露着四鬓，额上贴着三个翠面花

① 文中所引有关描写女性花钿、额黄等的诗句，如不特别标明，皆出自赵崇祚辑，李一氓校：《花间集校》，人民文学出版社1958年版。

② 周汛、高春明主编：《中国历代妇女妆饰》，三联书店（香港）有限公司1988年版。

③ 《全唐诗》（第九册）卷三〇〇，中华书局1960年版。

儿，越显出粉面油头，朱唇皓齿。”[①]汤显祖的传奇《牡丹亭·肃苑》：“弄粉调朱，贴翠拈花，惯向妆台傍……”[②]

额妆除了可以贴在额上等处之外，还有一种是指在额上涂一种叫黄蕊或蕊黄的黄粉，也称额黄，如“蕊黄无限当山额”(温庭筠《菩萨蛮》其三)、“额黄侵腻发”(牛峤《女冠子》其二)等。额妆有满额、半额之分，有的还在两眉间上方画上弯月等，据说这主要与佛教的流行有一定关系。一些妇女从涂金的佛像上受到启发，也将自己的额头染成黄色。宋叶隆礼《契丹国志》卷二十五《张舜民使北记》：“北妇以黄物涂面如金，谓之佛妆。”[③]可见，直到辽宋时，北方妇女还有这种习俗。

除了这种颜色鲜艳的装饰，古代女性还爱在额上扎巾。这种习俗起于汉末，方法是由后而前，然后在额上交叉系结。至魏晋南北朝后日益流行，只不过是系的方法百样，巾的质地花色繁多而已。唐代最有名的是“透额罗”。宋代称之为“额子”。辽代女性爱在额间结一块帕巾，且多为狭窄的一条。元代称“渔婆勒子”，但贵族妇女很少戴这种装饰。明清时期颇为流行，不分尊卑，都爱在额间系上一道。明代中上层爱俏妇女称之为“遮眉勒”“抹额勒子”，因其似圆箍套于额头，故也称“头箍”。清代，上至后妃下至农妇蚕女都用，既可以御寒，也可以装饰。她们还根据自己的发额头围的大小剪裁，夹衬较厚的锦帛，用乌绒、乌绫、乌纱等制作。富家女子在上面常常点缀金玉珠宝翡翠。[④]

《金瓶梅》中的女性除了在额间贴花子，还喜欢戴这类头箍，甚至自己做。第七十七回中贲四嫂勒着“翠蓝销金箍儿”。第八十三回，潘金莲正与陈

---

① (明)兰陵笑笑生著，张竹坡评点，王汝梅、李昭恂、于凤树校点：《金瓶梅》，齐鲁书社1991年版，第410页。

② (明)汤显祖著，徐朔方、杨笑梅校注：《牡丹亭》，古典文学出版社1958年版，第40页。

③ (宋)叶隆礼撰，贾敬颜、林荣贵点校：《契丹国志》，上海古籍出版社1985年版。

④ 参见上海市戏曲学校中国服装史研究组编著：《中国历代服饰》，学林出版社1984年版。

敬济偷情，忽听春梅说吴月娘到，二人慌张不迭。潘金莲连忙将陈敬济藏在床身子里，用一床锦被遮盖得严严的，叫春梅放小桌在床上，且穿珠花。不一时，月娘来到房中坐下，说："六姐，你这咱还不见出门，……原来在屋里穿珠花哩。"一面拿在手中观看，夸道："且是穿得好！正面芝麻花，两边槅子眼方胜儿，周围蜂赶菊，刚凑着同心结，且是好看。到明日，你也替我穿恁条箍儿戴……"[①]珠花箍样式之繁复与花色之艳丽可见一斑。

《红楼梦》中的王熙凤家常也戴着"攒珠勒子"。87版电视剧《红楼梦》中就有很多勒子。如贾母多戴宽幅的勒子，用棉料制成，上镶珍珠或翠玉，多为保暖之用。邢夫人、王夫人的勒子则多以绸缎制成，讲究花色和图案。而王熙凤和小蓉大奶奶的勒子则更加娇俏，除用锦缎外，还可用珍珠玉石等串成，既富丽又雅致。就连贾宝玉头上也经常戴着不同的勒子。

通过以上的梳理，不难看出，额妆是指女子的面部、主要是额间的装饰，这与新版《红楼梦》电视剧中演员的额上妆饰是不同的。严格来说，电视剧中的妆扮只是运用了戏曲行头中的"贴片子"元素，并不能称为"额妆"。那么"贴片子"在电视剧《红楼梦》中运用是否合适呢？

二 假髻云霞腻，缠头金玉相

在说"片子"之前，我们先来看与新版《红楼梦》电视剧有关的另外一个词"巧额"。李少红曾在回答媒体关于"额妆"的问题时说"巧额和片子实际上是古代中国的贵族小姐在日常生活中常用的装扮，它最早的作用是修正脸型，有一定美感和装饰作用，后来经过简化被昆曲、京剧所沿用，流传至今"[②]。

---

① （明）兰陵笑笑生著，张竹坡评点，王汝梅、李昭恂、于凤树校点：《金瓶梅》，齐鲁书社1991年版，第1336页。

② 赵文侠：《李少红：宝黛钗用额妆是有意"脱俗"》，《北京日报》2008年6月27日。

李少红在这里提到了“巧额”，何谓“巧额”？“巧额”是“额妆”的一种吗？《辞源》这样解释：“宋代妇女额发式样的一种。”[①]中国美人以鹅蛋脸与瓜子脸为标准，这两种脸型都是上宽下窄，额头宽广，因此女性在妆扮时会比较注意额间的装饰。除了各种额妆，发式也是很重要的一环。《诗经·硕人》中的名句“螓首蛾眉”几乎就是古代美人的标准。“螓首”就是指方广的发额。直至宋代，袁褧《枫窗小牍》卷上还说：“汴京闺阁妆抹凡数变，崇宁间，少尝记忆，作大鬓方额……宣和以后，多梳云尖巧额，鬓撑金凤。”[②]可见，除了大鬓方额外，还有云尖巧额，这种发式是“将额发向下梳出如云般轻柔、变化无常，且呈尖状的额式”[③]。有意思的是，这种发式的形状、特点恰与后世的“贴片子”有异曲同工之妙，都是为了让脸型纤巧妩媚，更惹人怜爱，只不过是当时女性的真发被后世旦角的片子所代替而已。

追求美丽是不分贵族与贫民的，无论我们上面提到的“额妆”，还是刚才说的巧额，都不是古代贵族小姐的权利，贫女农妇同样可以贴花黄、戴翠钿、梳巧额，只不过是贵族可以装扮得更奢华富丽而已，而贫寒人家的女儿估计不仅财力不逮，也没有如此多的时间可以用在梳妆打扮上。

现在再来说说“贴片子”。美术指导叶锦添这样解释他为什么会在《红楼梦》中采用这种戏曲元素：“我比较喜欢（清代）孙温的画的整体效果，他（的人物造型）其实也带有戏曲味，也非常《红楼梦》。《红楼梦》本身也是带有一点虚拟的东西，完全用写实来做也不太对，最漂亮的东西和美感也就不见了。我拉了昆曲最浮面的那一层皮，那一层美感，来做红楼。昆曲下面还有很多其他的东西，都不要，只要那一层皮，就美得不得了。”[④]

“贴片子”从何而来？是由昆曲而来吗？这“一层皮”真能让《红楼

---

① 《辞源》（修订本），商务印书馆1988年版，第517页。

② 《丛书集成初编·枫窗小牍及其他一种》，商务印书馆1939年版，转引自《辞源》“巧额”条。

③ 汪维玲、王定祥：《中国古代妇女化妆》，陕西人民出版社1991年版，第124页。

④ 《叶锦添解读〈红楼梦〉造型：我拉了昆曲的皮》，新浪娱乐，2008年6月17日。

梦》美得不得了吗?

无论是《中国昆剧大辞典》还是《京剧知识辞典》,都把“贴片子”作为演员头部化妆的一种,与勒网巾、上头面等一起为演员俊美的扮相出力。而许多写昆曲、京剧装扮、衣箱的专著其实很少介绍这种“贴片子”的由来,大多介绍的是某部戏中人物的装扮如何,这在戏曲非流行的当下自然急需抢救,否则多年以后,人们已无法知道戏曲行头为何物,又如何在舞台上表演,但也更让我们好奇它在戏曲中的运用究竟从何时始。

中国古代戏曲起源很早,但真正发展起来则经过了很长时间,直到元杂剧才成为一代之文学。任何艺术都离不开生活,戏曲也是如此,戏曲行头也是世俗生活的反映。早期的戏曲服饰并不华丽,只是为了符合角色的特点而选用不同的服装,所以多取材于日常服饰,表明角色的身份即可。明脉望馆抄校本《古今杂剧》里有明万历以前宫廷演出杂剧的服饰记录,以其中的《裴度还带》为例来看一看演员的扮相。剧中韩夫人是戴“塌头手帕”,韩琼英或戴“手帕”,或戴“花箍”。可见人物穿戴很简单,几乎就是日常生活的装扮。

大多数人都会认为这种“贴片子”艺术对于男性旦角来说远比女艺人重要得多,他们需要这种“片子”去改变脸型,去增加面部轮廓的柔和与美丽。但事实似乎并非如此,它的起源好像还是和女艺人有关。这种戏曲中的贴片子起源于何时似乎并没有定论。最明确的应该是廖奔、刘彦君在《中国戏曲发展简史》中所说:“在元杂剧女演员的头部化妆中,已经出现了贴片子的方法,当时叫作裹皂纱片。”并举元代高安道《嗓淡行院》散套里形容女艺人:“一个个青布裙紧紧的兜着奄老,皂纱片深深的裹着额楼。”还举了右玉县宝宁寺水陆画第五十七幅《往古九流百家诸士艺术众》中的一位女艺人的打扮:“额部被皂纱片紧紧勒裹,两侧各引一条黑带在下巴下面打结”[①]。这个画面可以在1962年《文物》的第4、5期合刊中看到,吴连成在上面发表了一

① 廖奔、刘彦君:《中国戏曲发展简史》,山西教育出版社2006年版,第119—120页。

篇《山西右玉宝宁寺水陆画》，其中就刊登有这幅。但这个纱片更像后世最朴素的勒子，与后世戏曲里艺人的“贴片子”相差甚远。在“贴片子”的历史中不能不提的一个人是魏长生，甚至许多人把他当作“贴片子”的首倡者。

魏长生是乾隆时秦腔艺人，那个时期关于伶人记载的著作几乎没有不提此人的，包括《燕兰小谱》《长安看花记》《梦华琐薄》《日下看花记》[①]等。据其中有关资料，我们梳理魏长生的行踪及其对戏曲化妆艺术的影响如下。

魏长生是四川人，第一次进京演出大约是在乾隆四十年，结果名动京师。尤其是他所开创的化妆技术，对戏曲的扮相可谓功不可没。杨掌生的《梦华琐薄》上说：“俗呼旦脚曰‘包头’，盖昔年俱戴网子，故曰‘包头’。今俱梳水头，与妇人无异，乃犹袭‘包头’之名，觚不觚矣。闻老辈言，歌楼梳水头，踹高跷二事，皆魏三作俑，前此无之。故一登场，观者叹为得未曾有，倾倒一时。”李调元《得魏宛卿书》第二首说他“假髻云霞腻，缠头金玉相”；焦循的《哀魏三》诗序介绍魏长生，首先提到他“善效妇人装，名满于京师”。这其实都是说的他的“梳水头”之功。

在魏长生之前，旦角的头妆很简单，离不开网巾、手帕、黑纱等。仅用黑纱将头一包，再套上一个网子，称之为“包头”，基本是借鉴当时现实生活中女性的本来面目。现在戏曲中仍沿用，如属于老旦行当的女性，一般是头戴苍、白两色的“网子”。其样式是：两耳垂有在鬓发髻，正面额间戴镶珠玉的“勒子”，上罩网子，再勒鹅黄或蓝色包头绸条，头顶留发纂儿。

而魏长生的“梳水头”则让旦角的扮相更加美艳，假发、假髻的运用不仅弥补了艺人脸型的不足，促进了演出效果的提高，而且令观者耳目一新，带来了戏曲化妆方面的革命，并为昆剧、京剧、粤剧等各个剧种借鉴沿用。

---

① 以下凡引魏长生有关资料，以及此处所列举的著作，如不特别标明，皆出自张次溪编纂的《清代燕都梨园史料》，中国戏剧出版社1988年版。

《日下看花记·序》云："嗣自川派擅场，蹈跷竞胜，坠髻争妍，如火如荼。目不暇接，风气一新。"《日下看花记》卷四"葵官"条云："珠翠满头矜剩物，葵心未忘米嘉荣。"其自注云：葵官"是日登场所簪首饰犹其师（魏长生）遗物"。可见当时魏长生在假发外还有精美的珠翠装饰，正是这些让他的假髻更有特点，更令人心动。

京剧表演艺术大师梅兰芳1961年曾在《看同州梆子》一文中对魏长生这一重大创造作有如下评述："在一百八十年前，杰出的前辈艺人魏长生，就以同州梆子轰动九城，使北京的六大班为之减色。他的化妆梳水头给予旦行很大影响，而他的艺术风格，一直贯串到今天的老艺人于连泉（小翠花）先生身上。"①

但盛极而衰，魏长生在北京火了没有几年，便因朝廷之禁，离京南下，先后来到扬州、苏州、成都等地，对当地的戏曲活动产生了很大影响。李斗的《扬州画舫录》卷五记魏长生到扬州的情况时说"四川魏三儿，号长生，年四十，来郡城，投江鹤亭，演戏一出，赠以千金。尝泛舟湖上，一时闻风，妓航尽出，画桨相击，溪水乱香。长生举止自若，意态苍凉"。这段当时轰动场面的记载栩栩如生。扬州春台班所聘的"四方名旦"领袖苏州杨八官、安庆郝天秀更是"采长生之秦腔"，尤其郝天秀"得魏三儿之神"。杨、郝以外，扬州当时"花部"旦角普遍受到魏长生的影响。

除了唱腔上的影响，魏长生的化妆也给所到之处带来新的面貌。不仅"乱弹部靡然效之"，即使"昆班子弟，亦有倍（背）师而学者"。魏长生发明的经过艺术处理的假髻（当时谓之"义髻"）在当时的行情十分看涨，成为男旦的迫切需要（就是后来的女性旦角演员也同样要戴假髻演出），扬州当时的新盛街（即今之新胜街）成为许多珠翠首饰铺的集散地："有蝴蝶、望月、花篮、折项、罗汉鬏、懒梳头、双飞燕、到枕、八面观音诸义髻，及貂覆额、渔婆勒子诸式"，以至街名曾谓之"翠花街"。扬州昆班著名艺人善演小旦的周仲莲"善《天门阵·产子》

① 《梅兰芳文集》，中国戏剧出版社1962年版，第331页。

《翡翠园·盗令牌》《蝴蝶梦·劈棺》，每一梳头，令举座色变”[①]，或许是昆曲演员中最早成功“梳水头”的一位。直到嘉庆初年，北京春台部名旦蒿玉林的“发髻花样，俱自扬州购来，故妙绝一时”。其后，“片子”的花样日渐增多，现今舞台上满头插戴的旦角扮相终于慢慢定型了。

但要注意的是，“贴片子”并不是适合旦角所饰演的所有角色。描写光绪中叶已经成名的擅长串戏的陈少岩扮演《描容》里的赵五娘的打扮时就强调“尖角包头，不贴片子，田螺髻，插泡铜钉，玄色道姑巾，蓝夏布扯襟纳子，外罩黑色长领对襟长马甲，白罗裙，黄丝绦，手执云帚。面上不施脂粉，连眉毛也不画”[②]。这样更符合人物身份、性格与所处环境及剧情发展，也更能营造氛围，打动人心。

那么叶锦添在新版电视剧《红楼梦》中所谓的“拉昆曲的一层皮”能否与其他的化妆、服饰配套呢？除去戏剧舞台与影视拍摄是两种完全不同的媒介之外，戏曲演员化妆的夸张性、装饰性也似乎与影视演员的日常性、生活化有所不同。戏曲演出及服装都是有高度程式化的，人物也有着高度的类型化。各行有各行的表演程式、穿戴程式。“片子”必须和水纱、线尾子等配套使用，与人物浓墨重彩地描眉画眼相适应，其大小、贴法、形状等也都和人物的身份、性格紧密相连，不是随意就可以改变的。像叶锦添这样“拉一层皮”，很可能与人物的其他装扮是无法兼容的，并不能带来美感。尤其是大观园里游走的贴着相似“片子”的女儿们实在是很挑战观众的审美。五十集不是一会儿就能演完的，但愿我们很快就能分清“片子”的主人其实是有很大不同的。

也许昆曲的典雅华美更适合《红楼梦》的风格，因此李少红、叶锦添都强调是从昆曲中取材。其实《红楼梦》里的所谓“额妆”究竟从何而来并不

① 魏长生在扬州的影响的引文皆出自李斗的《扬州画舫录》，中华书局1960年版。

② 陆萼庭：《昆剧演出史稿》，上海教育出版社2006年版，第339页。

重要，关键是它是否适合《红楼梦》中飘逸灵秀的女儿。

三 花魂默默无情绪，鸟梦痴痴何处惊

《红楼梦》中“贴片子”本不必引起这么多的板砖，因为之前由王祖贤、张曼玉主演的电影《青蛇》中就出色地运用了戏曲里的“贴片子”，以至于新版《红楼梦》一出，很多人都认为叶锦添抄袭了《青蛇》里的造型。吴宝玲或许对很多人来说都是个陌生的名字，但只要提起《画中仙》《倩女幽魂2》《刀马旦》《笑傲江湖》《新流星蝴蝶剑》《青蛇》等电影，以及《京城四少》《新白娘子传奇》《倚天屠龙记》《小李飞刀》等电视剧，大家就有印象了。吴宝玲就是这些影视剧的造型师。当有记者就新版《红楼梦》里的“额妆”和电影《青蛇》的装扮十分相似采访吴宝玲时，她回忆起十几年前为什么会选择戏剧中“打片子”这样的形式：“因为徐克给我看了剧本，我就了解到人物必须非常妩媚，传统的东西也应该出来，马上就能够脱颖而出，所以就想起小时候看粤剧的时候，演员用的‘打片子’，我想电影里面会有很多特技、灯光、神怪、风吹、雨雪，这种气氛整合起来就蛮独特的。”并说青蛇、白蛇本身都是妖，这样的装扮可以把她们与整个社会抽离，而且很适合演员的脸型。而新版《红楼梦》的造型“用得可能不是十分到位”，一来“贴片子”很容易让人显得老气、死板，但《红楼梦》大都是灵动飘逸的少女，再者“在一部戏里面，一个演员的形象是否成功突出，很大程度上取决于头部的设计，所以这也很考验一个造型师的胆量”。①叶锦添的胆量虽大，却似乎并没有得到大家的承认。

对此，叶锦添认为是因为新版《红楼梦》电视剧的造型过早曝光导致了许多观众的不认可，并用《大明宫词》《橘子红了》加以反证。“当你们看到

① 《〈青蛇〉造型师默认新〈红楼梦〉额妆抄袭》，《华西都市报》2008年6月27日。

《大明宫词》的时候，它已经是个完成品，它的造型和对白、场景的风格很符合。但这次《红楼梦》的定妆照是中间发布出来的，它没有把握观众的接受度。应该是整个戏拍出来了，给观众看。”假如定妆照没有提前公布，而是整个戏拍完放映了再让观众品味，结果会不会有很大不同？可惜没有回头路，我们也不能假如。唯一可以肯定的是，《红楼梦》不是《大明宫词》，也不是《橘子红了》，《红楼梦》作为中国古典小说之巅峰，家喻户晓，人人心中早就有了自己的贾宝玉、林黛玉。观众不会像接受别的作品中的人物那样被牵着走，而是不由自主就会看看是否符合自己心目中的“这一个”。

那么《红楼梦》里那些熟悉的让人魂牵梦绕、冰雪聪明的女儿究竟长得什么样？关于这个问题的论文、专著可谓汗牛充栋，连专论林黛玉是大脚还是小脚的文章都数不胜数，因此本文不愿赘述，点到为止。

曹雪芹对《红楼梦》中女儿的相貌描述大都十分空灵，我们很难为她们画像。以林黛玉为例，她给我们印象最深的就是那一双似乎一年四季都在流泪的眼睛：“两弯似蹙非蹙罥烟眉，一双似泣非泣含情目。”①眼睛是一个人心灵的窗户，也是最难刻画的部位，有着这样眼睛的林黛玉，容貌之美可想而知，难怪有着美妾、自己的妹妹也是个大美人的薛蟠一见到林黛玉的风流婉转也不由酥倒。只是不知道贴了“片子”后，我们是否还能感受到这双眉眼的魅力。

联系脂砚斋的批语，我们或许可以更好地理解曹雪芹在这方面的叙事策略。第一回写后来做了雨村夫人的甄家丫鬟娇杏，曹雪芹说她：“生得仪容不俗，眉目清明，虽无十分姿色，却亦有动人之处。”②脂砚斋批曰：“这便是真

---

① 此为列藏本语，其他各本也都不同，且不少残缺。周汝昌曾只因为列藏本对黛玉眼睛的这一刻画就肯定了它的价值无与伦比。周汝昌：《为了林黛玉的眉和眼》，周伦玲整理：《红楼夺目红》，作家出版社2003年版，第303页。

② 本文《红楼梦》引文如无特殊注明，皆出自人民文学出版社1996年版。

正情理之文，可笑近之小说中满纸羞花闭月等字。”[①]第三回写完迎春、探春、惜春三姐妹的外貌后，脂砚斋批曰：“浑写一笔更妙！必个个写去则板矣。可笑近之小说中有一百个女子，皆是如花似玉一副脸面。”第二十一回写小丫头四儿“生得十分水秀”，脂评“水秀”“二字奇绝，多少娇态包括一尽，今古野史中，无有此文也”。如此看来，曹雪芹在对女儿的描述方面确实力求不落窠臼，用空灵的手法为人们心目中的女儿形象提供了最大可能的想象与空白。

《红楼梦》几乎代表了中国叙事传统最典型的特点：“中国的叙事传统习惯于把重点或者是放在事与事的交叠处（the overlapping）之上，或者是放在‘事隙’（the interstiyial space between events）之上，或者是放在‘无事之事’（non-events）之上。（饮宴的描写就是‘无事之事’的一种典型，我们只要试想一些明清章回小说里有多少游离于情节之外的宴会描写，就会明白古人心目中对‘事’的空间化感受，是如何强烈的了。）……真正含有动作的事，常常是处在‘无事之事’——静态的描写——的重重包围之中。”[②]《红楼梦》简直就是贵族之家日常生活史，吃喝玩乐，你来我往，于琐屑平淡中蕴无限烟波，各种无事之事纷至沓来，令人七头八绪，目不暇接。而人物就在这种看似轻描淡写的来来往往中轻盈盈地向我们挥着手，如在眼前。

文学作品留给我们印象最深的往往是其中的一个个人物形象，尤其是像《红楼梦》这样的作品，里面的女儿无不让人揪心。当文本中那些活生生、各有特色的女儿们在影像中混作一团，当我们分不清宝钗、黛玉的眉眼时，我们是否有兴趣再去关注其他？尽管那些想法有多伟大！

（原载《红楼梦学刊》2010年第5辑）

① 本文脂批皆出自朱一玄编：《红楼梦脂评校录》，齐鲁书社1986年版。

② 参见蒲安迪：《谈中国长篇小说的结构问题》，李达三、罗钢主编：《中外比较文学的里程碑》，人民文学出版社1997年版，第333—341页。

2013年网络红学及其他述评

2013年7月17日，中国互联网络信息中心（CNNIC）发布了第32次全国互联网发展统计报告，当前互联网已经成为影响我国经济社会发展、改变人民生活形态的关键行业。截至2013年6月底，我国网民规模达5.91亿，互联网普及率为44.1%。网络对人们的信息传播和精神文化生活产生了越来越大的影响，并因方便快捷、双向传输以及传播面广而成为宣传大军中的重要一员。传媒的力量已不仅仅限定于传统的纸质载体，随着微博、微信逐渐成为人们生活中必不可少的社交工具，这种迅速的互动让网络以其无可比拟的优势涵盖了我们生活的方方面面。作为“二十世纪三大显学”之一的“红学”，更是在网络中走红，无论精英还是草根，以《红楼梦》的发展与传播而言，网络都是重要的资源。对于曹雪芹和《红楼梦》来说，2013年注定是一个不平凡的年度。250年前的除夕，曹雪芹泪尽而逝，繁华梦散的他估计无论如何也想不到自己会成为后人生活、学习中的一部分。本文尽力搜求本年度网络红学中的大事，为人们勾勒出网络红学关注的主要问题及现象，探讨网络红学的优劣与特点，并综述本年度发生的围绕《红楼梦》的各项活动、演出、阅读及其他重要事件，以便大家对本年度的网络红学及其他活动有一个大体的了解和认识。

一 本年度网络红学面面观

网络中的红学阵地主要集中于抚琴居、夜看红楼、红楼艺苑、中国红楼梦在线、红楼星语、红学馆、百度贴吧中的红楼梦吧以及国学、新浪、搜狐、天涯社区等论坛中。这里聚集了大批钟爱《红楼梦》的读者，在这个虚拟的空间里，发表见解，论争文字，交流心得，且时不时举办一些笔会、征文，随时把自己阅读《红楼梦》的感受公布于众，确实有指点红楼、激扬文字的气势。这是网络红学的优势，却也因之造成了网络红学的劣势，随意的言谈往往让问题的探讨浅尝辄止，无拘无束的天马行空更导致了结论的耸人听闻、良莠不齐，精华与糟粕并存是网络红学的一大特点。以下即对本年度网络红学中的各种现象加以归纳总结。

（一）学术红楼，严谨、科学地探讨曹雪芹与《红楼梦》

我们知道，红学中有许多未解之处，《红楼梦》的版本、曹雪芹的家世、《红楼梦》中的人物及结局、《红楼梦》的艺术魅力……这些是研究者关注的热点，也是众多普通读者在大量接受红学研究成果之后喜欢思考、独出机杼的地方。事实上，群众的力量是无穷的。许多问题如果是以认真、严肃的态度加以考察，确实会得出有益的结论。比如说对《红楼梦》文本中关于“三百六十两不足龟大何首乌”的讨论，就是一个很好的借鉴。

2013年8月28日，署名fuqinju的网友发表了一篇名为《质疑红楼梦研究所三版〈红楼梦〉的一条注释》的帖子，帖中提出：“‘三百六十两不足龟大何首乌’如何断句，历来有争议。作为权威版本的红研所本《红楼梦》也是三版三个样。”并在帖中全文引了红研所校本2008年第三版关于此处的长注。在帖中，fuqinju分析道：“该注首先引经据典，说明‘无’‘不’二字是可以互训的，所以他们要把‘不足龟’训为‘无足龟’。然后又引经据典，说明玳瑁‘无足’。既然玳瑁‘无足’又是龟，而且可以入药，那么‘无足龟’就非玳瑁莫属了。如此推论，也真够曲折的。好吧，现在来看看，三百六十两的玳瑁是什么概念呢？‘三百六十两，言龟之大’，三百六十两的玳瑁真的很大吗？显然不是。须知玳瑁是一种海龟，体形本来就大，据维基百科介绍，玳瑁‘平均体重一般可达45千克至80千克，历史上曾经捕获的最重的玳瑁达到210千克’。而三百六十两（按照十进制，不按十六两制）只有18千克，不但不大，而且是小之又小的。‘大者难得，小者时时有之。’这么小的玳瑁很难得吗？如果不能解释以上疑问，我想，‘三百六十两不足龟’这样的断句就是错误的。”

这一个帖子的跟帖中，署名五柳的网友在引用了胡文彬先生的《草书误认》一文后，也提出疑问：“即便‘药方’里确实有‘六足龟’这味药，那也不该是‘三百六十两’。这是多大的剂量呀！以古代十六两为一斤的秤来折合，也有二十来斤呀！别说是林黛玉了，就是一个大肚子莽汉，当饭当菜，也不该用这么多呀。”并认为此处“三百六十两”与宝玉口称的“太太给我三百六十两银子，我给妹妹配一料药丸”是相吻合、相连贯的。此种认真细致的讨论，先不说是否正确，但确实是深入的，也是有价值的，不仅扩大了读者的知识面，而且敢于质疑权威红学版本，提出自己的见解。这也表明，网络红学与当代红学是密不可分的，红学不应是高高在上的象牙塔里的阳春白雪，很多红学家的观点也是网络红学讨论的热点。比如关于林黛玉进贾府的时间、《红楼梦》中钗黛优劣的评判、对王熙凤“一从二令三人木”的解析、对薛宝琴《怀古诗》的猜测等，这些是《红楼梦》研究者们的疑问，也是网络中红学爱好者喜欢独抒己见的地方。

再如，2013年第4辑《红楼梦学刊》上刊登了侯印国的一篇文章《〈影堂陈设书目录〉与怡府藏本〈红楼梦〉》一文，介绍了南京图书馆所藏《影堂陈设书目录》乃清代怡亲王府藏书目录，著录有“《红楼梦》四套二十四本”，并认为“从著录为《红楼梦》而非《石头记》来看，可能并非是怡府抄本《石头记》，倒是从函数和本数来看，和程甲本或程乙本《红楼梦》相合”。此文在论坛上引起了热烈的讨论，署名为fy陈传坤的网友8月30日在抚琴居发表了《（最新发现）第一个著录〈红楼梦〉的书目史料》一贴，讨论了这个《影堂陈设书目录》中的《红楼梦》究竟是抄本还是印本，能否由此判断怡府没有抄本？并由此引发了对清代抄本、印本价值，对《影坛陈设书目录》

是否是怡府书目以及抄录年代等问题的争论。此帖引来了众多网友围观，维西、burningsnow、梁三、空灵儿、yupeng等人都参与进来，讨论一直到10月10日结束，长达16页，尽管其中不乏意气之争，也时常跑题，但毕竟引发了我们对这部目前为止最早著述《红楼梦》的书目的关注，值得我们思考。

这些都是红迷们对《红楼梦》的学术成果加以关注、吸收的地方。网络的虚拟空间不仅为红学爱好者提供了发表见解的园地，而且让许多红迷在不断地争论中完善自己的观点、严谨自己的论证，让本来在网络中的随意阐发以正式的学术论文走入传统期刊的墨香中。比如我们上面提到的陈传坤、于鹏以及常在抚琴居发帖的兰良永、高树伟等人，他们既是网络论坛里的活跃分子，也在传统期刊中都有论文发表。即以《红楼梦学刊》而论，即在2013第1辑上兰良永发表有《新发现〈后陶遗稿〉考察报告》一文、高树伟发表有《曹荃扈从北征及持节南下考辨》一文，在第4辑上陈传坤发表有《蒙府本〈石头记〉补抄之底本重考》一文。

另外，2013年10月，北方联合出版传媒股份有限公司万卷出版公司出版了由吴铭恩汇校的《红楼梦脂评本汇校本》（上中下）三册，之所以单独提出，是因为此书文稿首发于抚琴居论坛，集数年之功，广泛征求网友意见，终于编辑出版，可以视作网络红学的代表作，具有较强的参考使用价值。由网络文字变成印刷实体，拥有了更为固定的保存介质。这种趋势值得关注。

（二）品味红楼，细读文本，体会《红楼梦》的内涵与韵味

《红楼梦》是一部让人百读不厌的书，其文本、版本、成书等方面的复杂，让细心的读者们在阅读时既可以得到不同的审美感受和阅读期待，也为《红楼梦》的研究提供了新的视角和思路。

对《红楼梦》后四十回的探讨是《红楼梦》阅读中一个吸引眼球的焦点。署名踏雪寻梅68354的网友于2013年11月11日在天涯论坛发表《我看〈红楼梦〉后四十回》，对其中不符合曹雪芹原意的方面做了详细分析。文章分别从宝黛钗爱情婚姻悲剧的演绎不符合原意，王熙凤、贾元春、贾探春、香菱、巧姐、妙玉等人的结局牵强附会、不合原意，后四十回宣扬封建迷信、因果报应思想严重，有不少对宝黛的歪曲，贾府家道复初、兰桂齐芳的结局不合原意以及贾宝玉的人生悲剧不符合原意等方面进行论述，分析细致，有理有据。比如在论述后四十回作者的文字水平时引用了第九十八回黛玉死后宝玉的反应："宝玉听了，不禁放声大哭，倒在床上""宝玉终是心酸落泪""宝玉一到，想起未病之先来到这里，今日屋在人亡，不禁嚎啕大哭""宝玉已经哭得死去活来""宝玉又哭得气噎喉干""宝玉倒恐宝钗多心，也便饮泣收心"，宝玉的哭实在是没有什么花样，语言的干枯无味可见一斑。这种融合了读者的体验与感受在内的对于《红楼梦》的心灵交流恰恰有可能是我们最需要的一种阅读态度，也可以让我们更好地理解《红楼梦》。

署名方山的网友在2013年11月8日发帖提出香菱为什么"不敢十分罗唣宝钗"。他推测说香菱的识字，当是在薛姨妈、宝钗身边的那一年。香菱的"慕雅"，自非一日、两日了。宝钗自然深知其心，故而创造机会让她进园。以宝钗的情性，平素为人亲和、厚道，连这样的事情都替她想到了，若说香菱有点问题都不敢去"罗唣"她，岂非显得太过突兀、不合情理？接下来他自己又做了解释，"香菱之为人，无人不怜爱的"，当她整日里"好姑娘""好姑娘"地不离口，缠着宝钗问这问那时，估计想狠下心来都难。一个"罗唣"，便把这种情形给勾勒出来了。然而，"罗唣"得太多以至连自己都感到不好意思了（不是不敢"罗唣"，而是不敢"十分罗唣"）。这是香菱的识趣，而非宝钗嫌烦。每当看到类似的帖子，总是感慨《红楼梦》真的是一部宝藏，许多细微之处越读越有味，也确实会带来意想不到的收获。

但有时过分细读、纠结于文字的字面意思，也会给我们带来不必要的困惑。11月21日，署名xishan的网友在抚琴居发表了《癞头和尚送给宝钗的到底是什么？》一帖，提到《红楼梦》第八回一段文字：宝玉看了，也念了两遍，又念自己的两遍，因笑问："姐姐这八个字倒真与我的是一对。"莺儿笑道："是个癞头和尚送的，他说必须錾在金器上……"作者提出，这个癞头和尚送给宝钗的到底是这八个字，还是送的金锁？红迷不愧是红迷，读书确实很细。其实本来和尚送给宝钗的是八个字，还是金锁，都没有太大关系，可是由于在后人的解读中，金锁关系到宝钗和薛姨妈是否有成为宝二奶奶的阴谋，因此也才会引起读者的注意。xishan认为“这一点很重要啊，如果只送八个字，就根本没有金玉姻缘一说”。hunzi在回复中认为“送的字，必须錾在金器上，不就是金玉姻缘了”，并说“和尚送金锁，和又破又疯癞头和尚形象也不符……来历不明的癞头和尚送的东西，像宝钗这种身份的千金小姐也不会戴的”。而方山也从第一回“那僧托于掌上，笑道：‘形体倒也是个宝物了，还只没有实在的好处，须得再镌上数字……’”来说明宝玉所戴之玉上的字也是和尚送的。重要的是那八个字。尽管xishan认为薛姨妈后来说锁是和尚送的，不是文本抄错了就是别有用心，但方山的看法似乎更公允一些，即未必是抄错，也有可能只是因为说话简略甚至是作者偷懒而引起了歧义。他感慨说假如《红楼梦》就是说的这么一个浅薄的阴谋，又有什么趣呢！

这只是《红楼梦》阅读中很有趣也很细微的一个例子，笔者之所以不惮其烦，几乎是全文引述，不过是想说明，大家的讨论，即使只是三言两语，可是对于陷入《红楼梦》迷雾中的人们来说可能就是一线光明。而对于字句的过于执着，也容易使我们误读作者可能无心为之的字句，《红楼梦》毕竟只是一部小说，曹雪芹不可能处处设迷，字字含义，那样的话，我们累，曹雪芹更累。

（三）匪夷所思的猜笨谜式解读《红楼梦》

网络之大，无奇不有，更别说本来就容易使人陷入猜谜状态的《红楼梦》了，这种承袭了以往索隐派猜笨谜式的解读《红楼梦》，在网络红学中是占有相当大的比例的。例如，署名温文的网友于2013年1月4日在抚琴居上发表的认为《红楼梦》的作者是奉天明玉和尚（逃跑的崇祯皇帝），脂批就是“旨批”。逗红轩主也于2013年1月17日发帖指出《红楼梦》的作者是万斯同，也就是《红楼梦》中的“山子野”。大观园是万斯同以西苑三海为原型而虚构的人间仙境，是他为记载“明史”而搭建的历史大舞台，代指明朝（中国）。看来要想让全民承认，曹雪芹的著作权保卫战只能是持久战了。

与之有类似思路的还有署名祁生发表于中国红楼梦在线的《创立红楼隐

史学——21世纪红楼梦研究方向》，此帖最早是发于2012年12月4日，第二年不断补充，作者认为《红楼梦》是一部空前绝后登峰造极的隐史，以通俗言情小说形式，隐写了明亡清兴血火纷飞的历史——囊括了天命、天聪、崇德、顺治、康熙时代（万历、泰昌、天启、崇祯、弘光到永历与大顺、吴周），重点在崇德、顺治、康熙三代（“三春”）。而且《红楼梦》中的全体人物，都是演员角色，他们只是扮演明清交接时代，皇宫内外，朝野上下著名历史人物的演员。一个演员可以演一个、几个或几代人物，也可以演完这个再演另一个历史人物，而几个、十几个甚至几十个演员，可以联合扮演同一个历史人物的不同历史阶段（如孝庄）。作者称《红楼梦》这种隐写的艺术手段，叫作“天外书传天外事，两番人作一番人”，是中国戏剧表演技巧的传统手法。《红楼梦》只是发扬光大了中国戏剧的表演手段，又融入了《西游记》的变换技巧而已。可惜，《红楼梦》不是神魔小说，中国传统戏曲的角色扮演也没有这么大的神力，真真是可忍孰不可忍！

至于周宗成揭秘《红楼梦》以及其他的对《佚红楼梦》《真本红楼梦》的探讨、推崇更是不知所谓，不说也罢。

在网络中，还有一种现象值得注意，那就是网络“红楼同人”小说的兴盛。所谓的“红楼同人”小说，与我们平常所说的《红楼梦》续书类似，即基于《红楼梦》中的人物、故事情节等创作的小说，但这种创作并不全是未完的《红楼梦》的续补，而有可能只是借用了《红楼梦》中的某一人名或者情节，铺陈全新的故事，与原著的创作主旨与精神旨趣完全不同，比如像吴研人的《新石头记》那样。尤其是当普通读者也可以毫无门槛地借助网络来表达自己对《红楼梦》的观点时，“红楼同人”小说便空前繁荣起来，红楼人物的穿越、颠覆常常成为各大原创网站排行榜的热门。以目前较为有名的女性文学原创基地“潇湘书院”和“晋江原创网”为例，仅在2013年更新或完结的“红楼同人”小说就有多部，比如潇湘书院的《红楼情缘》《穿越红楼之花开并蒂》《溶情黛韵补红楼》《红楼之重生缘》《再续红楼溶黛情》等，晋江原创网则更多，《红楼之林如海重生》《红楼小婢》《黛玉的生活》《红楼世界求生存》《穿越红楼之庶长子》等。这些小说关注的不仅有原著中的主角，也关心其中的小人物，尤其经常给黛玉一个哥哥或弟弟，以当今女性的心态与视角，改造原著中人物的悲苦境地和辛酸生活，让她们在家国大业中都游刃有余，活得风生水起，精彩纷呈。这些网络创作尽管并非严肃之作，但毕竟也会涉及作者对《红楼梦》的理解，尤其这些作者以及读者大都是女性，她们在反映现实女性的生存状态与心灵倾向时，必然也会对现实女性的思想与行为产生影响与引导，从中或许会引起我们对如何因之正确疏导女性的心理与人格健康的关注和重视。

（四）网络红学资源共享

这是网络红学中的重要内容，几乎各个红楼论坛都有自己的专门搜集《红楼梦》资源的版块。比如抚琴居中的红楼典籍、红楼星语中的红楼书院、中国红楼梦在线中的红楼梦文献、红楼艺苑中的资料文本等，都有很多关于《红楼梦》不同版本以及各种研究评论的典籍，给读者在查找资料方面提供了很大的便利。

然而网络中众多关于《红楼梦》各个版本的资源共享尽管可以给人们带来方便，但有一个问题要注意，那就是《红楼梦》版本本身的复杂性会对问题的研究思考产生的影响。不同版本中文字的差异以及上传到网络后可能产生的错误会让同一个问题的探讨产生完全不同的结果。我们都知道《红楼梦》最初流传的本子大都是抄本，抄手在抄写过程中的随意性以及抄写的错误让本来就书未成且成书过程复杂的《红楼梦》在文字上差异更大。因此，《红楼梦》的抄本一直都有着独特的价值。李慈铭《越缦堂日记补》庚集下有云："咸丰十年（1860）八月十三日甲戌阅小说《红楼梦》上眉批：'泾县朱兰坡先生藏有《红楼梦》原本，乃以三百金得之都门者。六十回以后，与刊本迥异。'"[①]《石头记集评》卷下云："会稽章雪庭少尉彭龄道经介休张兰

① （清）李慈铭：《越缦堂日记》第三册，广陵书社2004年版。

镇，见骨董肆中有钞本《石头记》一部，且有白描图像，因值昂未购。予骤闻之，急遣人往觅，已售去多日矣，惜哉！”[①]抄本的价值可想而知。不过，抄本中也有很多问题，如陈其泰在《桐花凤阁评本》中所说：“盖脱稿即已传抄，而钞本又多互异。作书者未及琢磨完善，传抄者亦不参究精钝。故虽洛阳纸贵，而未为尽善尽美之书也。”[②]因此，我们在研究《红楼梦》的有关问题时一定要注意所使用的版本及底本，如果是从网络中直接搜索的版本更是要注意核对原本，以免发生不必要的错误。

总体而言，在网络红学中，大多爱好者还是处于最初的读后感层次，所谈论的话题往往只见《红楼梦》，不见红学。如将“红学”定义为所有与《红楼梦》有关的学术研究，那么在三大显学中，“红学”的门槛是最低的，只要是读过《红楼梦》，或者是看过电视剧《红楼梦》的人，都可以来谈论《红楼梦》，甚至很多人参与讨论《红楼梦》的原因只是因为听过几首好听的《红楼梦》音乐。这就直接造成了网络上参与讨论的人知识、文化储备的参差不齐，不同阶层、不同经历、不同视角、不同世界观、不同审美观的人们从方方面面进入《红楼梦》，也决定了讨论话题的多种多样，谈阅读感受者有之，谈人物优劣者有之，索隐者有之，考证者亦有之。随着时间的推移，也形成了不同的“圈子”，如在某某论坛，以严肃的学术研究为主，而某某论坛则以索隐为主。相同的是，关于“红学”的探讨总会是热烈的。号称“平民红学”“草根红学”的《红楼梦》爱好者们，满载着无所畏惧的豪迈，充溢着“大众参与”“平等对话”的激情，挑战权威、指点经典的时候，红学其实就已经成为茶余饭后的谈资，也就有了学术娱乐的倾向。阅读的意义在于阐释和多元的生成，任何人都有发表自己阅读感受的权利。正如理查德·罗蒂在

---

① 一粟编著：《红楼梦》（增订本），上海古籍出版社1981年版，第31页。

② （清）陈其泰评，刘操南辑：《桐花凤阁评〈红楼梦〉辑录·总评》，天津人民出版社1981年版，第38页。

《后哲学文化》中所说："我们最好的真理标准是，真理是由自由研究获得的意见。在这种自由的研究中，任何东西，无论是终极的政治和宗教目的还是任何其他东西，都可以讨论，都可以得到苏格拉底式的责问。"[①]

不过，这种自由同时也带来明显的弊端，那就是网络话题及发帖的自由与随意造成了论坛的不稳定与随意性，曾经热闹非凡的论坛往往会随着时间的推移，可能凝聚了一批忠心的拥趸，但也会有网民的流动与搬家，比如夜看红楼、红楼艺苑以及国学网论坛等如今都没有了以前的热闹景象，变得冷冷清清了，常常很久没有更新，即使有人发帖子，也少有人回应。

这种虚拟空间在让我们毫无顾忌地随意表达的同时，也需要我们注意信息的接受。网络的迅速互动与及时更新，便捷的链接与跳转让我们似乎无论需要什么，只要搜索一下即可，海量的信息源源而来以至于不经意中我们已经迷失在自己原本的问题当中。如何理性、冷静地攫取有用信息，实在需要我们有一双慧眼。再者，网络中人们共同讨论、互通有无的过程之中，也常常会有负面的情绪存在，意气之争、语言粗鄙甚至爆粗口都会使原本正常的心平气和的研讨离题十万八千里。这就不仅需要我们有很强的鉴别力，还要能很好地控制自己的情绪，什么东西可以一笑置之，什么帖子值得深入思考，切不可一概而论。

再者，网络红学中有很多话题集中于对《红楼梦》人物、字句、文本等天马行空的索隐与讨论。这或许一方面说明红学家们关注的问题已经是普通爱好者们关注的中心，大众也注意到了《红楼梦》的特殊性和版本的复杂性，这是红学成果的普及。但从另外一个方面也警示我们：《红楼梦》就是一部小说，那些索隐的明清历史、顺治皇帝、明玉和尚等等，其实真正和这部小说有多大的关联呢？该如何引导大众的有益阅读呢？

这是非常值得我们去深思的一个现象。我们总是说要普及《红楼梦》，普

① ［美］理查德·罗蒂著，黄勇编译：《后哲学文化·作者序》，上海译文出版社1992年版，第6页。

及红学研究成果，可究竟该如何做才能让红学真正走近普通百姓，如何引领大家来正确阅读《红楼梦》，这是当代红学研究者应该深入思考的问题，而不是几场讲座、几次演出就能解决的。

据我们了解，中国知网、万方科技期刊群、维普中文科技期刊数据库等涵盖了大部分的学术期刊、报纸及会议论文，大大便利了我们对学术信息的获取，但图书类尚有绝大部分未被电子化，我们是否可以更好地把传统纸媒上的红学研究成果惠及网络，让更多的《红楼梦》爱好者受益？我们的专家、学者能否以一种更合理的影响面更大的方式来加强与读者的互动参与，引领大众阅读，与网络传播形成互补？同样，网络红学中的有益探讨是否也可以弥补《红楼梦》研究中的不足，以一种固定的介质保存下来，从而促进网络红学的发展，成为红学研究的重镇呢？

二 本年度红学热点事件追踪

2013年是继2005年所谓“秦学”、2010年“新版《红楼梦》电视剧”之后又一个“热热闹闹”的红学年，不同的是，这个“热闹”传递给人们更多的是正能量。在这一年里，围绕着曹雪芹及《红楼梦》发生了许多有意义、值得纪念的事情，以下分述之。

（一）纪念曹雪芹逝世二百五十周年

尽管对于曹雪芹的生卒年一直没有确定的说法，但大家还是倾向于“壬午说”，即曹雪芹卒于1763年。再者，1963年，为纪念曹雪芹逝世二百周年，学术界关于曹雪芹的生卒年问题展开了激烈的论争。后在周总理的关心下，最终确定在1963年召开纪念曹雪芹逝世二百周年大会。因此，今年即是曹雪芹逝世二百五十周年。从年初开始，大陆及台湾等地就展开了各式各样的缅怀曹雪芹、展望《红楼梦》的活动。

这其中有各地《红楼梦》研究机构及学会举办的各种纪念会议，如2013年5月19日上午，“《红楼梦》与扬州——纪念曹雪芹逝世250周年学术研讨会”在天宁寺举行，来自全国各地的专家学者畅谈了他们研究红学的成果，并对扬州相关红学的历史遗迹保护和利用提出了中肯的意见和建议。10月18日，由台湾“中央大学”文学院明清研究中心、中文系古典文学“物”与“我”计划、红学研究室举办了“海上真真：2013红楼梦暨明清文学文化国际研讨会”，与会六十多名专家学者畅谈跨文化视野内的《红楼梦》研究，开拓人文新领域。11月13日，辽阳市红楼梦学会召开了“纪念曹雪芹逝世250周年座谈会”。这些会议不仅加深了《红楼梦》的研究、传播，而且促进了红学的发扬光大。

全国各地的纪念活动如火如荼，北京作为红学重镇也掀起了纪念曹雪芹的重头戏。2013年2月28日下午，由中国艺术研究院、中国红学会、红楼梦研究所、文化部恭王府管委会联合主办的“红楼钗裙”金延林人物画作品展，在北京恭王府安善堂开展。3月28日，中国艺术研究院红楼梦研究所与中国社会科学院民族文学研究所联合召开了“纪念曹雪芹逝世250周年——《红楼梦》与满族文化学术研讨会”。4月17日，中国艺术研究院红楼梦研究所、中国红楼梦学会与河南教育学院共同在京主办了“‘百年红学’创栏十周年座谈会”。“百年红学”是《河南教育学院学报》打造的一个总结、反思百年红学发展的历史、经验和教训的重要栏目，值此栏目开办十周年之际，为纪念曹雪芹逝世250周年献礼。6月18日，中国艺术研究院红楼梦研究所与河南省邓州红楼梦研究会主办了“邓州红楼梦研究会5周年学术年会暨郝新超红楼梦文化研究奖颁奖仪式”，中国红学会会长张庆善、副会长孙玉明、秘书长孙伟科、画家谭凤嬛应邀到会，并于6月19日与南阳市红学会的部分代表举行了座谈会。10月10日—25日，中国红楼梦学会与冯其庸学术馆联合主办的“谭凤嬛红楼梦工笔人物画展”在无锡开展，共展出70幅作品。11月21日，中国艺术研究院红楼梦研究所与天津市红学会在天津师范大学主校区会议中心大厅举行了“天津市红楼梦研究会”成立、《红楼梦与津沽文化研究》创刊暨曹雪芹逝世250周年纪念大会；11月27日，与江苏省红学会联合举办了“纪念曹雪芹逝世250周年学术研讨会”。

中国艺术研究院红楼梦研究所、中国红楼梦学会除参与、策划许多地方的纪念活动之外，还掀起了纪念活动的高潮，即于2013年11月23日至24日在河北廊坊举办了“纪念伟大作家曹雪芹逝世二百五十周年大会暨学术研讨会”，为期两天的学术研讨会得到了社会各界的广泛关注，冯其庸、李希凡、胡德平、蔡义江、二月河等近130位来自全国各地的专家、学者参加了此次会议。研讨会对《红楼梦》研究的各个领域，如《红楼梦》的创作、曹雪芹的家世、《红楼梦》的版本、《红楼梦》的翻译、《红楼梦》的传播以及《红楼梦》的普及等，集中进行了总结和探讨，既是对伟大作家曹雪芹的纪念、缅怀，也是对以往红学历史的回顾与总结和对未来红学发展的展望与探讨，是新世纪《红楼梦》研究许多重要成果的体现。会议期间，还在新绎贵宾楼举办了红楼梦主题书画展览，这是继1963年纪念曹雪芹逝世200周年故宫文华殿展览后，红学史上意义最为重大的一次展览。此次展出了共60多幅作品，展览还将在恭王府继续。12月28日，由中国艺术研究院主办、红楼梦研究所承办的“纪念曹雪芹逝世250周年暨文学经典改编学术研讨会”在中国艺术研究院召开，为曹雪芹纪念年画上了圆满的句号。

北京曹雪芹学会也举行了许多活动纪念曹雪芹，一年一度的曹雪芹艺术节于2013年已举办到第四届，2013年9月22日由北京曹雪芹学会、北京市公园管理中心、海淀区政府、中国艺术研究院红楼梦研究所共同主办的“曹雪芹逝世250周年纪念活动、曹雪芹西山故里项目启动仪式暨第四届曹雪芹文化艺术节开幕式”在北京植物园举行。8月15日，还在植物园内曹雪芹纪念馆举行了一场别开生面的“曹雪芹小道”旅游标识系统发布暨红楼梦化装游园会。从9月22日至10月25日，艺术节举办了红楼梦诗词书法作品展、曹雪芹红楼梦文化发展联盟演出季等丰富多彩的文化活动。纪念曹雪芹不是专家、学者的专利，而是全民参与的盛事。

（二）其他有关《红楼梦》的演出、展览、活动等

借着纪念曹雪芹逝世二百五十周年的东风，2013年有关《红楼梦》的演出、展览等也特别多。2013年2月16日，上海越剧院的《红楼梦》在温州平阳青街乡演出，拉开了本年度各类《红楼梦》演出的序幕，而且似乎冥冥中自有天意，这场乡镇演出也预示着《红楼梦》向大众普及的必由之路。此后，越剧《红楼梦》辗转全国，在南京、常州、香港、武汉、岳阳、长沙、泰州、太仓等地好评如潮。2月26日，昆曲电影《红楼梦》在北京大学百年讲堂举行首映仪式，正式启动了在全国高校的巡映。此片改编自之前昆曲《红楼梦》舞台剧，该舞台剧由怀柔区文委和北方昆曲剧院携手创作，2011年在国家大剧院首演后，曾经受到专家和观众的广泛好评。此片在2013年9月25日至28日于武汉举办的第22届中国金鸡百花电影节暨第29届中国电影金鸡奖评比中获最佳戏曲片奖。历来被认为是传统戏曲瑰宝的昆曲也没闲着，通过《红楼梦》把自己带进了高校，为民族艺术在高校的传播、普及贡献力量。2013年10月5日至8日，2013年民族艺术进校园北方昆曲剧院专场演出——昆曲《红楼梦》在天桥剧场演出，10月14日至15日在济南省会文化中心大剧院演出，并于10月26日在“第十届中国艺术节”上斩获第十四届“文华奖”。江苏省昆剧院创排的昆曲《红楼梦》折子戏共八折，在“2013东南大学新生文化季”中作为高雅艺术进校园系列活动的一项于10月9日至10日演出，并作为纪念曹雪芹逝世250周年暨第四届曹雪芹文化艺术节闭幕式项目在10月24日至25日于北大百年讲堂演出。昆曲艺术通过《红楼梦》与大众、精英紧密联系起来。

从2013年3月开始至5月结束，由林奕华导演、何韵诗担纲主演的当代音乐剧《贾宝玉》2013全国巡演，再掀高潮。2013年5月18日上午，由南京市演艺集团打造的大型音乐舞台剧《梦幻红楼》在江宁织造博物馆“红楼剧场”首演。全剧分为9个章节，依次演绎“顽石化玉”“宝黛初会”“梦游幻境”“黛玉葬花”等《红楼梦》中的经典片段。此后，该剧将作为博物馆的常态演出项目，于双休日、节假日定期在“红楼剧场”上演，为《红楼梦》的普及增砖添瓦。10月13日至18日，由北京市曲剧团创排的《黄叶红楼》在天桥剧场进行首轮演出，此剧表现了曹雪芹晚年在北京西山创作《红楼梦》的心路历程，让曹雪芹与《红楼梦》中的人物同时出现在舞台上，颇为特别。该剧导演是中国音乐学院表演艺术教研室主任陈蔚，编剧王海平，作曲、创腔由戴颐生担任。从2013年10月25日—11月3日，由香港芭蕾舞团及德国多特蒙德芭蕾舞团联合制作的芭蕾舞剧《红楼梦》在香港文化中心大剧院一连进行了10场演出，由香港小交响乐团负责现场伴奏。此剧由多特蒙德芭蕾舞团艺术总监兼首席编舞王新鹏担任编创，通过芭蕾的独有语言，把《红楼梦》低回婉转的情感纠葛，转换成一幕幕触动人心的舞蹈，此剧还被选定为香港舞蹈节2013揭幕节目。

2013年11月26日，由北京东方文化资产经营公司出品，北京大学民族音乐与音乐剧研究中心、中共北京市东城区委宣传部及海淀区委宣传部、东方（北京）国际文化艺术中心有限公司联合制作的大型原创民族音乐剧《曹雪芹》在东方剧院隆重首演，采用“戏中戏”的舞台结构，讲述了曹雪芹晚年困顿之中创作《红楼梦》的经过。编剧旷达，作曲周雪石，导演周映辰。从12月1日至19日，“2013全国昆剧优秀剧目展演暨首届当代昆剧名家收徒传艺工程汇报演出”在京举行，汇聚了北方昆曲剧院、苏州昆剧院等七大昆曲院团，集中上演《红楼梦》等九台大戏。2013年12月3日晚上，随着一段告白引出了记忆中的歌声，当87版电视剧《红楼梦》片头的《引子》经郑绪岚充满情感的声音唱响在保利剧院时，观众们的心也立刻为大观园的少男少女们纠结起来。这就是“红楼梦境”——郑绪岚2013北京演唱会的魔力，其全国巡演也由此展开。

此外，2013年7月，由《世界都市iTalk》杂志发起，中国茶文化国际交流协会与北京圣富文化投资有限公司联合主办，人民中国杂志社协办的“红楼·中国梦2013年中国传统文化交流季”系列活动在北京盛大开启，由此拉开了以“红楼·中国梦”为主题的一系列中国传统文化交流活动的帷幕，更好地推动了中国传统文化时尚化、经典化的进程。12月9日的中国新闻网刊登了俄罗斯莫斯科国立语言大学孔子学院举办的“《红楼梦》——中国经典海外传递活动”，引起了大家的极大关注，也是《红楼梦》更好地走向海外的有效途径之一。

（三）微博、微信引发的《红楼梦》讨论热

2013年6月20日11点多，“广西师大出版社理想国”微博发布了这样一条消息——“死活读不下去前10名作品”。据近3000条读者留言统计：1.《红楼梦》2.《百年孤独》3.《三国演义》4.《追忆似水年华》5.《瓦尔登湖》6.《水浒传》7.《不能承受的生命之轻》8.《西游记》9.《钢铁是怎样炼成的》10.《尤利西斯》。榜单上四大名著赫然在列，《红楼梦》更是位居榜首。此次统计没计入各类教科书。此榜一出，舆论大哗，尤其以关于《红楼梦》的讨论最多，赞同、质疑者甚至展开了激烈的争论，《红楼梦》确是在国人心目中占有相当重要的地位。截至6月25日上午，此条微博已被转发21824条，被评论6532条。众多读者对于《红楼梦》居然成为“死活读不下去”榜首感到无法理解。如“星河”说：“《红楼梦》看过4遍，很好看啊。”“云水”则愤然说道：“《红楼梦》这么好的书居然有人说读不下去，我觉得他们真是白来人世一遭了。”著名作家王蒙先生更是很生气地说：“《红楼梦》都读不下去，是读书人的耻辱。”而榜单的最初发起人——广西师范大学出版社营销宣传人员戴学林在谈到初衷时说也不过是“图好玩，没想到最后榜单公布后，会有这么大动静，觉得挺意外的”，其信息采集的来源就是微博、微信。尽管“纯属吐槽，看看就好”，但当《红楼梦》等四大经典名著榜上有名时，恐怕就不能仅仅是好玩了。尤其是在大力提倡重拾文化经典，甚至北京教育考试院颁布2016年高考语文提高到180分的今天，有关《红楼梦》类的经典阅读如何能有成效地持续下去？

随着时代的变化、科技的进步、电子产品的普及，如今似乎个个压力重重的人们有谁有闲暇去细细品味长篇古典名著的滋味呢？更何况那些难懂的生僻字，那些关系复杂的姐姐妹妹、姑姑婶婶，那些搞不清楚的祭祀、省亲、官职、礼仪，哪有当下那些短平快的小段子更能释放我们的情绪、纾解我们的压力？阅读从来都是一种个人行为，每个人都不能获得同样的阅读体验与审美期待。我们可以为现在的青年人没有几个认真阅读过《红楼梦》而忧虑中国传统文化的传承，但是否想过我们的社会大环境、我们的专家、我

们的出版界为大家提供了什么样的阅读环境呢？而且，任何对经典的阅读都不能投机取巧，借用《瓦尔登湖》的译者徐迟先生在其译本序中开篇第一句话："你也许最好是先把你的心静下来，然后你再打开这本书，否则你也许会读不下去。"这对于《红楼梦》和其他名著都适用。我们只能静下心来，一个字一个字地去认真阅读。

从2013年11月30日起，《新京报》书评周刊在微博、微信平台上发起互动#说说《红楼梦》打动你的一句话#，招来无数粉丝留言，引几句以飨读者：

> @脂墨凝香："可知世上万般，'好'便是'了'；'了'便是'好'；若不'了'，便不'好'；若要'好'，须是'了'。"
>
> @_子逸_：最打动我的一句是"花谢花飞飞满天，红香消断有谁怜"，红楼女儿每个人都代表一种花，但最后走的走，去的去，死的死，寡的寡，全部凋谢了。
>
> @鞶鞶lily：最打动我的是黛玉所作的《桃花行》，那句"若将人泪比桃花，泪自长流花自媚。泪眼观花泪易干，泪干春尽花憔悴。憔悴花遮憔悴人，花飞人倦易黄昏。"让我每次读到都会心碎，这首以桃花自喻红颜薄命的悲歌体现了对苦闷、压抑的一种宣泄。曹雪芹带给我们的《红楼梦》值得一生去体会！
>
> @日向子爱大草原：以前最爱《好了歌解》，如今回想，竟是那首《终身误》最是回味悠长。"都道是金玉良姻，俺只念木石前盟。空对着山中高士晶莹雪，终不忘世外仙姝寂寞林。叹人间美中不足今方信。纵然是齐眉举案，到底意难平。"

难怪有人说《红楼梦》是一部适合从青年读到老年的书，在不同的年龄阶段，随着人生阅历的逐步积累，我们对《红楼梦》的体会也各不相同。恰如南宋词人蒋捷的《虞美人·听雨》："少年听雨歌楼上，红烛昏罗帐。壮年听雨客舟中，江阔云低，断雁叫西风。而今听雨僧庐下，鬓已星星也。悲欢离合总无情，一任阶前，点滴到天明。”[①]

（四）关于《红楼梦》后二十八回手稿问题

热闹的红学中总是不乏闹剧，比如所谓的“秦学”“土默热红学”，今年又出现了《红楼梦》后二十八回手稿。其实这一条也不是什么新闻，而是早就被批驳过的旧闻，至于为什么又被重新拿出来炒作，或许是因为《红楼梦》研究中真的很久没有什么新材料出现了吧，大家都有点迫不及待地要创造出一点来。9月28日，光明网文化频道署名记者为任生心、通讯员刘天琴的文章《〈红楼梦〉后二十八回手稿回到中国》，称《红楼梦》后二十八回当年因政治和其他原因被乾隆皇帝废除，但《石头记》的后二十八回并没有绝迹，其手稿在异国他乡几经辗转，被李约瑟收藏。遵照李约瑟的提议，张贵林重新改写了《石头记》的后二十八回，将其带回祖国，使其终于重见天日。这部续写的文稿和《红楼梦》前卷重合，成为一部完整的划时代的红学文献。

一石激起千层浪，诸多媒体纷纷转载。很多热心网友也参与讨论，盛赞、质疑、反对者皆有。仅仅两天之后，媒体的宣传便风向大变，在综合了专家的采访、网友的看法以及对公布的所谓“后二十八回”内容的分析之后，纷纷辨伪。光明网上也刊登了转载自中国广播网的《红学专家：归国〈红楼梦〉并非曹雪芹亲笔手稿》一文，央视网评频道也刊发了《〈红楼梦〉后28回回归？土豪和文学骗子们的闹剧！》一文，就张贵林所在的国际联合论科学院进行了深度考索，得出“这个团体只是保定的一个群众团体”这一结论。

10月2日，在《红楼梦》文物收藏家杜春耕先生家中，进行了一次小型的对于“《红楼梦》原名《石头记》后二十八回手稿回到祖国”的座谈。与会者还有北京师范大学黄安年教授，红楼梦研究所吕启祥研究员、孙玉明研究员，《红楼梦学刊》编辑卜喜逢，中国文化传媒集团的李海琪等。大家从

① 林邦钧编注：《宋词》，天地出版社1997年版，第284页。

所公布的回目的数量、版本及传播角度直斥这一闹剧，并对传媒的轻率提出批评。

《红楼梦》作为中国古典小说的高峰，作为几乎全民关注的经典，凡是与之有关的新闻，尤其是新材料、新证据的发现，总会抓住大众的眼球。我们的红学家、我们的传媒、我们的精英与大众，都应该擦亮眼睛。

三 小结

《红楼梦》可以说是中国文化的一张名片，如何真正让它具有名片的效应，仍需要广大研究者、爱好者的共同努力，而如何推广《红楼梦》和红学成果，就是其中的重点。网络，将在其中占据重要的角色。利用好网络的宣传效应，与广大爱好者互动起来，将成为红学研究者面临的一个新的挑战。

在即将过去的2013年里，无论在网络里还是现实中都有围绕《红楼梦》的许多研究与讨论、欣赏与回味，逝世于二百五十年前的曹雪芹，如果泉下有知，也当略感欣慰。尽管老先生的“满纸荒唐言，一把辛酸泪。都云作者痴，谁解其中味”引得无数英雄沉浸其中，可毕竟真理越辩越明。在2013年即将过去的时刻，我们相信，在曹雪芹与《红楼梦》的研究之路上，还会有更优美的风景等待着人们去发现与欣赏。

（原载《红楼梦学刊》2014年第1辑）

2015年《红楼梦》图书出版述评

2015年是红学史上备受关注的一年，是新世纪以来继热热闹闹的2005“秦学”、2010“新版《红楼梦》电视剧”、2013“曹雪芹逝世250周年”之后，再次吸引全国上下眼球的“曹雪芹诞辰300周年”的红学年。从年初开始，为了纪念伟大作家曹雪芹，《红楼梦》这部经典就成为各大出版社恐落人后的奶酪。无论是微言大义的学术红楼，还是通俗易读的普及读物，或者不同版本的原著文本，都获得了雨后春笋般喜人的长势。与前两年相比，本年度的《红楼梦》图书出版在稳健中呈现出井喷态势，尤其是《红楼梦》原著的整理与改编，将近百种。本文大致以红楼书籍的内容分类与出版形式为标准，对2015年度已出版的“红楼梦”书籍综述如下，以便大家对这一年来的红学出版有一个简单的了解与认识。

一

本年度的《红楼梦》图书出版，无论在出版范围还是作者群体方面都有可圈可点之处。乘着“曹雪芹逝世三百周年”的东风，红学图书出版事业也在乘风破浪前进。在没有曹雪芹的新材料出现之前，其家世、版本等的研究成果中，依然是民国旧著的重刊引领红学普及的主流，比如王国维的《红楼梦评论》、蔡元培的《石头记索隐》、胡适的《红楼梦考证》、俞平伯的《红楼梦研究》等。当代资深红学家冯其庸、邓云乡等人的代表作的再版也引发了新一轮《红楼梦》阅读的热潮。红学研究队伍的年轻化依然是可喜可贺的一件事，95后作家也开始崭露头角，但令人遗憾的是，今年出版新著的资深红学家似乎少了一点，港台作者不只蒋勋风头强劲，朱嘉雯也不遑多让，有两本“红楼梦”专著出版。本年度出版的《红楼梦》图书所涉领域相当广泛，据统计，有关《红楼梦》家世、版本考证的有14种（含再版7种）；新索隐著作大约9种；《红楼梦》文本解读，包括风俗、文化以及诗词解读总共46种（含重印、修订10种）；《红楼梦》的改编与传播研究11种；《红楼梦》比较研究2种；红学史研究4种；《红楼梦》的译介研究4种。共计90种，以下分述之。

（一）《红楼梦》的家世、版本研究与新索隐的兴盛

1.《红楼梦》的家世与版本研究

胡适的《红楼梦考证》（北京出版社）、俞平伯的《红楼梦研究》（上海古籍出版社）等引领红学研究方向的名作再次受到出版社的青睐。译林出版社则以《三大师谈红楼》分别收入了国学大师王国维、蔡元培、胡适的《红楼梦评论》《石头记索隐》和《红楼梦考证》。这些无论红学的爱好者还是研究者皆奉为圭臬、具有广泛影响的大作自不必细述。值得一提的还有冯其庸的《曹雪芹家世·〈红楼梦〉文物图录》和《敝帚集——冯其庸论红楼梦》也被重版。前者初版于1983年的生活·读书·新知三联书店香港分店，本年度由青岛出版社再版。后者在2005年曾作为“名家解读红楼梦”系列由文化艺术出版社出版，本年度又作为“中国艺术研究院学术文库”由北京时代华文书局出版，书中的家世研究、抄本研究、作者作品研究三方面内容基本不变，增补了《三论庚辰本》《对庚辰本、己卯本关系的再认识》两篇代表作者近年对庚辰本、己卯本新思考的文章，删掉了《影印北京师范大学藏抄本石头记序》《清代的评点派红学》。“中国艺术研究院学术文库”是系统总结我国艺术学理论前沿发展的大型出版项目，共200卷，其内容包括戏曲、音乐、美术、舞蹈、红学、非遗等等，几乎涵盖了文化艺术的所有门类。2015年度入选出版的有关红学方面的书籍共有三种，除冯其庸的《敝帚集——冯其庸论红楼梦》外，还有孙玉明的《红海求索集》、孙伟科的《红楼梦与诗性智慧》。前者共收录十六篇有关《红楼梦》的文章，多为史论、考辨性文章，如《红楼梦研究批判运动发生的偶然与必然》《新红学考证派的奠基人——胡适》《再谈红楼梦的著作权问题》等，从中不难看出作者扎实的文史功底和严谨的思辨能力。后者则从《红楼梦》的观念与艺术、红楼人物、红楼学术人物、红楼传播等四个方面对红学的发展、普及与传播做了较为详尽的论述。

广西师范大学出版社再次重印了唐德刚的《史学与红学》，属于“中国近代口述史学会丛书·唐德刚作品集”之一种。尽管书中有关红学的只有《〈红楼梦〉里的避讳问题——〈胡适口述自传〉译注后按》《曹雪芹的“文化冲突”——“以经解经”读〈红楼〉之一》《海外读红楼》三篇，却丝毫不妨碍我们领略这位史学巨擘的活泼文笔与独特视角，感受他汪洋恣肆、纵横千里的文风。继去年台湾清华大学出版社首次出版之后，中华书局今年再版了黄一农的《二重奏：红学与清史的对话》。

本年度关于曹雪芹家世生平研究的著作有两本，分别是南京大学出版社苗怀明著、村田和弘译的《中国思想家评传》简明读本·日中文对照版《曹雪芹》和北京美术摄影出版社樊志斌的《曹雪芹传说》。前者对曹雪芹的家世、生平、创作、思想及《红楼梦》续书、流传等做了较为系统的探讨，后者收集整理了北京西山地区现存有关曹雪芹的传说，如曹雪芹看病、拿鹰抓鸟、题诗作画等数篇故事。

外语教学与研究出版社出版了北京曹雪芹文化发展基金会、北京国际文化创意与传播基地主编的《梦飨三百年：曹雪芹诞辰三百周年特展》，梳理了自《红楼梦》诞生以来有关研究成果，力求相对完整地介绍曹雪芹的一生，尤其是还原其在香山一带的足迹。

有关版本的新著并不多，夏薇的《红楼梦一百二十回抄本初探》(社会科学文献出版社)是历时十年完成的红学论著，在以往“八十回脂本”和“一百二十回刻本”系统研究的基础上，对一百二十回抄本系统做的介绍和研究。作者认为这是一个被忽略的版本系统，因其与后四十回作者问题密切相关，故从脂批以及新红学代表人物胡适、俞平伯等观点以及后四十回中的不能“续”的一些重大情节论起，并对籀红室藏本、春草堂藏本、补拙斋抄本、吉晖堂藏本、蒙古王府本补抄部分、杨继振藏本的总目、舒元炜序本、晳庵藏本、眉盦藏本、戬本等进行了较为详细的介绍。

中州古籍出版社出版了周文业的《红楼梦版本数字化研究》（上下册），周先生近年来致力于中国古代小说版本数字化和中国历史地理数字化等研究，此前曾与曹立波一起主编过《一百二十回红楼梦版本研究数字化论文集》，现计划出版“中国古代小说版本数字化研究丛书”，本书为此丛书的第一本。上册《“庚寅本”〈石头记〉等版本数字化研究》主要对“庚寅本”、甲戌本等与《红楼梦》版本有关的五个问题进行了数字化研究；下册《“庚寅本”〈石头记〉等版本整理比对本》则包括一些版本的整理本、批语辑评、比对本等三部分内容。作者在研究过程中大量使用了数字化比对方式，他认为数字化比对可以快速、一字不漏地查出所有的文字差异，为后续的人工分析研究大大节省了时间，打下了很好的基础。不过，需要引起我们注意的是，版本数字化虽然给传统文学研究带来极大的便利，但也只能作为辅助手段，而不能完全依赖它，在研究中还是要认真比对原本，才能得到可靠的结论。

2.新索隐的兴盛

索隐派一直在红学研究中余波不断，虽然掀不起太大的波浪，却从不甘退居幕后。曹雪芹的著作权是否可以保住？《红楼梦》里的“真事隐”究竟隐去了什么秘密呢？在经历了刘心武“秦学”的喧嚣之后，本年度也不乏热闹，共有9部相关著作出版。

假如《红楼梦》的作者不是曹雪芹，那会是谁呢？这是许多善于猜谜的人们最热衷的话题。继土默热倾力给《红楼梦》的著作权提供了候选人洪昇之外，本年度又有两位清代知名人物纳入了《红楼梦》作者的阵营，那就是钱谦益与冒辟疆。李旭的《〈红楼梦〉的秘密——钱谦益的石头记》（中国戏剧出版社）号称“集小说、诗歌、南明史为一体，真正还原红楼梦这部史诗性作品”[1]。作者认为《石头记》就是南明的灭亡史、战斗史，而写《石头记》的人则是“亲历者，是史家，用诗歌和小说来写史的。而具备创造这部人类巅峰小说的又有刻骨铭心的亲历经验者，只有东林领袖、四海宗盟、石头城的礼部尚书钱谦益。他贯穿了、策划了、高度参与了南明二十年的抗清史，与贾宝玉在人世十九年、贾元春宫闱二十年时间吻合”[2]。《石头记》是钱谦益“一失足成千古恨，悼念故国心系复明”[3]的产物，与早期索隐派的观点一脉相承。而冒辟疆之所以也在今年很火，离不开其后人的推波助澜。其实，说冒辟疆在今年被纳入作者队伍并不准确。关于《红楼梦》与如皋冒氏有联系早就被提出，王梦阮、沈瓶庵《红楼梦索隐》一书的立论基础就是《红楼梦》写的是清世祖与董小宛的恋爱故事。2002年，台湾新文丰出版公司出版了王以安著的《细说红楼》，作者认为《石头记》是以董小宛事迹为骨干，以冒襄《影梅庵忆语》为全书之贯绳，冒辟疆再次与《红楼梦》牵上了线。至于把《红楼梦》的著作权直接归于冒辟疆的，还是他的后人冒廉泉。自2012年8月《冒辟疆著作〈红楼梦〉初探》一文在《新民晚报·新如皋》上连载以来，不断有报纸就此观点发文。2014年，江苏凤凰美术出版社出版了《冒辟疆著作红楼梦汇考》（第一辑），并在本年度出版了《冒辟疆著作红楼梦汇考》（第二辑），这个“石破天惊”的消息一度引发了“冒辟疆”热，并于9月份举行了“如皋《红楼梦》作者新探学术讨论会”。《红楼梦》自问世以来，除了曹雪芹，据不完全统计，有60多人都被赋予了著作权，袁枚、李渔、吴梅村、洪昇等都是其中之一，冒辟疆也不会是最后一位。

不过大多数爱好索隐的红楼痴迷者还是承认曹雪芹的著作权的，尽管他们会给曹雪芹提供新的生平。比如东方出版社出版的紫军、霍国玲的《考证

---

① 李旭：《〈红楼梦〉的秘密——钱谦益的石头记·诗史之家的南明词典（代序）》，中国戏剧出版社2015年版。

② 同上。

③ 同上。

曹雪芹》，全书共收14篇文章，涉及曹雪芹的生卒年、著作权以及与清皇族的关系等，最令人瞠目的就是曹雪芹的母亲是康熙的公主，康熙大帝是曹雪芹的外公！而曹家有一女（林黛玉的原型）做了雍正的皇贵妃、皇后，曹雪芹被封为“侯爵”。不过更多索隐者追寻的是《红楼梦》到底写的是谁的故事。铁农的《脂梦别史：石头记里曹家事》（民主与建设出版社）依然走的是小说与历史混为一谈的老路，作者从曹学、《红楼梦》文本与版本以及脂批等角度解读《石头记》，得出六个“别史”观点：如《红楼梦》有两部，曹雪芹有两人，一个是曹寅之子曹顺，另一个是曹寅之孙曹頫之子曹霑；脂砚斋是李香玉，是曹霑之妻，即《石头记》中的薛宝钗的原型人物。而其由“乾隆甲戌前推‘披阅十载’的十年，正是清兵入关百年的时间，寓意‘胡运无百年’”[①]推出《红楼梦》号召“反清排满”则又归入蔡元培一路。丁以华的《探秘红楼梦》（上海古籍出版社）通过作者近十年的潜心研究，“揭开金玉惊天之谜——贾宝玉和薛宝钗两人原型是曹雪芹的亲生父母”[②]，并不断抛出一个个大惊雷，贾母的原型是曹雪芹曾祖母孙氏、贾政的原型是曹寅、贾瑞的原型是允祥、贾敬影射雍正皇帝、贾府原型为江宁织造曹家、史家原型为杭州织造孙家、王家原型为苏州织造李家、薛家原型为清康雍乾重臣富察氏马齐家等。作者“联系清初社会背景、皇室宗亲复杂的人际网络、曹家兴衰历史”，认为《红楼梦》是一部曹雪芹的家史，小说再次与历史合流。张志坚的《另解红楼梦》（人民日报出版社）是作者投入28年的时间阅读、研究、考证的成果。作者在山东峄山考证到雍正三年的“宝玉”石刻；在康熙朝曹寅修订的《长生殿》版本中发现了《红楼梦》甲戌本第一回批语中为《风月宝鉴》作序的“棠村”，是河北正定康熙朝的相国梁清标；在康熙四十七年的《平阳府志》中发现了东鲁孔梅溪其人等，并得出曹雪芹不是唯一作者，只是一个归结者。她还考察出藏在贾

① 铁农：《脂梦别史：〈石头记〉里曹家事·自序》，民主与建设出版社2015年版。

② 丁以华：《探秘红楼梦》，上海古籍出版社2015年版。

雨村背后的历史原型人物——魏廷珍。该书由著名学者二月河作序。刘建平的《五个帝王的红楼身影》(上海文化出版社)则认为曹雪芹家族与清皇室存在百年恩怨，大起大落的悲剧命运不但让曹雪芹关注康熙、雍正，更将眼光延伸到自尧舜起到雍正止的全部历史中，尤其是舜、秦始皇、唐玄宗、康熙和雍正五个帝王身上。因此，作者认为《红楼梦》寄托了曹雪芹的政治理想，在贾宝玉、林黛玉、薛宝钗等主要人物的身上，都投射着上述五个皇帝的身影，是他们的性格及政绩的反映。丁亚平在为本书做的序中说"《红楼梦》全书就是一把风月宝鉴，一面是十二金钗的女性世界，另一面则是康熙、雍正等帝王们的男人世界"[①]。

以上诸书对《红楼梦》的猜谜毕竟还联系了历史、社会等大环境进行研究，李铁的《红楼梦中人：反看红楼梦也是一种修行》(东方出版社)则完全着眼于曹雪芹的情史。此书是作者继《仓央嘉措：人生就是一场修行》之后推出的又一本"人生修行"系列。《红楼梦》甲戌本第七回在"方知他学名唤秦钟"处有双行夹批云"设云秦钟。古诗云：'未嫁先名玉，来时本姓秦。'二语便是此书的大纲目、大比托、大讽刺处"。作者由此推论《红楼梦》是为心上人秦红玉昭传，书中的贾元春就是秦红玉，而贾宝玉则是曹雪芹的化身。反着看《红楼梦》，其实也就是秦红玉的传记，里面隐藏的是皇帝和皇妃的故事，皇帝是指乾隆，皇妃就是曹雪芹所钟爱的秦红玉。

还有一本步应华的《红楼梦时序推演》(现代出版社)。我们知道，《红楼梦》本事的时间问题，向来是热点，也是难点。红楼故事到底发生在哪个年代？贾宝玉和大观园女儿们究竟出生于何年何月？贾母的年龄为什么前后矛盾？……本书作者给出了自己的答案。全书共七十五回，作者认为"日月合璧，五星连珠"这一个让雍正皇帝"付诸史官，颁示中外"的祥瑞是时序推演的灵犀关键，并以此为时序轴点，剥茧抽丝地梳理出一条所谓灵动而严谨

① 刘建平：《五个帝王的红楼身影·序》，上海文化出版社2015年版。

的时间珠串。

（二）红楼梦文本解读

本年度解读《红楼梦》文本的红学著作依然是出版的重头戏，总共有46种出版物。就解读内容而言，大致可分为主题思想与结构艺术、红楼人物与故事情节、红楼梦风俗与文化、红楼梦诗词阐释等。

1.《红楼梦》的“主题思想与结构艺术”

台湾联经出版事业股份有限公司出版的周汝昌的《写给所有人的45堂红楼梦》、学林出版社的《红楼梦为什么这样红——潘知常导读红楼梦》、上海三联书店的《蒋勋说红楼梦》（修订版）、东南大学出版社的姜耕玉的《红楼艺境探奇》、中国书籍出版社的王庆杰的《谁为情种——红楼梦精神生态论》是重版作品。严格说起来，周汝昌先生的《写给所有人的45堂红楼梦》应该算是《红楼小讲》的修订版。《红楼小讲》最初是面对普通读者的入门读物，对《红楼梦》里的故事、人物、主旨、精神等进行解说与点评。最初是每周发表于报纸副刊的千字小文，后由其女周伦苓女士结集出版。自2002年以来，北京出版社“大家小书”系列、中华书局都曾多次增订出版。此次，台湾联经出版事业股份有限公司出版的《写给所有人的45堂红楼梦》，因原作体例与作者目力之艰并未做大的补充与修订，只是将卷末部分略作充实，作者希望以“一家之言”能给大家带来参考。

《红楼梦为什么这样红——潘知常导读红楼梦》是著名美学家潘知常的《红楼梦》系列讲座专集，最早于2008年由学林出版社出版，封面印有“我们可以‘带一本书走天涯’，这本书，就是《红楼梦》”。全书从美学角度解读了《红楼梦》的悲剧意识、悲悯情怀等，论证了《红楼梦》是一部“爱之书”。台湾作家蒋勋的《蒋勋说红楼梦》再次热销，上海三联书店继2013年再版了全套三册的精装修订版后，本年度又三版了套装（共八册）的修订版。看来蒋勋先生长达半个世纪对《红楼梦》的深入阅读确实让许多人心有戚戚焉。此外，东南大学出版社的姜耕玉的《红楼梦艺境探奇》也是三版，此书是作者的处女著作，收录了12篇论文，最早由重庆出版社于1986年出版，主要关注的是《红楼梦》的艺术问题，比如《红楼梦》情节的艺术特色、《红楼梦》的意境创造以及情节结构的节奏美等，对我们全面而深刻地理解《红楼梦》的创作艺术大有帮助。继2013年出版了王庆杰的《谁为情种——红楼梦精神生态论》之后，本年度中国书籍出版社又将其作为“文学理论研究书系”之一种再次出版，又一次从“生命美学”的角度将《红楼梦》这场人生凄凉的大戏中满载着繁华与苍凉的幕布徐徐揭开。

本年度为《红楼梦》的“主题思想与结构艺术”的新著出版用力最多的是中国社会科学出版社，赖振寅的《瀹茗轩研读红楼梦》、贺信民的《红深几许——〈红楼梦〉面面观》以及王德福的《红楼梦语篇隐喻研究》都出于此。赖振寅的《瀹茗轩研读红楼梦》主要采用美学、文化学等方法对红学研究中的“钗黛合一”,“秦可卿之死”，秦可卿身世、死因、葬礼之谜，红楼盛宴与文化狂欢，“秦学”的滥觞与红学的悲哀，孙玉明的《红学：1954》等热点话题进行了多角度的深入探讨。贺信民的《红深几许——〈红楼梦〉面面观》则试图对《红楼梦》进行全面阐述，有关作者、“红学”起源与发展脉络、作品思想内涵及其美学哲学价值、小说艺术成就、人物及重要情节等都属于他的探讨范围，还介绍了与“红学”名家周汝昌、胡文彬、薛瑞生等鲜为人知的学术交往，力图雅俗共赏，普及“红学”。王德福编著的《红楼梦语篇隐喻研究》则从细部入手，以《红楼梦》的三组咏物诗，即《咏白海棠》《咏菊》和《螃蟹咏》为描写分析对象，运用对立互补的方法论原则和结构主义、解构主义的方法对其进行深入细致地描写、分析，厘清了三组咏物诗的语义构造方式，试图揭示《红楼梦》文本的内在结构和隐喻机制。这种运用西方叙事理论来研究中国古典文学名著的方法或许可以给我们更多的理论视角以及方法论的启示。

浙江大学出版社出版了曹诣珍的《红楼梦情感讲述语词的叙事功能》一书。所谓“情感讲述语词”是指以讲述的手法表现情感状态的语词。在以《红楼梦》为代表的中国古典小说中，情感讲述语词广泛存在。它们积极参与叙事世界的建构，承担着重要的叙事功能，并创造出独特的叙事效果。此书以文学情感与讲述关系的深入阐释为基础，对《红楼梦》中情感讲述语词的构成、含义及其展现出来的人物描写、情节、寓意等叙事功能进行了系统梳理和全面考察，可以更好地理解《红楼梦》情感世界与语言艺术，并有助于从中国古典小说自身的语言、历史和文化出发，探索一种新的小说叙事的研究模式。

此外，上海文艺出版社出版了裴世安的《一瓢谭红》，这是其继《一瓢文稿》之后又一部红学著作，收集了作者历年来的红学文章。全书共三卷，分别为《读红散记》《“犬”书札记》《闲来评书》。中国出版集团世界图书出版公司出版了严安政的《红楼梦散论》，收录了包括《红楼梦》版本、后四十回作者、思想艺术、人物形象、红学论争等多个方面的论文80多篇。95后作家刘子茜《入梦：探寻红楼梦的世界》（作家出版社）从宝黛爱情、凤姐的语言艺术以及《红楼梦》人物等三个方面用诗意的语言论述着自己内心的红楼世界。此外，还有萱羽的《夜话红楼》（江苏人民出版社），邵林、孟庆春的《红楼絮语》（万卷出版公司），李兴华的《百问红楼》（北方文艺出版社）。

本年度人民文学出版社出版了“名作家谈《红楼梦》系列”，包括《李国文谈红楼梦》《刘心武谈红楼梦》以及《克非谈红楼梦》。作家往往有着丰富的人生阅历与创作经验，假如又潜心研究《红楼梦》，或许可以给我们许多不一样的启示。李国文以犀利的视角，将《红楼梦》中的人和事置于现实生活中，从《红楼梦》中的吃、性、死、骂写起，广泛涉及政治体制、人情世故、语言文化等，见解精辟深刻，笔锋犀利传神，颇有嬉笑怒骂、汪洋恣肆的风格。刘心武的“秦学”可谓是举国闻名，可作者并不只研究秦可卿。用他自己在序中的话来说就是“我只是将这个角色作为一个突破口，来探究《红楼梦》的文本奥秘”①。作者的研究方法“主要是两个，一是原型研究，

① 刘心武：《刘心武谈红楼梦·序》，人民文学出版社2015年版。

一是文本细读”[①]。全书收入了关于秦可卿、贾宝玉、妙玉、史湘云等的深入探究，另收入一组曾经在《当代》杂志上连载的《红楼心语》。作者希望能够以此表明：“我并没有误导读者把《红楼梦》当成‘宫闱秘史’去理解，我试图将书中宝贵的人文情怀，和当代人的精神建设链接，并引发出对人性恒久的探究愿望。”[②]《克非谈红楼梦》是作家克非继《红楼雾瘴》《红学末路》《红坛伪学》之后的又一本关于《红楼梦》研究的书。此书聚焦于两个问题：曹雪芹的真假有无与《红楼梦》的艺术。

台湾的朱嘉雯本年度出版了两本有关《红楼梦》的著作，分别是有鹿文化事业股份有限公司出版的《这温柔来自何处：〈红楼梦〉里的爱情命运》以及台北五南图书出版股份有限公司出版的《红楼梦与曹雪芹》。它们或抽丝剥茧地论述《红楼梦》中的爱情故事，并融入当下的真实案例故事进行点评；或从曹雪芹的身世与诗笔谈起，详细论述《红楼梦》的语言意境、贾宝玉的感官之旅、林黛玉的葬花意识，趣写三姑六婆的生活处境等等，并论述了《红楼梦》在台湾的发展与影响。台北里仁书局出版了王万象主编的论文集《红楼梦新视野》，是台东大学华语文学系103学年度《红楼梦》课程的学术研究成果，共收入王万象、徐少知、欧丽娟、林素玟等人的9篇论文。

2.《红楼梦》的“人物与故事研究”

这也是本年度图书出版的重要部分。《红楼梦》家喻户晓，在很大程度上我们脱口而出的是宝黛钗、晴袭鸳、王熙凤、刘姥姥……是那一个个鲜活如在目前的红楼人物。曹雪芹开篇就说“竟不如我半世亲睹亲闻的这几个女子”，因此，《红楼梦》中的少男少女青春被毁灭的悲剧最能引起我们的无限感慨与共鸣。这里既有青年作家以自己青春独特的视角建构的精神大观园，也有退休后以自己饱满阅历打开《红楼梦》人物心扉的精品细读；既有感慨

① 刘心武：《刘心武谈红楼梦·序》，人民文学出版社2015年版。

② 同上。

万千、文笔优美的浅吟低唱，也有严谨认真的学术探讨。

继台湾远流出版事业股份有限公司2014年度出版的《梦红楼》《微尘众：红楼梦小人物1/2/3》(繁体)及中信出版社2014年度的“蒋勋说青春红楼”系列《梦红楼》及《微尘众：红楼梦小人物1/2》(简体)之后，本年度中信出版社出版了此系列的《微尘众：红楼梦小人物3》，让我们再次看到了《红楼梦》中微尘众生的卑微与艰难。

《红楼梦》中不仅微尘众，更是一部女子的传奇，或许女性更容易对书中的异样女子产生深刻的体验与共鸣。彭娇妍的《桃花帘外叹啼痕》(重庆出版社)、宋歌的《楼外寻梦：红楼女性赏析（初编）》(黑龙江教育出版社)、青年作家百合的《梦里不知身是客——百看红楼》(北岳文艺出版社)、文红霞的《俗眼窥红楼》(上海三联书店)都把自己对红楼女性的爱恨情仇充满诗意地表达出来。彭娇妍根据人物的身份、性格、命运，选取了大观园中二十八位女子，分为七类进行解读，以故事的形式，描述她们生命的不同遭际与心路历程，让今天的我们在唏嘘感叹中掩卷沉思。宋歌则从哲学、心理学、伦理学、道德角度等诸多层面细致而微地揭示了黛玉、晴雯、湘云、宝钗、熙凤、袭人、探春、李纨、可卿、妙玉这十位红楼女儿的心路历程。她们青春的骚动、成长的苦恼以及委落尘泥的不幸命运都在作者诗意的流淌中淋漓尽致地挥洒出来。青年作家百合以心理医生的职业敏感与细腻观照《红楼梦》中那些不为人注意的蛛丝马迹，以大观园中的人物关系和故事情节为背景，从那些扣人心弦的成长、爱情、命运中连缀起一颗颗晶莹剔透的珠子，为我们穿起苍凉浮华的人世中每一个人都无法逃避的过往。文红霞也是试图通过《红楼梦》寻常阅读中被忽略的细节来窥视红楼女儿的真性情。作者在从少年到中年不同的阅读视角下，以一双经历了世事沧桑的“俗眼”解读了自己心中“很傻很天真”的黛玉、“宅斗高手”袭人、“其实很可怜”的凤辣子等，留下了对《红楼梦》的凝视与喟叹。这些《红楼梦》中女子“千红一哭、万艳同悲”的悲剧过往，何尝不是历史中许多女子的缩影？樊康屹在《梦里不知身是客——百看红楼》的评论中有句话说得好："读红楼，就如同读人生。读别人的人生，也读自己的人生，这其中，有观照，更有顿悟。"①

知识产权出版社出版了风之子（原名李明劼）的《风语红楼2：香尘逝》，作者是新浪红学知名博主，长期致力于《红楼梦》文本研究，本书是继2014年从其新浪博客《红学笔记》中结集出版的《风语红楼：风之子解读〈红楼梦〉》之后的第二辑，重在探寻"金陵十二钗"的深层故事与结局命运，以最接近曹公原意为目标，从重重隐喻、类比、反证、关联中寻找出十二位薄命女子的鲜活人生。

云南人民出版社出版了陈国学的《红楼梦里的人事奥秘与启迪——走向理性时代的红楼梦人物论》，作者试图从文本中找出人物背后的真实面貌，重新评价书中已经被贴上标签的人物论观点。本书着眼于从有序的社会环境中平实相处的常识来论述人物，将地位相同的人物在对比中找出各种同异关系，如宝、晴、袭的三角恋，管理者钗、凤、探、尤的境界，三个表姐妹钗、黛、云与宝玉之间的关系等。或许对比中可以让我们更好地看清人物之间的细微之别。

3．红楼风俗与文化研究

作为一部百科全书式的著作，《红楼梦》中蕴含了各式各样的传统风俗与经典文化，这些一直是《红楼梦》研究中的热点之一。本年度，邓云乡的"红学四书"《红楼风俗谭》《红楼识小录》《红楼梦导读》《红楼梦忆》作为丛书"邓云乡集"作品再次由中华书局整理出版。其出版说明指出"参考了2004年版《邓云乡集》，并参校既出的其他单行本。编辑整理的基本原则是慎改，改必有据"。邓云乡学识渊博，文史功底深厚，旁征博引，信手拈来，不论叙述民风民俗，描摹旧时胜迹，抑或钩沉文人旧事，探寻一段史实，均娓

① 樊康屹：《百看红楼悟人生——评青年作家百合新著〈梦里不知身是客：百看红楼〉》，《发展导报》2015年11月6日。

娓道来，耐人寻味，是研究者案头必备之作。

著名民俗学家、美学家宋德胤的《红楼梦与民俗美》(首都师范大学出版社)则从美学、民俗学的角度，对《红楼梦》中的民俗美、詈辞艺术，曹雪芹的婚姻观与《红楼梦》的婚俗特征以及曹雪芹与民间文学的关系等方面进行了探索，为解读《红楼梦》提供了新的视角和理论。严宽的《红楼梦八旗风俗谈》(中华书局)属于北京曹雪芹学会“曹学丛书”，从衣着、饮食、地点、称谓、游戏、人物关系、俗语等方面论述了《红楼梦》中的八旗风俗。高连凤的《红楼梦中的民俗文化研究》(东北师范大学出版社)也将视角对准了《红楼梦》中的服饰、饮食、过节、礼仪、娱乐等民俗文化。

张麒与陈秋玲则对《红楼梦》中的经济运作充满兴趣。前者的《红楼梦经济学》(海天出版社)以翔实的资料对《红楼梦》中众多的经济事件与情节条分缕析，以朝廷及下层民间人们的经济日用、经济交往、生存状态为背景，投射出时代的经济大潮与经济市场，论证了《红楼梦》是一部经济大书。后者主编的《红楼梦中的经济管理》(上海大学出版社)则从现代经济管理学角度对《红楼梦》进行解读，尤其对其中具有代表性的女性精英的管理艺术深有心得，比如贾母的无为而治、王夫人的不作为与乱作为、凤辣子的独裁式管理、李纨的借力策略等。作者细致剖析了她们的思想背景、管理才能、管理模式和成败原因，并结合《红楼梦》中的人力资源以及四大丫鬟的职场人生来阐释其对现代经济管理的启示，试图为当今的经济社会做有益启示。孙宏安的《红楼梦数术谈》透过对《红楼梦》中“奇事”“怪事”，如“我生病，大家穿红衣”、“剪个纸人收拾你”、各种“香”疗法等的解析，来透视中国古代的医术、黑巫术、梦占术、相术等“数术”，为《红楼梦》的阅读打开了更为广阔的视野，也为中国古代数术的研究提供了生动的新思路。此外，吉林文史出版社出版了陈景河的《红楼梦与长白山》。

《红楼梦》中的佛道文化也向来颇受研究者青睐。由影视演员余少群作序的悟澹《解毒〈红楼梦〉的禅文化》(中山大学出版社)从《红楼梦》人生真相的虚空幻境、《红楼梦》的大乘佛教思想、曹雪芹的佛教包容心态、《红楼梦》的佛教因果和善恶报应、《红楼梦》中人物的佛教情怀和因缘等12个方面，联系佛教的发展、教义等来阐释《红楼梦》中的禅文化。在余少群的序中，介绍了作者之所以称为“解毒”的初衷：“是因为我们都是一些病态之人，为何还笑别人的‘不健康’，每个人背后都有不为人知的故事，这故事是不愿意与别人分享的，所以我的想法是不去挖掘，只为理解。”①这种“理解”或许可以给深受《红楼梦》之惑的人们一些启示。虞吉东的《道味红楼》(中国文史出版社)则从道学角度解读《红楼梦》的情节、人物、诗词等。在作者看来，曹雪芹写书的动机主要来自爱的力量以及信仰的力量，“《红楼梦》就是一部老庄著作的翻版”，“红楼作者正是用一世（或几世）的遭遇和情缘故事，来诠释博大精深的佛道文化，点化读者，普度众生。”②

4.《红楼梦》中的诗词

由王琪编注、吴松林翻译，北京理工大学出版社出版的《曹雪芹诗词》并非题目显示的是研究《红楼梦》作者曹雪芹生平所作诗词、与其家世有关的著作，而是收录并英译了《红楼梦》中的87首诗词，让广大爱好者品读。广陵书社则在2014年出版的王志娟选编的“文华丛书”《红楼梦诗词联赋》(共2册)基础上出版了《红楼梦诗词联赋》(图文本上下)，随文附有注释及前人相关评点，并选配历代红楼版画。吉林出版集团的《红楼梦诗词》与安徽人民出版社的《红楼梦诗词赏析》也很受欢迎。

本年度中华书局出版了红楼梦精雅生活设计中心编写的《红楼梦日历》，以曹雪芹《红楼梦》生活美学为切入点，精选《红楼梦》中的诗词曲赋楹联等百余篇，从诗词的出处、文中背景、文化艺术内涵等方面加以注释、赏析，并配以百余幅精美古代书画作品。据说被评为2015年度中华书局读者最喜爱的十佳好书之一。

① 悟澹：《解毒〈红楼梦〉的禅文化·序》，中山大学出版社2015年版。

② 虞吉东：《道味红楼·自序》，中国文史出版社2015年版。

（三）《红楼梦》的改编与传播

作为中国古典小说的最高成就，《红楼梦》自诞生以来，就受到了无数精英及普通民众的顶级关注，各种建立在其文本基础上的艺术再创作也随之广泛传播，续书、戏剧、影视、美术等，都不乏经典且深入人心。本年度有一本《红楼梦》续书出版，即顾文嫣的《红楼梦圆》（文汇出版社），这是顾文嫣历时四年、修订一年完成的书稿，从曹雪芹《红楼梦》八十回后续起，至一百一十二回止，共三十二回。作者在熟读《红楼梦》的基础上，根据前八十回及脂批相关的提示，并广泛学习红学研究成果，形成自己的解读，演绎了八十回后的故事内容和人物命运。本书被称为是“当代女诗人滴泪成墨”“向曹雪芹诞辰三百周年献礼”，并受到北京大学教授、著名作家曹文轩倾情推荐，当代著名红学家应必诚、严明、朱永奎、王宝林、赵建忠倾力推荐。先引几回回目略作感受：“第八十一回 造化弄人香菱作古 青娥任命司棋离魂；第八十二回 枉欢喜元妃孕龙脉 虚祈福宝琴过梅门；第八十三回 琉球喜圣朝首赐婚 宝玉迷甄贾初对面；第八十四回 豆蔻尼姑相携返俗 同胞姐妹先后误姻；第八十五回 是非人尽道是非语 冤愆案因结冤愆果”，其写作文风或许可见一斑。顾文嫣在《自序》中感叹程高本虽然对《红楼梦》的推广普及功不可没，但并不符合曹雪芹原意，且文笔、思想、精神与前八十回有天壤之别，“必须写部符合曹雪芹原意，与其文笔相近，具有相当水准的《红楼梦》续书，以慰曹雪芹在天之灵”[①]。而且作者认为自己大致具备完成一部符合曹公真意的续书的作者的四个条件，即“全面而正确地解读前八十回《红楼梦》；续书者须是感情激荡旖旎，语言俏丽迷幻，胸怀异才的诗人；续书者须是人生异常失意者；续书者在文学创作上，须具有相当高的才华天赋”[②]。作者如此自信，有兴趣者不妨细读。

---

① 顾文嫣：《红楼梦圆·自序》，文汇出版社2015年版。

② 同上。

北方昆曲剧院创排的昆剧《红楼梦》(上下本)自2011年首演以来，在海内外获得广泛好评，获得多项大奖。中国戏剧出版社出版了王蕴明、杨凤一主编的《红楼新梦　空谷幽兰——昆剧〈红楼梦〉评论集》，对昆剧《红楼梦》从主创篇、评论篇、剧本篇等方面进行了全方位、多角度的评价，展现了昆剧《红楼梦》的多姿多彩，并对昆剧的整体发展发表了各自不同的见解。

1924年秋，民新影片公司将梅兰芳演出的五出京戏片段拍摄剪辑成一部两本长的戏曲短片，其中有一出就是《黛玉葬花》，尽管只是黑白默片，却是将《红楼梦》带入新的媒介手段的起点，此后蔚为大观。薛颖的《文学经典红楼梦的影视剧传播研究》(天津社会科学院出版社)将1924年以来的红楼影视剧作品分为三个时期进行扫描整理后，通过对传播主体、传播媒介、传播受众、传播效果等的论述，建构起《红楼梦》影视剧的传播学分析，并结合经典影视剧为个案、以贾宝玉等主要荧屏形象为例，结合宝黛初会等小说经典片段的影视剧成功转译，为《红楼梦》的影视剧传播研究提供了一定的学术参考价值。

在《红楼梦》绘画方面，清代孙温大受追捧，先后有4家出版社印行了与之有关的红楼梦画作。一本是《梦影红楼：旅顺博物馆藏全本红楼梦》(上海古籍出版社)，作者署名是孙温、孙允谟。这是根据旅顺博物馆藏国家一级文物、清代孙温所绘《红楼梦》大幅绢本工笔彩绘画册翻拍印制。全书共236页，230幅图，展现了3000多人物形象及各类场景。此书由中国红楼梦学会会长张庆善作序，介绍这套珍贵的画册由上海文物部门保管转藏旅顺博物馆的经历，肯定了其在《红楼梦》题材的绘画史及传播史上的重要价值和地位。作家出版社更是倾情推出了宣纸经折装《清·孙温绘全本红楼梦》(1函3册)。译林出版社也出版了《清彩绘全本红楼梦》，在孙温所绘的出色红楼场景之外，配以有关文字让读者做更好的欣赏。还有一本由《图解经典》编辑部编、北京联合出版公司出版的《图解红楼梦》，配图即是清代孙温经典全彩四色插图。此书号称“国内唯一一本梳理贾、王、史、薛四大家族400个人物关系的图解经典”[1]，有很多人物路线图、人物关系图，以及曹雪芹的生平与家世、版本，研究流派、插画、探佚等的诠释图。编者力图将繁杂的《红楼梦》中各类关系用各种图表一目了然地展现出来，让读者在孙温所创造的红楼审美中轻松阅读。

此外，天津杨柳青画社还出版了赵成伟的《〈红楼梦〉人物百图》。作者从1992年开始在周汝昌悉心指导下从事清装《红楼梦》的人物画创作，应该值得一观。天津人民美术出版社出版的高艺斌《红楼梦长卷》则是从作者历时27年绘制的5000米长卷中节选了55幅代表作品，融诗、书、画、印为一体，以图文并茂的形式展现了《红楼梦》史诗般的场景与人物。

《红楼梦》的绘画题材除了清代孙温等人的创作之外，其实还有近年来逐渐进入一些研究者视域的插图，陈骁的《清代〈红楼梦〉的图像世界》（浙江工商大学出版社）即是一种。此书以清代《红楼梦》的图像世界为主要研究对象，探讨图像与文本之间的关系。全书共四章，首先对清代《红楼梦》的图像做了梳理和概论；然后从《红楼梦》小说文本中两处对画的直接描述起始，讨论图像对文本的再现；接着以顷间为单位探讨图像是如何打破“凝固瞬间”的束缚来展现故事的；最后从日常生活与清代《红楼梦》小说的视觉化入手，考察历史大背景下清代《红楼梦》图像世界的触发之缘，并单设一节“故宫长春宫游廊壁画考”。在作者看来，小说文本与图像最终都会转变成为受众内心所领会的感受和意义，而图像和文字的统一就在于它们都是展现故事的一种能力。图像世界脱胎于文本，又再次转化为人们日常生活中、逻辑语言意义上的“普通知识”，这种“文—图—文”的相互转化实际包含了接受和解释者自我意识的历史深度。图像与文字之间不是竞争、对立，而是相互依赖、转化的关系。

随着社会的发展与科技的进步，网络在人们生活中占据了越来越重要的

---

① (清) 曹雪芹著，《图解经典》编辑部编：《图解红楼梦》，北京联合出版公司2015年版。

地位。上海古籍出版社出版了闵捷编著的《曹雪芹走进了巴尔扎克的朋友圈》一书，旨在通过朋友圈这个已普遍为大众接受的网络交流平台模式，以轻松诙谐的对谈形式，从创作理念、艺术手法、人物性格及中西文化异同等方面再现《红楼梦》与《人间喜剧》的魅力。通过中西方大师的交流，来激发人们阅读经典的兴趣，启发人们深入思考中西方文化的碰撞。

（四）《红楼梦》比较研究

本年度关于《红楼梦》的比较研究主要有两部作品。一部是著名红学家傅憎享的《〈红楼梦〉与〈金瓶梅〉艺术论》，此书是“傅憎享文集”之一种，由社会科学文献出版社出版。书中大部分文章都曾发表于《红楼梦学刊》等核心期刊。作者从艺术、语言等视角分别对《红楼梦》《金瓶梅》中的色彩、绘声、人心、外貌、动态、道具、退场、省笔、悬念、幽默、趣笔、炼字、炼话等进行论证，并对《红楼梦》与《金瓶梅》的情欲描写等做了比较，是作者红学与金学的重要研究成果。

还有一部是安宁的《对平常日子的肯定：〈米德尔马契〉与〈红楼梦〉的比较研究》(汕头大学出版社)。《米德尔马契》是19世纪英国小说家乔治·艾略特的代表作，全面反映了19世纪中期维多利亚时代的社会面貌和人们的精神风貌。《红楼梦》与《米德尔马契》可谓是中、英两国史诗性的巨著，渗透着对社会、人性的深刻描摹。据说本书是作者用三年的时间在李欧梵与David Parker两位学者的指导下，试图运用Charles Taylor的“平常日子”的概念透视《红楼梦》和《米德尔马契》两部作品中“理想”的覆灭与日常生活的价值。

（五）红学史研究

自《红楼梦》问世以来，已有两百多年的历史，从早期的探求小说本事、琐屑直观的评点式研究，到王国维的《红楼梦评论》、胡适的《红楼梦考证》开创的新红学时期，从早期索隐派反满的民族主义到新索隐的天马行空，这复杂璀璨的红学史一直是值得我们回顾、思考的热点问题。

伏漫戈的《红楼梦研究述论》(中国社会科学出版社) 梳理了“自甲戌 (1754) 脂

砚斋再评《石头记》至今有关作者、主题、人物、结构、后四十回、版本、脂评、成书研究中的代表性成果，试图以研究内容的系统化、研究方法的多元化、研究态度的客观化等重新梳理红学史，丰富红学研究成果。陈荣阳的《马克思主义文学批评的新中国路径：以20世纪50—70年代的〈红楼梦〉研究为例》（厦门大学出版社）由“红学”观“马学”，以20世纪50—70年代的红学发展历程观察马克思主义文学批评的新中国路径，从红学“旧时代”、时代交替中的新说旧梦、红学运动与马克思主义文学批评立法等方面考察其如何面对、超越旧传统与新文学的双重难题，并最终在一个时期内成为绝对的文学批评立法。朱体仁的《谁解其中味：对几种红学观的评议》（上海社会科学院出版社）则通过对冯其庸、李希凡、王昆仑三位红学大家的观点的评议，阐述了曹雪芹“平等之爱”的思想。作者强调爱既是一种权利，又是一种义务。用孙琴安在《谁人解得其中味（代序）》中的话来说就是：“朱体仁认为曹雪芹的《红楼梦》有三大突破：一是封建观念上的突破；二是创作方法上的突破；三是人性观的突破。证实了曹雪芹是一位社会转型期的伟大思想家、天才的文学家。”①

评点派向来是许多研究者的爱好，何红梅的《红楼梦评点理论研究——以脂砚斋等10家评点为中心》（齐鲁书社）从主题、人物、情节、结构、语言等五个方面对脂砚斋等10家的批语做了详细评论。比如评语中所展现出来的作者亲身经历和生活感悟对主题的影响、叙述角度的选择、“总纲”“全书的结纽”等框架的功能和意义、不同的千里伏线、“横云断岭法”和“岔法”等穿插的技巧等等，从而让我们对《红楼梦》和评点派有更细致入微、更系统全面的理解与认识。

（六）《红楼梦》的译介研究

随着《红楼梦》的“西游”与“东渡”，《红楼梦》文本的翻译与研究一

① 朱体仁：《谁解其中味：对几种红学观的评议·代序》，上海社会科学院出版社2015年版。

直受到广泛的关注，尤其是近年来更成为许多研究者的兴趣所在。

本年度大连海事大学出版社出版了王宏印的《红楼梦诗词曲赋英译比较研究》(修订版)，此书最早于2001年由陕西师范大学出版社出版，当时吕洁曾在《谁解其中味——评〈红楼梦诗词曲赋英译比较研究〉》一文将其誉为“国内第一部比较系统地研究《红楼梦》诗词曲赋英译的著作”[①]。如今十五年过去了，《红楼梦》中的诗词曲赋的翻译研究已经数不胜数，此修订版也更趋完善。

冯庆华对“思维模式”可谓情有独钟，他于2012年由上海外语教育出版社出版了《思维模式下的译文词汇》，本年度则针对《红楼梦》的译本又由同一家出版社出版了《思维模式下的译文句式：红楼梦英语译本研究》。作者很看重思维模式的意义，东西方不同的思维模式对《红楼梦》译文的句式有着很大的影响，通过文本分析软件对西方译者与中国译者翻译的《红楼梦》的英译本进行分析，发现他们在句式使用上存在着明显的差异，而这些差异正是应该引起中国译者思考与学习的地方。作者希望我们的译本能够更加地道，更好地传播和推广我们的中国文化。

肖维青的《红楼梦的“西游记”：红楼梦英译趣谈》(安徽文艺出版社)集合了作者多年来在杂志上发表的关于《红楼梦》的英译研究专栏作品，选取了《红楼梦》的书名、人名、回目、对联、灯谜、玉文化、经典故事等近二十个有趣话题，对霍译本、杨译本等几种权威翻译进行对比和分析，试图以通俗易懂的语言来诠释这些片段的英译技巧和方法。

陈琳的《红楼梦说书套语英译研究：以杨、霍译本为例》(上海外语教育出版社)共有七章，在界定了“说书套语”的内涵、外延及分类的基础上，建立了两组《红楼梦》说书套语平行语料库，依据相应软件并配以人工提取语料，采用定性、定量相结合的研究方法，依托叙事学、文体学、翻译学、系统功

① 《中国翻译》2002年第5期。

能语言学等相关理论，论及《红楼梦》说书套语译出率、英译方法、及物性特征、说书套语未译缘由等，力求多角度透视杨、霍译本叙述风格以及《红楼梦》拟书场叙述风洛在译本中的再现得失。

二

自《红楼梦》问世以来，由抄本而刻本，再到各种的重新校注与改写改编，不知有多少人力、物力与财力投入这项工作中。为向“曹雪芹诞辰三百周年”献礼，本年度《红楼梦》原著的整理与改编达到了一个新的高度。据不完全统计，各出版社大约出版了近百种不同版本的《红楼梦》。这其中既有红学名家的权威校注本，也有一线名师的考试直击本；既有严肃认真的学者考证，也有通俗易懂的儿童读物；既有原版影印，也有重排印刷，还有名著改写。无论如何，它们在某种程度上都是为了伟大著作《红楼梦》的普及。

自1991年文化艺术出版社出版冯其庸的《八家评批红楼梦》以来，江西教育出版社于2000年出版《重校〈八家评批红楼梦〉》，此次青岛出版社三版此书，再次给读者奉上阅读精品。青岛出版社本年度确实是《红楼梦》出版的大户，冯其庸的“瓜饭楼手批《石头记》”系列也由其出版，包括《瓜饭楼手批甲戌本石头记》、《瓜饭楼手批己卯本石头记》（上下）、《瓜饭楼手批庚辰本石头记》（共4册）三种，批语系作者亲自以朱、蓝双色用毛笔行书书写，揭示了三种抄本的特色，如甲戌本存在的问题疑点和它的珍贵之处，己卯、庚辰两本之间的内在关系等。冯其庸是资深红学家，又是书法大家，独到的评批配以精美的书法，使读者在领略三种抄本《石头记》原本真貌的同时，又得以欣赏作者书法之精彩，可谓相得益彰。百花文艺出版社也出版了梅枚、许德忠评点的《红楼梦》。本年度评点本还有以下诸种：中华书局的《四大名著·名家点评：红楼梦（双色本）》（共8册）、译林出版社的《脂砚斋重评石头记汇评汇校本》、花山文艺出版社的《脂砚斋评石头记》等。其中岳麓书社的《脂砚斋批评本·红楼梦》（精品珍藏版）由鲁德才作序，崇文书局的《红楼梦（评注本）》（共2册）则有孙玉明撰写的前言，并由沈伯俊、陈文新、刘勇强、孔庆东、孙玉明、程国赋、胡胜等倾力推荐。台湾人人出版股份有限公司也推出了“轻、小、新”的《人人文库》系列之第一套《红楼梦》（八卷本），本书前八十回以庚辰本为底本，后四十回以程甲本为底本。

此外，继人民文学出版社2014年出版了“大中华文库”《红楼梦》（汉日对照）后，本年度外文出版社又出版了阿卜杜·卡里姆翻译的《红楼梦》（汉阿对照），推动《红楼梦》更好地走向世界。

还有一些出版社也推出或重印了《红楼梦》，比如黑龙江美术出版社、北京教育出版社、四川大学出版社、北京联合出版公司、北京燕山出版社、苏州大学出版社、青岛出版社、岳麓书社、浙江摄影出版社、吉林文史出版社、吉林出版集团有限责任公司等。这些《红楼梦》或是以典藏本、珍藏绣像本的面目出现，或是作为全民阅读文库、中国古典四大名著等丛书形式出现。除岳麓书社的珍藏绣像本有严肃的校点记外，大都对于自己所采用的底本没有说明，即使有也是点到即止，令人遗憾。但毕竟还算是给我们呈现了《红楼梦》的全貌，读者可以自己采取“拿来主义”，去粗取精，汲取传统文化的精髓。

更多的出版社将目光对准了教辅市场，推出了面向青少年的各种《红楼梦》读本，大都是节编本，三十回至五十回不等，改编者按照自己的理解，随意阉割《红楼梦》。各类丛书系列应有尽有，出版形式花样百出，比如“嗜书郎”“悦读悦好”“中国儿童成长必读丛书”“四大名著阅读测试卷”“经典故事轻松读”“无障碍阅读”“考前必读中国经典”“早读经典”“儿童成长经典阅读宝库”“少儿必读经典”“图说经典”“中国孩子必读的古典名著”“小书虫读经典·作家版经典文库”以及各类美文美绘版、彩色图文版、名师权威解读版、彩绘注音版、彩图注释版。有的还特意标注读者对象的年龄：3—6岁、0—6岁、7—10岁、11—14岁等，令人眼花缭乱，不知所从。

单是打着“语文新课标”旗帜的各种“中小学生必读书”“教育部推荐书目”的《红楼梦》就有12种。根据教育部制定的《义务教育语文课程标准》，出版社各显神通，邀请大学教授、资深编辑、小学语文教材编者、著名语文教育专家、青少年写作研究会、一线教师等轻装上阵，本着保留主干、取其精华、去其糟粕的精神，综合参考各类版本，对原著进行删改，或精准注音，或规范用字，或详尽释义，试图让我们的青少年能够不再“死活读不下去”《红楼梦》，并为顺利通过各类考试提供良好的阅读和吸收，真是用心良苦。

然而这类出版物真的对我们祖国的花朵们接受传统文化滋养有益吗？家长们可以放心大胆地给自己的孩子选择任意一种《红楼梦》吗？不说书中许多对《红楼梦》的写作年代、写作背景、文学常识等的介绍是否有误，单看诸多改写本的回目就令人担忧。我们知道，《红楼梦》的回目不仅对仗优美，而且饱含着丰富的内蕴，可是许多改后的回目不仅美感完全消失，连基本的工整、文从字顺都做不到。比如说“晴雯撕扇子”“王熙凤过寿”“大观园闹螃蟹宴”“晴雯带病补衣”“黛玉听谣言求死”“宝玉哥哥戏说林家黛玉 贾老太太喜欢薛家宝钗”“贾宝玉奉旨搬进大观园 林黛玉多情喜读西厢记”“史太君寿终正寝入地府 王熙凤中年病故归阴间”等等，实在是不明白改编者为何要舍弃《红楼梦》原文中的回目，非要用自己出力不讨好的题目，真是令人无语。有一套“儿童成长必备口袋书”《红楼梦》（上下）是引自台湾版权的适合儿童阅读的综合读物，内容都经过精心编选和改写，在保留原著精髓的基础上，又达到了启蒙养正的作用。读者对象为6岁以下的孩子，共24回。回目有“了情缘双双下凡”“红丝暗扣金玉盟”“哀身世黛玉惊梦”“狡凤姐偷天换日”“失通灵宝黛缘尽”等，6岁以下的孩子理解这是什么故事吗？怎样从中启蒙养正呢？笔者对此持怀疑态度。

《红楼梦》的研究需要百尺竿头更进一步，而《红楼梦》的普及更是我们出版者、研究者、整理者、改编者需要大力重视的事情，一个不小心，普及、传播的就不再是经典，而是毫无营养的快餐了。

尤其这种“新课标”读物往往直击中国家长一切以成绩为主的神经，阅读《红楼梦》，不仅仅是为了欣赏、品味传统经典，更是和广大青少年的切身利益——考试联系起来。笔者曾查阅了教育部制定的《义务教育语文课程标准（2011年版）》，在其“附录2：关于课外读物的建议”中，“要求学生9年课外阅读总量达到400万字以上，阅读材料包括适合学生阅读的各类图书和报刊”。而其中提到的需要阅读的中国古典长篇文学名著有吴承恩的《西游记》、施耐庵的《水浒传》，而没有《红楼梦》。只是在高中语文新课标中，曹雪芹的《红楼梦》才被列为必读书目。

阅读从来都是一种个人行为，我们不能用整齐划一的标准去考量阅读，也无法让每个人获得同样的阅读体验与审美期待。大规模的打着新课标旗号对《红楼梦》的改写真的有必要吗？这种从编者出发的阅读心理，看似照顾得面面俱到，实则却忽略了读者的阅读需求。再者这种改写是否真的能保持原著的精华实在是个问题。用现代的语汇、现代的流行语言甚至网络上流行的词汇来改写《红楼梦》，就是照顾到现代孩子的阅读感受了？更何况《红楼梦》本身并非以故事性、趣味性见长，那些家长里短的流水账式的生活再怎么缩写恐怕也无法满足那些只愿阅读短平快段子的人的节奏。我们的本意也许是为了减轻孩子的负担，而实际上却伤害了孩子的阅读能力与素养培养。为《红楼梦》的普及提供一个积极、健康的阅读环境，是社会也是我们所有人的责任。

（原载《红楼梦学刊》2016年第1辑，并全文转载于《人大复印资料·中国古代近代文学研究》2016年第5期）

附录

也谈《女子世界》

——以陈蝶仙及其家人为中心

《女子世界》在中国近代史上为两份不同的月刊：一份是1904年1月17日在上海出现的《女子世界》；另一份也就是本文重点介绍的1914年12月10日出版的月刊。虽同在上海，但两份《女子世界》差异较大，其内容、出版、编辑者以及作者群等都各有特色，并且它们都在那个报刊众多、此生彼灭、人人以开启民智为己任的年代里有着属于自己的辉煌。1914年陈蝶仙编辑的《女子世界》作为长期以来名声不甚佳的鸳鸯蝴蝶派的大本营，一直处于主流之外的视野中。而作为编辑者及主要撰稿人的陈蝶仙及其妻子、子女、朋友、亲属、弟子等曾在《女子世界》中大显身手的作者们所留下的信息，也自然为人们所忽视。然而，这六期的短暂存在，却因每期两百余页的海量内容为我们了解陈氏一家提供了很多有用线索，成为后人窥视上海都市文化的窗口。

一 创办“优美高尚最新杂志”

清末民初，西风东渐，各种新思潮不断冲击着旧传统，舆论的力量日渐强大，各种报刊风起云涌。尤其是还出现了很多关注妇女命运、提倡男女平等、专门为女子办的报纸，比如《女学报》《女报》《妇女界报》《女镜报》等，“五四运动”前后更是女性觉醒、呼吁妇女解放的女子报刊急遽增长的时期。这些报刊长期处于主流话语的视线下，是许多研究者钟爱的对象，也因此导致了当时不少与时代轨道偏离、与潮流格格不入的报刊长期远离大众视野，甚至湮灭在历史的长河中。陈蝶仙主编的《女子世界》就是其中之一。

1914年12月10日，《女子世界》第一期出版。其发行者与印刷者都是中华图书馆，前四期的编辑者是天虚我生，即陈蝶仙，从第五期开始，加入了醉蝶。月刊一册，定价每册四角，预订全年减收至四元。但实际上，《女子世界》只出版了六期，从第二期开始，分别是在1915年正月十号，三月五号、四月十号、五月十号出版，最后一期则是七月六号出版。

与鸳鸯蝴蝶派的许多其他杂志一样，其封面皆是丁悚所作的水彩画，为穿各式各样服装之淡雅女郎，右下题“丁悚1914”；封面题签为钝根。《女子世界》为大开本，每一栏目都有衬页，背面大都为中华图书馆自己发行的各种书目的广告，每栏即使是大栏目下的不同小栏目也都有题签，都有丁悚1914年所作的白描图画，除个别几幅为景物外，几乎全是各个不同阶层、不同神态的女子。每栏的画作是不一样的，但除了每期的封面为新作之外，六期内各栏目的白描图画基本是固定的。

《女子世界》第一期首为吴东园的《女子世界弁言》，是一骈体文，说明了《女子世界》编辑的理由：“揆斯人命意为阴教，发凡新订芸编，广通兰讯，鸾凤耀文章之彩，声应气求，睢麟寓官体之精。言坊行表，蒙泉育德，圣功宁独重男，离火扬明，卦义尤详中女。此女子世界之所由辑也……吾知编辑者砭俗热心，订顽苦口，文明待以灌输，道德籍兹发育……要知伊古贤媛，幸入丹青之史，宜为在今女子发挥其世界之光，故予乐其成焉。”不难看出，在那样一个新思潮与旧传统激烈斗争的时代，缠绵于古道的大有人在，而且也看重旧文化、旧传统左右人们的力量。刊登这类作品的《女子世界》也是为了灌输文明，发育道德，要像载入古代贤媛的丹青之史一样成为今日之女子的光辉楷模，要成为“优美高尚最新杂志”。①

《女子世界》创刊时栏目已经非常完备，排版方面也颇为固定，六期基本一致，只是个别栏目中的小项目有所差异。每期栏目大致分为图画、文选、译著、谈丛、诗话、诗词曲选、说部、音乐、工艺、家庭、美术、卫生十二大栏目。下面简要介绍一下这些栏目。

图画一栏主要是刊登中外女子的各种照片（外国女子的事迹一般都会出现在本期译著栏、笔记栏等）、女子的书画以及投稿女士的小影，此外还有当时女学生及其各类活动的照片。文选一栏主要刊登的是旧体文章，分为玉台新集、扬芬集、散花集、解颐集。其中散花集完全为闺阁笔墨，因此类稿件来源较少，编辑者非常重视并急求，稿酬较他类文章要丰厚得多。译著一栏主要是刊登一些翻译著作，涉及了许多方面，有外国著名人物的事迹，如瘦鹃译《帝女艳话》（英国公主玛丽之逸事）、《情场之拿破仑》（英国大诗人拜伦之情史）等，还有关于外国战争、教育等方面的介绍。谈丛一栏下分设谭丛、笔记两个小栏目，主要刊登一些短篇的关于中外女子的事迹，比如蕙芸的《欧美才媛小史》、余兰仙女士的《陈圆圆逸事》等，也介绍一些关于女性、家庭的新闻、知识等。笔记则有常觉小蝶合译的一些关于外国女子事迹的文章。诗话、诗词曲选则栏如其名，分别以闺秀（名媛）、香奁为名，刊登了女性、男性之作品。其诗词大都还是过去的老题材，春花秋月、诗酒唱和、离别闺怨、感伤怀人等等，格调基本一致，确实难辞远离时代脉搏之咎，但至少有两点值得后来对这段历史和人物感兴趣的我们注意：一是诗词曲选的作者不少都是与陈蝶仙有关系的人，对我们进一步了解陈氏及其家庭成员都很有帮助；二是1915年前后是中西激烈交汇的动荡时刻，这种对传统文化的热爱尽管难入主流，但也确实是许多传统文人难以割舍的情结。况且，其中确实有一些作品非常出色。说部一栏主要是刊登当时非常流行的翻译小说以及鸳鸯蝴蝶派的爱情、哀

① 天虚我生主编：《女子世界》1914年第1期。

情、家庭、社会小说、游戏文章等，下设说部、弹词、传奇三个小栏目。说部中主要刊登有瘦鹃、太常仙蝶、常觉小蝶等人的翻译小说，有陈蝶仙与其妻朱恕合作的署名漱馨女士口述、天虚我生戏绎的言情小说《他之小史》，还有陈蝶仙与其长子小蝶合作的署名栩园造意、小蝶戏编的滑稽小说《胡礼氏之笑史》等等。作为鸳鸯蝴蝶派的大本营，《女子世界》确实发挥了很大的作用。弹词一栏刊登了陈蝶仙的署名为天虚我生旧著、影怜女士原评的《潇湘影弹词》，因只出了六期，未能刊完。传奇一栏的前两期刊登了钱塘陈蝶仙重谱、仁和华痴石原评的《落花梦传奇》，写盛蘧仙与表姐顾影怜的爱情悲剧，带有自传色彩。但不知何原因，只刊登了《花语》《秋晏》两出。从第三期开始，虽名为“传奇”，却登载了吴梅的署名东篱词客撰的四折北杂剧《白团扇杂剧》。音乐下有音乐、中外乐器通谱两栏，主要是天虚我生译自国外的一些乐律常识。比如《中西乐律同源考》《补红词谱》《葩经乐谱》等。

以上各栏都带有消遣、文艺性质，用现在的话来说，就是颇有小资情调。后面几栏才真正具有实用性质，反映了编辑者陈蝶仙的个性，与其一直对科学技术及试验兴趣浓厚有着密切关系，也表明其欲使《女子世界》跳出消闲的圈子、“不独供才子佳人秀口锦心之谈助”、要成为读者“良友”的努力。比如工艺一栏，几乎是陈蝶仙夫妻的专栏，主要涉及裁缝、化妆品、食品等行业的有关知识。虽然之前一些报刊也刊登过这类内容，但《女子世界》的此类内容不仅实用，而且几乎都是经过陈蝶仙夫妇加以实践检验的。

陈蝶仙的妻子朱恕女士擅长诗词，很难想象她亲自给家人量体裁衣。以其口吻写就、署名懒蝶的《裁缝之敌》就讲述了她与不良裁缝做斗争自学成才成为裁缝的故事，读来娓娓动听，不乏幽默，又令人感佩。而且有图有比例，爱好裁剪的女士确实能够即学即会。

家庭、美术、卫生等栏目顾名思义，都是一些与人们生活息息相关的内容，比如有益于家庭、教育、美术、卫生等的知识、方法，直接指导人们的生活，开阔人们的眼界。

以上我们简单论述了《女子世界》的各个栏目与主要内容，相信对其风格有了一个大致的了解，两百余页的内容中，至少有一半是娱乐、消闲性质的作品，在“提倡女学”、高呼“妇女革命”的时代确实属于另类，却也是我们想象那个时代生活尤其是上海都市生活的一个窗口。

二 旋起旋灭下的昙花一现

《女子世界》的内容虽说离当时的社会现实较远，但这并不影响它的销路。作为中华图书馆旗下四大杂志之一，《女子世界》与《游戏杂志》《礼拜六》《香艳杂志》等互为广告，扩大市场与影响。尤其《女子世界》《香艳杂志》都创刊于1914年底，此前已拥有巨大发行量的《游戏杂志》和《礼拜六》为它们的发行提供了可靠的保证。钝根就曾这样回忆《女子世界》的创刊：“时余适兼掌中华图书馆编辑，创刊《游戏杂志》及《礼拜六》(小说周刊)，销行极一时之盛，乃商于馆主，更作月刊，名女子世界，即聘君(陈蝶仙)为编辑。”[①]由此可知，《女子世界》是中华图书馆在创办的《游戏杂志》《礼拜六》盛行于世时锦上添花的产物。

《女子世界》第一期封底就刊出了这样的广告词：“本馆所出《游戏杂志》及《礼拜六》等销行之广，每期必在一万六千册以上，较诸寻常日报销数尤夥，故登广告者获益良多。现出《女子世界》一种，现承各省预订者业已纷至沓来，销行之广尤可操券。凡有广告惠登，务于每月出版期前及早订定，以免向隅。”然后刊出了广告价目，在这份广告价目表中，列出了如果十二期都刊登的话占用不同版面所需的费用。看了这则广告的人估计怎么也想不到《女子世界》只出了六期，按理怎么也该出完一年十二期吧，否则对

① 钝根：《本旬刊作者诸大名家小史·天虚我生小史》，《社会之花》1924年1月5日第1卷第1期。

广告商也不好交代啊！

我们不排除这则广告中有水分，且不说《游戏杂志》以及《礼拜六》是否真有每期一万六千册以上的发行量，因为二者确实都很有销量，《礼拜六》的编辑者周瘦鹃曾回忆说："《礼拜六》曾经风行一时，每逢星期六清早，发行《礼拜六》的中华图书馆门前，就有许多读者在等候着；门一开，就争先恐后地涌进去购买。这种情况倒像清早争买大饼油条一样。"[①]《礼拜六》之受追捧可见一斑。而《游戏杂志》上的广告也比比皆是，双妹牌香粉、林风烟花露水、中国精益眼镜公司等以及各种医药广告都很多。而《女子世界》的广告相比较来说，似乎并不是很好，虽然广告词中说"各省预订者业已纷至沓来"，但这只是发行者的小伎俩而已，实际上《女子世界》并没有招揽来大批客户，直到第三期才有一个兜安氏的药膏广告，此后也不过几则有限的重复广告以及丁氏的医书广告。这种广告的不景气势必会影响《女子世界》的编辑和销量，不仅有脱期现象发生，最后还不得不以"销路不畅而停刊"[②]。

但是仅就中华图书馆的几则广告，我们也不难看出当时社会上的一些风俗人情。比如其首页刊登的《考试利器》的广告，令我们对当时的知事试验以及试验项目有一个简单的了解，而有关《中华女子尺牍》的广告，也让我们对当时的女学以及女界交往产生很大兴趣。有兴趣者，不妨深究。

再者，从广告也可以看出发行者为了扩大刊物销路而常常巧妙设计、促销，与今天的广告策划相比有过之而无不及。《女子世界》第二期（民国四年正月十号出版）、《礼拜六》第三十二期（正月九号出版）都刊登了新年大赠品，对凡是订阅《游戏杂志》《女子世界》《礼拜六》《香艳杂志》这中华图书

---

① 周瘦鹃：《闲话〈礼拜六〉》，转引自魏绍昌编：《鸳鸯蝴蝶派研究资料》上卷，上海文艺出版社1984年版，第182页。

② 陈小翠、范烟桥、周瘦鹃：《天虚我生与无敌牌牙粉》，《文史资料选辑》第八十辑，文史资料出版社1982年版，第212页。

馆四大杂志的读者实行大优惠，每份谨需付银四元，还附赠书券一元，这一元购本馆任何书都可抵作现银，而对介绍友人订阅杂志的人也根据订阅份数的不同附赠不同钱数的书券（现在好多教育培训机构仍然采取这种手法，介绍新会员的老会员都可以在以后续费时有优惠），如此不失为扩大发行量的一个好办法。

关于《女子世界》的发行，由于此前已有《游戏杂志》《礼拜六》等打好的基础，其发行颇广，总发行所为中华图书馆，分发行所为各省分馆。除上海本埠各大书局外，全国各地及海外等都有分售处，总共有55处。与1913年《游戏杂志》刚出版时只有20余发行处相比，确实增加很多，这是中华图书馆能量的扩大，也是报刊日益流行壮大的明证。

然而，有着如此众多发行处、号称“优美高尚最新杂志”的《女子世界》还是因为销路而停刊了，昙花一现般的风采还没来得及绚烂便已落幕，这在民办报刊旋起旋灭的民国时期实在算不上大事。

此时是1915年7月6日，距离陈蝶仙接任《申报·自由谈》还有一年，距他在《自由谈》刊登“天虚我生启事”，辞去编辑一职、结束笔墨生涯、专任实业还有三年。此时，同在上海、具有长达十七年办刊史的月刊、每册定价只有二角五分[①]（后降为二角）的《妇女杂志》创办已有半年，相信这对《女子世界》也是一个不小的冲击。

三 一门风雅今安在

《女子世界》的编辑者陈蝶仙算得上是一位传奇人物，他既在文学创作、报刊编辑、开班函授方面风靡当时，也是著名的实业家，中国近代史上有名的“牙粉大王”。而在编辑《女子世界》时，围绕他形成的作者群也颇

① 关于报刊的价格问题，这里引录包天笑在《我与杂志界》一文中的看法，他认为1915年8月创刊的《小说大观》每册定价为一元太贵，“以前的杂志，从未有每册售至一元的，一般不过二三角，若售至四角的，购者已嫌太贵”。转引自魏绍昌编：《鸳鸯蝴蝶派研究资料》，上海文艺出版社1984年版，第401页。

有特色，尤其是他的妻子、儿女，人人才华横溢，堪称一门风雅，为朋辈所羡。陈蝶仙在《天虚我生近稿》中载有一篇自己所做的《天虚我生传》："娶于朱，有子二人，长曰蘧，字小蝶，次曰翚，字次蝶，女子子曰璻，时人誉之者，辄比为眉山苏氏云。"其妻朱恕的幽默、才学，其子女小蝶、小翠的崭露头角、才华横溢都在《女子世界》中有所反映。以下仅就《女子世界》中部分作品透漏出来的有关信息加以梳理（为免芜杂，尽量不涉及人物的其他经历），希望能加深我们对陈氏一门中人的理解，也能更全面地感受那个时代与社会。

陈蝶仙才俊过人，不仅诗赋词曲、翻译创作样样精通，包揽了《女子世界》超过三分之一的创作，有的栏目甚至可以说是他的专栏，比如曲栏闲话、音乐、工艺、美术等。而他的妻子朱懒云（恕）女士是当时杭州著名的女诗人，也同样具有实践精神，并非十指不沾阳春水。她的幽默、大度与能干我们时时可以领教。除了上面提到的夫妻二人署名懒蝶的文章外，《女子世界》还刊登了许多她的诗词散曲，如《虞美人》："懒云犹傍高楼宿，眉样春山蹙。一春心事替花愁，如此盲风盲雨几时休。没情最是啼鹃语，苦劝春归去。春归容易客归迟，客里伤春只有自家知。"

我们知道，陈蝶仙的很多小说尤其是爱情小说都带有自传性质，作者对此也并无讳言。比如在《女子世界》只连载了两期的《落花梦传奇》后有附记："原书成于光绪丙申十八岁时，曲中每有不协工谱之处，但可读而不可歌，久以为憾。兹特修饰一过，庶堪被之管弦。个中情事，当时不无讳言，今则已隔二十年矣，不妨直写，有与原书不合处，读者当不为病。癸丑六月作者自识。"《女子世界》虽只刊登了两出，但批、注皆有，对我们更好地理解陈蝶仙的作品以及个人经历都很有帮助。

陈蝶仙在不少作品中都曾披露了他婚姻之外的感情问题，其中影响比较大的是他在《落花梦传奇》中以真名示人的顾影怜，也即其《潇湘影弹词》的原评者。顾影怜长陈蝶仙三岁但却小一辈，二人无法结为婚姻，顾因此郁郁而终，陈蝶仙娶了早就约为婚姻的朱恕。但很多研究中都没有提到现实中朱恕对顾影怜的态度，幸好还有《女子世界》，我们可以从其中的一些篇章看到朱恕对顾影怜的同情以及对其才华的推崇、赞叹。

《女子世界》第一期闺秀诗话中就刊登了朱恕对陈蝶仙青梅竹马的顾影怜的一些评论。估计很多读者都会很好奇陈蝶仙的妻子如何看待这段感情的存在，署名懒云楼主的朱恕给我们透漏了这样的信息：她不但知道，而且很欣赏顾影怜。其中第一则说到曾季硕夫人有《虔共室遗诗一卷》，朱懒云很喜欢其中的《题残春图》七古，陈蝶仙也认为“绝类顾影怜女士，为述影怜女士所制《懊侬曲》一首”，朱懒云评价说：“读此一首，自较曾夫人更胜一筹，置之李长吉集中亦不可复辨。其造语缀字悉具别裁。每读一过，觉有一种凄馨滋味嵌入人心里，想见低鬟落笔时，不知颦皱黛眉多少，宜其不永年矣。”紧接着一则就提到：“影怜女士，一字媚香，江苏吴县人，为予姑王太淑人第一得意女弟子，长予外子三岁而小一辈，故不得为婚姻。卒至抑郁而终，遗有《小桃花馆诗词集》八卷。好句不可胜收。”遂列举其七绝《消夏》、七律《春柳》以及《七夕词》等，“凡诸作均于一字一句中寓千回百折之幽思。女士夙工骈体文，故其凝重妩媚如此。闺阁中安得复有其人”。[①]其叹息感伤之情溢于言表。

顾影怜也确实算得上陈蝶仙的红颜知己，仅从《女子世界》中连载的《潇湘影弹词》回后评即可看出这是一个蕙质兰心的女子，寥寥数语即点出弹词精髓，并对《红楼梦》有精到见解。而她本人亦工于诗词曲赋，《女子世界》第一期刊登的《惜春曲》《湖楼曲》《春荫曲》等皆为佳作。

在《女子世界》中给我们留下最深印象的当属陈蝶仙1914年才十二岁的唯一女儿陈小翠。陈小翠（1902—1968），名璻，小翠为其字。又字翠娜，别署翠侯、翠吟楼主，其斋名翠楼。在《女子世界》第一期中有一帧十二龄女子陈小翠的照片、第二期则刊登了朱懒云女士及其十三龄之女翠娜的照片，画面中的小翠温婉可爱，虽说不是十分美丽，但自有一种恬美清纯的气质。更为

① 以上引文皆出自天虚我生主编：《女子世界》1914年第1期。

人所注意的是其作品，很难想象是出自一个才十二三岁的少女之手。仅以其《拟闺怨》一首为代表："一帘花影太清幽，月色朦胧上翠楼。红烛替人还堕泪，如何芳草号忘忧。"确实家学渊源。

陈小翠是个早慧的孩子，陈蝶仙在为女儿出嫁（陈小翠26岁嫁给浙江省督军汤寿潜之孙汤彦耆）时请好友中华图书馆老板涂筱巢刻印的《翠楼吟草·序》中曾这样写道："清宣末年，予自平昌幕中归，挈我妻女泛舟于七里泷间，始知吾女已能属对，时年十岁。越三年，予客蛟门，吾妇来函多为吾女代笔，函尾缀以小诗，婉娈可诵。予初以为吾妇口占，而吾女笔之于书，及后挈眷来署，始知左家娇女，亦已能文。嗣予侨居海上，以译著小说为生涯，辄命分译一编，颇能称事。"[①]《女子世界》中时见小翠的作品，后大部分编入她十三岁时的诗集《银筝集》中。在这个新旧思潮激烈交锋的时代，少女陈小翠对旧体诗文情有独钟，不仅能诗善画，还在20年代前后写了不少杂剧、传奇，如《仙吕入双角合套·梦游月宫曲》《自由花》《护花幡》《南仙吕入双角·除夕祭诗杂剧》《南双角调·黛玉葬花》《焚琴记》等，寄寓了对当时时代思潮、新旧思想交战的冷静审视以及希望实现自己襟怀的抱负，而她一生的悲剧却也与这种旧思想的牵绊以及对现实的冷静有着千丝万缕的联系，笔者曾写有一篇《陈小翠的戏曲创作与婚恋人生》，有兴趣者可以参看。

陈小蝶是长子，与其父陈蝶仙曾被誉为中国的大小仲马，并且在绘画方面成就颇高。第三期的《女子世界》上刊登了陈蝶仙一首词《玉麒麟慢》，其题注很有意思："大儿祖光孕十二月产两昼夜，今十九岁矣；次儿祖翚亦孕一年阅六时始分娩，今已十岁矣。当时曾占两词，今犹忆之。为念香奁词中从未有咏此事者，亟录于左以示《女子世界》。"[②]俗语说"十月怀胎，一朝分娩"，这两人可并非如此。此二子皆擅长诗词，这里先录一则与小蝶有关的逸

① 天虚我生：《栩园丛稿二编·栩园娇女集》，上海著易堂印书局1927年版。

② 天虚我生主编：《女子世界》1915年第3期。

事，可以令人遥想一下小蝶的风采，有兴趣者还可去看看《游戏杂志》上刊登的小蝶的照片，确实很精神。《女子世界》第四期的闺秀诗话中有陈蝶仙的一则记录："余杭周拜花，好读予诗，凡予旧作，悉能背诵，自谓十年于兹，未尝忘一字也，可谓知音。其太夫人亦好吟咏，别署瘦红，尝以诗刊入《栩园词选》。近又别有一瘦红女士，不知何人，未详姓氏。去年秋，尝以函致吾子小蝶，略道倾慕，约赴竞舞台十六号厢楼观剧，藉一相识。小蝶不往，内子以为周太夫人之招，嘱予往肃，予以病不果。托醉蝶代访，则十六号厢楼中皆须眉也。度为同社作剧，然来诗固极佳，无论真伪，就诗论诗，不可不录而存之。"[①]读来令人忍俊不禁，也不由感叹当时的社会之风在男女交往方面确实是有了很大的改变，而小蝶之为人倾慕也是不言而喻。陈小蝶后来去了台湾，1989年去世。

陈小蝶在《女子世界》发表的作品除诗词外，主要是他与常觉、觉迷翻译的笔记、小说等，此外，陈蝶仙、陈小翠也都在这个时期发表了不少翻译作品，刊登在各大报，这里面有一个"组织译作的三人公司"。据陈小翠、范烟桥、周瘦鹃的《天虚我生与无敌牌牙粉》一文有这样的介绍：从1913年起，陈蝶仙开始翻译英美小说，主要是与精通英文的李长觉合作，同时还有吴觉迷和十八岁的长子小蝶、十三岁的女儿小翠协助，在西门静修路家中开始译著，到1918年止，主要采取流水作业，由李长觉主选译本并口述，由吴觉迷、小蝶、小翠三人分别记录，再由天虚我生删改润饰定稿。因此，我们才会看到这么多由他们合作的翻译作品。而发表在《女子世界》的这些作品有时由于会有编辑者陈蝶仙的一些按语，从而加深我们对陈蝶仙创作思想及手法的了解，比如常觉、小蝶同译的写情小说《怪指环》一文前天虚我生加了这样的按语："是书……离奇变幻，写情极细。李常觉君乐为译述，而予子小蝶则笔而录之，以炫于予。予自谓生平著述，写情为多喁喁之语，动辄

---

① 天虚我生主编：《女子世界》1915年第4期。

数千百言，不无使人厌倦，近乃力矫其弊，以求简净。不谓此篇写情叙事之处，琐屑更甚于我，但切按之，语皆有骨，或为追叙，或为伏线，章法因自井然。就爰本意，略为删润如左。”[①]这是否会让我们对其小说风格甚至变化有所思考呢？

陈蝶仙二子陈次蝶，亦有文名，但因体弱多病，作品流传不多，《女子世界》中几乎没有他的作品，故此处不赘言。陈次蝶后于40年代早卒。

此外，陈蝶仙的许多朋友及女弟子等都在《女子世界》中成为我们熟悉的面孔，比如潘兰史、樊樊山、刘醉蝶、孙瘦鹤、陈蓉仙、何问山等，大都是鸳鸯蝴蝶派人士。而其女弟子之间也互相唱和，时有佳作，足以令人遥想钝根之《女子世界》“出版后声华藉甚，闺阁贻书称女弟子者数百人”[②]之盛况。

我们知道，陈蝶仙一生酷爱红楼，他曾自诩“我本红楼梦里人”，不仅他自己的创作，他的家人、弟子都深受《红楼梦》影响，且“黛玉葬花”应该在他心中占有重要地位。他自己曾写过《题林潇湘〈葬花图〉次聂同仙韵》、【一剪梅·用竹山韵题〈葬花图〉】等，《女子世界》上也登过红树的《金缕曲题葬花图》，而他在栩园编译社函授创作时，也指导弟子写过关于“黛玉葬花”的作品，比如刊登在他自编的不定期刊物《文苑导游录》第六册上陈翠娜的【南双角调·黛玉葬花】，第七册有晏直青的【南正宫·黛玉葬花】以及张默公的【南商调·黛玉葬花用藏园空谷香怀香谱】等，不仅都有分数、等级，而且原作与修改稿同时刊出，并伴有陈蝶仙的评论。由此或许可以让我们更加理解陈蝶仙的红楼情结。

1940年，陈蝶仙病逝于上海，遗愿是将自己葬于杭州桃源岭。抗战胜利后，陈小蝶将父母双柩运回杭州安葬。1959年，在台湾的陈小蝶收到妹妹陈

---

① 天虚我生主编：《女子世界》1914年第1期。

② 钝根：《本旬刊作者诸大名家小史·天虚我生小史》，《社会之花》1924年1月5日第1卷第1期。

小翠的一封信："海上一别忽逾十年，梦魂时见，鱼雁鲜传。良以欲言者多，可言者少耳。兹为桃源岭先茔必须迁让，湖上一带坟墓皆已迁尽，无可求免，限期四月迁去南山或石虎公墓。人事难知，沧桑悠忽，妹亦老矣。诚恐阿兄他日归来妹已先化朝露，故特函告俾吾兄吾侄知先茔所在耳。"①不想一语成谶，十年后，1968年7月1日，陈小翠不堪折磨，开煤气自戕。而如今，陈蝶仙夫妇合葬之生圹已荒草成堆，踪迹难觅，一门风雅，只落得如许，实在是令人唏嘘。

斯人已去，唯有留下的文字诉说着永恒的心事。那些风流蕴藉的诗词吟咏，那种开化女智的启蒙，都在这些泛黄的册页中流动。而陈蝶仙在《女子世界》中体现的把实用性、科学性带入报刊、带进人们的生活的努力，也在后来编辑《申报·自由谈》中得到了更好的实施。《女子世界》仅仅六期的短暂存在，似乎也从侧面说明《女子世界》要将中国的女性都培养成"优美高尚"的女子，"将来为中国造就无数才德兼备之新女子，转移国运非难事也"②的愿望不是那么容易实现。幸好，如今我们处于一个当初人们梦想的和平悠闲的年代，处于一个可以充分发挥女子才智与潜力的社会，但愿也同样可以实现他们培养"优美高尚"女子的梦想。

（原载《学术交流》2013年第12期）

① 宋浩：《陈小翠的〈翠楼吟草〉》，《粤海风》2003年第4期。
② 钝根：《介绍女子世界》，《礼拜六》1915年第32期。

话剧《秋海棠》改编、演出再考

1942年12月24日，圣诞节前夜，由上海艺术剧团演出的《秋海棠》在上海卡尔登大戏院上演，创造了连演5个多月、200余场的奇迹，而且一票难求，打破了卖座纪录，是话剧有史以来最为成功的一次。即使我们今天似乎也无法想象当时万人空巷的场面，不过是一部缠绵悱恻的旧剧伶人与军阀姨太太的爱情悲剧，为什么就风靡了整个上海滩？近年来随着人们对上海三四十年代话剧研究的逐渐增多，《秋海棠》被提及的次数越来越多，但要么语焉不详，要么关注点在话剧语境，对《秋海棠》本身反而较少研究。本文试图梳理《秋海棠》的编剧及演出过程，借此探讨在那样一个血与火的生死存亡的关头，十里洋场上演的话剧究竟应该带给人们怎样的力量？而如今，当我们再也无法体验那种光辉灿烂的话剧时代的时候，当我们重温导演与演员们为了话剧付出心血甚至生命时，《秋海棠》的巨大成功是否可以给我们些微的启示？

一 纠缠的剧本改编

舞台上最亮的两盏电灯突然熄了，名角就要上场了，台下顿时响起了一阵巨浪似的叫好鼓掌声。幕后有人在一声“苦啊”之后接唱二黄摇板“忽听得唤苏三魂飞魄散”，台下更加疯狂。此时电灯一亮，门帘起处，身穿大红罪衣的苏三袅袅婷婷地出来了。大家千万不要以为这是荀慧生或梅兰芳或张君秋或某一位名伶正在表演《苏三起解》，而是上海卡尔登大戏院正在演出话剧《秋海棠》。这一场是序幕，正在上演“戏中戏”，即交代出科未久便红透半边天的“色艺双绝青衣花衫”秋海棠演出《苏三起解》……时间已过了午夜，当看戏的人们都带着听过了名伶的满足踏上归途时，话剧《秋海棠》才刚刚拉开第一幕。

1942年12月24日，上海卡尔登大戏院率先公演了上海艺术剧团的《秋海棠》。由费穆、顾仲彝、黄佐临共同导演，石挥饰演秋海棠，沈敏饰罗湘绮，穆宏饰袁宝藩，史原饰赵玉琨，英子饰梅宝，夏蒂饰哑丫头。一直演到1943年5月9日，共演了5个多月，每天演两场：二时半、七时半各一场。

话剧《秋海棠》根据秦瘦鸥的同名小说改编。全剧共五幕七景九场，有序幕。布景分别在天津某舞台前台、天津某舞台后台、天津粮米街罗宅、镇守使公馆、樟树镇、上海某舞台后台、菜馆小房间之间切换。写北洋军阀统治时期，天津红极一时的京剧名伶秋海棠（本名吴钧，最初艺名吴玉琴）与罗湘绮（镇守使袁宝藩用其侄袁绍文的相片骗来的三姨太）因戏结缘，从相互轻蔑到互生情愫，及至生下女儿梅宝，正憧憬美好未来的时候，因副官季兆雄的勒索不成而告密，遭到袁宝藩的恶毒摧残。秋海棠脸上被刺了个十字而严重毁容，再也无法在舞台上演出那些光彩照人的角色。在疾恶如仇的师兄赵玉琨的帮助以及必须抚养女儿梅宝的信念下，秋海棠打消了轻生的念头，隐居乡下，再也不愿与京剧有任何瓜葛。后来因为战争的爆发，他不得不回到上海重操旧业，尽管肺痨很严重，却还是当了一名“筋斗虫”养家糊口。梅宝在卖唱中为罗湘绮的侄子罗少华所救，并引出了和母亲罗湘绮的相认。正当二人一起去见秋海棠时，秋海棠却不愿让爱人看见自己的丑脸，拼命抢上舞台，最终奄奄一息地躺在梅宝与罗湘绮的面前。

《秋海棠》在上演之后引起了巨大轰动，“街头巷尾的人都谈论着它，千万观众都赞叹过它，更有不少的妇女被感动得流下眼泪，乃至有一看再看而至看三次的。卡尔登的戏票两三星期后的也买不到，甚至有人囤积戏票，高价售与先睹为快的观客，以致发生了一种特有的黑市。报章杂志，争相批评，触目都是。有些人更以为谈论《秋海棠》是一种时髦。”[①]另一位评论者则具体介绍了这个黑市：《秋海棠》生意好，观众疯狂，卖座破话剧界空前纪录，票子不在售票处小窗卖，而在戏院大门口卖，这叫作“飞票”，当时票面定价十二元，可是飞票顶高卖过四十块。[②]不由让我们想起了现在的“黄牛党”。

话剧《秋海棠》改编自号称民国第一言情小说、旧中国第一悲剧的同名小说，作者是鸳鸯蝴蝶派著名作家秦瘦鸥。这是一个“委婉曲折，无比凄艳、极度缠绵”的故事，自1941年1月1日至1942年2月13日连载于上海发行量最大的报纸《申报》副刊《春秋》上，共332回。连载一共十七章，最后一章《归宿》。1942年7月，由上海金城图书公司发单行本，至1944年1月底为止共出七版。单行本章节有所变化，由十七章增至十八章，最后一章《归宿》扩展为《也是一段叫关》和《归宿》两章。因为《申报》的发行量，《秋海棠》成为当时上海销路最大、读者最多的小说。

话剧的改编上演，更加重了人们对这个故事的痴狂。舞台上呈现的爱情悲剧凄艳绝美，秋海棠遭遇的坎坷不平时时激动着无数小市民和家庭妇女的心。这首先离不开剧本的改编。《秋海棠》的改编经历了三个阶段，这在当时许多剧评人以及小说原著作者秦瘦鸥的文章中都有交代。秦瘦鸥在中国艺术学院第一次星期艺术讲座演讲时曾这样介绍剧作的改编：“起先，秋海棠是金星公司预备拍摄的。他们也曾经向我说过，当时我是答应的，不过附带有一个条件，就是要费穆先生导演，他们也答应了。但是后来因为种种关系，没有拍摄。一直到今年的六月，费穆先生才和我谈起要将秋海棠改编为舞台剧，在上艺改组后第一次演出。同时，我的同乡廖康民先生也已经将秋海棠

---

① 熹：《变成了日本戏剧的〈秋海棠〉》，《女声》1943年第2卷第4期，转引自沈后庆：《票房良药：从商演语境看话剧〈秋海棠〉的风行》，《四川戏剧》2013年第1期。

② 杜诗兰：《关于秋海棠》，《万岁》1943年第1期。

改编完了，他拿剧本给我看，我当然是很兴奋的。可是，上艺当局说，剧本不能上演，非经过重写不可，原因是不合舞台条件……后来我自己就根据廖先生的剧本重新改写一次，不过还是不能够演出。再三商议的结果，他们要我写封全权委托信，我当然是答应的，这样，才由费穆、佐临、顾仲彝、李健吾四位先生组织编导委员会（后来李先生因为人事问题退出了）着手改编。其实，编剧的工作是顾仲彝先生担任的。”[①]这是1942年底《秋海棠》刚刚上演时原著者演讲时的改编经过，理论上说应该不会有记忆上的失误，应该值得相信。同时在这次演讲中，秦瘦鸥说明了自己当初并不知道申曲（笔者注：沪剧的前称）也要演出《秋海棠》。“后来还是一位姓顾的朋友来告诉我的，这已经是离他们演唱的时期只有六七天了。我听了这个消息，除了跳脚之外，还有什么办法呢？”[②]作者还介绍自己曾想了两个法子禁止他们演唱，但都因无法实行而作罢。

说起这个问题，我们还要先交代一下，《秋海棠》最先被搬演的并不是话剧的舞台，而是沪剧的舞台。1942年6月8日，文滨剧团在大中华剧场首演此剧。对此，秦瘦鸥先生在《戏迷自传》中有如下叙述：“1942年6月8日，文滨剧团在大中华剧场首演沪剧《秋海棠》，抢在了上海艺术团尚未排演完成的话剧《秋海棠》前面。”不过，“可喜的是这个剧本的内容迥异于我们所搞的话剧剧本”。[③]

之所以纠缠于是否值得相信，是因为关于《秋海棠》的改编问题，说法并不一致。当然，话剧《秋海棠》改编自秦瘦鸥的小说《秋海棠》是毋庸置疑的，关键是其中改编的经过，则有不同说法。其中，秦瘦鸥先生自己的说法也不尽相同。三年之后，即民国三十四年二月（1945年2月）他在重庆李子坝为

① 秦瘦鸥：《从小说到编剧》，《中艺》1943年第1期。

② 同上。

③ 秦瘦鸥：《戏迷自传》，人民文学出版社2009年版，第168页。

话剧本《秋海棠》写下的《卷头语》中这样说：

> 当初改编这剧本的经过，我必须很坦白地承认确乎非常的不愉快；所以直到如今，连我本人在内，谁都不敢说“这剧本是我编的”。如果读者真要明了真相，那么凭我自己的良心说，这剧本的编者，应该是以下四个人：（一）本人（二）顾仲彝（三）费穆（四）佐临（以属笔先后为序）。至于其中详情，一时既写不尽，而且我也不愿意写。[①]

秦瘦鸥先生在这里没有提自己的同乡廖康民，并表明当初改编的过程中有不愉快的地方。《秋海棠》上演的成功固然给秦瘦鸥带来了名利双收，但同时带来的应该还有一些麻烦，他在1944年第10期《风雨谈》上发表的《身后是非》一文中曾提到：“自从《秋海棠》被搬上舞台和银幕以后，正不知有多少人在我背后说了许多无根据、莫名其妙的怪话，甚至还在笔底下写出来，其中至少有十分之八是完全和事实相反的”，提到了上艺剧团分给自己的百分之二的上演税，勉强能维持一家七口的生活，自己无论如何是不能“吃足油水”，当什么“肥鸭”的。或许这些是非让秦瘦鸥不愿叙写其中的详情。不过当时《秋海棠》的话剧改编本确实难产，话剧上演之后很长时间内都没有剧本问世，以至于有评论者这样说：“上演到今日为止，《秋海棠》的剧本仍在修改之中，所以只见秋海棠小说，再版三版的出来，而这万人待看的《秋海棠》剧本，一直到目下尚未问世。”[②]

另外，还有一位圈外人的说法，或许也可以给我们一点启示。这位就是上海滩当时著名的医师陈存仁先生，他在自己的《抗战生活史》中对于和自己同年同月同日生的“发小”秦瘦鸥的小说《秋海棠》被搬上舞台单写了一

---

① 秦瘦鸥：《秋海棠·卷头语》，百新书店股份有限公司1946年版。

② 杜诗兰：《关于秋海棠》，《万岁》1943年第1期。

章叫《瘦鸥名著　搬上舞台》。据他说秦瘦鸥在写小说《秋海棠》之前，先将全部内容编了一篇1000字的小说大纲，并且结尾男主角秋海棠是隐居乡间贫病而死。不过后来因为有人邀秦瘦鸥去做《政汇报》总主笔，因此不得不把《秋海棠》提前结束，原定的情节也改为秋海棠跳楼自杀。

对于话剧《秋海棠》的改编，陈存仁在这本书里也有截然不同的说法，秦瘦鸥因为办报纸并无经验，很快就将德国人给的巨款花光，《政汇报》只出了三天，第四天就停版了。无事可做的秦瘦鸥在陈存仁的建议下，将小说《秋海棠》改编为话剧，送到卡尔登黄佐临手中。但因不适合演出，被黄佐临把剧本推了。"秦瘦鸥大感失望，败兴而返，在我家中不断叹气，认为白白牺牲许多精力，才把它改编为话剧。"[①]

陈存仁因为治病认识很多申曲界人，他就把秦瘦鸥的剧本推荐给了王筱新（笔者注：属于文滨剧团），"他觉得情节很能感动观众，后来竟然排演起来，于是正式上演。万料不到演了几天后，观众越来越多，打破了申曲向所未有的纪录，秦瘦鸥也拿到了一点上演费"[②]。不过秦瘦鸥心里还是想把《秋海棠》搬上话剧舞台，"又邀约黄佐临、费穆、顾仲彝三人去看申曲《秋海棠》，这三人本来认为申曲是民间戏剧，很勉强地去看了，但是一看之后，觉得《秋海棠》的剧力的确很强，回来之后就和瘦鸥商谈，说当时你的剧本写得太简单，不如由佐临重写过，并由第一流演员担任主演，石挥演秋海棠，沈敏演罗湘绮，英子演梅宝，所有的灯光布景，刻意求工，就在卡尔登上演。"[③]

之所以不惮其烦地引用这么一大段，是想说明，当我们今天努力追寻这个当年引起巨大轰动的话剧改编本时，可能没有必要也没有办法非得一是一、二是二的弄得清清楚楚，究竟是谁先找的谁，到底谁是主笔，秦瘦鸥是

---

① 陈存仁：《抗战时代生活史》，上海人民出版社2001年版，第246页。

② 同上，第247页。

③ 同上。

否知道申曲的改编？其时上海滩正处在战火的洗礼下，在日本当局的高压政策下，生死存亡威胁到每一生命个体，作家、编剧、导演、演员、剧评家、观众等等。每一个人都有自己的小历史，各种小历史的交汇可能就形成了某一种光辉夺目的灿烂，至于其中的各种情绪或许会因为某种机缘暴露在我们今天的寻觅中，或许依然湮没在泛黄的册页中等着我们去搜求，也或许当事人根本就把它埋在内心深处而永远成为历史。时间，每一秒钟都在成为历史。我们只能最大程度地还原它，而不能完全掀开它的每一个点滴。只要知道1942年的圣诞节前后，因为许多人的努力，一部剧作的上演，尽管是一个悲剧，却温暖了无数观众的心。

二 疯狂的舞台演出

《秋海棠》在演出广告上打的是这样的旗号："名演员 · 名导演 · 名著作 · 大资本 · 大场面 · 大悲剧。"单是这个凄惨的故事本身并不能引人到剧场来掉眼泪，《秋海棠》的演出能获得巨大成功，离不开导演和演员的努力。

上艺在《大马戏团》结束之后的第5天，开始了《秋海棠》的准备工作，这个戏的排练超过了一个月。导演有三位：费穆、顾仲彝、黄佐临，大家包干到户，分幕合作。不过统领全剧的应该是费穆。据石挥的演出手记，这次的排演和以前非常不一样："《秋海棠》剧本，不知经过了多少次的修改，直到上演为止，有些地方还继续在改动，从序幕到最后，并没有顺序地排下去，过去演任何戏都是一幕排完排二幕、二幕排完排三幕这样的固定程序，这次不然了，先排的是第二幕，以后排第三幕、第一幕、第四幕、第五幕，最后排的反是序幕。"[①]这或许是因为"在起初，费先生还没有决定是否有序幕，或是否唱，后来决定了，有序幕，一场是史原兄的《恶虎村》，一场是我

① 石挥：《秋海棠演出手记之一》，《杂志》1943年第10卷第5期。

的《苏三起解》"[1]。这也就是我们在文章一开篇欣赏到的苏三的镜头。

或许是因为费穆之前拍电影的缘故，他的排戏总是很容易就被电影化。据说费穆很少在事前写好完整的剧本，这一点石挥也深有感触：

> 尤其是费先生排戏的特点——号外（即临时加的或改的台词）这次特别多。可是排演的结果，不能不佩服费先生的惊人才能……费先生并没有向演员三论四解地说明个性，但演员竟能如此便当就抓住角色的要点，这就是费先生最伟大的地方。以我自己的观察，大半是由于他过去几年来拍电影的缘故，"用很简单的几句话，表过若干过程，若干事件，使观众一目了然，拿动作来说明一段故事或表现角色的个性"，电影手法用于舞台而有效能的，费先生当是第一人。有许多台词都是费先生随口说出，由旁人笔记，一张一张一段一段连接起来，非常实际……费先生他能在闲谈的时候领悟出许多紧要的台词，能在演员休息的时候找出许多实际的动作及对话，能在演员读错了台词的时候，马上"将错就错"……将台词重新改过，这样比较自然。[2]

以拍电影之感觉用于排话剧，用自然的台词赋予人物，如此排出来的话剧必然有自己的特点。而且费穆在1941年曾拍过京剧戏曲片《古中国之歌》，对京剧很熟悉，并且对京剧的电影化很有研究。他曾专门写过一篇《旧剧的电影化》，强调一定要用非常严肃慎重的态度探讨如何更好地将中国旧剧电影化，而且必须"演员的艺术与观众的心理互相融会，共鸣，才能了解。倘使演员们全无艺术上的修养，观众又缺乏理解力，那就是一群傻子看疯子演傀

① 石挥：《秋海棠演出手记之一》，《杂志》1943年第10卷第5期。
② 同上。

儡戏”[①]。费穆对于京戏的电影化既有期待，也有很高的要求。他希望“中国旧剧是电影化的”，也善于让不同的表演方式融为一体。因此，当他在执导红伶秋海棠的话剧时，最终还是安排了序幕，让秋海棠来上一段《苏三起解》，而且，上艺的管弦乐队也在剧中发挥了巨大作用。

好在秋海棠的扮演者石挥也并不含糊，并非对京戏丝毫不懂。相反，石挥从小是个戏迷。“在我童年时代，旧戏几乎成了我的生命。……四岁时我父亲（是一位老戏迷）常带我去听戏……及长嗜戏如命，那时候梅兰芳先生正在北京唱戏，在开明戏院、新明戏院，和父亲听过很多次……富连成是我听戏的大本营，一年三百六十天至少要有二百天在广和楼，我由‘盛’字听起一直到他们出科，四五年的光景，京戏差不多听得很熟悉了。”[②]石挥也因此学会了生、旦、净、丑多种行当的唱段，还学会了拉胡琴，并能给人伴奏。

京戏不仅给了石挥良好的滋养，而且许多京戏名角的做派、服装甚至气质都给了石挥的秋海棠实实在在的借鉴与帮助。石挥一直因为自己的不美而不知如何给秋海棠定型，最终将曾经给他留下深刻印象的尚小云先生的“中分式”发型赋予了秋海棠。石挥第一次见黄桂秋时，黄先生所穿的“一套深铜蓝色的短裤褂，有一种说不出的风度，这套衣服可以象征的东西太多了，职业，身份，年龄，气度”，石挥把这套衣服改成了蓝色，并用在了第一幕里。“秋海棠还要一件长衫，我也采用了‘蓝色’，可是比较深了些，可以含有静、美、大方、雅致、飘逸。……这套衣服再加上一个黑马褂，在第二幕里有很大的功用，特别是在情调上。”[③]

此外，当时程砚秋先生正在黄金大戏院表演，石挥有空就去观摩，《青霜剑》《鸳鸯冢》《女儿心》《红拂传》《荒山泪》《锁麟囊》《文姬归汉》都看

---

① 费穆：《旧剧的电影化问题》，《青青电影日报》1941年第98期。

② 石挥：《秋海棠演出手记之一》，《杂志》1943年第10卷第5期。

③ 同上。

过，并得到许多有益的借鉴。除了程砚秋的唱腔对石挥的读词很有帮助外，最有名的当属程先生的手之动作给了石挥以莫大启发。

石挥自己曾说“在排演《秋海棠》时，我最发愁的就是‘秋海棠手的安排’，在舞台上演员常常感到手没有地方安排”[①]，尤其是石挥认为自己由于眼睛小的缺陷，必须用手来弥补眼睛小所不能完成的任务。可巧他发现费穆先生时常有搓手的习惯，而程砚秋先生平时也喜欢搓手，尽管两人动作完全不一样，但给他的感觉则相同，只不过程先生更多一些美感。石挥由此找到了秋海棠搓手的感觉与形式。

梅兰芳先生的气度、风格与指导也给予了石挥很多的帮助，用石挥自己的话来说就是只恨自己一滴也没有学到，真是“该打已极”。此外，周斌秋、田英杰等也亲自给石挥说戏，《苏三起解》《罗成叫关》都有他们的功劳。

除了从这些名角儿身上挖掘秋海棠的身影外，石挥为了演好这个人物真是处处不忘学习。他在去看周信芳的戏的时候，后台楼梯拐角处一名工友在黯淡的灯光下扫地的身影给他留下了深刻的印象，成为他搜集的素材之一。还有一次，他在华勋路上遇到了一位年老、瘦弱、头戴一顶北方的“摸猴帽”的乞丐，觉得特别适合老年秋海棠的形象。在黄佐临的同意下，石挥第二天去找那位乞丐买他的帽子，可惜一连三天都没有找到，只好另买了一顶新的，可惜失去了当时的韵味。

这些还只是一部分，据说石挥的剧本字里行间都写得密密麻麻。当我们如今通过石挥的演出手记探求演员所付出的辛苦劳动时，只能感慨石挥不愧为“话剧皇帝”，果然名不虚传。细致周详的准备工作或许会令今天的演员们汗颜，当然，石挥本身的素养也功不可没，否则秋海棠红伶的一面不会这么动人，人物前后遭际也就不会因巨大的反差给观众的欣赏期待带来扣人心弦

---

① 石挥：《秋海棠演出手记之二》，《杂志》1943年第10卷第6期。

的张力。此外，张伐的秋海棠、穆宏的袁宝藩、沈敏的罗湘绮、英子的梅宝也都可圈可点。上艺确实倾注了全力，出动了所有的导演与演员，以至于不少剧评家都认为实在是有点浪费。

《秋海棠》于正式上演前一天，即12月23日下午正式彩排，情形很庄重，台上台下全是内行，各剧团的好友，京剧界的权威，剧团的理事，自己团员的亲友，满满一堂，尤其是费穆特地请了梅兰芳先生来看序幕，以便看完序幕给石挥说一下身段及改正错误。机会很好，可惜石挥自己有点紧张，再加上胡琴忽高忽低，结果草草了事。《秋海棠》的序幕总共彩排过三次，以这一次，也就是正式彩排最糟。不过真正上演时《苏三起解》并不都是由石挥唱的，石挥只在上演第一天日场中唱了苏三，因为过于劳累，嗓子上火，再加上演出时间过长（四小时十五分钟）而赶妆不迭，结果小嗓唱不成声，夜场中只能由田英杰先生代替，此后就一直演了下去。

《秋海棠》中另一段《罗成叫关》也是个大难题。这出京剧小生行必修的开蒙戏，也是许多行家里手不敢轻易擅动的传统骨子老戏。石挥深知这一点，“起初由周斌秋先生给说，后来一上胡琴则糟到无以复加。杀鸡宰猪不过如此。此路不通。况且《罗成叫关》是一段吹腔，用唢呐，不是用胡琴，过去老伶工德珺如先生以此剧为绝唱，今日内行能吹腔者已不多见”，费穆、胡馨庵先生都说“像平常没有胡琴那样随便哼哼就成了”。石挥真的是一个好演员，就算随便哼哼，也都是从角色出发，在他看来，“要有韵味，要使人听了（尤其是内行）觉得这是个角儿的腔儿，要不因此一唱而破坏那一场戏整个的空气，要含有若干情绪，要使戏到了这一段唱使秋罗二人有了新的开展，于是我就决定用唱歌的方式来唱京戏了。当然很容易误唱成西洋歌曲，我是用唱歌的嗓子，用京戏的腔儿，自己再加上点花儿，就这样形成了这一段《罗成叫关》”[①]。

① 石挥：《秋海棠演出手记之二》，《杂志》1943年第10卷第6期。

事实证明，石挥的处理获得了成功。舞台上，当秋海棠对着第二次见面的罗湘绮唱出："黑夜里，闷坏了，罗士信！西北风，吹得我，透甲如冰。耳边厢，又听得，金声响震；想必是，那苏烈，鸣锣收兵……加鞭催动玉龙马，只见城楼掌红灯。"[①]这苍凉悲壮的唱段是秋海棠"生平最欢喜唱的一出戏，而现在又对着最欢喜的人"[②]，自然情真意切，感情充沛。秋海棠不仅感动了罗湘绮，两人之间的感情有了进一步发展，也感动了台下的许多热爱京戏的观众，其中就有正崛起于上海滩的新生女作家张爱玲。

不过张爱玲最欣赏的并不是《罗成叫关》，而是《苏三起解》中的一句唱词。她在《洋人看京戏及其他》中这样说："《秋海棠》里最动人的一句话是京戏的唱词，而京戏又是引用的鼓儿词：'酒逢知己千杯少，话不投机半句多。'烂熟的口头禅，可是经落魄的秋海棠这么一回味，凭空添上了无限的苍凉感慨。"[③]天才作家的敏锐感觉果然不同凡响。而且张爱玲认为"《秋海棠》一剧风靡了全上海，不能不归功于故事里京戏气氛的浓……中国的写实派新戏剧自从它的产生到如今，始终是站在平剧的对面的，可是第一出深入民间的话剧之所以得人心，却是借重了平剧——这现象委实使人吃惊"[④]。每次读到这里，总觉得这现象不仅使人吃惊，更应令人思考。不同的艺术形式之间何必非得人为设定一些无法逾越的鸿沟？尤其是在我们今天追求娱乐至上、戏剧不景气的时代，互有渊源的表演艺术之间是否可以适当地加入一些新的表演形式？石挥在自己的演出手记之一中记载了自己彩排过程中扮上苏三之后的一段心理感受："当化好妆，梳好头，穿上红罪衣，带上手锁，对着镜子一照，不觉大笑起来，正如袁宝藩所说的'你看就这么一带上，这个男人就变成娘们了，这真是京戏的奥妙，奥妙的京戏'，想不到演话剧到今天竟

① 秦瘦鸥：《秋海棠》，百新书店股份有限公司1946年版，第59—60页。

② 同上，第59页。

③ 张爱玲：《洋人看京戏及其他》，《古今》1943年第33期。

④ 同上。

穿了这一身上台，真是‘好像在做梦’。”[①]相信这也是当时许多观众的感受，坐在剧院里，究竟是在听京戏，还是在看话剧？

爱看京戏的人很多，喜欢话剧的也很疯狂，《秋海棠》不演都不行。但长达四小时十五分钟的演出时间以及几乎每天都日夜两场的演出强度让许多演员都吃不消了。既要保证演员有体力完成一场演出，也不能忽视票房，剧团只好不时调整演出策略，《申报》上的演出广告变来变去。尽管为了调剂演员休息，剧场经常取消日场演出，但依然有许多演员病倒。在1941年1月11日的广告上就印出了AB制的演员阵容，如石挥演秋海棠A角，B角由张伐演出，其他角色也都由AB制演员演出。自3月1日起除每周六、日照常日夜献演外，余日仅演夜场。自3月16日起，因当时决定演出只至月底，故又恢复日场。从3月22日起，又决定每逢三、六、日演日夜两场，余日只演夜场。不难看出，这场让人欲罢不能的演出确实是对演员们体力的巨大考验。其中最惨的是梅宝一角，因找不到第二人来代替，只好天天由英子演出，直到得了肺结核才不得不由另一位女演员汪漪代替。因病势发展迅速，英子后来逝于虹桥疗养院。这场演员疯狂排练、上演的话剧直到1943年5月9日第一轮结束。

三　“此时此地”秋海棠

此后，话剧《秋海棠》的不时上演更是表明了票房、剧作的双丰收。1944年1月24日，国风剧社在金城剧场继续上演《秋海棠》，一直到1944年2月28日，共演出38场，依然吸引了无数观众。《秋海棠》不仅让上海万人空巷，也吸引了苏州、杭州等许多外地人来观看；它不仅是许多公演的保留剧目，也在外地许多剧团不停上演。仅举一例，北京的“四一剧社”即于1943年5月26日、27日在新新戏院公演本社改编的《秋海棠》两个晚场，29日在北京饭店再演日夜两

① 石挥：《秋海棠演出手记之一》，《杂志》1943年第10卷第5期。

场，此次公演的票款皆捐献赈贫。又于6月20日、21日，10月10日、11日在长安大戏院各演出日夜四场，[①]由此不难想象《秋海棠》影响之广。陈存仁也记载了《秋海棠》停演之后，因众人都觉得不过瘾，又组织了一次汇集许多名人票友、规模颇大的公演，所得款项皆捐献给慈善机构。"包幼蝶演秋海棠，著名坤旦张淑娴客串罗湘绮，汪其俊演的副官季兆雄最惹人憎恨，连送煤球的人，都由周一星客串，史致富则演一跟班，瞿尧康演袁宝藩。"[②]这种带有名人效应的演出大受捧场，引发诸多慈善机构要求一演再演。

连续半年的时间，《秋海棠》让上海的观众获得了娱乐的狂欢，但当他们一边抹着脸上肆意横流的泪水，一边带着满足走出卡尔登大戏院的时候，总会有一些剧评家清醒地召唤着他们。比如亲民、麦耶、池清等，他们都尖锐地指出了《秋海棠》一剧中存在的问题，尽管他们最先指出的是《秋海棠》的卖座突破了有话剧以来的纪录，但并不因此而承认《秋海棠》就是一部最成功的作品。池清从这部戏本身出发，认为故事的编排并不好，秋海棠的性格不清晰，"我始终不了解秋海棠，照他的谈吐，该是一个前进的戏子，甚至研究过哲学或是社会科学之类"，可他的行事作风却让作者感到困惑，而且"既然他俩愿意'同生共死'，又为什么不早打主意，却等待着厄运的降临？——这是戏，所以必须如此，但却令人费解"。[③]麦耶也持同样的意见，他在《秋海棠》上演的第二天就写了一篇评论，认为"经过改编后并没有赋予原著人物以活的血肉的性格，秋海棠这么一个科班出身的旧剧伶人，纵使他怎样上进，在民国初年，决不会满口文绉绉的，大谈其'艺术'"[④]，并具

① 穆紫：《北平沦陷时期话剧运动之一隅——关于四一剧社若干剧运史料》，《北京社会科学》1995年第2期。

② 陈存仁：《抗战时代生活史》，上海人民出版社2001年版，第249页。

③ 池清：《秋海棠及其他》，《杂志》1943年第10卷第6期。

④ 麦耶：《秋海棠——秦瘦鸥原著·佐临、顾仲彝、费穆编导·卡尔登"上艺"演出》，《太平洋周报》1943年第1卷第51期。

体分析了剧中他认为不合情理的地方，个别的还提出了解决办法。

对其他剧中人物以及情节设置，剧评家们也提出了自己的意见。比如池清认为赵玉琨这个人物存在得莫名其妙，尽管“无巧不成书”，但“许多地方巧得超过了‘或能性’”[①]。麦耶则认为尽管穆宏把袁宝藩的粗鲁演得惟妙惟肖，但让他用山东话却是毫无理由的，而且破坏了全剧的统一，这也是当时许多观者的感受。再者，就是被许多剧评家都指出的一条，三大导演的合作固然令人欣喜，可也造成了演出情调的不统一。这一点估计是无法避免的，每个导演都有自己的风格与特点，分工合作必然会导致幕与幕之间无法完全融为一体。亲民更是认为《秋海棠》在吸引观众上很是成功，但对于教育观众、提高观众的水平则没有太大意义，以至于担心“它会不会使得如今的话剧也会像前期爱美剧那样走上了没落的道路呢”[②]。

这也是许多剧评人的担心，戏剧不卖座，票房惨淡，为话剧的前景担忧，戏剧破卖座纪录，又担心是为了迁就观众而媚俗，作品思想意义不高。这种尴尬的纠结其实一直存在，阳春白雪与下里巴人究竟谁更具有推动文化进步的意义呢？就《秋海棠》一剧来说，固然不过是一个戏子与军阀姨太太的偷情故事，但无论小说还是话剧，其实都没有在这个问题上浓墨重彩地描绘，而是集中刻画了秋海棠在军阀迫害下悲惨困苦的生活。这其实与当时在日军控制下的上海沦陷区的生活有异曲同工之妙，且有过之而无不及。

1937年8月13日，淞沪战争爆发，11月，日军攻陷上海，国民党军队撤出，公共租界和法租界未被日军占领，上海沦为孤岛。1941年12月8日，太平洋战争爆发，同日，驻沪日军向租界发起攻击并占领公共租界，上海沦陷，孤岛不复存在。刚刚有些稳定的生活再次陷入风雨飘摇中，早先因难民与资金大量流入而带来的畸形繁荣更加泡沫化。日军的接管，让本来就战战兢兢

---

① 池清：《秋海棠及其他》，《杂志》1943年第10卷第6期。

② 亲民：《秋海棠观感》，《申报·自由谈》1943年2月2日。

的上海人的生活雪上加霜，文化娱乐更是陷入低谷，看话剧成为最时髦的文化消费。“原因很简单，因为好莱坞的电影没法来了，可是老百姓要娱乐，惟一能代替电影的是话剧。”“同样花钱去看日本人华影的《万世流芳》，大家不如去看《甜姐儿》了，或者去看黄佐临的《大马戏团》《荒岛英雄》了，或者是黄佐临改编的《梁上君子》了。”[①]这也恰恰造就了20世纪40年代话剧史上的黄金期。

《秋海棠》之所以能引起如此巨大的轰动，除去小说的流行，演员、导演的努力，无法回避的还有当时上海所处的环境，借用于伶所说的非常有名的一个词即“此时此地”[②]。尽管于伶说的时候上海正处于孤岛时期，但同样适用于沦陷时期。上海沦陷后一年来，文艺界“竟是空前的消沉，丝毫没有一点儿生气”[③]。生活艰难地考验着每一个人，物价飞涨，囤积居奇，食糖配给，一切都看起来是那么晦暗。生命如此脆弱，张爱玲曾在《我看苏青》中感叹：“生在现在，要继续活下去而且活得称心，真是难，就像‘双手劈开生死路’那样艰难巨大的事。所以我们这一代的人对于物质生活，生命的本身，能够多一点明了与爱悦，也是应当的。”[④]现实是残酷的，1943年1月13日的《申报》上刊登了这样一则新闻《冻尸累累，惨不忍睹》：

> 昨（十一）日本市气候剧烈严寒，温度至冰点以下，冻死者比比皆是……同仁辅元堂于南市收得大尸二十三具，小孩十五具。法租界分堂收得大尸二十四具，小尸十八具。普善山庄收得大小尸二十余具。一夜朔风百命丧，诚人间至惨情状也。

① 水晶：《访宋淇谈流行歌曲及其他》，《流行歌曲沧桑记》，大地出版社1985年版，第113页。
② 于伶：《给SY——初版暂序》，《于伶剧作集（2）》，中国戏剧出版社1985年版，第239页。
③ 赫文：《一年来的上海文艺界》，《中艺》1943年第1期。
④ 张爱玲：《我看苏青》，《天地》1945年第19期。

恶劣的自然因素加剧了当时上海的惨状。战争让每个上海人都朝不保夕，不知道下一刻是否就是自己会无知无觉地躺在大马路上。这一天正是腊八节，也是人们准备年货的时候。就在这则悲惨新闻的右侧是一巨幅广告："买年货请到百乐门饭店对面源丰恒南货号，保君明年：源远流长，丰腴收获，恒河沙数。"死亡随时都会降临，生活却依然得继续。就让人们在这灰暗的、暂时看不到光明的生活中寻找一个发泄的出口吧，舞台上的悲欢离合让观众感同身受，秋海棠的悲惨境遇正是许多上海小市民的最好观照，他们同样在苦海里挣扎，为了自己以及亲人在卑微地生活。即使《秋海棠》只给了他们痛哭流涕的感伤，也是苦难情绪的最好发泄。当"满场的观众全神贯注地投向舞台，跟着剧中人情绪的变化，时而叹喟，时而拭泪，时而惋惜，啧啧有声，时而屏息凝神，池座中寂静如太古，时而如疾风席卷草原，爆发出笑声与掌声"①。或许这不能激发起他们的仇恨与反抗，但谁能说当他们带着满足的心情走出卡尔登的时候，心中不会有努力活下去的愿望？毕竟只有生存下去，人们才能更好地冲破黑暗，迎接黎明。

1942年5月21日，《自由谈》上发表了田雨的一则《黑暗》，其中有这样的语句："有时，我们必须懂得黑暗，因为它是一种铁的存在，同时也是一种相对的存在。如果没有墨的黑夜，你将永远想象不出一个银月夜的美丽，温柔的月光的轻泻终将化为乌有，黑夜不仅点缀了月光的美丽，它也唤醒了你对光明的渴望。"而话剧《秋海棠》则是黑夜中陪伴人们寻求光明的一点亮光。至于《秋海棠》其他版本众多的各类改编文艺形式，此不赘述，伺之将来。

（原载《洛阳师范学院学报》2014年第12期）

① 柯灵：《上海沦陷期间戏剧文学管窥》，《上海师范大学学报》1982年第2期。

苏青越剧《屈原》简论

提起越剧，大家往往想到的是《梁山伯与祝英台》《红楼梦》等经典剧目，殊不知在越剧史上还有另一座丰碑——《屈原》。很多人不仅不知道越剧《屈原》，更不知《屈原》的编剧就是20世纪40年代被誉为“上海滩的双璧”之一的大名鼎鼎的女作家苏青（1949年后重拾本名冯允庄）。本文即就苏青的越剧《屈原》之案头创作与舞台呈现进行探讨，了解其与郭沫若话剧《屈原》之间的改编、差异，考察苏青对剧本的不断修改，尤其是平常演出本与华东戏曲会演本之间的差异。当然，《屈原》之所以能够获得巨大的成功，主演尹桂芳功不可没，许多人正是通过她的演绎了解了屈原，甚至能够大段大段地背诵《橘颂》《天问》等作品。越剧《屈原》参加华东区戏曲观摩演出大会后，全国各地争相排演，各剧种的《屈原》纷纷呈现。本文也简单梳理了一下其他有关剧本的情况，以便我们能更好地理解苏青的越剧本，给小说家苏青的戏曲编剧生涯带来新的研究气象。

一 为什么是《屈原》

苏青是20世纪40年代最负盛名的上海滩女作家之一，1914年5月12日出生于浙江鄞县，姓冯，名和仪，字允庄，苏青为其笔名，曾与宋美龄、胡蝶、阮玲玉、张爱玲等同被称为“十个女人的上海滩”，与张爱玲一起被誉为“上海滩的双璧”，其小说《结婚十年》、散文《浣锦集》等深受读者喜爱。可很少有人知道她也是1949年后在戏曲舞台幕后绽放的一朵奇葩。苏青在越剧史尤其是尹派方面应该有一席之地。

苏青1951年初参加了由上海市人民政府文化局戏曲改进处主办的“戏曲编导学习班”，结业后几经周折，于年底进入了尹桂芳领导的芳华越剧团。她最先创作的《新房子》《江山遗恨》等都反响平平，首演于1953年9月18日的《卖油郎》叫座却不叫好。[①]真正让苏青一炮打响的，应该是其后创作的《屈原》。

为什么会在这个时候创作《屈原》？苏青是很会抓社会热点的，1953年对于屈原来说很重要。第二次世界大战以后，17个国家的75位著名人士联合发起“世界保卫和平大会”。1953年，中国人民保卫世界和平委员会派代表团出席世界和平理事会，中国代表团团长郭沫若于会议期间大力倡导在世界范围内宣传屈原。最终，世界和平理事会决定将中国大诗人屈原与波兰天文学家哥白尼、法国文学家拉伯雷、古巴作家及民族运动领袖何塞·马蒂列为世界四大文化名人，号召全世界人民开展纪念活动。当时中华人民共和国刚成立不久，为了响应世界保卫和平大会号召，争取国际地位，中华人民共和国文化部决定由郭沫若、游国恩、郑振铎、文怀沙等人组成“屈原研究小组”，并将屈原的作品整理成集，以白话文的形式出版发行。这一年的端午节还被定为“诗人节”，同年12月，中国人民邮政还曾发行一套邮票来纪念这四位世界文化名人。

据苏青的儿子李崇元回忆说，郭沫若的弟子文怀沙的母亲住在上海，离苏青家不远，与苏青关系很好。苏青从文母那里听说郭沫若要参加联合国教科文组织的“评选世界十二名人”的活动，候选人中有中国的屈原，因此动了写屈原的念头。[②]尽管说法有出入，但苏青是因为这一年的“屈原热”而决定写屈原是肯定的。曾任上海滩著名杂志主编、曾一人包揽杂志

① 王慧：《苏青的“芳华”岁月：以〈宝玉与黛玉〉为中心》，《红楼梦学刊》2011年第5辑。

② 中亚：《有关苏青上海访问记》，《书城》2000年第11期。

社多项工作、有着敏锐的嗅觉与触觉的苏青正是抓住了这个难得的机会、就像她后来抓住1954年《红楼梦》研究大批判运动的时机创作了几乎连演九个月、场场爆满的《宝玉与黛玉》一样，将郭沫若的话剧《屈原》改编为越剧，创建了越剧史上的另一座丰碑。这既证明了苏青的能力，也为她在越剧界赢得了地位。

屈原（约前340—前278），是战国时楚国伟大的政治家、爱国诗人，学识渊博，楚怀王时曾任左徒和三闾大夫。屈原一生不仅留下了辉煌的诗篇，更由于其爱国爱民、以身殉国的高尚节操以及卓尔不群的政治远见为后人所景仰。文学史上以之为题材的作品也不乏佳作，单以戏剧而论，从元代睢景臣的杂剧《屈原投江》、明末清初尤侗的《读离骚》杂剧，到清初郑瑜的《汨罗江》杂剧，再到近现代多个剧种的屈原戏，其中最负盛名的当属郭沫若1942年1月创作的话剧《屈原》。

其实苏青一开始是打算另起炉灶，写自己的《屈原》的。赵景深曾说："越剧编者在编剧时，曾参阅了清张坚《玉燕堂四种曲》里的《怀沙记》传奇、清尤侗的杂剧《读离骚》、清末胡子寿的《汨罗沙》传奇等，贯串了屈原的一生，写成10场，但感觉到不能深刻地、崇高地表现屈原所具有的人民性，还是把郭沫若的话剧《屈原》韵文化要来得好些，就毅然决然地舍弃了原来的稿本，重新写过。"[①]因此，越剧《屈原》是以郭沫若的话剧《屈原》为蓝本进行改编的。

二 "你敢不敢演屈原？"

仅苏青决定改编《屈原》还不行，作为芳华越剧团的编剧，编出来的戏必须能演，而且要演好，可芳华越剧团的团长、"越剧皇帝"尹桂芳能演老生

① 赵景深：《越剧〈屈原〉的演出》，《观剧札记》，学林出版社1989年版，第45页。

吗？因此，一天，正当尹桂芳化妆时，苏青问道："你敢不敢演屈原？"在听了苏青对屈原其人其事的介绍后，尹桂芳斩钉截铁地回答："演！"这与她同年初秋在芳华越剧团艺委会上提出的五个要求是一致的：一、努力编排新戏；二、扩大上演剧目；三、注意剧目的思想性；四、改变绝大多数剧目都以才子佳人为主要内容的现状；五、努力赶上时代步伐，适应时代和广大观众的需要。[1]

尹桂芳一向以"风流小生"的形象被观众所喜爱，越剧也是以才子佳人、旖旎缠绵的故事为主的。要表现屈原这样一个爱国大夫的情怀，对尹桂芳是个挑战，对苏青也是个难题。

事实上，郭沫若在1942年1月用10天时间创作出话剧《屈原》是受当时国际、国内形势影响的。整部剧作洋溢着如怒火喷发般的诗意，而话剧大段大段的说白也为屈原感情的爆发提供了恰当的形式。但越剧不一样，除了对白，还要有唱腔，改编话剧最大的弊端就是容易把原先的说白改为唱词和对白，而且唱词少，对白多。这种不能深刻领会原著精神、只是对原著形式上的改编毫无意义，剧本只能束之高阁。因此，改编话剧本，其实是一件费力不讨好的事情，尤其是把已经取得巨大影响力的剧本改编好更是难上加难。

苏青四处求教，赵丹、郭沫若都曾对其面授机宜，甚至在文怀沙家中住了半月以便随时接受指教。越剧《屈原》的基本剧情仍是话剧《屈原》的，主要是写在战国七雄背景下，秦国张仪前来楚国游说联秦绝齐，在楚国内部代表着贵族利益的南后、靳尚等联秦派为了自己的私利，与张仪同流合污，诬陷坚决绝秦联齐、一心为国、主张改革、推行仁政的屈原。其间，楚王的昏庸无能、屈原的忠而见逐、婵娟的无比忠贞、南后的奸诈狠毒、宋玉的见风使舵等都表现得栩栩如生。

郭沫若的话剧《屈原》共有五幕，在完成后进行过多次修改。苏青的越剧

---

① 许寅：《女子越剧之"阳春白雪"——简析尹桂芳在〈屈原〉中的表演艺术》，李惠康编：《一代风流尹桂芳》，上海文艺出版社1995年版，第89页。

《屈原》在演出中不断地进行修改，因此我们看到的有的是八场，如笔者手中有一本芳华越剧团演出原本、太原市新新晋剧团翻印的油印本《屈原》，前有“只备送审，未审定之前，不得外传”字样，应该是较早的还未送审的稿本，第一场《橘颂》、第二场《贿靳》、第三场《疏原》、第四场《著骚》、第五场《诬陷》、第六场《阻会》、第七场《诱婵》、第八场《天问》。而一本《屈原》戏单“唱词节录”上显示的同样是八场，只是第七场《诱婵》的名字换成了《救婵》，叙述的角度发生了变化。《诱婵》侧重的是婵娟不受子兰、宋玉卑鄙龌龊的诱惑，而《救婵》则突出的是卫士的舍己救人。还有的说是七场，如赵蕙蓉在《苏青、尹桂芳和〈屈原〉》一文中说《屈原》共有七幕。许寅在《女子越剧之“阳春白雪”——简析尹桂芳在〈屈原〉中的表演艺术》一文中也说其有七幕，因为许寅在文章开头说此文是在“详细记下她本人（笔者注：尹桂芳）的口述，还访问了《屈原》的编剧冯允庄、导演司徒阳、艺术顾问陈鲤庭、作曲连波以及俞振飞、傅全香、黄祖模、黄正勤等同志”后所写，因此，文章的真实性毋庸置疑，也就是说《屈原》的七幕是得到了编者、演者、观者诸多人确定的，应该是最后的写定本。许寅提到了其中六幕的名称，分别为《橘颂》《疏原》《著骚》《诬陷》《救婵》《天问》，我们无法判断第五幕即《诬陷》后面的一幕应该是什么。从理论上讲，华东区戏曲观摩演出大会之后上演的《屈原》应该是最后的定本，但实际上观摩会后的《屈原》戏单上却是这样写的：第一幕《橘颂》，第二幕《疏原》，第三幕《著骚》，第四幕《诬陷》，第五幕第一场《遇钓》、第二场《鸣冤》，第六幕第一场《救婵》、第二场《天问》。这种不确定性恰恰证明了好的剧本是要经过千锤百炼的。不过这并不妨碍我们对苏青改编的越剧《屈原》进行分析，尤其是对其与话剧本《屈原》进行比较，因为无论是《阻会》还是《遇钓》《鸣冤》，事件的发展已如箭在弦上，关键是用什么方式发出去，而这并不会影响我们的讨论。

话剧《屈原》写的是楚怀王十六年（前313）的某一天从清晨到夜半之内发生在楚国郢都的事情，时间紧凑，地点不变（郢都），矛盾冲突高度集中。而越剧《屈原》则把事件延长，写了楚怀王十六年及其后大约两年之内的事情，其中包括屈原被流放到汉北大约一年多的时间。地点也从楚国郢都到汉北再回到郢都，时间跨度延长，事件的背景更加广阔，主人公的精神更为坚忍不拔。虽然少了让人神经高度紧张的戏剧化冲突，但事件的发展调控更为合理。

在事件的构建、框架的安排、情节的挪移方面，二者还是有较大区别。首先，话剧《屈原》写的是一天之内的事情，冲突接连不断，各事件一气呵成，张仪只来了一次楚国，屈原因为拒秦联齐而引发靳尚、南后的陷害，被赶出宫廷。后又因为楚王赴武关时遭到南后的戏弄，屈原揭发南后的阴谋、谏阻楚王赴会而被关在东皇太一庙。婵娟误饮毒酒身亡，屈原出走，另谋救国出路。紧张的节奏中偶尔会插入一些放松心情的调味品，比如子兰与婵娟、宋玉与子兰的谈话等。而越剧《屈原》因为可以放慢笔调从容叙事，因此从张仪第一次来楚国讲起，屈原因拒秦联齐而被流放汉北。在楚国遭受重创后，屈原又以使齐成功解决了秦国的进攻，重回朝廷，可惜就在楚王要为之接风的宴席之前遭受南后的陷害，被赶出宫廷。后又因谏阻楚王赴武关，被关在了东皇太一庙。越剧对屈原的刻画更加细腻深厚，也突出了屈原为楚国安危九死不悔，为黎民百姓不顾个人荣辱的高尚情怀。

在话剧《屈原》开头，秦国使者张仪的提议已经被楚王拒绝，而越剧《屈原》则是从张仪前来楚国写起。也就是说，同是在第一幕清晨的橘园里，话剧里的屈原已经和张仪斗争完毕，楚王听从了屈原的建议，拒绝了张仪绝齐联秦、归还六百里商於之地的提议，即将给张仪践行。而越剧里的屈原还没有开始和张仪正面交锋呢。

话剧《屈原》里南后对屈原的诬陷发生在给张仪践行的宴会前。而越剧《屈原》里张仪两次前来楚国游说，第一次屈原是被张仪、靳尚等从言辞上加以污蔑，被赶出宫廷，流放汉北。第二次才是南后用自己被调戏陷害屈原。越剧里的楚王更加昏庸，屈原更加坚忍不拔，有毅力，为国为民，不计自己的安危，形象更加高大。

屈原的遭遇中最令人发指的是南后的陷害，尤其是她用自身作为筹码破坏楚王对屈原的信任，南后的奸诈毒辣实在是出人意料。然而，话剧与越剧在对这个问题的处理上还是有区别的。在话剧中，作者突出的是南后为了自身的宠辱，为了自己儿子的前途，有目的、有计划地安排对屈原的诬陷，是早就计划好了。而给张仪主动送路费、夸张地赞美屈原以及后来在楚王、张仪等人面前戏弄屈原等都是其性格的进一步延伸，是为了让角色显得更加奸诈毒辣。在越剧《屈原》中，南后在屈原第一次被流放中并没有起什么作用，她陷害屈原也是临时想到的办法，相比较而言，这个南后较缺乏心计，也没有那么毒辣。

至于其他情节的移花接木，比如话剧中子兰对婵娟透漏的南后想让自己当太子在越剧中改成子兰对宋玉说出，话剧中宋玉主动把《橘颂》送给婵娟而在越剧中由婵娟向宋玉索要等情节，固然在一定程度上可以产生对比作用，但实际上区别不是太大。

苏青的文学修养也让剧本的改编呈现出浓郁的诗意，许多唱腔流传颇广，比如第一幕《橘颂》中对屈原来说具有象征意义的“橘树尚且有刚强，为人岂可无志向。大节临头莫迁就，舍生取义理应当。犹似那伯夷饿死在首阳山，留与后世作榜样。但愿你牢牢记住今日话，做一个顶天立地的好儿郎！”一段，唱出了屈原自己的心声。尤其著名的是最后一幕《天问》那一段：“叹人世黑白颠倒无是非，浑浑噩噩梦一场。以阳为阴阴为阳，凤凰是鸡鸡凤凰。君不见屈原怀抱高才世无双，为何不能治国安民振家邦？举目看天地玄黄，宇宙洪荒，问苍天，你公道在何方？在何方？”[①]苍凉悲壮的唱腔中蕴含的是无边的怒火，是满怀抱负却报国无门的悲愤。

苏青的越剧本还参加了同年举行的华东区戏曲观摩演出大会，中华人民共和国成立初期的这种观摩演出大会有着独特的意义，既是为了检验“戏改”政策的可行性与成效，也试图通过观摩大会指引戏曲改革运动发展方向。因此，这种参演必然带有一定的政治意义。越剧作为上海影响巨大的剧种，尹桂芳作为越剧界的领军人物之一，她参演的剧目的重要性可想而知。因此《屈原》是上海市的重

① 华东区戏曲观摩演出大会编：《上海市代表团演出剧本选集》，1954年，第135—136页。

点剧目，苏青也为此将剧本做了修改，变成了六幕十一场。第一幕《橘颂》，第二幕第一场《计陷》、第二场《疏原》，第三幕第一场《逃荒》、第二场《著骚》，第四幕第一场《囚仪》、第二场《诬陷》，第五幕第一场《遇钓》、第二场《鸣冤》，第六幕第一场《救婵》、第二场《天问》。其中最明显的就是增加了第三幕第一场《逃荒》，这一场主要描述了在秦兵攻击下，楚国百姓背井离乡的悲惨场景，也从侧面揭示了楚王不听屈原的劝说、绝齐联秦所带来的恶果。这一幕在观摩演出大会前后的演出中都没有，很明显是为了大会而增加的，也就是为了贯彻之前“戏改”政策所要求的戏曲具有“人民性”和“现实主义精神”，即戏曲要表现人民的性格、思想、感情、愿望和要求，要反映被压迫的人民和压迫者之间的不可调和的矛盾。《逃荒》一场十分鲜明地表明了这种创作意图。然而，事实上，这一场的内容完全可以压缩在下一场《著骚》中，用几句话带过，作为背景使用。因此，在会演前后的演出中用此种方式处理不足为奇。

然而，苏青的修改并没有给自己带来应有的荣誉。在华东区戏曲观摩演出大会上，《屈原》一举夺得了优秀演出奖和音乐演奏奖，尹桂芳等演员也分获表演一、二、三等奖，唯有编剧没有获奖。至于其中原因，据华东区戏曲观摩演出大会评奖委员会的说法是：“凡根据话剧本改编的戏曲剧目，因原剧本有的已在全国流行和在国外公演的如《屈原》”①就不再给奖。也有说苏青之所以没有获奖，是因为种种“历史遗留问题”。②

然而，无论获奖与否，苏青的《屈原》算是真正一炮打响了。

三 “我演屈原”

当苏青问尹桂芳“你敢不敢演屈原”时，尹桂芳其实对屈原了解并不

---

① 《华东戏曲观摩演出大会评奖经过》，华东区戏曲观摩演出大会编：《华东区戏曲观摩演出大会纪念刊》，1954年，第41页。

② 赵蕙蓉：《苏青、尹桂芳和〈屈原〉》，《上海戏剧》2009年第9期。

多。可当她听完屈原其人其事后，果断回答："演！越剧应该上演这样有意义、思想性强的好戏，不能老是才子佳人。"尹桂芳一向是以张生、梁山伯、贾宝玉这样的"风流小生"形象被观众所喜爱的，如今要演老生，立即引起轩然大波。先不说广大观众纷纷来信表示担心，就连与自己同台演出的姐妹方青芬一听到这个消息第一反应竟是："我一听心一沉，十分担心。想尹老师一贯来扮演风流倜傥的小生，她的拿手戏多的是，《玉蜻蜓》《西厢记》《何文秀》等等，怎么竟是演一出须生戏？这不是要抹杀她的艺术才能，是哪一个叫她穿小鞋？我好不生气。"[①]尹桂芳所承受的阻力、压力之大可想而知。

《屈原》于1954年5月22日首演于丽都大戏院，导演司徒阳，作曲连波、金茄，设计仲美。尹桂芳饰屈原，徐天红饰张仪，许金彩饰南后，戴忠桂饰婵娟，尹瑞芳饰宋玉。1954年7月4日，日场二时半、夜场七时四十五分芳华越剧团演完最后两场后歇夏。10月21日，《屈原》作为上海市代表团的剧目参加华东区戏曲观摩演出大会，在人民大舞台上演，并获得优秀演出奖、音乐演出奖。其中扮演屈原的尹桂芳和扮演婵娟的戚雅仙获得表演一等奖，扮演张仪的徐天红和扮演渔翁的商芳臣获表演二等奖，扮演南后的许金彩获表演三等奖。观摩会演于11月6日结束，7日—10日，一部分优秀剧目在华东大众剧院、长江剧场、人民大舞台联合公演。公演结束后，丽都大戏院还趁热打铁，于11月16日夜场七点半再次上演《屈原》，至11月26日结束。

1955年5月，尹桂芳应邀率团晋京，演出了苏青编剧的《屈原》以及《宝玉和黛玉》，据说首都观众带着铺盖在长安大戏院门外通宵达旦地排队买票，三天的戏票在一个上午就被抢购一空。为了满足大家的要求，不得不加场，后又转移到有4000多个座位的劳动剧场演了好几场。

当1953年苏青问尹桂芳"你敢不敢演屈原"时，相信二人都没有料到《屈原》竟会引起这么大的反响，竟然会成为越剧史上里程碑式的作品。

---

① 方青芬：《回忆尹派艺术》，《戏文》1999年第1期。

这部作品之所以会有如此动人的魅力，固然有编剧苏青的功劳，可也离不开尹桂芳的支持与演绎。作为芳华越剧团的团长，她不仅给了当时还没能证明自己能力的“戏曲小编剧”苏青以精神与财力支持，而且在出演屈原这一不同于自己以往擅演的风流小生的角色上呕心沥血，仔细揣摩。

当时，赵丹正在北京中国青年艺术剧院演出郭沫若的话剧本《屈原》，为了更好地把握人物，尹桂芳专程偕同编剧苏青、导演司徒阳、舞美设计仲美、作曲连波等人自费赴京观摩。尹桂芳还特意向话剧《屈原》导演陈鲤庭不断求教，请专家文怀沙到剧团讲解屈原生平及其作品，介绍他所处的时代背景、性格特征、气质风度、周围环境等。她还收集了有关屈原的著作来看，看不懂就请编剧苏青等人给她讲解。

为了更符合剧中屈原气宇凛然的形象气质，风流俊逸的女小生戴上了胡须。关于胡须，尹桂芳是这样体会的：“我为了更能表现出屈原‘雍容伟然’的气概，在脸部的化妆上也经过了考虑，因为屈原在第一次被流放汉北时，还未满三十岁，我在装不装胡须这一点上难以决定，经过再三考虑，我认为一方面固然可以借化妆的帮助来增强屈原的气质，同时也能使风格上取得统一。”[①]

关于胡须问题，还有一件趣事，从中也可以看出尹桂芳为了演好人物痴迷到了何种程度！由于她演惯了小生，根本没有摸胡须的习惯，而舞台上的屈原是要戴胡须的，为此她便经常练习摸胡须的手势，以至竟在睡梦中也摸起胡须来。一天，她疲乏已极，浑然入梦，她的学生不经意间却看到老师的双手在空中瞎抓，不觉有点怕了，于是慌忙把她叫醒……尹桂芳睡眼蒙眬，含糊其辞地喃喃自语：“哎呀！我的胡须哪里去了！”[②]

对于剧中人物的情感，尹桂芳更是倾注了全力去理解、琢磨，尤其是屈原作为一位伟大的爱国诗人、一位卓越的政治家，他的感情不是外露、宣泄的，而

① 尹桂芳：《我演屈原的经过》，《华东戏曲观摩演出大会纪念刊》，1954年，第382页。

② 之江：《尹桂芳的艺术道路》，李惠康编：《一代风流尹桂芳》，上海文艺出版社1995年版，第266页。

是内敛、深沉的。这样很多尹桂芳拿手的靴子功、扇子功、水袖功统统用不上。怎样运用自己的眼神、表情就成了演员的必修课。这一点，尹桂芳自己也深有体会，她曾经这样描述自己为了寻求恰当的表演方式而进行的不断修改：“过去我曾经有过错误的理解，例如表现在我对靳尚的态度，我只是简单地认为靳尚是个坏人，因此我一见他就讨厌，脸上露出极不愉快的表情，常常怒目而视。在这次排练中，经过了导演的纠正，已改过来了，因为这样是显不出屈原是个诗人、大政治家、大思想家的气度的，他一定是一个很庄重、含蓄的人。”[①]

再如，在《诬陷》一幕中，屈原被南后陷害、楚王不问情由，将其逐出宫外，屈原的悲愤是层层递进的，情感也是深沉而苍凉的。面对怀王不分青红皂白的斥责，屈原先辩明自己是被诬陷的，事君十载，平日为人如何君王难道不知？可君王昏聩，屈原只得进一步剖明心迹，苦谏大王：“屈原生死本无妨，怕只怕楚国又要遭祸殃！你忘了六百里土地成梦想？你忘了八万男儿丧沙场？你忘了堂堂楚国几不保？你忘了千里修盟到齐邦！？往事历历在眼前，你岂可一误再误不思量？屈原今日离王去，从此后万里君门不可望。呕心沥血再启奏，望大王忠言须要记心上。望大王再莫贪利受人愚，望大王再莫信谗少主张，望大王再莫误国又误民。”一连几个“你忘了……”“望大王……”把屈原对楚国的满怀担忧情真意切地表现出来。可楚王执迷不悟，屈原的悲愤之情溢于言表：“这巍巍的宫阙，将被秦兵踏为平地；那滚滚的长江，将被血水染成鲜红。还有……还有那千千万万，男男女女，老老小小的楚国百姓，尽将沦为亡国的奴隶了呀！”而南后的斥责则让屈原更加清醒，也更加悲愤无奈：“南后！谁想你等竟如此陷害于我！皇天在上，后土在下，先王先公，列祖列宗！我是问心无愧，我是视死如归。曲直忠邪，自有千秋判断……”如何把握屈原这段越来越强烈的悲愤之情，表现出屈原情绪的一步步变化，其中既有对楚国的忠贞关爱，也有对楚王是非不清的痛心无奈，还有对南后等人的痛

① 尹桂芳：《我演屈原的经过》，《华东戏曲观摩演出大会纪念刊》，1954年，第382页。

斥愤恨……这复杂的感情如何表现才能获得最佳现场效果？尹桂芳也是走过弯路的。开始时“我只是在外表上表现屈原的气愤，把气愤演得‘愤懑填膺’，对楚王的态度好像破口大骂，大唱快板，到了最后就两手一撒，急步地下场去了。但这样也同样不能表现屈原的性格，不能看出屈原热爱楚国这一点，反而觉得屈原胸襟不够宽阔，不沉着，好像是为了个人的冤屈而发作，这也是失去大政治家的风度的。我现在的处理是唱词不宜太急，他的激动不宜在外形上很明显的暴露，因为他的冤愤不是为了自己个人受屈，而是为了楚国的安危，因此他在说完了一段话：‘你等所害，非我屈原，是你们自己，是我们的大王，是我们的楚国呀！’之后，是带着愤然失望的感情怅怅然地倒退下去的。”①这种细腻、内敛的表演方式比那种大吼大叫、歇斯底里的疯狂更能打动人心，为屈原从成功归来的喜悦陷入清白声誉的被诬中这巨大的落差而产生心灵的战栗。

至于最后一幕《天问》，尹桂芳的表演更是可圈可点，尤其是她披发戴镣，根本不可能有什么大的肢体上的动作，几乎完全靠那双眼睛来表现强烈的情感。再如婵娟就在屈原面前误饮毒酒而死去，这极度的悲痛该如何表现？是捶胸顿足，大喊大叫，还是哭天抢地，成为一个泪人？尹桂芳对此的处理方式是屹立不动，身如石雕，这种安静的背后蕴含的是最深沉的悲哀，是一个人已到了极限的欲哭无泪。尹桂芳最为人称道的是，每每排练至此，她总是激动得泪流满面，无法继续。可一到台上，她却又能自制若此，不流一滴眼泪。这或许就是一个真正的演员的魅力吧！

就在《屈原》连排期间，发生过这样一个小插曲，或许可以让我们对尹桂芳有更进一步的了解。当演至《天问》这一场时，尹桂芳正在用高亢的绍剧【流水板】唱“屈原怒火高万丈，满怀悲愤问上苍……”倏忽一声巨响，她所站立的高约二尺半的平台，突然坍塌，尹桂芳从平台跌落到了舞台的台板上，可是她还在戟指怒目地唱着，两只大袖仍在挥动着，乐队是有规矩

① 尹桂芳：《我演屈原的经过》，《华东戏曲观摩演出大会纪念刊》，1954年，第382页。

的，即演员不停，他们亦不停地演奏着。观众对此赞赏不已。而当事后学生们对老师说“掉下来还唱什么，马上该治伤了”时，尹桂芳严肃地说：“我掉下来了，可屈原没有掉下来啊，他那仰首问苍天的感情正在一发而不可止呢！”“记住这话，这是一个演员的责任感。今后，不论场子里发生什么事，演员演的角色形象不变，精神不散，决不能自己先逃进后台去。”①伊人已逝，而且没有留下任何的影像资料，这是一个巨大的遗憾，我们无缘再看到她的演出。可这简单的话语即使在今天仍然有振聋发聩的作用，在这个金钱与欲望主宰了许多人生活的时代，在这个急功近利、浮躁短视的时代，传统戏曲的式微固然与戏曲行当本身有关系，可我们的演员又有几个人能有这种痴迷、敬业的态度，这种对自己的高标准严要求呢？

总之，《屈原》获得了文艺界一致好评，赵丹、周信芳、俞振飞、田汉等都对此剧大加赞赏，俞振飞甚至因此打了退堂鼓，不演昆剧《屈原》了。

尹桂芳的《屈原》几乎成为越剧界的一个绝唱，在20世纪80年代，半身瘫痪的尹桂芳应广大戏迷以及艺术工作者的要求，补拍了一些《屈原》的片段，那个时候她半边的身子已经不能动弹了，只能用一只手来表达这个角色。所幸的是，在20世纪50年代，她还留下了一些《屈原》的音频资料。这也算是不幸中之万幸吧！让我们能残存一点想象的资本：在那个令观众通宵达旦带着铺盖卷排队买票的舞台上，尹桂芳究竟用怎样的风采去演绎那个高冠、大袖、神采奕奕、高风亮节的两千多年前的伟人？或许那遥远的音频可以给我们一点安慰吧！

四 越剧《屈原》之后

20世纪50年代的戏剧观众流行一句话：“翻开报纸不用看，《梁祝》姻缘

① 之江：《尹桂芳的艺术道路》，李惠康编：《一代风流尹桂芳》，上海文艺出版社1995年版，第266页。

《白蛇传》。”由此不难看出当时戏剧舞台上剧目的贫乏与单调。同时这也证明了中华人民共和国成立后进行的旧剧改革工作确实影响很大，其禁戏原则让拥有丰富传统戏目的戏曲界一度出现了戏荒现象，有些地方由于禁戏太多，出现了艺人无戏可演、观众无戏可看的现象。而各级会演上一旦有某个剧目得到大家的赞同，全国各地往往就会一窝蜂地争相上演。越剧《屈原》在华东区戏曲观摩演出大会上获奖之后，也拥有了同样的殊荣。许多兄弟剧团及其他剧种如川剧、曲剧、京剧、粤剧、蒲剧、晋剧等的舞台上都出现了屈原的身影。其剧本大都是在适合本剧种演出条件的情况下，要么直接移植越剧，要么以郭沫若的话剧《屈原》为基础进行改编，要么同时以话剧和越剧为参考。然而，由于剧本的水平参差不齐，再加上各个剧种之间的差异，适合此剧的未必适合彼剧，因此其他剧种的移植很少出现轰动效应，反而进一步加强了上演曲目的单一化。

单以剧本而论，虽然大家改编的蓝本一致，但编剧的处理方式有很大差异。以结局而言，有的是遵照原著，只写到屈原被陷害，在卫士的帮助下出走，另谋救国出路；也有的直接写完屈原的一生，直至他最后悲愤投江而死。尽管后一种看起来改编背景更深厚，反映的社会现实更广阔，可这样一来由于所写的事件过于分散，矛盾没那么集中，虽然剧情相似，反而冲淡了屈原的悲壮色彩，似乎只是为了把屈原的一生交代清楚，而没能给观众留下深刻的印象。比如李振山改编的曲剧《屈原》，这是参加河南省首届戏曲观摩会演的一个戏，剧本获得了三等奖，由洛阳市曲剧团于1957年1月11日在河南人民剧院演出，共有《殿议》《进谗》《橘颂》《诬害》《出走》《揭穿》《逼婚》《会见》《忠谏》《失约》《哀郢》《投江》十二场。剧中写楚怀王亲到武关去受地，结果被关。秦兵攻占郢都，屈原投江而死。[①]舞台上没有了高度紧张的矛盾冲突，戏剧效果也就打了折扣。

---

① 河南人民出版社编：《河南省首届戏曲观摩会演剧本选：第六辑》，河南人民出版社1957年版。

有的戏虽然也是写到屈原出走救国，但由于戏中旁逸的枝节过多，将原本可几句话带过的事件展开来写，人物较为分散，屈原的形象没能得到充分刻画。比如赵循伯改编的京剧《屈原》，全剧共十三场，分别为《画策》《夺稿》《进谗》《拒谏》《毒计》《怨秦》《败绩》《劓鼻》《贿赂》《陷害》《招魂》《斥奸》《出亡》。[①]幕次不少，但真正围绕屈原来写的却并不多。第一场《画策》，将原剧中作为幕后交代的秦国为何派张仪前来楚国游说的背景写实，秦国君臣商议讨伐六国，张仪力主先破齐楚联盟，才有可能各个击破。而《毒计》一场本以为是写南后对屈原的毒计，其实却是写南后对魏美人的设计陷害，并且用了《毒计》《劓鼻》两场专门写南后为了争宠狠毒陷害魏美人的故事，虽然让南后的形象更加立体，对屈原的陷害也更有说服力，但总体上却削弱了对屈原塑造的力量。

这种现象在不少《屈原》剧本中都出现过，而且有的情节还脱离了人物的个性，背离了人物自身的言行。比如上述京剧《屈原》中第二场为《夺稿》，写靳尚为了向屈原借拟好的宪令，竟然不惜下跪。靳尚虽然面目可憎，但也不至于如此龌龊。第三场《进谗》写靳尚仅仅因为“恨屈原文才好在我之上，这两天教下官气破胸膛”就在南后面前进谗，实际上削弱了屈原为国为民的精神，把屈原因推行“仁政”对贵族利益有损而导致的靳尚等人的迫害简单地归之于私人恩怨，说成靳尚为了个人私利而诬害屈原。第四场《拒谏》写张仪前来游说，楚王不听屈原忠言，屈原只一味“顿足长叹”“背转身来长叹息”。当楚王让其不必多言时，屈原也只是唉声叹气“拜辞了大王回府第”，没有了那种为了楚国安危据理力争、不顾自身荣辱的坚忍不拔，也就少了许多光彩。第十三场《出亡》中屈原对郑太卜的假意安慰是这样的反应：“郑太卜，他是南后的父亲，他居然来安慰我。（举杯）尽管他假情假义，人在寂寞中，有人说话，也觉得亲切可喜呀！”以屈原的孤傲、高洁品性似乎不会

---

① 赵循伯改编：《屈原》，上海文化出版社1957年版。

如此。再如曲剧剧本中写屈原被南后陷害后回到橘园，其动作是“任意坐下以手捧头、散发、仰天捶胸双手拍膝”，见到靳尚后大骂其“狗妖精你枉穿人衣裳……”，这哪里是品性高洁、忧国忧民、高风亮节的屈原，简直就是一个农村老大妈在哭天抢地。

其他如成都市川剧团1955年根据郭沫若的话剧本和越剧本改编的《屈原》，云南省劳动人民京剧团1955年在张韵笙草拟的初稿本基础上为参加云南省第一届戏曲观摩演出大会而改编的《屈原》，以及白云龙、周庆业根据郭沫若话剧本改编的粤剧《屈原》等都存在类似的问题。至于剧本中道白多、唱词少、增加的人物过多冲淡了事件主线、语言的通俗性要加强等也都是常见的不足之处。

值得一提的是影响较大的袁光1946年改编的秦腔《屈原》，其改编在越剧之前，首演于陕甘宁边区的“八一剧团”，并且由当时担任该团团长的袁光亲自饰演屈原。该剧也同话剧本一样，有着现实意义，抒发了革命人民心中的愤恨，寄托了当时人民群众的忧国反蒋之情。1954年，根据郭沫若对原剧的修改以及参考中国青年艺术剧院的演出，袁光、姜炳泰又进行了重新修改。全剧共分十场，基本遵照郭沫若的原剧本，有兴趣者可做进一步深究。

这种类比其实并不能完全说明问题，之所以不惮其烦地写出来，是希望可以和越剧本做一个简单的比较，让我们可以更好地理解苏青的《屈原》。对于作为中国传统戏曲组成部分的不同剧种，从某种程度上来说，我们无法确切地说孰优孰劣。尤其是剧本只是一部分，而对以“路头戏”曾有较大影响的戏剧来说，演员的舞台呈现是另一个非常重要的部分。说到底，无论哪一个剧种的《屈原》，只要得到观众的青睐就是最大的胜利！

（原载《洛阳师范学院学报》2012年第12期）

后　记

自2002年那个夏天进入中国艺术研究院，转眼间已是十六年。

从没想到自己会与《红楼梦》结缘，否则硕士时的毕业论文应该不会写《聊斋志异》。可人生在世，十字路口的机缘谁又会料得到呢？

一入红门深似海，自己需要学习的东西太多了，仅有关《红楼梦》的著作就算得上汗牛充栋，且身在其中，更要跳出其外，以宽广深邃的视野观照《红楼梦》，才能更好地学习与了解。《红楼梦》的博大与精深一度让人觉得无从下手，二百多年来，红学史中明珠处处，我们流连忘返，总也得有点自己的领悟。

还好，对“黛玉葬花”情节改编的关注让我找到了感兴趣的关注点。从陈小翠、陈蝶仙、白薇、赵清阁、吴天、秦瘦鸥、苏青等等一路写下来，似乎有些驳杂，但其实都没有离开《红楼梦》的改编这一契机，即使写的《秋海棠》貌似与此不沾边，也是因为在写20世纪40年代《红楼梦》话剧改编的时候注意到当时竟然有这么一部让上海滩“万人空巷”的话剧，实在是忍不住要去查一查了。

本书共分上下两编，外加一附录。上编主要是与《红楼梦》戏剧有关的一些文章，自1792年仲振奎最早改编《葬花》一折以来，红学史上的改编之作层出不穷，但尚未得到人们相应的重视，也就是近几年来关于《红楼梦》

戏剧的研究才有了一些发展，但还远远不够，还有相当多的材料在尘封的故纸堆里等待着我们去挖掘与整理。上编总题之“此时此地”出自于伶1939年初版的话剧《花溅泪》中给夏衍的信中所语，其本意是针对孤岛时期上海话剧所处的演出环境而言，此处暂且借用。在我们看来，每一改编的《红楼梦》其实都是“此时此地”的产物，离不开“此时此地”的作者与他所生活的处境。

本书下编则收录了近年来写的一些与《红楼梦》文本以及社会热点有关的文章，“死活读不下去”一方面说明《红楼梦》文本确实是红学中的重要议题之一，另一方面也促使大家思考一下，在当今这个浮躁的社会里，我们应该怎样更好地传承经典。

至于附录，实在是有自己的一点私心在里面，也有敝帚自珍之意。文学史总是藕断丝连，任何现象都不是孤立存在的，陈小翠的创作离不开家世渊源与周边的人文氛围；秦瘦鸥的《秋海棠》是20世纪40年代上海话剧的重要组成部分，也是当时《红楼梦》话剧黄金期很好的参照；至于苏青的《屈原》，更是作者越剧创作生涯的华彩之一，与其《宝玉与黛玉》一脉相承。且放在这里，有兴趣的读者不妨一读。

以自己的资历与学识而言，实在不敢也不应出文集，可想着把这几年来所做的零零散散的小文章放在一起，也许可以让喜欢《红楼梦》的朋友们看到拥挤的红学世界中尚有广阔的天地可以开拓。感谢我所在的中国艺术研究院提供了这样一个出版机会，感谢院里及科研处对青年学者的鼓励与扶持，提供了青年学术文库的平台，使得这本小册子可以成集。感谢李新风、孙伟科、郑雷、金宁、苑利等诸位老师，他们不仅认真审读了全稿，而且针对书名、全书体例、所收篇目以及文章的注释、字句等都提出了宝贵的修改建议。本书责编陈冬梅女士对书稿进行了细致校读，改正了不少谬误之处，一并致谢！

一路跌跌撞撞走来，感谢所有关心、帮助我的师友们，否则以自己之懒散、任性，更要“老大徒伤悲”了！

《红楼梦》是一部大书，依然用俞平伯在《〈红楼梦〉底地点问题》中的一句话共勉：“我们在路上，我们应当永久在路上”。

2018年秋于奈园